DOMINIQUE MARNY

LES DÉSIRS ET LES JOURS

roman

JC Lattès

Pour ma fille, LAURE.

Je songe à Cézanne crispé sur sa besogne ingrate, sourd à tous les bruits du monde, trente ans ferme au milieu des sots, peignant comme un forcené pour le soulagement du monstre qu'il sent en lui seul, oubliant sa toile dans les champs parce qu'il a vu quelque flamme poindre au niveau de son esprit.

Élie FAURE
(L'esprit des formes)

1875

1.

Le 5 janvier 1875, la foule se pressait devant l'Opéra. Malgré le froid, les badauds n'en finissaient pas d'admirer l'œuvre de Garnier qui aimait à répéter : « L'architecte fait les monuments mais c'est le temps qui les parfait. »

Dans un flot continu, les attelages amenaient têtes couronnées, politiciens ou célébrités. Au bras de Louis Duplessis, son époux, Hortense se laissait griser par le brouhaha. Le regard admiratif des hommes lui prouvait qu'elle était belle. D'un cœur léger, elle gagna le second étage où se trouvait leur loge.

– Quand je pense à notre malheureuse impératrice, se lamenta une dame à cheveux blancs après avoir salué les arrivants, il est proprement scandaleux qu'elle n'assiste pas à l'inauguration de cet endroit pour lequel elle s'est tant battue.

– Par pitié, maman, vous n'allez pas recommencer, l'interrompit Gabrielle Carlier. L'Empire est enterré et, pour vous le prouver, notre président va nous rejoindre dans quelques minutes.

Hortense adressa un sourire complice à sa cousine Gabrielle, puis elle s'assit sur la chaise de velours que lui présentait son oncle André Laferrière.

Pendant qu'Alice Laferrière continuait de regretter un régime qui, pendant vingt ans, l'avait comblée, Louis découvrait la salle où les ors patinés, les cristaux et le rouge créaient une atmosphère de magie. Lorgnette à la main, des femmes aux noms illustres jaugeaient le public tandis que, du parterre, les membres du Jockey Club et les célibataires convoités se familiarisaient avec des lieux dont ils avaient bien l'intention de prendre possession.

Indifférente au bruit, Gabrielle contemplait le plafond où Lenepveu avait représenté « Les heures du jour et de la nuit ». Son œil de peintre en notait les détails et, comme chaque fois qu'elle rencontrait la beauté, elle éprouva une bouffée de joie.

Alice, sa mère, mit un terme à son émotion en lui tapotant les doigts de son éventail.

– La reine Isabel d'Espagne, répétait-elle. Mon Dieu, qu'elle est laide !

L'arrivée du lord-maire de Londres en soutane rouge fut à son tour commentée. Suivirent celles des comte et comtesse de Paris, des La Tremoille, des Rothschild et des Pereire. Ce soir, les banquiers et les industriels partageaient les privilèges de ceux qui longtemps leur avaient tenu porte close. On acceptait de brasser les traditions, le pouvoir et l'argent. Et dans cet édifice qui ressemblait à tout et à rien, chacun trouvait sa place. Le silence se fit quand, escortés du directeur de l'Opéra, le président Mac-Mahon et son épouse entrèrent dans leur loge. La représentation pouvait commencer. Le chef d'orchestre gagna son pupitre et, bientôt, s'élevèrent les premières mesures de *La Muette*, une œuvre de Portici.

Avec la musique, l'esprit d'Hortense vagabondait. Des bribes du passé revenaient. Son mariage avec Louis, l'amour qui les liait... le départ de son époux pour le front, la séparation, l'absence de nouvelles. Et maintenant, il était là, assis derrière elle. Contre sa nuque, elle sentait son souffle.

– Êtes-vous bien installée, lui demanda-t-il.

Sans se retourner, elle acquiesça.

Cette fois, le rideau s'était levé sur le décor de *La Juive* d'Halévy. Une excellente soprano autrichienne tenait le rôle principal mais personne ne prêtait attention à son talent. Le lustre demeurant allumé pendant les deux actes, le spectacle se déroulait dans la salle. D'une loge à l'autre, les rivales s'observaient. Malgré les impératifs du fameux « ordre moral », personne n'avait changé ses habitudes et intrigues, liaisons, adultères se poursuivaient de plus belle.

Pour la première fois pendant un entracte, les femmes eurent le droit de quitter leurs places pour se rendre au Grand Foyer. Se frayant un passage dans la bousculade et suivies de Louis, Hortense et Gabrielle répondaient aux salutations de leurs amis.

– Alors Duplessis, que pensez-vous du travail de notre confrère? demandait Viollet-le-Duc à Louis.

Avec ironie, il ajouta :

– Mac-Mahon est en train de le décorer. Voilà qui fera peut-être oublier à ce pauvre Garnier de n'avoir pas figuré sur la liste des invités. Quel impair!

Un mouvement de foule empêcha Louis de répondre. Une femme couverte de bijoux voyants avançait vers le centre de la galerie. Des jeunes gens l'entouraient, et c'était apparemment à qui montrerait le plus d'attentions pour entrer dans ses grâces.

Flora avait longtemps cru ne pouvoir se hisser au rang de « grande horizontale* ». Aujourd'hui, pourtant, elle se trouvait au sommet de la réussite et, fait non négligeable, en n'étant plus considérée comme une « dégrafée* ». Avoir épousé religieusement James Winsley, un Américain riche à millions, en avait fait l'une des reines de Paris. Partout, on requérait sa présence et ceux qui, autrefois, avaient rétribué ses faveurs étaient devenus amnésiques. Qui aurait osé se souvenir, qu'à peine arrivée de Narbonne, elle était tombée sous l'autorité d'une maquerelle et qu'après une brève apparition aux « Variétés » elle s'était imposée dans un milieu où la concurrence poussait à toutes les dépravations. Dans un miroir, elle guetta son reflet et ce qu'elle y vit la rassura. En dépit de l'alcool et des soupers fins, son corps restait svelte. Dévisageant ses chevaliers servants, elle se demanda lequel d'entre eux terminerait la nuit dans son lit. Faire l'amour l'amusait peu mais davantage que la compagnie de James Winsley qui avait, heureusement, la délicatesse de voyager sou-

* Horizontale et dégrafée = termes pour désigner les courtisanes.

vent. Un seul homme avait, par le passé, su l'émouvoir et elle n'avait jamais guéri de leur rupture.

Indifférent à la présence de son ancienne maîtresse, Louis rejoignit dans l'embrasure d'une fenêtre l'homme qui, d'un signe, l'avait appelé.

– Vous tombez bien, Duplessis... Je souhaitais justement vous parler...

Edmond Surtel s'exprimait avec froideur mais politesse. Habitué à commander et à être écouté, il alla droit au but.

– Je viens d'acheter une quinzaine d'hectares à Louveciennes. Un terrain magnifique. Il faudrait que rapidement vous le visitiez et que nous réfléchissions au projet d'y faire bâtir une maison.

– Votre confiance m'honore, répliqua Louis.

– J'ai vu plusieurs de vos constructions et elles m'ont plu.

Hortense s'approchait. Edmond admira sa silhouette menue. Sans être étudiés, sa démarche et ses gestes étaient harmonieux. Il s'attarda sur les yeux bleu ardoise que protégeaient des sourcils à l'arc parfait, sur le nez fin et droit, la fossette qui marquait la commissure des lèvres.

– Je ne crois pas que vous connaissiez mon épouse, souligna Louis.

– Nous ne nous sommes, en effet, jamais rencontrés, répliqua Edmond. Je sors très peu.

Hortense lui sourit et il eut l'impression qu'une onde de chaleur faisait fondre l'indifférence qui, depuis des années, le coupait du monde. Mais ils n'eurent pas le loisir de converser; l'entracte se terminant, chacun regagna sa place.

Dans un tourbillon de couleurs, les femmes ramassaient leur traîne ou rajustaient une étole sur leurs épaules nues; certaines s'éventaient avec nonchalance, d'autres croquaient les bonbons à la violette qui leur avaient été offerts. Des rendez-vous s'échangeaient. Irait-on, tout à l'heure, souper au Café Anglais? Gabrielle, qui avait rejoint sa famille, déclina l'invitation de Louis.

– J'ai promis à Étienne de ne pas rentrer tard.

Elle n'avait, en vérité, rien promis mais son mari lui

manquait... et ce fut avec une sensation de liberté qu'elle courut rue des Dames dès la fin du spectacle.

Aucune lueur ne filtrait à travers les volets du rez-de-chaussée qu'ils habitaient depuis deux mois. L'idée qu'il ne fût pas encore là lui serra la gorge mais l'odeur de tabac qui flottait dans le vestibule la rassura. Après avoir allumé une lampe à pétrole, elle gagna le cabinet de toilette et, grelottant, se prépara pour la nuit. En dépit de sa fatigue elle donna à ses longs cheveux cuivrés les cent coups de brosse réglementaires puis, une dernière fois, se contempla dans le miroir. Étienne avait beau lui répéter qu'elle était belle à damner les saints, elle continuait de se juger particulière. Dans son visage triangulaire, on ne voyait tout d'abord que de grands yeux sombres. Quant au nez, à peine busqué, il aurait pu paraître insolent si une bouche aux lèvres généreuses n'avait corrigé cette impression. Du bout des doigts, elle lissa son front. Aucune ride ne marquait ses vingt-sept ans et cette constatation, qui en aurait fait sourire quelques-uns, la soulagea.

La chambre était plongée dans l'obscurité quand elle en poussa la porte. A tâtons, elle parvint jusqu'au lit où l'accueillit la chaleur d'Étienne. Réfrénant son désir de le réveiller, elle se concentra sur la joie de le sentir si proche. De longues minutes s'écoulèrent au cours desquelles elle comprit qu'elle ne trouverait pas de sitôt le sommeil. Tandis qu'elle se tournait sur le côté, deux bras l'enserrèrent; elle roula contre lui.

– Tu croyais m'échapper, murmura-t-il à son oreille.

En riant, il ajouta :

– Je me suis bien amusé à compter tes soupirs!

– C'était dans ton rêve, se défendit Gabrielle.

Il l'avait débarrassée de sa chemise de nuit et la caressait comme s'il avait voulu que son corps s'imprime dans ses mains. A son impatience, elle comprit que lui aussi l'avait attendue. Un sanglot monta alors à sa gorge et, nouée à lui, son ventre contre le sien, ouverte, elle rechercha cette unité, cette fusion qui, seule, pouvait rivaliser avec l'acte de créer.

2.

Les couvertures remontées jusqu'au menton, Gabrielle écoutait Étienne aller et venir dans la pièce voisine. La porte du buffet grinça et il y eut un cliquetis de vaisselle. Ses pas décrurent vers la cuisine d'où il revint avec une tasse de thé.

Se relevant sur un coude, elle s'empara de la tasse et, les yeux clos, but à petites gorgées.

– Cette soirée t'a exténuée, remarqua-t-il d'une voix amusée.

– Ce serait plutôt l'après-soirée, répliqua Gabrielle sur le même ton.

A nouveau, elle s'étendit, heureuse de laisser le temps s'écouler.

– J'ai rechargé le poêle et mis de l'eau à chauffer. Tout est prêt, l'avertit Étienne alors que, penché sur elle, il repoussait le drap pour déposer un baiser au creux de son épaule.

– Tu pars? murmura-t-elle. N'est-il pas très tôt?

– Si, mais je veux voir poindre le jour sur la Seine. Avec ce brouillard et le givre, la vision risque d'être intéressante!

Jamais il ne se lasserait d'observer la nature. Été comme hiver, premier levé, dernier rentré, il longeait les cours d'eau, accompagnait les oiseaux et la course des nuages. Le soleil et la neige étaient ses alliés, il en connaissait la plus infime mutation et les innombrables nuances. Privilégiant l'aquarelle, il s'était, cet hiver, concentré sur le gris et les transparences. Une légèreté dont il avait, sans doute, besoin pour oublier l'Institut et les critiques. Étienne était un grand peintre et un homme qui refusait les compromis. Cette attitude lui enlevait honneurs et commandes mais, semblable à ses amis Renoir, Monet, Sisley, que l'on avait baptisés « impressionnistes », il persévérait dans ses choix. Deux ans auparavant, il avait failli sombrer dans le désespoir, néanmoins le désir de créer avait vaincu ses derniers doutes. Il avait compris que sa rencontre avec Gabrielle ne devait rien au hasard. Peintre elle aussi, révoltée comme lui contre les idées reçues, exigeante, courageuse, elle partageait sa foi et son ambition. Tenant tête à ceux qui les jugeaient fous, ils avaient exposé côte à côte chez Nadar, rue des Capucines, puis, décidés à partager davantage, ils s'étaient mariés.

Les parents de Gabrielle eurent beau la supplier de renoncer à un projet qu'elle ne pourrait que regretter, elle persista. La cérémonie fut célébrée dans l'église de Bougival et si la grande bourgeoisie à laquelle appartenait la jeune femme s'abstint d'assister à ce qu'elle considérait comme une mésalliance, la famille des artistes accourut au grand complet. Louis et Hortense les reçurent dans leur propriété. Paul Cézanne vida quelques bouteilles en compagnie du docteur Gachet et Nina de Callias, dont Édouard Manet venait de terminer le portrait et qui avait servi de témoin au marié, déclama les vers que Stéphane Mallarmé avait composés pour la circonstance.

S'arrachant à ses souvenirs, Gabrielle s'étira puis, sans ouvrir les persiennes, elle s'obligea à mettre un semblant d'ordre dans le salon.

Étienne ayant refusé qu'elle empiète sur la dot que lui avaient donnée ses parents, ils avaient décidé de s'installer dans un appartement modeste. Gabrielle n'en souffrait pas car ils avaient chacun gardé leur atelier. C'était la garantie d'une indépendance nécessaire à leur travail.

Il était neuf heures quand elle attrapa en courant l'omnibus qui la déposerait non loin de la porte Saint-Martin. Deux fois par semaine, elle allait dans un atelier où, pour un prix modique, elle travaillait sur modèle. Ils étaient légion les garçons et les filles qui posaient chez

Hector Bouchard ou dans d'autres établissements. Frissonnant ou transpirant selon les saisons, ils tentaient d'oublier leurs membres douloureux dans l'espoir de connaître un jour la gloire.

Une fille très jeune et joliment proportionnée était accroupie sur l'estrade quand Gabrielle s'installa à côté de son ami Jean Chevigny qui, fusain à la main, ébauchait une esquisse.

– J'ai cru que tu ne viendrais plus, grommela-t-il, un mégot au coin des lèvres.

Pour toute réponse, Gabrielle lui adressa un regard ombrageux, puis elle se concentra sur l'inconnue qui leur était proposée.

La chevelure dénouée encadrait un visage qui avait conservé les rondeurs de l'enfance, et le nez retroussé, la bouche mutine obéissaient à l'engouement de certains peintres pour les femmes-enfants, les poupées vivantes.

– Cette fois-ci, ils nous ont gâtés, souligna Chevigny. Elle est ravissante.

– Je ne la connais pas, répliqua Gabrielle.

– Pas étonnant! Elle débute dans le métier. Renoir l'a découverte alors qu'elle traversait l'avenue de Clichy.

– Elle ne pouvait, en effet, que le séduire...

– Lui... et les autres...

Qui aurait été en mesure de résister à semblable douceur? Avec une pointe d'envie, Gabrielle détaillait la courbe des seins, le ventre à peine renflé et cette peau si lisse, si blanche qu'elle appelait les caresses. De la gamine à peine pubère à la matrone défraîchie, elle avait croisé des dizaines de modèles depuis qu'elle peignait. Beaucoup travaillaient comme fleuristes, cousettes ou, au théâtre, jouaient les doublures. L'espace de quelques heures et pour une poignée de pièces, elles devenaient des muses. Jo, Finette, Maud ou Fumée, on les retrouvait au détour d'une étude ou parfois d'un tableau. Dans la tête de Gabrielle trottait le fameux quatrain :

« Pour quatre francs et sur facture
Émilie pose pour le bas
Tandis qu'à la manufacture
L'ouvrier travaille à prix bas. »

En ce début de matinée, le silence régnait dans l'atelier.

Sur les visages mangés par la barbe, Gabrielle lisait la fatigue causée par le froid, l'inconfort et le manque de nourriture. Avec un pincement au cœur, elle se demandait combien de ces artistes malmenés finiraient par vaincre l'anonymat, la misère et les humiliations. A la force d'âme, il fallait ajouter le talent. L'un après l'autre, elle les passa en revue. Il y avait les appliqués qui deviendraient illustrateurs en livres pieux, les débrouillards auxquels on commanderait des fresques de pacotille, Chevigny avait bien décoré les salons d'une maison close, et puis les vaniteux qui, prêts à tous les reniements, ne songeaient qu'à obtenir le Prix de Rome. Parmi ceux-ci, Jules Villeneuve tenait la vedette. Dénué d'imagination, amateur de plaisanteries lourdes, il acquiesçait à tout ce que prônait le maître quand celui-ci faisait ses corrections. A ses yeux, les femmes étaient juste bonnes à être culbutées, ce qu'il essayait régulièrement de faire avec les modèles. Gabrielle, qui ne pouvait supporter sa suffisance et sa vulgarité, ne cherchait pas à lui cacher son mépris. Il en résultait des propos aigres-doux comme l'échange qu'ils eurent lorsque, dans le brouhaha, la séance prit fin.

– Eh bien, je vois qu'on lâche de temps en temps ses casseroles pour reprendre les pinceaux. J'aurais pourtant cru que le mariage...

– Justement, les tâches ménagères m'ouvrent de nouveaux horizons! Passer le plumeau, par exemple! Voilà un exercice auquel, toi aussi, tu devrais te livrer car tu manierais certainement mieux cet instrument que tes brosses et tes crayons!

Contente de sa repartie, Gabrielle se détourna et rejoignit Chevigny qui, debout devant une ardoise, notait dans la paume de sa main les nom et adresse de Jeanne qui avait quitté l'estrade pour se rhabiller derrière un paravent. Encore engourdie, le modèle laça non sans mal son corset. L'image de la brioche qu'elle allait bientôt manger la fit saliver. Elle boirait aussi un chocolat. Emmitouflée dans une pèlerine, elle se dirigeait vers les boulevards quand un garçon qu'elle avait repéré parmi les élèves l'aborda :

– Je m'appelle Chevigny. Tu poserais pour moi?

– C'est deux francs, l'heure.

– Marché conclu.

Un rendez-vous fut fixé pour l'après-midi et Jeanne s'éloigna, songeuse. Nouvelle dans le métier, elle n'avait pas souvent posé chez les artistes. Chevigny lui avait paru honnête mais n'aurait-elle pas à lutter contre ses avances? Dans ce cas, elle se retrouverait, comme cela lui était déjà arrivé, sur le trottoir, ses vêtements dans les bras. Elle aurait perdu du temps et un argent dont elle ne saurait justifier l'absence.

D'un pas rapide, elle parcourut le chemin qui la séparait de la rue des Abbesses où Antoinette lui servirait, dans l'arrière-salle de son café, le petit déjeuner dont elle rêvait. Si cette femme n'avait existé au pire de la tourmente, Jeanne serait sans doute morte de peur et de solitude. Elle ne pouvait se souvenir de cette époque sans frissonner. On venait de fêter ses douze ans quand François, son frère aîné, avait été tué à Sedan. Son père s'était alors muré dans le silence et, au regard de sa mère, elle avait compris qu'il aurait mieux valu que ce fût elle l'enfant sacrifié. Il y eut ensuite le siège de Paris, les canons qui, sans relâche, tonnaient et ces descentes à la cave où grouillaient d'énormes rats que l'on rôtissait puis vendait. Au moment où elle avait cru tout connaître de l'horreur, la Commune éclata. On fusilla son père qui avait pris part aux barricades. Sa mère échappa de peu à la prison en se cachant chez les religieuses. C'est alors qu'Antoinette découvrit Jeanne cognant de la tête sur la porte du logis déserté. Sans un mot, elle la prit par la main et l'amena jusqu'à son café où deux ivrognes braillaient des couplets obscènes en jouant au bras de fer. Des semaines s'écoulèrent. Jeanne apprit que vivre n'était pas une punition. Antoinette riait et surtout chantait. Lorsque personne ne s'y attendait, les trilles fusaient. Il était difficile de compter ses amants car ils se succédaient à un rythme soutenu. Quand elle s'en lassait, ils devenaient ses amis et on les retrouvait, au comptoir, mêlés à ceux dont viendrait le tour.

Aujourd'hui, elle était seule.

– Ils ont trop bamboché pour le nouvel an, souligna-t-elle pendant que Jeanne sucrait son chocolat. Et, surtout, j'ai arrêté de faire crédit.

Après avoir déposé une seconde brioche devant sa protégée, elle demanda :

– Et toi, petite, tu es contente ?

– J'ai du travail pour la semaine.

– Eh bien, voilà de quoi dormir sur tes deux oreilles !

Jeanne soupira. Comment expliquer à Antoinette que ce travail n'était qu'un pis-aller, comment lui expliquer qu'elle rêvait de devenir couturière ? Jeanne ne possédait aucune instruction. Chez elle, on avait toujours considéré que lire et écrire n'était pas nécessaire. Encore moins pour les filles dont l'avenir se résumait à élever les enfants et à tenir le foyer de l'homme qui avait bien voulu les remarquer. Le soir, quand sa mère se reposait des lessives qu'elle faisait pour la clientèle du quartier, elle se familiarisait avec l'alphabet... mais, voilà, ce n'était qu'un début... Si seulement elle pouvait être engagée comme « petite main » dans un atelier de confection ou chez une modiste ! En attendant le miracle, elle hantait les rayons du Bon Marché et, des doigts, caressait les brochés, les crêpes de Chine, et les velours, tous ces tissus qu'elle trouvait précieux. Les yeux fixés sur les lés que dépliaient les vendeuses, elle se gorgeait de couleurs. Rose indien, bleu cobalt, vert Nil, rouge vénitien, il y avait de quoi perdre la tête. Elle aimait aussi le crissement des ciseaux sur la soie et ces nuages de dentelle qui, après avoir été mesurés sur un mètre de bois, recouvraient les comptoirs. Plus tard, revenue chez elle et utilisant sa mémoire, elle composait des vêtements. D'une main malhabile, elle en dessinait les contours sur de vieux cartons. Ainsi, cachés sous son matelas, il existait des robes de bal dont elle entendait le bruissement, des burnous rehaussés de plumes, des ébauches de capes ou de peignoirs qu'elle ne porterait jamais puisque le luxe avait été créé pour d'autres, ces femmes riches et capricieuses qu'elle aspirait à servir.

Laissant Antoinette à ses fourneaux, elle traversa la rue. Il y avait peu de différence entre la température extérieure et celle du logement qu'elle partageait avec sa mère. Près de l'âtre où rougeoyaient quelques braises, celle-ci soignait ses mains crevassées.

– Ça s'est empiré, constata-t-elle. Ce matin, il m'a fallu casser la glace sous le lavoir.

Il était rare que Nane Dorval se plaignît. Les souffrances passées l'avaient aguerrie. Parfois, pourtant, comme aujourd'hui, elle ne parvenait à cacher sa lassitude de vivre.

La jeune fille fixa les ballots de linge posés près de la porte puis déclara :

– C'est moi qui ferai ces lessives.

– Mais ton travail?

– Je ne pose pas avant trois heures.

3.

Enveloppée dans un châle d'inspiration andalouse, Jeanne grignotait des cerises à l'eau-de-vie pendant que Chevigny nettoyait ses pinceaux. D'une oreille distraite, elle l'écoutait s'adresser à Gustave Caillebotte qui, quelques instants plus tôt, les avait rejoints dans l'atelier.

– C'est de la folie, disait-il. Et pourtant Renoir, Sisley et Monet sont décidés ! Encore Monet, on le comprend ! Il n'a pas un sou vaillant… mais les deux autres… Une vente aux enchères, ils ne se rendent pas compte des risques !

– C'est une façon de faire parler d'eux, rétorqua Gustave.

– Est-ce vraiment nécessaire après les critiques qu'ils ont essuyées au printemps dernier ? Regarde Pissarro et Cézanne, ils se tiennent tranquilles, eux !

Chevigny n'était pas un poltron, loin de là. Ses amis avaient toujours pu compter sur son engagement et sa fidélité. Néanmoins, il sentait qu'il ne fallait pas se jeter trop vite dans l'arène. A trop crier, on ne se faisait plus entendre !

Jeanne avait repris la pose. Assise sur une chaise paillée, elle semblait près de laisser tomber le bouquet de violettes qu'elle avait entre les mains. Chevigny souhaitait que son visage exprime désillusion et nostalgie.

– Pense à ton premier chagrin d'amour, lui souffla-t-il. Souviens-toi de ce que tu as ressenti.

Avait-elle déjà souffert pour un garçon ? Se poser la

question était une réponse. Elle songea à Émile, leur voisin. Pour l'adolescente qu'elle était alors, il incarnait l'homme idéal. Une stature d'athlète, le regard myosotis, la moustache cirée, un grand rire! Il avait peuplé ses rêves jusqu'au jour où elle l'avait aperçu, au détour d'une ruelle, donnant à une blonde le baiser qu'elle s'était juré d'obtenir. Après avoir pleuré sur ce qu'elle appelait une trahison, elle avait décidé que l'amour rendait stupide et rien, depuis, ne l'avait poussée à changer d'avis.

Elle essayait de se plier aux exigences de Chevigny quand des pas résonnèrent dans la cour. La clochette de la porte tinta et, bientôt, une jeune femme pénétra dans la pièce.

– Bonjour, dit-elle à Jeanne en lui serrant la main. J'étais, ce matin, chez Bouchard.

– Oui, je vous reconnais.

Caillebotte s'était approché pour débarrasser la visiteuse de sa pelisse. Chevigny, lui, ne s'écarta pas de son chevalet. Il se contenta de lancer :

– Il reste du café chaud... Sers-toi et, par la même occasion, sers-nous.

De son siège, Jeanne suivait les déambulations de Gabrielle qui finit par se poster derrière Chevigny afin d'observer son travail. Son regard allait de la toile au modèle.

– Qu'en penses-tu? lui demanda le peintre.

– Il y a bien la tristesse mais tu aurais dû ajouter la révolte, finit-elle par répondre. Jeanne n'est pas une personne passive, encore moins soumise. On le lit dans ses yeux. Pourquoi ne pas l'avoir retranscrit?

– Vous, les femmes, il faut toujours que vous compliquiez les situations! Moi, je voulais juste montrer le désarroi face aux chimères qui s'écroulent.

– On peut aller plus loin, insista Gabrielle.

A mi-voix, elle ajouta :

– Que fais-tu de l'orgueil blessé et de l'envie de se venger?

– Mais, ma toute belle, je n'écris pas un roman, j'exécute un portrait!

– Tu as tort d'y voir une différence.

Agacé, Chevigny rangea ses tubes. Ce n'était pas la

première fois que Gabrielle tenait ce discours et, au fond de lui-même, il lui donnait raison. Ils avaient accompli ensemble leurs premiers pas de peintres. Chevigny possédait au début davantage de technique et ses conseils s'étaient révélés précieux. Puis, son amie avait pris de l'ascendant et, que ce soit Renoir, Pissarro ou le difficile Manet, tous louaient ses qualités intuitives et sa justesse d'observation. Qui, hormis Berthe Morisot, savait comme elle retranscrire la féminité, la pudeur, les demi-aveux ? De l'enfance à la vieillesse, chacune de ses créatures livrait son âme, son interrogation sur la fuite du temps ou des sentiments.

– Dans toute situation, il y a les « silences » et « l'après », répétait Gabrielle. J'essaie de capter l'un et l'autre.

Caillebotte tirait sur sa pipe. Nouveau venu dans la bande, il écoutait chacun avec d'autant plus d'intérêt qu'il cherchait sa voie. Jusqu'à présent, il avait privilégié les scènes de plein air et particulièrement de canotage. Sa passion pour les bateaux éclatait sur ses toiles où des gaillards en maillots rayés filaient dans leurs périssoires.

– Et Étienne, que devient-il ? demanda Chevigny qui souhaitait changer de sujet. On ne le voit plus au café !

– Sans doute n'y allez-vous pas aux mêmes heures, rétorqua Gabrielle en riant.

Sérieuse à nouveau, elle ajouta :

– Il travaille beaucoup.

– Pour le Salon ?

– Pas que je sache.

– Alors... Il a passé un accord avec Durand-Ruel ?

– Mais non puisque Julien est son marchand.

– Julien Coblence ! Comment pourrait-il s'occuper de lui ? Il n'est jamais là !

– Tu oublies qu'il a, pendant son séjour en Amérique, vendu toutes les toiles qu'Étienne lui avait confiées.

Sceptique, Chevigny haussa les épaules, s'essuya le nez avec l'écharpe dont il ne se séparait jamais puis ouvrit un tiroir afin d'y prendre quelques pièces qu'il tendit à Jeanne.

– Dois-je revenir demain ? demanda-t-elle.

– Demain ? Sûrement pas ! J'ai promis à un photographe de terminer un panoramique.

Découvrant la mine dépitée de son modèle, il précisa :

– Allez... Ne t'inquiète pas... Nous les reprendrons nos séances... la semaine prochaine ou... celle d'après...

Alors qu'elle venait, à son tour, de quitter l'atelier, Gabrielle se remémorait la scène. Cette utilisation des êtres la mettait mal à l'aise. Bien sûr, on les payait pour les services qu'ils rendaient mais voler leur corps et un peu de leur âme n'était pas un bien. Elle songeait à ces filles qui s'illusionnaient sur leur beauté et leur pouvoir. Que devenaient-elles quand on se lassait de leurs charmes ? Les plus malignes, sinon les plus jolies, se transformaient en compagnes. Telles des vestales, elles veillaient sur le bien-être de leurs artistes. Il commença de neiger et Gabrielle héla un fiacre. Elle avait promis à sa cousine Hortense de lui rendre visite.

Une horde d'enfants l'accueillit dans le vestibule. Les joues rosies par l'excitation et le regard brillant, ils couraient en farandole à travers la maison. Certains avaient la tête coiffée d'une couronne.

– Nous fêtons les rois, déclara Hortense sur un ton joyeux.

Penchée sur le garçonnet qui s'agrippait à ses jupes, elle l'encouragea :

– Rejoins tes amis, Emmanuel.

Le petit se serra davantage contre sa mère.

– Tu t'amuserais davantage avec eux, renchérit Gabrielle. Donne-moi la main et nous allons les rattraper.

Elle eut beau insister, Emmanuel refusa la proposition.

– Tant pis pour lui s'il préfère notre compagnie, lança Hortense en entraînant la jeune femme vers un salon où les rideaux avaient été tirés sur la nuit.

Un feu crépitait dans la cheminée et Gabrielle s'en approcha. Une quiétude l'envahissait en même temps qu'elle renouait avec les habitudes passées. Elle se souvenait de ces années où, célibataire, elle confiait à Hortense, déjà mariée, ses espoirs et ses révoltes. Dans ce lieu propice aux confidences, elle avait évoqué sa relation avec Étienne et trouvé des forces pour l'affronter. C'était aussi dans cette demeure de la rue La Bruyère qu'elle avait soigné son amant rentré du front avec une pneumonie. A l'étage, au cours de journées qui lui avaient paru des siècles, elle s'était battue contre la mort. Ensuite, elle avait appris qu'une victoire se paie. La convalescence d'Étienne s'était transformée en une nouvelle épreuve. Comprenant qu'elle lui rappelait une maladie qu'il voulait oublier, elle s'était écartée. Il fallait être seul pour descendre aux enfers, se délivrer de ses peurs puis renaître. Étienne avait accompli le parcours. Elle l'avait accompagné en pensée et rejoint quand peindre était redevenu sa raison d'exister.

Rires et cris la ramenèrent à la réalité. Élisa, sa nièce, s'était cachée dans une armoire et, sourds aux menaces d'une gouvernante excédée, les petits s'étaient lancés à sa recherche.

L'arrivée de Louis calma les plus agités. Ce fut de courte durée. Avec la complicité d'Hortense, il délogea Élisa de sa cachette, la jucha sur ses épaules et entraîna la bande à travers les escaliers. Emmanuel n'avait pas bougé. L'espace d'un instant, Gabrielle éprouva de la compassion pour cet enfant que rien ne déridait jamais. Son pouce dans la bouche, il demeura blotti contre sa mère qui, dans un geste d'apaisement, lui caressait les cheveux. Louis revint bientôt, essoufflé. Il se laissa tomber dans un fauteuil, rajusta sa cravate puis, en riant, avertit Hortense :

– Préparez-vous à chercher une autre nurse. Celle-ci a décidé de nous quitter. Elle ne peut éduquer des enfants soumis à de si mauvaises influences!

Une lueur de satisfaction brilla dans les yeux d'Emmanuel, vite dissipée. Le visage de nouveau fermé, il répondit par monosyllabes aux questions de son père qui ne sembla pas s'en étonner.

Hortense avait emmené Gabrielle dans son boudoir. D'épais cahiers étaient empilés sur un bureau. Elle prit l'un d'entre eux et le tendit à sa cousine.

– J'aimerais que tu lises ce conte et que tu l'illustres... si l'histoire te plaît...

– *Le Palais de cristal*, murmura Gabrielle en découvrant le titre. De quoi s'agit-il?

– D'une princesse emprisonnée dans les glaces. Qu'imaginer d'autre en plein hiver?

En même temps qu'elle parlait, Hortense caressait du doigt un autre cahier.

– Je n'ai pas touché à mon roman depuis la Toussaint... Depuis le retour de Louis.

Et comme si elle se parlait à elle-même, elle ajouta :

– J'ai l'impression de me heurter à des portes qui refusent de s'ouvrir.

– Elles s'ouvriront au moment opportun, répliqua Gabrielle avec douceur.

– Sans doute, mais je m'inquiète.

Après un bref silence, elle avoua :

– Tu vois, Gabrielle, la vie m'a rendu ce que je croyais à jamais perdu et pourtant il y a, là, au plus profond de moi-même, un vide que rien ne comble.

« Une amputation », songeait Gabrielle en s'interdisant de prononcer le mot. Ces dernières années, Hortense avait été et s'était malmenée. Sans qu'elle eût avoué ses tourments, sa cousine en connaissait les causes. Comment en aurait-il été autrement alors que, depuis l'enfance, chacune lisait dans les pensées de l'autre.

– Je continue, bien sûr, d'écrire, poursuivait Hortense, mais pas l'essentiel, pas ce qui me tient à cœur!

– Tu l'écriras quand tu accepteras la vérité, celle qui te dérange, qui te fait peur, qui remet en questions tes convictions.

Hortense sentit les larmes monter à ses yeux. Elle devenait, décidément, trop émotive! De la pièce voisine, elle entendit Louis qui plaisantait avec les enfants. Cette famille enfin réunie n'était-elle pas la parfaite image du bonheur? Un soir comme celui-ci, ses vœux n'étaient-ils pas exaucés? Une bouffée d'amour l'envahit pour l'homme auprès duquel elle cheminait depuis sa dix-huitième année. Beaux, brillants, fortunés, on les avait jugés insolemment chanceux. La guerre s'était chargée d'altérer leur bonheur. Son emprisonnement en Allemagne avait rendu Louis taciturne et pessimiste. Il avait fallu un voyage en Orient pour qu'il retrouve son équilibre. Il en était rentré deux mois plus tôt, impatient de réinstaurer les anciens rites, ceux qui les avaient liés. Mais pouvait-on revenir en arrière? Pouvait-on oublier le doute, la suspicion, la tentation? Hortense s'accrochait à cet espoir.

Sur le pas de la porte, Gabrielle serra contre sa poitrine le cahier qui lui était confié puis murmura :

– Accepte de voir plus loin que ne le souffle la raison...

4.

– C'est fini, Jeanne, tu peux te détendre.

A l'aide d'un chiffon, Gabrielle essuya ses pinceaux. Puis elle se débarrassa de sa blouse maculée, se dirigea vers une table de bois et, repoussant des tubes de gouache, s'empara d'un paquet qu'elle déballa.

– Que dirais-tu d'une tranche de cake?

Jeanne s'approcha et, le nez froncé par le plaisir, respira l'odeur des fruits confits. Gabrielle coupa plusieurs tranches qu'elle disposa sur une assiette et versa dans des tasses de faïence un chocolat brûlant.

– Je connais tes goûts, maintenant, murmura-t-elle.

Il y avait plusieurs jours que la jeune fille prêtait ses traits à la princesse qui, vêtue de fourrures immaculées, se morfondait dans le palais de cristal. Seuls le sommeil et les rêves la délivraient de sa solitude. Elle régnait, alors, sur un monde de lutins endiablés, d'animaux fantasmagoriques, singes à tête de tortue ou éléphants sans trompe. Un orchestre de pingouins berçait ses nuits de valses langoureuses et des lapins aux couleurs de l'arc-en-ciel lui tressaient en couronnes les anémones qui poussaient sur les glaciers. A l'imagination d'Hortense, Gabrielle unissait la sienne, ce qui donnait ces images étonnantes qui séchaient sur les murs de l'atelier.

– C'est beau, remarqua Jeanne en découvrant les dernières aquarelles.

Avec un soupir de résignation, elle ajouta :

– Venir ici me fait du bien et du mal. J'aime poser pour toi, j'aime t'écouter quand tu me racontes des histoires. Le temps file et j'oublie tout le reste. Seulement, quand je me retrouve dans la rue, je vois la différence et je comprends que jamais je ne te ressemblerai !

– Personne ne te demande de me ressembler.

– Mais rends-toi compte de ce que tu représentes ! Le talent, la liberté !

L'avant-veille, Jeanne avait à demi-mot dévoilé son histoire et ses espérances. Gabrielle l'avait écoutée puis questionnée davantage sur son passé. Elle avait, alors, avoué sa honte de n'avoir reçu aucune instruction.

– Heureusement que je ne suis pas trop vilaine, avait-elle conclu en se regardant dans un miroir, sinon il ne me resterait plus qu'à blanchir et repasser le linge !

En baissant la voix, elle avait ajouté :

– A force de l'avoir respirée sur ma mère, l'odeur du savon noir me donne la nausée.

Gabrielle avait observé Jeanne avec un intérêt accru. Bien qu'en apparence tout les séparât, la démarche de cette fille n'était pas étrangère à la sienne. Restait qu'au départ les chances n'avaient pas été distribuées d'égale manière.

– Je peux t'apprendre à lire et à écrire, s'entendit-elle proposer.

– Toi ! s'exclama Jeanne. Mais pour quelle raison ?

– Celle de corriger certaines injustices.

C'est ainsi que trois fois par semaine, Jeanne s'exerçait à former des phrases. Sa soif de rattraper le temps perdu la faisait aller vite. Peu à peu, Gabrielle lui confia des livres qu'elle dévorait jusqu'à ce que sa bougie se consume. En même temps, Jeanne découvrait un art de vivre. Gabrielle avait conservé l'atelier dans lequel elle travaillait avant son mariage. La pièce ouvrait par de grandes baies vitrées sur un jardin où chuchotait une fontaine et, si l'on se penchait, on découvrait le parc d'un couvent où des religieuses enveloppées dans des pèlerines noires marchaient à pas comptés en égrenant leur chapelet. Sur le balcon, des miettes de pain attiraient pigeons et moineaux.

– Ils me tiennent compagnie, remarquait Gabrielle avec un sourire.

Dans cet espace consacré à la peinture, chaque meuble, chaque objet révélait le goût de leur propriétaire pour l'harmonie et la simplicité. Des housses jaune d'or recouvraient des sièges destinés aux confidences; sur des étagères, on découvrait des souvenirs de voyages mais, surtout, près de la cheminée, un portrait de Gabrielle assise dans une barque attirait l'attention.

– C'est ainsi qu'Étienne m'a vue lors de notre première rencontre, expliqua-t-elle à sa visiteuse. Je lui avais caché ma véritable identité. Un jeu qui aurait pu mal tourner!

Chaque fois que Gabrielle évoquait son époux, une expression particulière l'animait. Amour, admiration, connivence, cet homme s'était fondu dans son âme et dans sa chair. Avec un soupçon de jalousie, Jeanne captait la douceur du regard, la voix qui devenait plus basse. Connaîtrait-elle, un jour, semblable passion? Qui s'intéresserait à une gueuse dont les mains gercées trahissaient les travaux rudes? Au mieux, on lui pinçait les joues, au pire les fesses. Quant aux baisers volés, ils faisaient partie de la routine! Contrairement aux autres modèles, elle ne tirait aucune satisfaction des avances dont elle était l'objet. Il lui avait suffi d'observer le va-et-vient des peintres autour des filles qui les rejoignaient au café de La Nouvelle Athènes pour comprendre qu'elles ne représentaient pas plus qu'un verre d'absinthe : aussitôt bu, aussitôt remplacé! A la tombée du jour, quand elle poussait la porte du cénacle, pressée d'être embauchée, ces messieurs étaient en général installés autour de tables qui débordaient de chopes vides et de mégots. La fumée piquait les yeux, l'odeur de la sciure emplissait les narines mais personne ne s'en plaignait. Au coude à coude, Renoir, Monet et Cézanne se lamentaient sur le présent et rêvaient d'un avenir où ils seraient enfin compris et acceptés. D'Argenteuil, de Pontoise, ils avaient rapporté des toiles que tout le monde refusait. Hymne à la vie, aux saisons, scènes de moissons ou de pêche, ils se penchaient sur l'essentiel. Mais quel était l'intérêt de montrer ce que chacun connaissait, côtoyait? Les amateurs et les collectionneurs réclamaient des orgies ou des batailles, des nus ou des armures!

Un soir de février, Jeanne s'assit à côté de Chevigny. Avec des morceaux de papier, il fabriquait des boulettes puis les lançait dans le décolleté de Nini Gueule de Raie, la dernière égérie de Renoir.

– On a pas idée, glapissait celle-ci en cherchant secours auprès de son protecteur.

Mais Renoir avait d'autres soucis en tête. La vente à Drouot approchait et il en craignait le résultat. Manet avait beau lui promettre qu'il écrirait à certains critiques pour leur demander une trêve, il se préparait à essuyer la pire des humiliations.

La vente arriva le 24 mars. Désigné comme expert, Durand-Ruel veillait sur les soixante-treize toiles qui lui étaient confiées et pour lesquelles il avait commandé des cadres élégants. Depuis deux jours, la foule se pressait devant « les horreurs » que l'on osait mettre aux enchères. Industriels, femmes du monde et du demi-monde, boutiquiers, oisifs ou artisans, tous criaient au scandale devant les œuvres que Sisley avait rapportées d'Angleterre. Quant au *Pont-Neuf* ou à *La Source* de Renoir, elles déclenchaient le plus profond mépris !

Dans le brouhaha et le désordre, le public commença de remplir la salle. Chevigny, venu pour soutenir ses amis, s'était installé à l'écart et, sur un calepin, caricaturait les censeurs.

– Gourgandine, hurla une matrone quand entra Berthe Morisot.

Pour sa voisine, elle ajouta :

– Une dame de son rang ! Se produire avec des saltimbanques... C'est une honte !

Indifférente aux injures, Berthe se dirigea vers le premier rang. Son mari, Eugène Manet, l'accompagnait. Elle échangea quelques mots avec Gustave Caillebotte dont la mine lui parut sombre, mais elle ne s'y attarda pas et se plongea dans la lecture du catalogue établi par Philippe Burty.

Une bataille se déclencha près des portes où des huissiers tentaient de barrer le passage à des individus qui hurlaient, le poing menaçant, qu'aucune œuvre ne trouverait acquéreur.

– Laissez-moi entrer, répétait Gabrielle en poussant un colosse qui s'interposait.

– Tiens, tiens, encore de la graine d'atelier!

Après l'avoir dévisagée des pieds à la tête, il ajouta :

– Au lieu de bousculer les gens de goût, tu ferais mieux de nous raconter pour qui tu te déshabilles et pour combien!

Elle allait le gifler quand un ordre claqua :

– Ça suffit!

Gabrielle reconnut la voix de son cousin Louis Duplessis. Hortense se tenait à ses côtés.

– Non mais de quoi je me mêle, répliqua l'agresseur.

– De l'honneur de ma famille, répondit Louis.

Si, appelée par le commissaire-priseur Pillet, la police n'était intervenue, l'algarade aurait sans doute dégénéré. Hortense respira. Elle détestait ce genre de scènes.

Dans la salle, la fièvre avait monté. Debout sur une chaise, un vieillard, qui avait recouvré sa vigueur, haranguait ses voisins. Avec stupéfaction, Gabrielle prenait conscience de la haine que pouvait provoquer un art nouveau, différent. Que leur reprochait-on? D'éprouver des sentiments, des sensations authentiques et saines pour le monde dans lequel ils évoluaient?

– Étienne n'est pas venu? lui demanda Louis quand ils eurent trouvé des sièges.

– Non, il a préféré travailler.

Au milieu des huées et des quolibets, les enchères commencèrent. Devant les prix lamentables qui entachaient la peinture de ses protégés, Durand-Ruel sentait sa gorge se serrer. Il savait pourtant qu'il ne s'était pas trompé quand, à Londres, il s'était, cinq ans plus tôt, intéressé à Pissarro et Monet. Leurs études de neige et de brouillard rappelaient un univers que Bonington et Turner avaient, les tout premiers, exploré. Par leur intermédiaire il avait rencontré Manet et dévalisé l'atelier de cet homme qui tenait du grand bourgeois et du dandy. Cent francs pour une toile de Renoir! Deux cents pour une autre de Monet! Louis avait honte de payer ces sommes dérisoires mais personne ne surenchérissait. Gabrielle acheta plusieurs pastels de son amie Berthe. Caillebotte augmenta la collection que sa fortune personnelle lui permettait depuis un moment de constituer. Mais ni les uns ni les autres ne parvinrent à éviter la catastrophe. Assourdi par le vacarme, Durand-Ruel rachetait une œuvre quand un homme aux cheveux et à la barbe gris se porta acquéreur de plusieurs tableaux.

– Tu le connais, demanda Hortense à Gabrielle.

– Non.

Mais le marteau frappa une dernière fois et l'étranger se dirigea vers Pillet afin de décliner son identité. Dans l'instant tout le monde sut qu'il s'appelait Victor Chocquet! Rentré par hasard dans la salle, il avait été conquis par ces visions d'espace et de lumière.

– Il possède déjà des toiles de Delacroix, de Corot et de Daumier, expliqua Caillebotte.

La nuit tombait quand la manifestation prit fin. Les mains dans son manchon de martre, Hortense frissonna.

– Ne soyez pas triste, lui murmura Louis pendant que leur attelage les ramenait rue La Bruyère. Les changements de mentalité ne se font, hélas, pas dans la sérénité!

Louis était parvenu à une certitude intérieure qu'elle lui enviait. La tête dans les étoiles, les pieds rivés au sol, il allait son chemin en donnant forme aux rêves de ses semblables. Jour après jour, elle essayait de le suivre mais il avait pris trop d'avance!

– Croyez-vous que privé de votre présence, de votre amour, je serais le même? la rassura-t-il alors que, plus tard, dans la bibliothèque, elle lui dévoilait ses doutes.

Ses lèvres sur les siennes, il l'empêcha de répondre. Personne jusqu'alors ne lui avait inspiré un tel intérêt, un tel étonnement. Sa peau contre sa peau, il affrontait une femme différente de celle qu'il avait révélée à l'aube de leur mariage. La passion l'envahissait pour celle qu'il découvrait et qui, sans le vouloir, lui échappait. Elle lui donnait son corps... mais son esprit... où vagabondait-il? Était-elle seulement consciente de sa dérobade? Au fond de ses yeux, il lut qu'elle s'interdisait la vérité.

5.

Louis donnait des instructions aux maçons quand Edmond Surtel le rejoignit.

– J'ai bien fait de me laisser convaincre, déclara-t-il en serrant la main de son architecte. Vous aviez raison et je m'en rends compte aujourd'hui : il aurait été stupide de construire cette maison en haut de la colline.

Poussant des brouettes emplies de pierres et de briques, des ouvriers s'activaient autour de murets, tandis qu'un peu plus loin un métreur marquait de repères un terrain qui descendait en pente douce vers une rivière. De la future terrasse où ils se trouvaient, Louis et Edmond découvraient le parc que paysagistes et jardiniers organisaient et défrichaient.

– Très peu d'arbres sont malades, indiqua Louis avant de s'emparer des plans que lui apportait un homme jeune et de petite taille. Merci Bolzano, dit-il.

Se tournant à nouveau vers son client, il précisa :

– Raphaël Bolzano vient d'entrer dans mon cabinet comme apprenti.

Puis, à celui-ci, il demanda :

– Avez-vous changé l'emplacement des fenêtres comme je vous l'avais indiqué?

– Oui, monsieur.

En même temps qu'il les écoutait, Edmond Surtel se remémorait la promesse qu'il s'était faite, enfant : posséder une maison qui épouserait le rythme du soleil et des saisons. Ses origines paysannes lui avaient donné pondération et persévérance, des qualités qui l'avaient aidé à se hisser dans une société où le moindre faux pas pouvait se révéler fatal. Un à un, il avait gravi les échelons de la banque jusqu'à fonder la Banque Surtel. Épouser une riche héritière l'avait ensuite installé dans sa position d'homme puissant et fortuné. S'il en appréciait les avantages, il n'en abusait pas. Solitaire, secret, on ne lui connaissait aucune liaison officielle et suivie depuis son veuvage. Son personnel le respectait et le craignait, moins toutefois que son unique fils qui, en sa présence, ne pouvait prononcer un mot sans bégayer. Aujourd'hui, en voyant s'élever une demeure qui répondait à ses rêves, il éprouvait de la joie. Il s'imaginait au crépuscule, son chien couché à ses pieds. La terre exhalerait son odeur et lui regarderait le ciel s'illuminer puis s'assombrir. Seules la nature et ses manifestations parvenaient à l'émouvoir et si ce constat, parfois, le déroutait, il refusait d'en approfondir les raisons. Fuyant dans le travail et les responsabilités, il progressait dans sa réussite. Néanmoins, vers quoi tendait-il maintenant qu'il s'était imposé aux yeux de tous? Certes, il avait assez d'idéal pour vouloir servir son pays, l'industrialiser, mais était-ce suffisant pour donner un sens à son existence?

Le banquier était invité à déjeuner à Bougival, une commune voisine où Hortense s'était installée pour l'été. Après avoir étudié les détails de la construction, les deux hommes, chacun dans son attelage, empruntèrent donc la même direction.

Dès qu'il eut franchi les grilles du « Berceau », Edmond Surtel se sentit très loin de son quotidien. Entre des buissons d'hortensias et de fleurs, une allée menait à un chalet d'inspiration orientale. Bulbes, balcons ouvragés... on se croyait sur les rives du Bosphore. Un cèdre immense ombrageait une pelouse où une fillette en robe de dentelle s'exerçait au bilboquet.

– Élisa, tu ne viens plus m'embrasser, s'exclama Louis en descendant de son coupé.

Avec un rire joyeux, celle-ci se jeta dans les bras de son père, puis en voyant apparaître leur visiteur, demanda :

– Qui nous amenez-vous?

– Monsieur Surtel, un client.

Dans le vestibule, Edmond s'inclina devant Hortense. Il ne l'avait pas vue depuis leur rencontre à l'Opéra et, aujourd'hui encore, sa grâce le surprit. Cette femme semblait à peine effleurer le sol quand elle marchait. Elle l'entraîna vers un salon où voisinaient avec bonheur l'exotisme et la féerie. Candélabres en cristal, coffres incrustés de nacre, sièges recouverts de perse invitaient au voyage, tout comme les panoramiques qui racontaient les îles lointaines. Louis s'était éclipsé quelques instants et, seul avec son hôtesse, Edmond se sentit intimidé. Elle ne sembla pas s'en apercevoir et, sur un ton affable, évoqua les agréments des environs.

– Dès les beaux jours, je quitte Paris. J'ai besoin de voir grandir les arbres, de respirer les fleurs... A Louveciennes, vous serez heureux. J'en suis certaine!

Il avait envie de la croire et, à son corps défendant, il songeait aux visites qu'il lui rendrait. Comment pouvait-on s'intéresser à la femme d'un autre et aussi rapidement? Il s'entendait répondre à ses questions en s'en voulant de sa maladresse. Son bureau, ses affaires lui pesaient. Un rire venant du dehors l'interrompit. Une femme et un homme d'un certain âge entrèrent dans la pièce, elle, petite, ronde, volubile, lui, courbé et marchant avec difficulté.

– Nos voisins, présenta Hortense. Ma belle-mère, madame Duplessis et notre ami, monsieur Delteil. Tous les deux sont passionnés de botanique et ils reviennent de leur promenade.

Ils déjeunèrent dans la salle à manger d'été qu'un grand store de toile plongeait dans une demi-pénombre. La conversation était enjouée mais profonde. Constant Delteil évoqua l'étude qu'il poursuivait sur la mythologie féminine.

– Je suis arrivé aux déesses-mères, celles qui enfantent et tuent, celles qui expriment les contraires et le grand mystère de la vie. Elles incarnent création et destruction, générosité et haine!

Edmond surprit le regard pensif d'Hortense. En même temps qu'elle prêtait attention aux paroles de Constant, elle songeait à Julien Coblence qu'un tel sujet n'aurait pas laissé indifférent. Personne n'en avait de nouvelles depuis qu'il les avait quittés pour reprendre sa course à travers le monde. Était-il en Extrême-Orient? A New York? Ne rien savoir lui serrait la gorge car, même si elle se défendait contre son souvenir, il hantait sa mémoire et habitait son cœur. Julien, l'homme qu'elle n'aurait jamais dû rencontrer et jamais pu éviter, son double et son tourment... Julien qui ne s'était toujours pas guéri de sa « déesse-mère », celle qui l'avait enfanté puis rejeté, lui avait donné la peur des femmes et de l'amour. On la disait mourante, mais, depuis des mois, elle s'accrochait à une existence dont elle n'avait pourtant cessé de se plaindre. Sans doute savait-elle qu'une fois partie, son souvenir serait supplanté par celui d'Elsie, l'éternelle rivale. A qui Hortense aurait-elle confié qu'un dialogue s'était établi avec la cantatrice dont le portrait attira l'attention d'Edmond Surtel quand un café fut servi dans le salon de musique? Pendant qu'elle reposait sa tasse, elle se surprit à rechercher un réconfort auprès de celle qui l'avait précédée dans cette maison. Même si elles ne s'étaient jamais rencontrées, Elsie savait tout des secrets d'Hortense, jusqu'aux plus inavouables, mais la défunte n'avait-elle pas aimé Louis et Julien quand ils étaient adolescents, ne les avait-elle pas influencés dans leurs choix et, surtout, ne leur avait-elle pas inculqué goût et talent?

– Elsie était ma marraine, expliquait Louis à son invité. Ce chalet lui appartenait mais, n'ayant pas de descendance, elle me l'a légué. Longtemps, j'ai cru ne pouvoir y habiter tant ces murs étaient imprégnés d'un bonheur qui me semblait envolé à jamais. Il a fallu qu'Hortense s'attache à cet endroit pour que je change d'avis.

Quand, en fin d'après-midi, Louis marcha autour de l'étang avec Constant Delteil, il murmura :

– Comme vous avez eu raison autrefois de me mettre en garde contre moi-même! Rien ne dure, je le sais maintenant, ni la quiétude ni le malheur!

– Pourquoi serait-ce différent du rythme cosmique? Ne passons-nous pas du jour à la nuit, de l'hiver au printemps et ne sommes-nous pas chaque fois différents? On ne recrée pas le passé. On avance.

– J'ai l'impression d'entendre Elsie.

– Il y avait peu de convictions que nous ne partagions, elle et moi.

– J'avance, Constant, mais je ne suis pas certain qu'Hortense marche à la même cadence.

– Laissez-lui reprendre son souffle.

Louis s'arrêta, hésita puis d'une voix à peine audible, demanda :

– A-t-elle aimé Julien?

Constant, qui s'attendait à ce qu'un jour cette question lui soit posée, s'était promis de ne pas divulguer la vérité. Là encore, qui pouvait présager de l'avenir? Et quand bien même certains sentiments persisteraient, la réponse n'appartenait qu'à l'intéressée.

– Comment n'aimerait-elle pas Julien qui est votre ami sinon votre frère. Comment ne l'aimerait-elle pas alors qu'il s'est occupé de vos enfants pendant que vous étiez prisonnier?

Une poule d'eau vola entre les ajoncs et le chien de Louis s'immobilisa. La lumière s'adoucissait et les derniers rayons du soleil illuminaient les fenêtres de la maison. Sécateur en main, Hortense et Marthe, sa belle-mère, se dirigeaient vers la serre. Élisa les suivait en poussant son cerceau. Sous la brise devenue plus fraîche, Constant frissonna. L'espace d'un instant, il ferma les yeux. Elsie l'attendait avec des confidences qui le feraient souffrir, mais que n'aurait-il supporté pour entendre sa voix, son rire! Une étincelle dans le regard, elle lui parlait alors de Shams, son amant. Le jour où il avait compris que rien n'éteindrait cette passion, il avait décidé de ne plus être jaloux, un travail difficile dont il avait cru ne pas sortir victorieux. Puis, lentement, doucement, l'amitié s'était installée. Aucune ombre n'avait entaché la confiance et la connivence qui, pendant des années, les lièrent. Même après la mort de Shams, Constant n'avait rien espéré. Discret, fidèle, il avait accompagné jusqu'à son ultime départ la cantatrice puis il s'était occupé de ses protégés, Louis et Julien. De l'au-delà, elle lui soufflait, comme ce soir, les mots qui balayaient les doutes ou pansaient les plaies.

– Retrouvez-vous, Louis, et retrouvez votre enthousiasme, s'entendit-il prononcer. Pensez à ces cités dont vous me parliez quand vous étiez jeune. Avec la création, la vision des événements devient plus claire et les fausses questions s'effacent d'elles-mêmes. A trop vouloir deviner, expliquer, on passe à côté de l'essentiel. Hortense vous a attendu, elle est à nouveau près de vous. Que voulez-vous encore ?

– Rien de plus, Constant, rien de plus. Vous avez raison.

6.

L'été battait son plein mais, contrairement aux usages, Hortense avait renoncé à la sieste. Assise à son bureau, elle suivait des yeux le vol d'une mouche qui n'en finissait pas de butter contre les carreaux d'une fenêtre. Agacée par le bourdonnement, elle se leva pour ouvrir les croisées. Pas un souffle d'air n'agitait les feuillages et la terrasse renvoyait une lumière trop crue. Ce soir, l'orage éclaterait et libérerait une tension qui lui comprimait les tempes. Après s'être étirée, elle revint à son travail puis relut les lignes qu'elle avait tracées. Le rythme était enfin trouvé, elle en sentait les mouvements. Une onde de joie l'envahit et, pendant un temps qu'elle n'aurait pu évaluer, elle noircit plusieurs pages.

Elle aurait persévéré si des cris d'enfant ne l'avaient dérangée. Dans le jardin, Élisa menaçait Emmanuel avec un maillet de croquet. Le petit hurlait.

– Mais tu es folle, s'écria Hortense dès qu'elle les eut rejoints.

Arrachant l'arme des mains de sa fille, elle ajouta :

– Tu veux y goûter?

Consoler Emmanuel ne fut pas une tâche facile. Avec des sanglots déchirants, il s'agrippait au cou d'Hortense qui ne savait à quel saint se vouer. Dans l'espoir de créer une diversion, elle l'entraîna vers une maisonnette aux volets vert pâle. Ils en traversèrent le vestibule qui sentait la peinture et l'encaustique puis débouchèrent dans une pièce où Gabrielle, des épingles dans la bouche, rectifiait l'ourlet d'un rideau.

Trois mois avaient suffi pour que cette remise du Berceau soit transformée en une habitation simple mais charmante. Étienne et Gabrielle en auraient la jouissance autant qu'ils le souhaiteraient. Ce voisinage rendait tout le monde heureux, particulièrement les deux cousines qui avaient ainsi l'impression de retrouver leur passé. Depuis leur plus jeune âge, elles avaient, en effet, grandi côte à côte et de cette époque avaient gardé la nostalgie.

– Tu n'as pas vu l'étage depuis qu'il est meublé, s'écria Gabrielle en abandonnant son ouvrage.

Deux chambres ouvraient sur le palier. La décoration en était simple, des murs blancs, des lits en acajou et de grandes armoires où du linge était déjà empilé.

– Étienne m'a promis de venir ce soir, murmura Gabrielle. Je tenais à ce que tout fût prêt.

L'orage le précéda. Il arriva sous des trombes d'eau. Avec un grand rire, il souleva sa femme dans ses bras. Blottie contre sa veste mouillée, elle volait un coin de peau, cherchait sa bouche, toujours surprise du désir qui les jetait l'un vers l'autre.

– J'ai failli abandonner une toile pour te retrouver plus vite, avoua Étienne. Depuis avant-hier, j'avais l'idée de te surprendre ! Et puis, j'ai choisi d'attendre... J'aime que tu me manques !

– Moi aussi.

Dehors, la foudre gronda. Un chat miaula derrière la porte. Étienne en tourna la poignée et l'animal se précipita sous un guéridon. De ses yeux verts, il accompagnait les mouvements de ce couple qui semblait avoir traversé les âges et pour lequel n'existait ni loi ni péché.

Tard dans la soirée, ils bavardèrent. Gabrielle ne posa aucune question à Étienne sur ses occupations pendant son absence mais spontanément il évoqua son travail, une série d'encre de Chine sur les petits métiers de la rue, un rempailleur de chaise, un porteur d'eau, une bouquetière et bien d'autres... Puis, se rapprochant de Gabrielle, il lui demanda :

– Te souviens-tu du temps où, ici, à Bougival, nous peignions côte à côte ?

– Comment l'aurais-je oublié ! C'était à l'époque où tu te méfiais de moi !

– N'avais-je pas raison ? Pour quelqu'un qui refusait les attaches, je me retrouve pieds et poings liés.

– Personne ne t'a forcé ! se défendit Gabrielle.

– Oh non... Tu as seulement attendu que je me jette dans ton piège.

– De quel piège parles-tu ?

– Du plus discret et du plus efficace d'entre tous. Tu as su, à la fois, me tenir tête et te montrer patiente. C'était imparable !

– Il n'y avait aucun calcul dans mon attitude. Je t'aimais et je pensais que ce sentiment était partagé.

– Ne te fâche pas, mon cœur.

A son oreille il chuchota :

– Crois-tu vraiment que je voudrais vivre loin de toi ?

Il en donna la preuve les jours suivants, quand il requit sa compagnie pour installer les chevalets au bord du fleuve ou à la lisière de champs qui, dans le dernier flamboiement des blés, attendaient la moisson.

Ils terminaient de peindre une roseraie dans le parc quand Élisa, sa main dans celle d'un inconnu, s'approcha.

– Tante Gabrielle, s'écria-t-elle, je vous amène M. Bolzano. Il s'ennuyait tout seul sur la terrasse.

– Bonjour, grommela Étienne, les yeux fixés sur sa toile.

Plus avenante, Gabrielle adressa un sourire à l'arrivant.

– Il ne voulait pas vous déranger, expliquait la petite fille, mais je l'ai assuré que...

– Je travaille pour M. Duplessis, l'interrompit Raphaël Bolzano avec un fort accent étranger.

– Ah oui, répliqua Gabrielle en le dévisageant.

Elle lui accordait vingt-cinq ans. D'épais cheveux noirs bouclaient autour d'un visage avenant. Un teint mat et des yeux d'ambre confirmaient des origines méditerranéennes.

– Le chantier de Louveciennes a pris du retard, disait-il,

et, pour rattraper cette situation, M. Duplessis désire que nous évitions les allées et venues avec Paris. Très aimablement, il m'a proposé de m'héberger.

Ce séjour forcé au Berceau s'apparenta vite pour Raphaël à ce qu'il imaginait être le bonheur. Malgré un travail soutenu il reprenait des forces auprès de cette famille qui cultivait le respect des autres et l'harmonie. En compagnie des Duplessis, il oubliait sa nostalgie de déraciné et prenait enfin conscience du chemin parcouru depuis qu'il avait quitté Salonique, l'île qui l'avait vu naître et grandir. Parfois, quand de sa chambre il contemplait la voie lactée, il songeait aux cieux de son enfance. Combien de rêves n'avait-il confiés à la lune lorsqu'elle brillait de tout son éclat? En découvrant avec quelle tendresse Hortense se préoccupait de ses enfants, il mesurait sa solitude. Ses oncle et tante se contentant de lui fournir un toit et de la nourriture, personne dans son entourage ne lui avait prodigué plus d'attention qu'à un animal domestique. Mais davantage choyé, aurait-il trouvé la force de s'embarquer pour la France? Il revoyait son arrivée à Marseille quand, hélé par les porteurs, bousculé par les chariots, il serrait la poignée de sa mallette en carton. Sentant encore le sol tanguer sous ses pieds, il s'était du port dirigé vers la gare, et, replié sur la banquette du train qui le menait à Paris, avait lutté contre un chagrin grandissant. Un lit l'attendait dans un Foyer du quartier de Belleville. Pendant trois ans, il y avait supporté le froid, la faim et les brimades de compagnons qui le considéraient comme le pire des métèques. Jusqu'à ce qu'on le laissât en paix, il s'était battu à mains nues. Petit et frêle, il finissait pourtant par avoir le dessus. Il suffisait d'esquiver et d'attendre que l'adversaire se fatiguât. Inscrit dans une école d'ingénieurs, il avait accumulé les diplômes et se destinait à travailler pour la voirie ou les chemins de fer quand les réalisations de Louis Duplessis le décidèrent à devenir architecte. Après de longues hésitations, il frappa à la porte de ses bureaux. Le maître était en voyage. Il ne rentrerait qu'au début de l'hiver. Raphaël revint avant Noël. Louis l'interrogea sur ses motivations puis, sans rien lui promettre, affirma qu'il lui ferait signe. La réponse arriva en février et le jeune apprenti se mit à travailler sur les plans de la propriété Surtel. Passionné par son nouvel emploi, il en oublia l'Opéra où, pour une place au poulailler, il dépensait ses maigres sous. Pourtant, le chant avait été jusque-là sa seule consolation. Écouter Puccini, Verdi ou Mozart l'entraînait vers des contrées inconnues, lui ouvrait un monde de sensations et de couleurs dont il n'aurait jamais voulu revenir.

Pour son plus grand plaisir, la musique était privilégiée au Berceau. Il y avait, dans le parc, un théâtre de verdure où, invités par Hortense, ténors et sopranos offraient des récitals. Au crépuscule, quand les oiseaux devenaient plus sages, les voix s'élevaient et provoquaient l'émotion.

Un soir, assise au premier rang, la maîtresse de maison écoutait, son éventail refermé sur les genoux, le fameux « signore ascolta » de *Turandot*. L'étole avait glissé le long de son épaule, y dévoilant une fossette sur laquelle Raphaël avait envie de déposer un baiser. Aucune pensée trouble n'entrait dans ce désir qui n'était rien qu'un témoignage d'allégeance pour la Femme telle qu'il l'avait idéalisée et rencontrait enfin. Privé de mère et de sœur, il était longtemps demeuré à l'écart du monde féminin et, si les créatures qu'il approchait à Paris lui enseignaient le langage des corps, celui de l'esprit ou de l'âme continuait de lui échapper.

Aux concerts du Berceau succédaient des soupers où Étienne Carlier abandonnait Gabrielle.

– Je n'aime pas m'attarder autour d'un repas, expliqua-t-il à Louis. La frugalité est entrée dans mes habitudes.

Profession de foi qu'il oubliait dès qu'il s'agissait de rejoindre ses amis dans les guinguettes qui fleurissaient le long de la Seine. Souvent, il y payait un verre à Monet qui, l'espace de quelques heures, oubliait la maladie de Camille, son épouse, et leurs soucis financiers.

– Ce garçon a décidément les poches percées, confia Étienne à Raphaël alors qu'il l'avait, un dimanche, amené au rendez-vous des peintres. Heureusement que ce monsieur Chocquet s'est entiché de ses toiles !

– Chocquet, s'exclama Sisley en reposant son bock de bière, on devrait lui construire un piédestal !

En effet, depuis sa découverte des impressionnistes, le collectionneur avait assidument fréquenté leurs ateliers. Il avait même commandé à Renoir le portrait de Mme Chocquet. Une démarche qui ferait peut-être oublier à l'artiste sa dispute avec Jules Lecœur.

– Il aurait dû se montrer plus discret, souligna Étienne en tirant sur sa pipe. A-t-on l'idée de séduire la fille de son meilleur ami... Et surtout lorsqu'il s'agit d'une gamine !

Étienne s'était exprimé avec une dureté qui ne lui ressemblait pas et Raphaël en fut surpris. Le sujet méritait-il cette violence ? Avec attention, il l'observa et réalisa qu'il avait beau le fréquenter depuis plusieurs jours il ne savait rien de lui. Que craignait-il pour se protéger autant de toute intrusion extérieure ? Peindre nécessitait-il une telle rigueur ?

– Je me connais, avoua Étienne Carlier lorsque, plus tard, il lui posa la question, et je connais mes excès ! L'alcool, les filles, j'y ai goûté... et l'un et l'autre ne m'ont pas été bénéfiques !

En fixant Raphaël, il ajouta :

– Crois-moi, mon vieux, pour créer, il faut éviter les perturbations.

La sincérité d'Étienne n'était pas à mettre en doute mais Raphaël se demandait s'il obéirait toujours à ces principes. Sans être beau, il séduisait plus que bien d'autres. Personne, et certainement pas ses modèles, ne devait résister au mélange de force et de délicatesse que trahissaient son visage et ses gestes. La voix basse et légèrement traînante devait, elle aussi, émouvoir. Quant au sourire bref et éclatant, qui l'aurait ignoré ? Même s'il avait la naïveté de le croire, Étienne ne pourrait éternellement se préserver des tentations. Elles seraient là, sur son chemin, pour le faire trébucher, souffrir et grandir. Aucun humain n'y échappait. C'était la vie !

7.

Étienne préparait une toile dans son atelier parisien quand Gabrielle frappa au carreau. Un instant, il s'inquiéta. Jamais elle ne venait sans qu'il l'en eût priée.

– Pardonne-moi, lui dit-elle, essoufflée, mais je ne pouvais attendre jusqu'à ce soir.

– Ah oui! Pourquoi, répliqua-t-il rassuré par la note joyeuse qui perçait dans sa voix.

En souriant, elle s'approcha.

– J'attends un enfant.

Déconcerté par la nouvelle, Étienne dévisagea sa femme. Un enfant! Il n'était pas contre cette idée même si, pour l'heure, il s'en effrayait. Gabrielle le scrutait, cherchant à lire dans ses pensées; alors, avec tendresse, il l'attira contre lui et, la bouche sur sa tempe, avoua :

– Je suis un peu perdu, ma douce, sonné même! Et, en même temps, je sens que je vais être très heureux.

Sachant qu'Étienne disait la vérité, Gabrielle se blottit plus étroitement contre lui puis, paupières closes, vécut ce moment unique.

Plus tard, seule dans la rue, elle eut envie de partager sa joie, aussi décida-t-elle de rendre visite à son amie Nina de Callias.

– Madame ne s'est pas encore réveillée, déclara un domestique.

Gabrielle allait rebrousser chemin quand un appel provenant d'une pièce voisine l'arrêta. La maîtresse de maison l'invitait à entrer dans sa chambre.

– Seigneur, quelle heure est-il? se plaignit Nina, encore enfouie sous ses draps.

– Trois heures.

Nina bâilla, s'étira puis, sur un ton sans réplique, déclara :

– J'ai une soif de tous les diables. Du champagne nous fera du bien.

On ouvrit les volets, on tapota les oreillers et la muse, les cheveux en bataille, la mine battue par une nuit blanche, se jugea néanmoins prête à recevoir. En même temps qu'elles conversaient, Gabrielle subissait le charme de cette femme que de nombreux peintres et poètes avaient immortalisée. Pétillante, enjôleuse, elle obtenait tout ce qu'elle désirait et plus encore! On se bousculait pour attirer son attention et pour l'écouter.

La chambre reflétait l'image de son occupante. Sur des murs de moire carmin s'étalait l'hommage de ses admirateurs dont une étude de Manet où, tout de noir vêtue et l'éventail à la main, elle se prélassait dans un décor japonisant. A côté, Gabrielle reconnut une gouache d'Étienne que l'amitié liait à Nina depuis des années. Quand il s'était trouvé dans le plus grand dénuement, elle l'avait soutenu et nourri. Il n'était pas le seul à avoir bénéficié de ses faveurs. Dès qu'elle avait de l'argent, Nina le dépensait pour ceux qu'elle aimait. Ses prises de position, pendant la Commune, lui avaient coûté l'exil mais, à peine rentrée de Suisse, elle s'était installée rue des Moines et avait ouvert sa porte à ses anciennes et nouvelles connaissances.

Les joues rosies par l'alcool, Gabrielle s'abandonnait à la douceur du moment. Avec Nina, elle riait de tout et de rien.

– C'est le meilleur moyen de combattre les soucis, disait celle qui, au plus fort de la tourmente, ne s'était jamais plainte.

Aujourd'hui, tout était prétexte à la fête, la grossesse de Gabrielle et l'attachement que le poète Charles Cros ne cessait de témoigner à Nina son « enchanteresse », sa « distrayeuse », sa « fille des loups ».

– Si tu savais comme il est possessif et jaloux, s'extasiait la muse en grignotant un biscuit.

– Mais je croyais que tu détestais cela!

– On change, ma toute belle, avec l'âge, on a besoin d'être rassurée!

Le lendemain, Gabrielle s'éveilla avec la migraine.

– Tu as une sérieuse gueule de bois, s'amusa Étienne auquel elle avait raconté ses excès.

Dans un gémissement, elle acquiesça puis, avec précaution, se leva.

– Qui te demande de te rendre à l'atelier?

– Personne, mais tu sais bien que si je flanche... je me sentirai encore plus mal en point.

Pendant la séance chez Bouchard, Chevigny eut la délicatesse de se taire. A mesure qu'elle se concentrait sur son dessin, Gabrielle sentait heureusement se dissiper son malaise. L'ardeur revenait ainsi que le désir de progresser dans sa technique. Inlassablement, elle effaça, reprit... Une vie ne suffirait pas pour atteindre la perfection du trait, rendre le frémissement du muscle tendu par l'effort.

L'après-midi, Jeanne vint poser dans l'atelier de Gabrielle qui de plus en plus appréciait son charme et sa gaieté. Quand elle lui avait montré des toiles peintes à la campagne, la jeune fille les avait longtemps regardées puis elle avait murmuré :

– C'est bien ainsi que j'imagine les grands espaces...

– Comment, s'écria Gabrielle, tu...

– Non, je n'ai jamais quitté Paris, l'interrompit Jeanne.

Après un silence, Gabrielle promit :

– La prochaine fois que j'irai à Bougival, je t'emmènerai.

Les progrès accomplis par Jeanne donnaient l'envie de l'aider davantage. Au cours de l'été, elle avait appris à lire couramment, puis d'une écriture appliquée, elle avait recopié des articles de journaux sur des feuilles recueillies dans les ateliers.

Ses pinceaux rangés, Gabrielle lui proposa de l'accompagner jusqu'à chez elle afin d'y choisir quelques livres.

Elle se préparait à tourner la clef dans la serrure de son appartement lorsque la porte s'ouvrit sur un homme qui, en la voyant, ôta de sa bouche la cigarette qui s'y consumait.

– Étienne, s'exclama-t-elle, je te croyais chez Chevigny !

– J'y cours mais j'avais oublié mon siccatif.

Réfugiée dans la pénombre de l'escalier, Jeanne découvrait le fameux Étienne Carlier dont on critiquait le caractère et vantait le talent. Il échangea quelques phrases avec sa femme mais elle n'en comprit pas le sens. La gorge serrée, elle regardait l'inconnu qui ne connaissait rien de son existence et pour lequel elle savait déjà qu'elle pourrait se perdre. Pour la première fois, elle ressentait une véritable attirance physique, c'était inexplicable, sans préméditation et sans espoir, comme une maladie qui venait de la saisir et dont elle n'entrevoyait pas la guérison. C'était simple, pur et douloureux.

– Je t'ai souvent parlé de Jeanne, dit Gabrielle en se tournant vers la jeune fille qui, sur sa demande, s'approcha.

Sous le regard d'Étienne, elle se jugea misérable. Elle avait rattaché ses cheveux à la diable après s'être rhabillée, un bouton fleurissait sa joue et son sourire, elle en avait conscience, était crispé.

Il lui serra la main puis, après avoir déposé un baiser sur le front de sa femme, s'éclipsa.

Face à la bibliothèque, Jeanne, les tempes bourdonnantes, jetait un regard vague sur les volumes que Gabrielle, avec sollicitude lui conseillait. Un goût de larmes emplissait sa bouche et sans doute aurait-elle pleuré si, en servant le thé, la femme de chambre n'avait fait diversion.

Plus tard, assise sur le sofa de velours prune, elle se familiarisa avec les lieux. La décoration en était simple mais raffinée. Des meubles du siècle passé voisinaient avec des sculptures et des tableaux contemporains. A force de fréquenter les peintres, elle reconnaissait leur touche. Contre la fraîcheur de l'automne, Gabrielle avait allumé un feu dans la cheminée. Un chat noir et blanc s'approcha. Devant les flammes, il prit la position du sphinx. Entourée d'ondes bienfaisantes, Jeanne recouvra peu à peu son habituelle lucidité. Un trop fort éclat l'avait aveuglée mais, déjà, les ombres s'étiraient. Il fallait penser aux jours à venir et conserver les faveurs de ceux qui l'employaient.

Le lendemain, elle se rendit chez Renoir.

– Te voilà, mon trésor! Je suis de belle humeur et nous allons faire du bon travail, s'exclama-t-il en la voyant.

Jeanne noua sous son menton le ruban d'un chapeau bleu Nattier puis, près d'un bouquet de dahlias, offrit son profil à celui qui répétait avec conviction : « J'aime les femmes et leur naturel. A leurs yeux une lessive revêt autant d'importance que la constitution d'un gouvernement... » Lessive ou pas, ses compagnes et modèles lui rendaient l'affection qu'il leur témoignait en donnant le meilleur d'elles-mêmes. Alors le miracle surgissait. Bouquetières, modistes, oisives ou comédiennes, chacune exprimait son tempérament et ses interrogations sur les toiles qui jaillissaient de ces tête-à-tête privilégiés. Peintre du bonheur et des plaisirs, Renoir restituait l'attente ou le frisson, l'espoir, l'amusement, parfois la dérobade. Dans des jardins de lumière, des jouvencelles croquaient à pleines dents les fruits qu'elles avaient cueillis tandis que d'autres s'exerçaient à la balançoire. Il y avait aussi les citadines qui, paupières baissées, écoutaient des confidences ou, derrière leurs éventails, masquaient leur timidité.

La séance terminée, Jeanne eut le droit d'approcher. La main sur l'épaule de l'artiste, elle s'étudia. Ressemblait-elle vraiment à cette séduisante créature?

– Tu parais surprise, remarqua Renoir.

– Oui... Je me trouve bien plus jolie, là, qu'en réalité!

– En voilà de la modestie, mon petit bijou!

Il l'assit sur ses genoux et approchant sa bouche de la sienne, il murmura :

– Jolie, tu l'es, crois-moi.

Avec un rire léger, Jeanne s'écarta.

– Tu as un fiancé? demanda Renoir dépité.

– Non.

– Alors, pourquoi te sauves-tu?

– Je n'ai pas l'habitude des compliments et encore moins des caresses, précisa-t-elle pendant qu'elle repoussait des doigts trop hardis.

– Il suffit de commencer.

– Non, je n'en ai pas envie.

Radoucie, elle ajouta :

– Ni avec toi ni avec un autre.

Cette réserve n'était pas un jeu, Renoir en avait la certitude, ni un piège. Jeanne était sincère. D'ailleurs, s'il faisait appel à sa mémoire, il ne lui connaissait pas d'aventure.

– Je ne dois pourtant pas être le seul à te solliciter.

– En ce moment... si.

– Tiens donc!

– J'ai la chance de souvent poser pour Gabrielle. Avec elle, le problème ne se présente pas.

– Et Carlier, tu le connais?

– Je l'ai croisé.

Très vite, elle déclara :

– Mais lui, il est marié... et il aime sa femme.

– C'est vrai... On ne lui donne, d'ailleurs, pas tort! Gabrielle est une personne exquise et qui possède un véritable talent!

Renoir hésita avant de souligner :

– J'espère me tromper en pensant, qu'un jour, Carlier pourrait prendre ombrage de son succès.

– Tu plaisantes! Ils combattent et exposent côte à côte!

– Dans l'adversité, ma jolie, mais imagine seulement qu'elle soit reconnue avant lui...

En même temps qu'elle regagnait son quartier, Jeanne songeait non sans un certain trouble à ces paroles. Elle enjamba des rigoles de boue puis entra dans le café où Antoinette, la poitrine débordant d'un caraco vert anis, préparait la daube qu'elle servirait à ses clients.

– Tu fais bien de passer, petite... J'ai une bonne nouvelle pour toi. Une nouvelle qui va te faire chavirer de joie, répéta-t-elle avant de déposer un couvercle sur la marmite.

Les mains sur les hanches, elle s'approcha.

– Roland, tu le connais? L'ébéniste!

– Oui.

– Eh bien, sa sœur, elle part pour Toulouse. Tu me suis?

– Pas du tout.

– Bon sang, quelle tête de linotte tu fais! Combien de fois ne t'ai-je pas dit qu'elle cousait des costumes pour le théâtre! Et Roland, il a envie de me plaire... Tu comprends mieux maintenant?

Sans laisser Jeanne se prononcer, elle déclara :

– Tout est arrangé. A sept heures, demain, cette femme passera ici et vous irez ensemble voir son patron.

1876

8.

Depuis six mois, Jeanne faufilait, piquait, surpiquait les vêtements destinés à la scène. Avec le printemps, le soleil s'était mis à taper sur la verrière. Manches retroussées, joues colorées, une vingtaine d'ouvrières déployaient leurs trésors de patience et de minutie. Certaines coupaient pendant que d'autres bâtissaient. Quand le contremaître n'était pas là, les chansons alternaient avec les plaisanteries. Contrairement à ce qui se passait dans de nombreux ateliers, les rivalités n'étaient pas de mise, rue Réaumur. La personnalité du propriétaire n'y était sans doute pas étrangère. M. Martel se montrait juste et rétribuait convenablement les services rendus. Jeanne aimait son travail; du lé que l'on déroulait jusqu'à l'instant où Marguerite, la première, habillait de la dernière création un mannequin de bois, elle suivait l'élaboration du modèle.

Le dimanche, son seul jour de congé, elle continuait de poser pour Gabrielle qui bientôt accoucherait.

– Le médecin m'ordonne de me reposer mais je n'ai jamais connu une aussi grande envie de peindre, avouait la jeune femme.

Elle avait néanmoins décidé de n'envoyer aucune toile à la seconde exposition indépendante qu'organisaient ses amis.

– Ce serait trop d'énervement et d'agitation, confiat-elle à Hortense.

Étienne, au contraire, répondit à l'appel de Durand-Ruel

et, auprès de Degas, Monet, Renoir, Sisley ou Pissarro, figura dans les locaux de la rue Le Peletier.

S'il y eut moins de visiteurs que l'année précédente, la presse, par contre, se déchaîna tout autant.

Albert Wolff écrivit même dans *Le Figaro* : « Des malheureux atteints de la folie de l'ambition se sont donné rendez-vous pour exposer leurs œuvres. Moi, j'en ai le cœur serré. Ces soi-disants artistes s'intitulent les intransigeants, les impressionnistes. Effroyable spectacle de la vanité humaine s'égarant jusqu'à la démence. Dans la mutuelle admiration de leur égarement commun, les membres de ce cénacle de la haute médiocrité tapageuse ont élevé la négation de tout ce qui fait l'art à la hauteur d'un principe; ils ont attaché un vieux torche-pinceau à un manche à balai et s'en s'ont fait un drapeau. »

Eugène Manet, l'époux de Berthe Morisot, elle aussi critiquée, voulut provoquer en duel le journaliste. Il fallut le raisonner des jours durant.

Les blessures d'amour-propre estompées, on fit les comptes. Aucun des participants n'avait, cette fois, perdu de l'argent mais, dans les yeux d'Étienne, Gabrielle lut déception et tristesse. Non qu'il recherchât les honneurs, mais il souffrait de demeurer incompris. Une lettre de Julien Coblence le réconforta. Après un long périple en Extrême-Orient, il se trouvait à New York et annonçait son prochain retour en France.

« Certains signes, concluait-il, me donnent la certitude que la peinture moderne trouvera ici et bientôt son public. Travaille, mon vieux Carlier, et, du reste... je me chargerai. »

Ce fut l'aiguillon qui manquait à Étienne pour renouer avec la création. Son chevalet sous le bras, il arpenta Paris. Tout l'inspirait, les jardins publics, les ponts métalliques, les boulevards à la tombée du jour, les galopins qui vendaient leurs journaux.

Il était en promenade lorsque Gabrielle ressentit les premières douleurs. Depuis l'avant-veille, elle avait jugé raisonnable de s'installer chez ses parents où elle bénéficierait de soins et d'un service qu'elle ne pouvait s'offrir. La sage-femme fut appelée et le va-et-vient des linges et des bassines commença. Alice Laferrière demeura auprès de sa fille autant qu'elle en eut le droit. Tout en prononçant des mots d'encouragement et d'apaisement, elle tentait de cacher son désarroi. L'accouchement se déroulait normalement, mais, jusqu'au dernier moment, une complication pouvait se présenter. Les dents serrées sur un mouchoir, Gabrielle essayait de ne pas crier. Des millions de femmes étaient passées par la même épreuve. C'était la vie et elle n'avait pas le droit de se plaindre. Sa délivrance fut longue mais elle n'en eut pas conscience. Autour d'elle, les servantes s'affairaient.

– Encore un effort, entendit-elle.

Le médecin lui donna des ordres auxquels elle eut l'impression d'obéir. Une douleur insoutenable l'habitait, l'envahissait. Il y eut un vagissement puis elle perdit connaissance.

Plus tard, elle apprit qu'elle avait un fils. Il arriva emmailloté et le visage fripé. Gabrielle le contempla mais ne parvenait pas à établir un lien entre les événements. Il fallut la venue de son époux et qu'il prît le bébé dans ses bras pour que se concrétise l'idée qu'elle était mère.

Étienne se sentait, lui aussi, démuni.

Presque timidement, il s'approcha de Gabrielle, s'agenouilla à son chevet puis posa sa tête sur le drap, à côté de son épaule. Avec tendresse, elle caressa ses cheveux et ils restèrent ainsi, étourdis, fatigués, dépassés.

La nuit suivante, Gabrielle ne dormit pas. Dans le silence de sa chambre, elle perçut que son existence avait basculé, le petit être qui s'ouvrait à la vie obtiendrait de sa part don, reddition et pardon. A travers l'obscurité, elle lui adressa le plus sincère et le plus désintéressé des serments d'amour. Alors, seulement, elle se sentit en droit d'attendre avec sérénité la venue de l'aube...

En l'honneur de Delacroix, le nouveau-né fut baptisé Eugène. La décision fut applaudie par les peintres qui, les uns après les autres, lui rendirent visite.

Devant Berthe Morisot, Gabrielle essaya de cacher sa joie. Son amie désirait un enfant mais son souhait n'était toujours pas exaucé. Dans les voyages et la peinture, elle cherchait à tromper son inquiétude face aux années qui s'enfuyaient. Elle raconta à Gabrielle son séjour en Angleterre et notamment dans l'île de Wight qui l'avait enthousiasmée. Rien à ses yeux n'égalait les coutumes de ce pays où elle avait rencontré Whistler et Tissot. Aujourd'hui, elle songeait encore à s'éloigner. Où? Quand? Elle ne le savait pas. Dans un soupir, elle finit par avouer :

– Plus je me tiens à distance de ma belle-mère et mieux je me porte. Cette constatation n'est guère originale mais, que voulez-vous, la sympathie ne se commande pas!

Avec un rire moqueur, elle ajouta :

– Suzanne, ma belle-sœur, a, par contre, droit à toutes ses faveurs. Évidemment, il n'y a rien à lui reprocher. Elle tient à merveille son rôle d'épouse, reçoit, ne se plaint pas...

– Et Edouard? comment va-t-il, l'interrompit Gabrielle. On le dit très déçu d'avoir, une fois encore, essuyé un refus au Salon.

– Il l'est, assurément.

Après un bref silence, Berthe poursuivit :

– Avec l'âge, sa soif d'honneurs devient de plus en plus pressante! Si vous saviez combien il souffre d'être décrié! Rien ni personne ne peut lui faire entendre raison.

– Pas même vous?

– Non, Gabrielle.

L'espace d'un instant, Berthe songea à la connivence qu'elle avait partagée avec Edouard Manet, à l'amour qu'elle lui avait voué, car il fallait bien donner un nom à ce sentiment qui l'avait tour à tour portée ou meurtrie. Edouard Manet n'était pas libre quand elle avait croisé son destin, une fatalité que ni l'un ni l'autre n'avaient eu le courage et la volonté de transgresser. Berthe s'était donc contentée de poser pour l'homme de ses pensées. Mais, revanche inestimable, chacun des portraits qu'elle lui avait inspirés contenait pour la postérité l'aveu de leur passion. Au moment où elle n'entrevoyait d'autre issue qu'un célibat définitif, elle avait été remarquée par Eugène Manet, le frère d'Edouard. Il avait su gagner son cœur et sa confiance et, lorsqu'elle accepta de partager son existence, aucune arrière-pensée, aucun regret ne s'immiscèrent dans ce choix.

S'approchant du berceau où somnolait le petit Eugène, elle murmura :

– Quel joli parcours, Gabrielle ! Vous possédez tout ce que l'on peut souhaiter !

– Taisez-vous, par pitié ! Je suis superstitieuse, Berthe, l'avez-vous oublié ?

Berthe Morisot allait répliquer quand la femme de chambre s'effaça devant une visiteuse qui, rouge de timidité, restait sur le pas de la porte.

– Jeanne ! comme c'est gentil d'être venue jusqu'ici !

La jeune fille s'approcha et, tout en balbutiant les paroles d'usage, déposa sur le sofa où était allongée Gabrielle une boîte enrubannée.

– Mais c'est la garde-robe d'un prince, s'exclama celle-ci en découvrant de minuscules vêtements d'organdi et de dentelle.

Consciente du travail que cela avait demandé, Gabrielle détailla avec émotion les chemises ajourées, les robes brodées, de véritables chefs-d'œuvre de minutie et de patience. Elle n'avait pas fini de s'émerveiller que Raphaël Bolzano s'annonça. Depuis l'été dernier, son amitié avec Étienne avait grandi et il comptait parmi les intimes du couple.

Jeanne était penchée sur le berceau où vagissait le bébé quand il découvrit sa présence. D'abord il ne vit qu'une frêle silhouette et de longues boucles chatains. Puis elle se retourna avec encore sur les lèvres le sourire qu'elle adressait à Eugène. Raphaël la salua et une conversation chaotique s'engagea. Berthe souffrait de la maternité de Gabrielle, Jeanne ne se sentait pas à sa place, et Raphaël, tout en s'adressant à son hôtesse, ne songeait qu'à l'effet qu'il produisait sur l'inconnue dont le regard n'osait croiser le sien.

Lorsque Jeanne manifesta le désir de partir, il consulta sa montre et, à son tour, se leva. Dans la rue, ils firent ensemble quelques pas mais, au premier carrefour, se saluèrent.

– J'espère vous revoir bientôt, murmura Raphaël.

Avait-elle seulement entendu ? Immobile, il la regarda se faufiler au milieu des attelages, puis disparaître au détour d'un immeuble.

L'omnibus le ramena jusqu'au Foyer où il continuait d'occuper une chambre. Une forte odeur de cuisine pénétrait par la fenêtre entrouverte sur la cour sombre. Il ferma les croisées, desserra le nœud de sa cravate puis se laissa tomber sur le lit.

Les yeux fixés sur le plafond, il se remémora ces derniers mois où il n'avait respiré que pour son travail. Auprès de Louis Duplessis, il s'était découvert une passion pour l'architecture et, sous sa tutelle, lisait, relisait, approfondissait l'histoire des grands bâtisseurs. Le soir, quand il était seul, il se familiarisait avec des civilisations qui à travers l'espace et le temps entrecroisaient leurs influences. Il voyageait dans sa tête, mais aussi dans son cœur, car il fallait aimer pour comprendre et assimiler. Dans cette quête, il oubliait l'exil, la pauvreté. Des rêves l'habitaient, forts et précis. Sans trahir la terre et les forêts, le ciel et les rivières, il construisait des édifices où ses semblables apprendraient à vivre mieux. A Louis qui, en éclaireur, avait ouvert la voie, il vouait respect et admiration. Rien n'arrêtait cet homme, ni les intimidations, ni les pressions, encore moins les contestations. Il allait son chemin, sûr de sa foi et de ses connaissances. Par sa volonté d'apprendre, son opiniâtreté, Raphaël avait su gagner sa confiance. On lui avait donné peu à peu des responsabilités qu'il traitait avec brio. La demeure d'Edmond Surtel serait bientôt terminée et, pour la première fois de son existence, Raphaël éprouvait un sentiment de fierté. Semblable à la fourmi, il avait participé à cette œuvre dont, à l'évidence, on parlerait en mal ou en bien... là n'était pas la question!

– Cette maison existe et ressemble à ce que souhaitait son propriétaire. Ce qu'en diront les autres me laisse indifférent, lui avait déclaré Louis.

Raphaël avait envié cette assurance et le lui avait avoué.

– Il vous faudra l'acquérir, à votre tour, avait rétorqué Louis, car elle est la clef de votre liberté et, sans liberté, on ne peut s'imposer!

9.

Sur la demande de Louis, Raphaël s'installa une fois encore au Berceau. Les finitions de la propriété d'Edmond Surtel occupaient ses journées aussi se levait-il avec le soleil pour profiter du parc et de sa solitude.

L'air était frais quand, un matin, il traversa la pelouse qui menait à l'étang. Foulant l'herbe humide, il respirait à pleins poumons. Autour de lui, les oiseaux saluaient la lumière et déjà s'affairaient à trouver leur pitance. Il se dirigea vers le kiosque chinois où Hortense avait l'habitude de prendre le thé et dont la vue ouvrait largement sur le fleuve. Une jeune fille l'avait précédé. Son entrée la fit sursauter.

– Je vous ai fait peur ! Pardonnez-moi, murmura-t-il avant de reconnaître avec surprise la personne qu'il avait rencontrée, deux mois plus tôt, au chevet de Gabrielle.

– Mais nous nous connaissons, s'exclama-t-il.

– Oui. Je suis Jeanne et, depuis hier, j'habite chez Mme Carlier.

Quittant son fauteuil, elle ajouta :

– Je vous abandonne la place.

– Non, non, restez assise, je vous en prie !

Il précisa :

– Je passais seulement.

– Êtes-vous un habitué de l'endroit ?

– Habitué serait un terme excessif. Disons plutôt que je

fais partie des privilégiés qui, parfois, séjournent dans cette demeure bénie des dieux.

– Elle en donne, en effet l'impression!

Puis, comme si elle s'adressait à elle-même, Jeanne avoua :

– Je n'ai jamais dormi aussi paisiblement que la nuit dernière.

Néanmoins, elle n'ajouta pas que, pour la première fois de son existence, elle avait bénéficié d'une vraie chambre. Quand Gabrielle l'y avait installée, elle n'avait pu croire à semblable bonheur. Un territoire lui était enfin accordé dans lequel elle pourrait rêver, bouger, réfléchir à sa guise! Près de la fenêtre que caressaient les branches d'un magnolia, elle avait contemplé de tous ses yeux une nature qu'elle avait depuis l'enfance imaginée. Aucune tonalité de vert ne se ressemblait, aucun feuillage ne bruissait de la même façon... et les parfums! La tête lui tournait à respirer la senteur des roses fraîchement arrosées. Son bagage défait, elle s'était enfoncée dans les sous-bois où brindilles et aiguilles de pins crissaient sous ses pas. Au détour d'une allée, elle avait découvert la maison de Louis et Hortense Duplessis. Une fillette en robe de chambre courait derrière un chien au pelage doré tandis que, sur la terrasse, le valet de chambre fermait un grand parasol de toile blanche. Une femme se penchait au balcon du premier étage. La gouvernante! Sourde à ses appels, l'enfant se dirigeait vers une balançoire et, l'animal jappant autour d'elle, elle prit de la hauteur. Jeanne qui ne connaissait pas l'oisiveté, encore moins l'amusement, était longtemps restée à contempler ce qui ne lui avait jamais été accordé.

Dans le tourbillon de ses souvenirs, elle avait presque oublié son interlocuteur. Elle le regarda, alors, avec attention. D'épais sourcils abritaient des yeux si noirs que l'on n'en distinguait pas la pupille. L'expression générale des traits était sérieuse, réfléchie. Malgré une apparente douceur, Raphaël donnait l'impression de n'avoir guère été choyé.

Il rompit le silence.

– Resterez-vous longtemps à Bougival?

– Jusqu'à demain soir.

– C'est peu.

– Mon travail reprend lundi matin.

En même temps qu'elle prononçait ces paroles, elle se leva. Il était l'heure de rejoindre Gabrielle et de déballer les costumes qu'elle avait confectionnés pour les enfants de l'orphelinat. Ils donneraient, l'après-midi même, une représentation de la pièce qu'Hortense Duplessis avait écrite pour la kermesse dont elle était l'instigatrice. Le théâtre de verdure accueillerait les petits comédiens et une partie du jardin était déjà occupée par des étals et des aires de jeux.

Malgré son désir de marcher en sa compagnie, Raphaël n'osa le lui proposer. Il se contenta de répondre par un signe de tête à son salut puis demeura à contempler, sans les voir, les mariniers qui préparaient leurs bateaux pour la pêche.

Des volets claquaient lorsque Jeanne parvint à la maisonnette qu'occupait Gabrielle.

– Madame ne va pas tarder à descendre, l'avertit la servante quand elle pénétra dans le vestibule. Elle veut prendre son petit déjeuner sous la pergola.

En son for intérieur, Jeanne avait espéré qu'Étienne serait présent mais il avait préféré rester à Paris.

– La naissance d'Eugène l'a troublé, avait expliqué Gabrielle. Il a besoin de liberté!

Elle-même y aspirait! Sans qu'il en eût conscience, Étienne était devenu plus exigeant. Régulièrement, elle devait le rassurer sur ses sentiments. Elle le soupçonnait même de croire qu'elle lui préférait son enfant! Oubliant sa propre fatigue, elle opposa à ses doutes compréhension et patience mais, une difficulté n'arrivant jamais seule, il jugea bientôt que sa peinture n'évoluait pas comme il l'aurait souhaité.

– Je me répète, constatait-il face à ses dernières toiles.

Sur ce sujet, elle ne pouvait ni ne tenait à l'aider! A lui de résoudre ses problèmes!

Ce matin, en buvant une tasse de thé, elle goûtait à la sensation de s'appartenir pleinement. Jetant des miettes de brioche aux moineaux qui sautillaient autour de la table, il lui semblait oublier toute tracasserie. Seuls comptaient ces instants où, Eugène sommeillant à quelques pas, elle sentait les rayons du soleil caresser sa peau.

– J'ai rencontré ton ami au bord de l'étang, commença Jeanne.

– Quel ami ?

– Celui qui travaille pour M. Duplessis.

– Ah Raphaël Bolzano !

S'enfonçant dans son fauteuil de rotin, Gabrielle demanda :

– Comment le trouves-tu ?

– Je le connais peu.

– C'est un garçon de courage et de talent. Louis a décidé de l'aider à progresser dans sa carrière.

Elles devisèrent de tout et de rien jusqu'à ce que la nourrice amenât Eugène. Gabrielle l'installa sur ses genoux puis rajusta le bonnet de dentelle dont il était coiffé.

– Pourrais-je le prendre quelques minutes, murmura Jeanne.

– Bien sûr !

Bientôt, l'image de son amie tenant le bébé contre sa poitrine inspira à Gabrielle l'idée de peindre une « maternité ».

– Mais, cette fois-ci, l'origine n'en sera pas religieuse.

Après une pause, elle précisa :

– A toutes les époques, on a peint la Vierge et l'Enfant... Les femmes ordinaires ont, par contre, été oubliées ! Tu m'as donné l'envie de remédier à cette situation !

Gabrielle réfléchissait déjà à son sujet. La réalité ne la concernait plus. Voguant dans un univers où nul ne pouvait la rattraper, elle divisait l'espace, plaçait ses personnages, captait leurs expressions, leur prêtait ses propres interrogations.

– Quelques séances de pose seraient nécessaires à la rentrée, proposa-t-elle. Mais ton métier te prend maintenant beaucoup de temps...

– Je te garderai les dimanches.

L'après-midi fut occupée par les préparatifs de la représentation. Dans la lingerie, Jeanne surveilla le repassage des costumes qu'elle avait cousus. L'action de la pièce se situait en Chine. A l'aide de documents, elle avait, avec

Hortense et Gabrielle, choisi tissus et broderies. Chimères, lotus agrémentaient les soies et les brocarts dont furent bientôt vêtus les comédiens. Poudrés et les yeux bridés, ils ne tenaient plus en place. Devant un parterre d'amis et de voisins, ils allaient déclamer un texte dont la plupart craignaient de ne plus se souvenir.

Parmi les spectateurs, Marthe Duplessis et Constant Delteil applaudirent à tout rompre quand se termina le premier acte où Élisa, princesse bafouée, suppliait son frère de ne pas tuer celui qui l'avait trahie. Bien que la pièce fût écrite pour des enfants, Hortense avait tenu à faire passer quelques messages. Honneur et vengeance ne devaient pas être confondus et l'épreuve n'était pas synonyme de malheur. Une fin heureuse en offrit bientôt la preuve.

Soulagés et congratulés, les protagonistes purent alors se rassasier de friandises puis se disperser au détour des allées où leur étaient proposés des jeux et des concours.

Jeanne empila les costumes dans de grands paniers puis, avec une légère hésitation, se rendit jusqu'à la roseraie où étaient servis des rafraîchissements.

– Toutes mes félicitations, lui déclara Raphaël en la rejoignant. Ces enfants étaient magnifiquement vêtus !

– Merci, répliqua-t-elle.

En la présentant à Constant Delteil, Gabrielle libéra Jeanne d'un échange qui lui coûtait. Raphaël Bolzano avait une curieuse façon de la dévisager. Sous son regard, elle se sentait mise à nu, et cette impression était encore différente de celle qu'elle éprouvait face aux peintres pour lesquels elle posait. Raphaël lisait dans les âmes, elle en avait la conviction. Lui, par contre, demeurait indéchiffrable.

Appuyé sur la canne dont il ne se départit plus, Constant regardait les enfants s'égayer sur les pelouses. En voulant donner l'exemple, Hortense remporta la course en sacs devant la supérieure qui dirigeait l'orphelinat. Les joues rosies par l'effort, les deux femmes défroissèrent voile ou tournure en riant. Gabrielle s'approchait d'un jongleur quand elle se sentit l'objet d'un intérêt. Une femme au visage défraîchi et trop maquillé, au corps rebondi, la fixait sans aménité. Avec un frisson, elle reconnut Évangéline qui, comme tous les villageois, avait été conviée à la fête. Elle tenait devant elle un garçonnet d'une huitaine d'années qui, l'air morose, enfonçait un doigt dans son nez. L'espace d'un instant, elles se défièrent. Que cherchait Évangéline pour la narguer ainsi, se demandait Gabrielle? Ne l'avait-elle pas suffisamment fait souffrir dans un passé qui n'était pas si lointain? Sans qu'elle pût l'éviter, l'image de la jeune femme ouvrant la porte de l'atelier qu'occupait Étienne revint à sa mémoire. De domestique chez les Duplessis, elle était devenue modèle puis s'était immiscée dans le lit de Carlier au moment où le peintre traversait une crise qui le tenait à l'écart de Gabrielle et de sa mission d'artiste. Elle se reprit. A quoi servait de remuer une situation bel et bien enterrée? Néanmoins, pendant qu'elle s'écartait, le malaise persista. Contre son gré, elle se retourna et l'évidence la frappa. Tel qu'il présentait son profil, le garçonnet était la réplique d'Henri, le demi-frère de Louis Duplessis, qu'Évangéline avait aussi compté parmi ses amants. Savait-il, au moins, que cette liaison avait laissé des traces? Malgré l'amitié qui les liait, il n'en avait jamais parlé à Gabrielle. Aurait-elle le courage d'évoquer cette situation lorsqu'il rentrerait d'Abyssinie? Pour oublier sa préoccupation, elle rejoignit Constant qui s'était assis sous la véranda.

– Cette satanée jambe a décidé de se rendre intéressante, lança-t-il en manière d'excuse.

Il marqua un silence avant d'ajouter :

– J'ai toujours pensé qu'avec une bonne santé et un esprit agile, je trouverais un sens à la vie. Hélas, il existe un temps pour tout et force m'est de constater que j'ai perdu une grande part de mes facultés.

– Eh bien, moi, j'envie vos connaissances et votre expérience, répliqua Gabrielle.

– Vous avez tort, ma chère, car, malgré mon grand âge, j'éprouve le sentiment de ne rien savoir.

– Allons, rectifia-t-elle... Vous trouvez une réponse pour chaque situation!

– Le croyez-vous vraiment?

Il réfléchit avant d'ajouter :

– En ce qui concerne mon entourage, j'essaie d'être clairvoyant. Mais ne suffit-il pas d'observer et d'écouter?

– Peu de personnes en sont capables.

– Parce qu'elles sont enfermées dans leurs propres soucis.

– Mais vous, Constant, n'en avez-vous pas des soucis?

– Comparativement aux autres, j'en ai peu. Je n'ai pas manqué d'argent et aucun travail rebutant ne m'a été infligé.

En tapotant avec gentillesse la main de Gabrielle, il poursuivit :

– Oui, j'aurais mauvaise grâce à me plaindre alors que vous m'aidez tous à ne pas vieillir seul.

Il se tut. Sans qu'il y prît garde, Elsie l'avait rejoint. Une autre fête s'imposait. Il ferma les yeux. Avec précision, il revoyait le parc éclairé par des lanternes vénitiennes. Les gondoles se croisaient sur l'étang. Heureuse, souveraine, Elsie chantait pour ses invités mais surtout pour Shams, son amant. Des rires le ramenèrent à la réalité. Multicolores, des ballons s'envolaient. Les yeux battus par la fatigue, les enfants continuaient de s'émerveiller tandis qu'adossé contre un arbre Raphaël Bolzano songeait aux cerfs-volants qui, à Salonique, permettaient de correspondre avec l'au-delà. Par leur intermédiaire, il avait supplié ses parents défunts de l'aider à quitter cette île qui n'avait pas la taille de ses ambitions. A quelques pas, Hortense, le visage levé, suivait elle aussi la trajectoire des ballons. Louis la rejoignit et, avec tendresse, glissa son bras sous le sien. Elle lui adressa le sourire qu'il aimait. La paix l'envahit alors. Dans ce moment de perfection, il aurait pu mourir sans un regret.

10.

Grâce à l'influence de son architecte, Edmond Surtel découvrit la peinture moderne et l'apprécia. Ensemble, ils visitèrent les peintres dans leurs ateliers. Cézanne leur ouvrit sa porte d'un air bougon et continua de travailler pendant qu'ils regardaient ses toiles. La semaine suivante, ils se rendirent chez Renoir qui venait d'emménager rue Cortot à Montmartre. Il était absent.

– Vous le trouverez au Moulin de la Galette, les renseigna une voisine.

Renoir avait, en effet, installé son chevalet dans le jardin de cet établissement où, à l'ombre des feuillages, dansaient grisettes et ouvriers. Sur un rythme de musette et joue contre joue, ils tournoyaient pour leur plaisir et celui des convives qui, assis sur des bancs de bois, buvaient de la bière en les contemplant.

Louis s'approcha du peintre mais attendit qu'il eut posé son pinceau pour lui présenter Edmond qui se sentait peu à l'aise dans cette atmosphère de gaieté. Ses yeux s'attardèrent sur la toile dont la taille dépassait largement les formats habituels. Le bleu dominait dans cette scène d'insouciance que la lumière du soleil éclaboussait, bleu des robes, des chapeaux enrubannés et des ombres. A quelques pas, une jeune fille adressa un timide sourire à Louis et il reconnut Jeanne. Vêtue de rayures, elle posait au premier plan et conversait avec l'écrivain Georges Rivière, les peintres Franc-Lamy et Gervex.

– Je vois que les amis ont répondu à l'appel, s'exclama Louis après avoir serré la main des uns et des autres.

– C'est vrai mais, aujourd'hui, ils sont indisciplinés, rétorqua Renoir en s'essuyant le front.

La musique avait repris son rythme et de nouveaux couples se lancèrent sur la piste. Les paupières mi-closes, Renoir se laissait pénétrer par l'atmosphère. Ici, tout en grignotant la paye du mois, on oubliait les gros travaux et chacun retrouvait son âme d'enfant. Il n'y avait qu'à observer les expressions réjouies, écouter les rires, le bruit des verres qui s'entrechoquaient.

Se détournant de la piste, Edmond détailla à nouveau le tableau. Contrairement à Louis qui en appréciait l'aspect romanesque, il préférait la peinture plus structurée. La touche rapide de Renoir, la lumière éparpillée en mille fragments et sans doute le bonheur qui s'imposait dans les plus infimes détails l'irritaient presque. Il s'aperçut bientôt que des filles, attirées par son élégance de grand bourgeois, lui adressaient des œillades auxquelles il ne répondit pas. L'une d'entre elles, pourtant, insista. C'était Estelle, un modèle dont on se disputait les faveurs.

– Tu bois un verre, demanda-t-elle en s'approchant à le toucher.

Il sentit la chaleur de son corps, son odeur de muguet et recula. Depuis combien de temps n'avait-il tenu une femme dans ses bras? Après son veuvage, il avait collectionné les aventures secrètes et vénales mais aucune n'avait réussi à vaincre un ennui grandissant. Les mois, les années s'écoulaient et il s'enfonçait dans une solitude, un détachement qui parfois l'inquiétaient. Avoir cru que le pouvoir et l'argent suffiraient à le satisfaire était dérisoire. Il avait beau se savoir estimé, respecté, voire redouté, il avait beau détenir ce que beaucoup recherchaient, rien ne lui ôtait l'impression de traverser l'existence en spectateur. Comprenant qu'elle ne l'intéressait pas, Estelle l'abandonna pour rejoindre Jeanne qui, du talon, battait la mesure. Avec l'été, l'atelier de couture devenait difficile à supporter et elle appréciait la fraîcheur des arbres. Gabrielle l'avait à nouveau invitée à Bougival mais l'oisiveté n'étant pas à son programme, elle n'y était pas retournée.

Elles se revirent en septembre lorsque Gabrielle regagna Paris. Fidèle à sa promesse, Jeanne commença de poser pour la « maternité ». Chaque dimanche, elle dénouait ses cheveux, revêtait un peignoir en lourde soie jaune pâle puis, assise sur un sofa aux coussins multicolores et fleuris, elle se penchait vers un enfant qui, dans la réalité, n'était qu'une poupée. Gabrielle fit plusieurs études, puis elle choisit une toile sur laquelle elle plaça à grands traits les personnages. Peu à peu, les couleurs apparurent, légères, parfois diaphanes. Accordées à l'univers féminin, elles en évoquaient la douceur et la délicatesse.

Gabrielle avait remarqué chez son amie une perception aiguë des tons.

– Tu dois faire la même chose avec les tissus, l'encourageait-elle.

Avec les chutes récupérées dans les corbeilles de l'atelier de couture, Jeanne s'exerça puis montra les résultats à Gabrielle qui approuva.

– Dès que nous en aurons terminé avec ce tableau, je t'emmènerai au Louvre, promit-elle. Il n'y a pas de meilleure palette que celle du Titien ou de Véronèse.

Quelques coups furent frappés contre la porte.

– Ce doit être Étienne... mais il est en avance, ajouta Gabrielle après avoir consulté la pendule.

A l'attention de Jeanne, elle précisa :

– Nous sommes invités chez Nina pour fêter l'anniversaire de Caillebotte.

Étienne Carlier avança dans la pièce et découvrit, à demi-cachée par un rideau de plantes, une jeune fille qui resserrait sur sa poitrine les pans de son peignoir. Il remarqua les yeux de brouillard, la fossette sur le menton, le cou gracieux et la silhouette menue.

– Eh bien, Gabrielle me dame le pion en matière de modèle!

Après un silence, il ajouta :

– Aurais-tu du temps libre pour moi?

Incapable de prendre une décision, Jeanne chercha secours auprès de Gabrielle.

– Pas avant que ne soit terminé ce travail, déclara celle-ci en désignant la toile qui séchait.

– Alors j'attendrai, bougonna Étienne.

Depuis quelques jours, il pensait à un sujet, une jeune femme assise à sa coiffeuse et guettant son reflet dans un miroir. Par son physique moderne, Jeanne répondait à ses aspirations. Les bourgeois s'étrangleraient un peu plus lorsqu'il les mettrait face à leurs désirs et à leurs peurs... Jeanne les narguant de sa fraîcheur et de sa désinvolture, Jeanne libre de ses choix et de ses actes...

Celle-ci s'était réfugiée derrière un paravent et, le cœur battant, s'habillait. Elle entendait Étienne et Gabrielle converser. La sensation d'être une intruse l'envahissait et elle ne songeait qu'à s'enfuir. Quand elle réapparut, Étienne leva les yeux du journal qu'il feuilletait.

– Alors, tu veux bien? insista-t-il.

Au lieu de s'en tenir à la résolution qu'elle avait prise, Jeanne s'entendit accepter l'offre du peintre. Un tourbillon l'emportait. Elle avait chaud, soif et honte.

– Ne t'inquiète pas... Il n'a pas l'habitude de tyranniser ses modèles, la rassura Gabrielle tandis qu'elle l'accompagnait jusqu'au palier.

Dès qu'il fut seul avec sa femme, Étienne déclara :

– En voilà une qui, au moins, ne m'étourdira pas avec son bavardage! Elle a perdu sa langue!

– Mais non... Elle était seulement intimidée.

– Serais-je intimidant? s'exclama Étienne en prenant sa femme dans ses bras.

– Oui, très, répliqua-t-elle sur un ton moqueur.

– Continue de me narguer et tu vas voir ce qu'il va t'en coûter!

Il était contre son dos, sa bouche à son oreille et murmurait déjà les mots qui la faisaient trembler.

– Nina nous attend, se défendit-elle.

– Qu'elle nous attende, elle et les autres!

Son regard dans le sien, elle le laissa lire l'émoi qui la gagnait. Pour lui, pour ces instants et tous les autres, elle pourrait braver les plus grands tourments. Il était sa conscience et sa folie, son double, son âme et son devenir.

Lorsqu'ils arrivèrent chez Nina, Caillebotte avait depuis longtemps soufflé ses bougies. Gabrielle serrait des mains quand une silhouette familière attira son attention.

– Julien, murmura-t-elle au moment où l'homme se retournait. Julien... Mon Dieu... Quelle surprise!

– Pensiez-vous que je nourrissais les poissons au fond des océans?

– Non... mais nous vous espérions depuis des mois!

Étienne les avait rejoints et, après une longue accolade avec le visiteur, il s'exclama :

– Tu m'as manqué... sacrément manqué!

Mieux que quiconque, Julien Coblence comprenait la peinture d'Étienne Carlier. L'un avec les mots, l'autre avec les couleurs, ils menaient le même combat contre leurs démons intérieurs. Gabrielle les abandonna à leurs retrouvailles et s'empara du verre de punch que lui tendait Charles Cros qui jouait les maîtres de maison. Selon son habitude, Nina était allongée sur un canapé et, vêtue de dorures, s'éventait avec langueur, tandis que Stéphane Mallarmé lui contait une histoire qui semblait l'amuser. Personne ne pouvait situer Nina dans l'espace et dans le temps. Elle incarnait tous les siècles, tous les continents, et le décor qu'elle avait créé accentuait cette impression. Exotique, chatoyant, le salon offrait une atmosphère chaleureuse. Dans le bourdonnement des conversations, on y oubliait ses tracas et préparait les lendemains. Ce soir, Julien Coblence était sollicité de toutes parts. Gabrielle l'observait. Comment ne pas succomber au charme de cet homme qui semblait se jouer du destin? Voyageur infatigable, il cherchait à travers le monde des sensations qui le maintiendraient en vie. L'Extrême-Orient le régénérait et l'apaisait. Il avait besoin de la mer, des fleuves immenses, du vert cru des rizières et de ces ailleurs qui le réconciliaient avec lui-même. Un bonheur éphémère qui tournait, en dérision quand, autour des tables de jeu ou dans les maisons de plaisir, il cherchait à oublier un passé douloureux.

Dès qu'il le put, il attira Gabrielle dans l'embrasure d'une fenêtre puis demanda :

– Donnez-moi des nouvelles d'Hortense et de Louis. Je pensais leur rendre visite mais, après une nuit de voyage, le sommeil m'a terrassé.

Lorsqu'il rentra chez lui, il n'éprouva, par contre, aucunement l'envie de se coucher. Après avoir congédié son valet de chambre, il s'installa dans un fauteuil de sa bibliothèque et, les yeux rivés sur les braises qui se consumaient dans la cheminée, s'abandonna à la nostalgie. Le grondement des foules, les sirènes des navires, le cri des coolies assaillaient sa mémoire. Devant lui s'étiraient des chemins de poussière où grouillaient des silhouettes menues et trottinantes. La senteur du jasmin se mêlait à celle des eaux mortes. Des femmes au corps de fillette lui servaient le thé... A ces images se superposaient celles d'un autre monde. New York, sa force et sa fièvre. Il y avait appris que rien n'était impossible à qui voulait entreprendre. Au cours de son dernier séjour, il y avait implanté de nouveaux bureaux et comptait bien les rendre florissants par son commerce d'art et d'objets asiatiques. Si la Chine était prisée, le Japon déclenchait la ferveur. On entrait en « japonerie » comme on entre en religion... et les estampes, les laques ou les bronzes atteignaient d'incroyables enchères. Londres avait subi la contagion. Quant à Paris, Julien savait que, d'ici peu, des collectionneurs comme Burty, Bracquemond ou Goncourt frapperaient à sa porte et le supplieraient de leur montrer ses trésors. Était-ce d'avoir vécu longtemps sans domicile fixe? Posséder ne l'intéressait pas. Au gré de ses fantaisies, il allait et venait, curieux de tout et, néanmoins, conscient que la plupart des intérêts s'émoussaient avec les années. Par contre, lorsqu'il se trouvait face à un chef-d'œuvre, il en oubliait le boire et le manger. Michel-Ange l'avait bouleversé mais aussi des inconnus qui, pierre par pierre, touche par touche, avaient dans la plus grande humilité laissé leur témoignage. Depuis qu'il écrivait, son intuition s'était développée et sa perception élargie. Les sites et les monuments l'appelaient pour lui livrer ce que d'autres ne savaient comprendre. Au fil de ces rendez-vous privilégiés, sa peur des mots s'était envolée. Aujourd'hui, il pouvait les transcrire dans des carnets d'écolier. Journal intime, chronique, c'était la promenade d'un homme sans préjugés mais qui ne savait toujours pas à quoi il était destiné. A rien, peut-être! Plus jeune, il aurait répondu que seul lui était promis le néant. Avoir rencontré des êtres d'exception l'avaient pourtant aidé à ne pas sombrer. Tour à tour, Elsie, Constant, Louis l'avaient maintenu la tête hors de l'eau et, maintenant, il flottait au gré des vagues, convaincu qu'on ne devait pas aller à l'encontre des événements mais qu'il fallait les apprivoiser pour ensuite les dominer. Enfant, il s'était rebellé puis il avait fui, pensant qu'avec la distance il manquerait à une mère qui jusque-là l'avait rejeté. Au moment où ses espérances allaient être exaucées, il s'était détaché. Cette femme dont il avait tant recherché la tendresse lui était devenue étrangère. Elle était malade lors de leur dernière entrevue. Il l'avait quittée en sachant qu'il ne la reverrait plus mais il n'en souffrait pas. Son décès lui fut annoncé à New York. Il marcha longtemps dans les rues. La chaleur était accablante. Ses tempes battaient mais il persista et parvint au port. Pas un nuage ne se découpait dans le ciel. Comme une délivrance, l'océan lui apparut. Il respira. Fils de personne, il appartenait à l'univers. A qui risquait-il dorénavant de déplaire, de qui devait-il prolonger la culpabilité? Il rit et des larmes brouillèrent sa vue. Il rit et pleura sur les malentendus, les gâchis, sur l'incompréhension et les faux devoirs. Et aujourd'hui, dans cet appartement qu'il retrouvait, le passé défilait à la vitesse d'un éclair : l'enfance à Bougival, les punitions familiales, la rencontre avec Louis, Elsie qui lui avait appris à privilégier la beauté, Constant... l'infatigable consolateur des âmes tourmentées... Repoussant ces souvenirs heureux ou malheureux, un visage s'imposa peu à peu pour occuper son esprit. Était-ce l'imminence d'une entrevue qui soudain avivait la nostalgie? Il se remémora, alors, avoir lu ou entendu que s'interdire certains sentiments n'était pas la meilleure façon de les étouffer. L'auteur de cette pensée avait même évoqué un jeu australien : le boomerang.

11.

Julien s'éveillait quand Degas se présenta en fin de matinée. Le peintre semblait fatigué, d'humeur morose, et des kakemonos ou des coffres qui, d'habitude, lui auraient arraché des exclamations enthousiastes n'obtinrent que des soupirs.

– Sans doute vous a-t-on parlé de mes soucis, murmura-t-il en caressant du regard un paravent où s'envolaient des grues.

Face à l'expression surprise de son hôte, il expliqua :

– Je n'ai plus un sou. Mon frère a fait faillite et j'ai dû vendre tout ce que je possédais pour le tirer de ce mauvais pas.

Du doigt, il toucha un brûle-parfum puis ajouta :

– Je savais que je ne pouvais rien vous acheter mais je souhaitais pourtant voir, respirer et connaître ce que de plus chanceux emporteront bientôt.

La passion de Degas pour l'art japonais était de notoriété publique. Client assidu de la Porte Chinoise ou de Bing, il parvenait mieux que quiconque à découvrir, dans un coin d'ombre, l'objet discret mais d'un extrême raffinement.

Non sans impatience, Julien attendit que le peintre eût passé en revue ce qu'il avait déballé de quelques caisses puis, dès qu'il fut seul, il appela son valet de chambre afin que celui-ci déposât dans son attelage les paquets qu'il emporterait rue La Bruyère.

– Madame est sortie et Monsieur ne rentrera de Tours que demain, lui répondit-on dans le vestibule des Duplessis.

– Et les enfants, sont-ils là?

– Oui Monsieur.

Quelques instants plus tard, Élisa arriva en courant dans le salon et regarda, comme s'il s'agissait d'un mirage, l'homme qui lui ouvrait les bras.

– Julien, s'écria-t-elle en courant à sa rencontre.

Sa joue contre le manteau de pluie, elle retrouvait le beau Julien Coblence de son enfance qui, le premier, lui avait insufflé le désir de plaire. Après l'avoir couvert de baisers, elle s'écarta pour mieux le dévisager.

– Êtes-vous marié? demanda-t-elle.

– Mais non, voyons!

– Alors, vous m'attendrez, jurez-le-moi...

– Oh, ma chérie, je n'attendrai personne, se défendit Julien en riant.

Devant la moue d'Élisa, il précisa :

– Pour la bonne raison que je serais le plus mauvais des maris.

– Eh bien, moi, je suis sûre que c'est faux!

– Plutôt que de dire des bêtises, l'interrompit-il en la libérant de son étreinte, ouvre vite cette boîte...

Élisa obéit et, bientôt, déplia un kimono aux tons pastel et des pantoufles brodées de rosaces et de fleurs.

Pendant qu'elle essayait ses présents, des pas attirèrent l'attention de Julien. Un petit garçon l'observait avec gravité.

– Emmanuel, appela-t-il.

Comme le petit ne bougeait pas, Élisa lança :

– C'est Julien!

– Je sais, répondit Emmanuel.

– J'ai aussi un cadeau pour toi, déclara Julien.

Le roulement d'un attelage résonna sur les pavés de la cour et, sans réfléchir, Julien sortit sur le perron. Il s'empara du parapluie qu'ouvrait le maître d'hôtel, se dirigea vers la portière du landau puis l'ouvrit. Hortense, qui ramassait son manchon, tressaillit quand elle se redressa. Un vertige l'envahit. Où puisa-t-elle la force de sourire pendant qu'à travers la voilette il guettait dans ses yeux le reflet de son propre trouble? Incapables de prononcer une parole, ils entrèrent dans la maison. Mille pensées contradictoires malmenaient Hortense. A quand remontait l'arrivée de Julien? Pourquoi avait-il voulu la surprendre? La gorge nouée, elle se débarrassa de sa cape puis, gagnée par la fébrilité, elle posa des questions anodines dont elle ne comprenait pas les réponses. Une autre agissait à sa place qu'elle détestait et ne pouvait maîtriser. Les rejoignant pour exhiber son kimono, Élisa créa une diversion. Oui, elle avait grandi, embelli! Et Emmanuel, que faisait-il?

– Il est remonté dans sa chambre, les renseigna la fillette.

Décidée à s'approprier le visiteur, elle ne quitta plus ses genoux, quand, revenu au salon, il évoqua les contrées qu'elle rêvait de parcourir.

– Moi, c'est décidé, lorsque je serai grande, je ferai des fouilles, lui confia-t-elle. J'irai dans la jungle et les tigres ne m'effraieront pas...

Puis elle le fixa et demanda comme si sa vie en dépendait :

– Trouve-t-on beaucoup de trésors quand on va très loin?

– On peut en trouver partout, répliqua Julien.

– Vous voulez dire ici, à Paris?

– Bien sûr!

Déçue, elle s'exclama :

– Mais ce n'est pas de l'aventure!

Comment n'aurait-elle pas aimé s'évader alors que son père la berçait du récit de ses voyages et que sa mère nourrissait son imagination de contes dont les héroïnes bravaient tous les obstacles?

Tandis qu'Élisa bavardait, Hortense tentait de se reprendre. Ainsi, il avait fallu que Julien surgisse pour qu'affluent des sentiments qu'elle croyait étouffés. Et lui, s'en était-il tenu à la décision de n'éprouver à son égard que de l'amitié? Connaissait-il cette paix de l'âme qu'il leur avait à tous deux souhaitée? L'espace d'un instant, elle se demanda si elle n'aurait pas préféré qu'il disparaisse à jamais de son existence. Puis l'évidence la frappa. Elle n'avait respiré, agi, que dans l'attente de cette fin d'après-midi. En même temps, elle prenait conscience qu'elle ignorait tout de son actuel état d'esprit.

– Julien... J'ai appris pour votre mère, commença-t-elle, et...

– Oh, mon amie, épargnez-vous les paroles de circonstance, l'interrompit-il en se levant avec nervosité.

Sur un ton radouci, il avoua :

– Vous seriez la dernière à qui je cacherais que cet événement ne m'a guère affecté.

Un silence s'installa avant qu'il ne précise :

– J'ai, par contre, découvert que nous obéissions tous à des lois qui empêchent d'évoluer. Si je n'avais eu la bêtise de croire qu'une mère et son fils se doivent un amour réciproque, j'aurais sans doute mieux vécu.

Stupéfaite, Hortense se demandait si elle comprenait bien son discours. Il se plaignait du carcan des lois dont il s'était fait l'apôtre ! Ne l'avait-il pas exhortée, deux ans plus tôt, à perpétuer un mariage qui, à l'époque, avait perdu toute signification ? La rancune l'envahit pour cet homme qui, au nom de l'honneur, l'avait abandonnée à son tourment et à ces fameuses lois dont il réfutait aujourd'hui le fondement. Pendant qu'il traversait les terres et les océans, elle était demeurée chez elle à veiller au bien-être des siens. Était-ce là sa seule mission ?

– Que se passe-t-il, s'inquiéta Julien. Vous semblez lointaine, contrariée... Vous ai-je peinée ?

– Non, non, tout va bien... Rassurez-vous !

– Je n'en crois pas un mot !

Alors, elle ne chercha plus à dissimuler ses espoirs déçus et sa certitude que rien dorénavant ne bousculerait l'ordre établi.

– Je vous en veux, Julien, de connaître ce qui m'est interdit. J'envie votre liberté...

– Me croiriez-vous si je vous disais que, moi, j'envie votre sérénité...

– Ma sérénité, murmura-t-elle. Je parviendrais donc à sauver les apparences !

– Rien n'est parfait, répliqua-t-il en l'obligeant à le regarder, et ma situation ne ressemble certainement pas à celle que vous imaginez. Vous ne vous attachez qu'à la partie visible... Il est vrai que j'ai la chance d'aller et venir comme bon me semble mais croyez-vous que cela me tranquillise?

Avec un léger rire, il souligna :

– Nous sommes sûrement tous les deux trop exigeants.

– Est-ce une faute?

– Suis-je vraiment obligé de vous répondre?

– Pardonnez-moi, Julien, de me montrer aussi mélancolique, mais il y avait cette oppression qui, là, dans ma poitrine m'étouffait et vous seul pouviez comprendre.

Sans qu'elle s'expliquât davantage, il perçut combien avaient pesé son absence et, surtout, son silence. Il avait décidé de ne pas lui envoyer de nouvelles, pensant que celles-ci lui feraient plus de mal que de bien mais, ce soir, il découvrait son erreur. Loin d'atténuer la force de leurs liens, cette privation l'avait intensifiée.

– Avez-vous l'intention de vous attarder à Paris? demanda Hortense.

– Le temps de mener à bien mes projets.

Avec l'impatience et la curiosité d'une enfant, elle le poussa aux confidences.

– Je cherche des investisseurs pour ouvrir des comptoirs en Cochinchine, mettre à l'eau des navires et y développer le commerce.

– Voilà un vaste programme!

– Certes, mais ceux qui m'accorderont confiance et crédit n'auront pas à le regretter.

Julien avait-il enfin trouvé sa voie? Hortense ne l'avait jamais imaginé autrement que jouant le rôle d'intermédiaire entre les différents continents. Il n'était pas l'homme d'un pays mais le souverain d'un monde où se mêlaient la fiction et la réalité.

– Et l'écriture, l'avez-vous reléguée dans les oubliettes?

– Non et j'espère vous en donner bientôt la preuve car, dès demain, je porterai un texte à Charpentier. J'espère qu'il l'éditera.

Ainsi ses peurs s'étaient évanouies. Hortense se souvenait des hésitations de Julien à confier au papier ses sensations. Plus que l'opinion des autres, il craignait son propre jugement.

Lisant ses pensées, il avoua :

– Si vous ne m'aviez encouragé à écrire et à publier mon recueil de poèmes, je serais encore comme un prisonnier qui possède la clef de sa geôle et ne veut surtout pas la sortir de sa poche.

Parce qu'elle restait silencieuse, il ajouta d'une voix plus basse :

– Vous le savez bien...

Peu à peu, la connivence qu'ils avaient partagée reprit. Ils se mirent même à rire. Oubliant leur réserve, les sujets dangereux ou brûlants, ils réapprenaient à connaître l'homme et la femme qu'ils étaient devenus. Quoi qu'elle affirmât, Hortense avait changé. Une lueur combative brillait dans ses yeux. Au-delà des paroles qu'elle prononçait, il percevait son désir de dépasser la facilité apparente que la vie lui offrait. Était-il si loin le jour où elle avait sangloté dans ses bras quand, la Commune ayant éclaté, il l'avait suppliée de se réfugier à Bougival! Malgré lui, il s'attarda sur ces moments où, dans cette même pièce, ils se confiaient ce que leurs âmes recélaient de plus précieux.

– Et Louis, demanda-t-il en se reprenant, vous ne m'avez pas encore donné de ses nouvelles?

– Son voyage en Orient l'a apaisé. Il en est revenu la tête emplie d'idées et de projets. Son travail est magnifique!

Accrochés au quotidien, ils poursuivirent leur entretien jusqu'au coucher des enfants.

– Le temps de les embrasser, s'excusa-t-elle auprès de Julien, et je reviens...

– Non, mon amie, je suis attendu à dîner et...

Il ne termina pas sa phrase. D'un geste qu'elle n'avait su retenir, Hortense effleura sa joue. Il saisit ses doigts entre les siens et, évitant son regard, les porta à ses lèvres. Puis, à grands pas, il gagna le vestibule.

12.

Pendant sa première semaine parisienne, Julien ne connut aucun répit. Il dut s'occuper de la succession de sa mère puis visiter la fabrique de porcelaine qu'il possédait à Louveciennes et sur laquelle veillait un gérant dont il n'eut qu'à louer les initiatives et le travail. Lui qui avait toujours joué avec l'argent, il commençait à établir des plans... mais, là encore, son seul but était de se mesurer à la chance. La France se trouvant en pleine prospérité, l'époque se prêtait aux paris! La Bourse attirait les valeurs étrangères, les dépôts en caisse d'épargne progressaient, les banques se développaient afin d'accueillir des capitaux privés.

A peine rencontra-t-il Louis qu'il lui confia ses projets d'implantation en Extrême-Orient.

– Tu es en parfait accord avec la politique expansionniste de notre pays, remarqua son ami.

– Soit, mais je dois très vite trouver des partenaires...

Ils s'étaient donné rendez-vous à leur club et, devant un verre de fine, évoquaient leur avenir. Louis avait en chantier des magasins et on l'avait pressenti pour construire un théâtre à Toulouse.

– J'aime bâtir des édifices publics. On peut s'y montrer plus inventif et plus audacieux, on peut mélanger les matériaux, la pierre et le fer, par exemple... Mais revenons à tes préoccupations... Je vais te présenter à Edmond Surtel.

A plusieurs reprises, leur entretien fut interrompu par l'une ou l'autre de leurs relations qui, sortant de la salle de billard ou de lecture, venaient les saluer. Julien dut serrer la main d'anciens compagnons de libertinage. Des coulisses de l'Opéra aux salons particuliers du Café Anglais, du casino de Baden ou de Monte-Carlo aux champs de courses d'Epsom ou de Longchamp... que n'avaient-ils partagé? Soudain sa jeunesse le rattrapait, ces années d'errance aux matins desquelles il s'éveillait sans savoir ce que serait sa journée. Rien ne l'intéressant alors, il allait au gré des opportunités. Les femmes se succédaient et, souvent, il ne prenait pas la peine de connaître leur prénom, encore moins leur adresse. Aucune ne lui résistait, pis, elles devançaient ses désirs! On aurait pu l'accuser de mépris, mais lui savait qu'il n'obéissait qu'à l'ennui, un profond ennui. S'était-il assagi depuis qu'il avait trouvé un sens à sa vie? Son second voyage à travers le monde n'avait pas manqué de bonnes fortunes. Les Asiatiques lui plaisaient. Rien ne remplacerait jamais leur délicatesse et leur raffinement. Il aimait les voir rire avec timidité derrière leurs mains, marcher à pas menus, il aimait aussi entendre ces chansons à l'étrange sonorité et... comment se serait-il lassé de ces corps graciles sur lesquels l'âge avait si peu d'emprise? Sans enthousiasme, il se vit invité à des soirées où, pour marquer son retour, le champagne coulerait à flots tandis qu'il ferait la connaissance de comédiennes ou danseuses en passe de devenir célèbres.

Alors qu'ils se dirigeaient vers leurs voitures, il confia à Louis son étonnement face à l'immuabilité de certains êtres.

– Comment peuvent-ils, sans devenir fous, s'adonner aux mêmes divertissements depuis tant d'années?

– C'est leur choix!

– Leur choix? En es-tu certain?

– L'oisiveté n'a jamais été une obligation, la superficialité non plus!

Avec peu de mots, Louis savait juger les situations. Intuitif, perspicace, il sentait les choses puis, sans qu'on l'influence, donnait son avis. Son manque de préjugés accordait de la crédibilité à ses observations et Julien, la plupart du temps, les écoutait.

Cette confiance l'aida à affronter Edmond Surtel pour lequel il n'éprouva, de prime abord, que de l'antipathie. S'il s'était écouté, il aurait, dès le début de leur conversation, rebroussé chemin. L'homme était glacial et l'atmosphère qui l'entourait n'était pas plus réconfortante. La Banque Surtel siégeait rue Laffitte, un immeuble cossu, aux portes capitonnées et dont les couloirs ne résonnaient d'aucune vie. Jusqu'à l'heure du rendez-vous, on le fit attendre dans un salon dénué de tout ornement. Alors l'huissier l'introduisit dans un bureau où Edmond Surtel, après l'avoir brièvement salué, attendit, le regard aigu et l'expression impénétrable, qu'il exposât sa requête. Il s'agissait d'être concis et Julien alla droit au but. Avec une inhabituelle pondération, il souligna le profit que représenterait l'acquisition de rizières et de plantations d'hévéas en Cochinchine, l'ouverture de centres de négoce dans les principaux ports, l'intérêt du Tonkin qui, par sa position géographique et son fleuve Rouge, permettrait de commercer plus facilement avec la Chine.

– La Banque d'Indochine est déjà en train de se constituer, là-bas, un empire, souligna Edmond Surtel.

– C'est la raison pour laquelle je suis si pressé de trouver des appuis financiers.

Julien tendit à son interlocuteur le dossier qu'il avait préparé puis se leva.

– Je ne suis pas contre l'expansionnisme, Duplessis a dû vous le dire, mais je suis un homme prudent, l'avertit le banquier. Contrairement à la Cochinchine qui est devenue une colonie, le Tonkin demeure un protectorat. Sa frontière avec la Chine peut être un bienfait ou un danger...

En l'accompagnant jusqu'à la porte, Surtel ajouta :

– Je vous donnerai une réponse après avoir étudié, sous tous ses aspects, la question.

Malgré la prudence dont il se vantait, Surtel n'était pas opposé à l'aventure. Des comptoirs d'huile de palme et de gomme lui appartenaient au Gabon, il venait d'acheter des centaines d'hectares à défricher en Algérie, et pour acheminer ses marchandises, il avait pris une participation dans un chantier naval de Nantes. Jusqu'à présent, ses choix s'étaient avérés bons.

Julien, pour sa part, ne se faisait guère d'illusions sur le résultat de son entrevue.

– Il ne marchera pas, dit-il à Louis quand ils se rencontrèrent chez les Charpentier.

L'éditeur Georges Charpentier et son épouse Marguerite offraient un dîner en l'honneur de Gambetta dont on se disputait, depuis quelques mois, la présence dans les salons.

Il arriva à huit heures précises, ventripotent, une rose à la boutonnière, et s'inclina devant la maîtresse de maison qui ne pouvait cacher son orgueil à le recevoir.

– Le succès ne l'a pas arrangé, souffla Julien à Charles Haviland qui, comme lui, possédait une fabrique de porcelaine.

Fasciné par l'œil de verre du politicien, sa main chargée de bagues et son accent grasseyant, Julien demeura un moment à l'observer et perçut derrière une apparente jovialité... un fauve aux aguets.

Jouant de la prunelle et de l'éventail, les femmes, attirées par sa célébrité en oubliaient toute opinion politique! Nostalgiques de la monarchie, adeptes de l'ordre moral, elles vivaient, ce soir, à l'heure du progrès social.

Fidèle à ses habitudes, la belle Flora Winsley se détacha vite du peloton. Ondulant comme un serpent dans sa robe de faille indigo, elle s'approcha de Gambetta puis, son bras sous le sien, lui susurra que son dernier discours l'avait transportée.

– En voilà une qui a la peau dure, souligna Julien après avoir passé au crible les charmes de l'ancienne courtisane. Elle a pourtant traversé quelques tempêtes.

– Sa méchanceté la conserve, l'interrompit Haviland.

Pour ne pas avoir à se prononcer, Louis s'écarta. Personne au monde ne lui procurait un tel dégoût et une telle haine! Comment aurait-il imaginé, dix ans plus tôt, qu'une petite provinciale, grelottant de peur et de honte, le poursuivrait de sa vengeance? Qu'avait-elle espéré pour se révolter contre l'idée qu'il en épousât une autre? Flora débutait dans le métier quand il l'avait rencontrée. En quelques semaines il avait rempli son porte-monnaie mais, elle, avait décidé de l'aimer. Le savoir heureux auprès d'Hortense, père de beaux enfants, avait, au fil du temps, avivé sa rancœur et son désir de nuire. Elle l'avait attaqué par le biais le plus sordide et, aujourd'hui encore, il ne pouvait se remémorer ses insinuations sans frissonner : Julien aurait profité de la guerre pour nouer avec Hortense des liens privilégiés! Sa première réaction avait été de la croire. Face à ce qu'il considérait comme la pire des trahisons, il décida alors de renier le passé et de fuir un foyer qui ne revêtait plus aucune signification. Dans la solitude, il put comprendre que la vérité n'était pas celle qu'il avait soupçonnée mais ce soir, au milieu des conversations, Louis se posait à nouveau des questions. Depuis l'arrivée de leur ami, sa femme, sous le prétexte d'une fièvre, gardait la chambre. Julien, étonné par cette absence, en avait tout à l'heure demandé le motif.

– Une mauvaise toux, avait-il répliqué sans s'appesantir sur le sujet.

Au cours du dîner, Louis, amusé par les propos des convives, oublia son malaise. Renoir, qui comptait parmi les intimes des Charpentier, était en verve. Il débordait de projets et disait vouloir faire le portrait de Jeanne Samary, sa voisine montmartroise, l'une des plus séduisantes comédiennes de la rentrée.

– Une tête toute blonde et toujours rieuse, disait-il. Lorsqu'on la regarde, on ne pense plus qu'à des couleurs chaudes, des rouges, des orangés...

Son appétit de vivre était contagieux. D'un souci, il tirait une boutade... d'une rebuffade, davantage de force...

– Plus on pleure sur ses misères, plus elles s'accumulent, avait-il coutume de répéter.

S'éclipsant parmi les premiers, Louis regagna à pied son domicile. Avec la bruine, l'air s'était chargé d'humidité, néanmoins, il apprécia le silence des rues qui se succédaient pour le mener vers la femme qui faisait partie de lui-même. Aucune lumière ne filtrait à travers les volets de l'étage. Il congédia le domestique qui l'attendait dans le vestibule, monta les escaliers, tourna doucement la poignée d'une porte et, une lampe à la main, pénétra dans la chambre d'Hortense. Le souffle paisible, elle dormait. Il toucha son front. La fièvre avait baissé. Rassuré, il attira une chaise près du lit, s'y assit et, oubliant ses vêtements mouillés, demeura à veiller.

13.

Assises au troisième rang, Hortense et Élisa applaudissaient le numéro d'un équilibriste. A côté d'elles, le pouce dans la bouche, Emmanuel grimpait sur les genoux de Gabrielle pour mieux voir le spectacle. Le dimanche, au Cirque Fernando, parents et enfants retenaient leur souffle devant les attractions qui leur étaient proposées, notamment quand la fameuse Lala volait de trapèze en trapèze. Elle arriva bientôt et, suspendue par les dents, s'éleva dans les airs.

– Jésus, s'exclama une vieille dame en sortant de son sac un flacon de sels.

Chaque figure arrachait des exclamations d'inquiétude et de ravissement mais Degas, lui, sans s'émouvoir, se concentrait sur le balancement du corps, le jeu des muscles et la beauté de l'effort. Sur un carnet de croquis, il dessinait avec une extrême précision la décomposition des mouvements. Tout l'enchantait dans cet endroit, la hauteur vertigineuse de la coupole, l'enchevêtrement des poutres, mais surtout la lumière, semblable à nulle autre, irrisée et magique.

La ronde des écuyères succéda à celle que tout le monde appelait « La Femme Canon ». Lancées au galop, elles pirouettaient dans leurs jupettes de satin. Élisa, grisée par le claquement du fouet et le tintement des grelots, admirait leurs figures et rêvait de posséder, un jour, leur hardiesse et leur prestance. Pourtant, elle les oublia dès que sortirent des coulisses Francesca et Angélica. Les deux petites jongleuses arrivèrent en se tenant par la main puis, comme s'il s'agissait d'un simple jeu, se lancèrent avec une étonnante virtuosité des balles aux couleurs de l'arc-en-ciel. Gabrielle suivait chacun de leurs gestes. Gracieuses, mutines, leurs longs cheveux attachés par des rubans rouges, elles obéissaient aux injonctions des cuivres et du tambour. Leur échange s'accéléra mais, jusqu'à la fin, elles ne commirent aucune faute et, le visage épanoui, purent recueillir les fleurs que leur lançait le public.

A la sortie, Gabrielle se heurta à Degas qui, la cigarette à la bouche et le calepin sous le bras, se dirigeait vers d'autres divertissements.

– Et Carlier? Il ne vous a pas accompagnée? Ne me dites pas qu'il a boudé un tel spectacle, souligna-t-il sur un ton désapprobateur.

– Il avait du travail à l'atelier.

Une heure plus tôt, Étienne avait en effet ouvert sa porte à Jeanne. Elle entra dans la pièce, regarda autour d'elle puis, enlevant ses gants, demanda d'une voix neutre.

– Que dois-je faire?

– T'asseoir sur ce tabouret et brosser tes cheveux devant le miroir de cette coiffeuse... mais en corset et en jupons!

Pendant qu'elle ôtait ses vêtements derrière le rideau, Jeanne prenait conscience de sa nervosité. Son cœur battait à tout rompre et ses mains tremblaient. Comment avait-elle eu la présomption et la naïveté de croire qu'elle avait mis un terme à un penchant qui ne la mènerait nulle part?

Il l'attendait debout devant son chevalet, l'esprit vraisemblablement ailleurs car de longues secondes s'écoulèrent avant qu'il ne perçût sa présence. Elle se dirigea vers la place qu'il lui avait désignée, s'installa et, dans la glace, le vit s'approcher. Sans prononcer un mot, il la fit pivoter sur le siège jusqu'à ce qu'il trouve la pose idéale, rectifia le port de tête, l'angle d'un bras...

– Voilà... Nous y sommes, murmura-t-il.

Il enleva les peignes qui retenaient sa chevelure et,

semblable à une coulée d'or, les boucles se répandirent sur ses épaules. Alors, il recula de quelques pas pour juger de l'effet, revint et fit glisser sur l'épaule de son modèle une bretelle du corset. Sous la caresse de ses doigts, elle ne put réprimer un frisson.

– Tu as froid?

– Un peu.

Il alla jusqu'au poêle pour y jeter quelques fagots. L'espace d'un instant, elle ferma les yeux. Des enfants jouaient dans la cour, elle entendait leurs refrains et leurs rires. La vie à l'extérieur s'écoulait normalement, alors pourquoi éprouvait-elle cette sensation d'arrêt, d'isolement? Étienne avait regagné sa place et préparait sa toile. Il aimait prendre son temps avant de tracer au crayon les premiers contours. Rien n'existait encore et, avec inquiétude, jubilation, il savait que par sa seule volonté l'image apparaîtrait. En détaillant Jeanne, il se félicitait de son choix. Sous une apparence fragile, il la jugea indomptable. Avec rapidité, il dessina le front obstiné, les yeux empreints d'une rêverie qui lui échappait, le nez enfantin, mais il dut gommer et reprendre la bouche dont il ne parvenait à restituer la douceur. Entre eux, le silence s'installa jusqu'à ce qu'il expliquât ce qu'il voulait retranscrire.

– Tu t'apprêtes à sortir mais tu n'attends rien de cette soirée. En te contemplant, tu cherches à te rassurer sur ta beauté, cet instrument que tu as décidé d'utiliser pour obtenir l'existence que tu souhaites. Tu connais tes atouts, tu sais qu'ils seront infaillibles. Jeune ou vieux, aucun homme ne te résistera. Montre-toi insolente, cupide, désillusionnée...

– Mais ce n'est pas moi, se récria Jeanne.

– Qu'importe... Il te suffit de tricher!

Comme elle le fixait avec étonnement, il déclara :

– Après avoir endossé le rôle de mère pour Gabrielle, pourquoi ne jouerais-tu pas les pécheresses?

Il ne lui épargnait décidément rien. Un désarroi dont elle ne parvenait pas à cerner la véritable cause l'envahissait. Puis elle se reprit et accepta de voir la situation en face. Étienne la convoquait et la rémunérait pour donner une forme à ce qu'il imaginait. Comme celles qui l'avaient précédée et lui succéderaient, elle correspondait à une idée et à un moment précis. Toujours dans le miroir, elle le vit préparer sa palette et choisir des pinceaux. Les yeux plissés par l'observation, il l'étudiait et, sous cet examen, elle ne songeait plus qu'à ses défauts. Avait-il remarqué ses mains abîmées par l'ouvrage, la cicatrice sur son bras gauche? Auprès d'aucun autre peintre elle n'avait douté de son physique, auprès d'aucun autre elle n'avait ressenti ce trouble du huis-clos. La pose la faisait souffrir, mais elle n'en dit mot. Néanmoins, quand la fatigue se fit davantage sentir, il lui lança :

– Attention... Tu te relâches... Redresse le dos!

Vexée par ce rappel, elle ne se permit plus la moindre défaillance. Les notions de temps et d'identité s'évanouirent. Elle était devenue cette fille qui se préparait à croquer les hommes et leur fortune, celle qu'Étienne avait créée. Malgré son tourment, ce choix la faisait sourire. Tout comme ses amis, Carlier devait croire qu'elle collectionnait les amants. Et pourquoi en aurait-il été autrement puisqu'il se contentait des apparences?

La lumière commençait à baisser quand on frappa à la porte.

– Tiens Bolzano, s'écria Étienne en découvrant son visiteur.

– Je passais devant tes fenêtres, répondit une voix à l'accent oriental, et je t'ai aperçu...

– Entre, mon vieux, et débarrasse-toi de ce pardessus.

Obéissant à l'invitation, Raphaël salua d'un signe de tête la jeune fille qui, à contre-jour, étirait ses membres engourdis. Ce fut sur la toile qu'il reconnut Jeanne. Pris au dépourvu, il ne sut pas si cette rencontre le rendait heureux ou malheureux. Plusieurs fois, son souvenir avait traversé sa mémoire, chez lui, dans la rue, des rappels fugitifs mais dont l'intensité ne laissait aucun doute. A la voir dans l'intimité de Carlier, il se sentit contrarié, presque jaloux. Changeant de place, il put enfin discerner ses traits; son visage lui parut plus émacié, ses yeux plus grands. Soudain, il eut envie de saisir à pleines mains ses cheveux pour les respirer, il eut envie de connaître le goût de sa peau, là, à la naissance du cou; il eut envie de la prendre dans ses bras pour l'emporter loin, dans un monde où immanquablement ils se rejoindraient. Il savait déjà ce qu'il chuchoterait à son oreille, lui l'exilé, l'apatride, l'orphelin... des mots qui ne lui avaient jamais été adressés et où se mêlaient tendresse et compassion. Il en prononcerait d'autres encore... secrets et sacrés...

– Ce sera tout pour aujourd'hui, déclara Étienne en nettoyant son matériel.

A l'adresse de Jeanne, il ajouta :

– Tu es libre, petite, mais je compte sur toi dimanche prochain.

Après avoir rajusté sa bretelle, elle se leva puis, passant devant Raphaël, lui adressa un bref sourire. Elle s'éclipsa derrière le rideau et, pendant qu'elle s'habillait, Étienne proposa à son ami :

– Allons au café. J'ai besoin de changer d'air.

Elle l'entendit ensuite verser de l'eau dans un récipient et, sans doute, s'y laver les mains.

– J'y oublierai peut-être mon manque de talent !

– Tu cherches à être rassuré, plaisanta Raphaël.

– Pas du tout ! Je sais simplement que depuis quelque temps mon travail a perdu en qualité.

– Il n'y a que toi pour l'affirmer.

– Hélas, non !

Après une pause, Étienne murmura :

– J'ai bien vu la réaction de Coblence. Mes derniers tableaux l'ont déçu.

– Il te l'a dit ?

– Je comprends ses silences. D'ailleurs, je ne suis pas content de ce que j'ai fait aujourd'hui... J'en suis même très mécontent !

Jeanne osait à peine bouger. Même si elle n'en était pas responsable, elle se sentait assimilée au malaise de Carlier. Sans doute ne l'avait-elle pas inspiré ! Tant bien que mal, elle agrafa sa robe et, les joues en feu, le chapeau en bataille, se prépara à prendre congé.

– Tiens, voilà ta paie, lui dit Étienne en glissant dans sa main quelques pièces.

Aurait-il congédié une catin de la même manière ? Elle en eut la sensation. Rencontrant le regard de Raphaël, elle détourna la tête pour cacher sa peine.

Les becs de gaz étaient allumés quand elle atteignit la

rue. Machinalement, elle prit le chemin de Montmartre, s'arrêtant juste pour acheter un cornet de marrons. Le café d'Antoinette regorgeait de clients mais elle ne voulait pas de leur compagnie. Sa vie, soudain, lui échappait. Elle ne savait plus ordonner ses pensées, encore moins ses souhaits, et, surtout, elle ne savait plus si elle devait ou non se féliciter de certains changements. Avoir côtoyé le luxe lui rendait son logement insupportable mais comment y remédier? Depuis que sa mère, malade, ne pouvait plus travailler, Jeanne subvenait tout juste à leurs besoins.

– Trouve-toi un mari, lui conseillait Antoinette, un gentil garçon avec un bon métier!

Elle avait certainement raison mais Jeanne attendait le miracle. Ce soir, néanmoins, en accrochant sa mante à la patère et en découvrant Nane Dorval courbée sur le linge qu'elle reprisait, elle se posa des questions sur le sens de son existence. Des journées s'écouleraient comme celles-ci, vides d'espoirs et de promesses, des journées occupées par le souci de gagner une nourriture qui permettrait d'affronter d'autres journées... un engrenage dont elle ne sortirait pas!

– Les pommes de terre seront bientôt bouillies, l'avertit sa mère en se frottant les yeux.

– Comment peux-tu coudre avec si peu de lumière, s'énerva Jeanne.

En se dirigeant vers un bahut, elle ajouta :

– J'ai pourtant ramené des chandelles, avant-hier!

– Je ne voulais pas les user.

– Oh, maman, par pitié, ne nous rends pas plus misérables que nous le sommes!

Quand le repas fut terminé et que Nane s'apprêta à se coucher, Jeanne regarda la pendule. La soirée ne faisait que commencer. Elle se dirigea vers le réduit où elle enfermait ses trésors et s'approcha du mannequin de bois qu'elle avait récupéré rue Réaumur, rapporté jusqu'ici, puis réparé. Rapidement elle passa en revue les chutes de tissu pliées et entassées à même le sol. Chaque coupon lui rappelait l'un ou l'autre des vêtements confectionnés pour les spectacles qui s'étaient succédé sur les scènes parisiennes. Elle y avait joint des plumes d'autruche ou de cygne et, dans de petites boîtes, des boutons de toutes formes et couleurs. Là, dans son atelier secret, elle drapait, cousait, démontait, reprenait et, parfois satisfaite de son travail, l'abandonnait sur le mannequin jusqu'au lendemain. En maniant aiguille et tissus, elle oubliait sa tristesse. Dans un nuage de soie et de tarlatane, une robe surgissait. Le monde extérieur alors s'effaçait. Ses doigts, œuvrant avec précision, obéissaient aux ordres que lui dictait son cerveau. Elle n'avait plus froid et la honte que lui inspirait son existence s'évanouissait. Demain, après-demain, son nom serait sur toutes les lèvres... Quel serait le parcours à accomplir? Le prix à payer? Qu'importe! On ne pouvait tout supputer quand on avait pour mission de faire naître la beauté...

14.

Durant la semaine, Jeanne ne connut aucun répit. Noël et la Saint-Sylvestre approchant, fêtes et bals costumés se multipliaient; rue Réaumur les commandes affluaient. Elle ne savait pas si elle bénéficierait de son dimanche quand Gabrielle vint l'avertir qu'Étienne, victime d'une bronchite, ne pourrait travailler.

– L'avoir à la maison me rend folle, avoua-t-elle dans un soupir.

Depuis cette maladie qui, à la fin de la guerre, l'avait immobilisé, Étienne ne supportait pas l'oisiveté. Garder la chambre, respirer l'odeur de l'eucalyptus et boire des potions lui rappelait de trop mauvais souvenirs. Son humeur devenait vite exécrable. Il se plaignait des absences de Gabrielle mais, dès qu'elle était à son chevet, il se repliait sur lui-même.

– Il ne songe qu'à sa peinture, déclara Gabrielle à Julien Coblence quand ils se croisèrent place Blanche.

– Cela vous étonne?

– Non, bien sûr, mais il traverse à nouveau une période de doute!

– J'ai, en effet, cru le comprendre.

– Avez-vous vu ses dernières toiles?

– Oui, il me les a montrées et je les ai beaucoup aimées. Ses couleurs sont plus franches, sa touche plus rapide, plus fragmentée...

– Vous devriez le lui dire!

– Mais je l'ai fait, Gabrielle.

Cette dernière phrase la laissa perplexe. Pourquoi Étienne n'avait-il rien révélé de cet entretien? Elle préféra ne pas s'appesantir sur le sujet et, après avoir invité Julien à dîner pour le vendredi suivant, elle l'abandonna devant l'entrée de La Nouvelle Athènes.

Il y but un café puis décida de rendre visite au Père Tanguy.

Curieux personnage que ce fils de tisserand qui, avant d'être marchand de couleurs, avait gâché du plâtre et vendu des jambons. Son attitude pendant la Commune lui avait coûté la fermeture de sa boutique rue Clauzel et l'emprisonnement. Grâce à des interventions amies, il avait obtenu sa libération et aussitôt reprit son commerce.

Il était seul quand Julien poussa la porte.

– Tiens Coblence! Quel vent t'amène? bougonna-t-il en levant la tête de son registre.

– On m'a dit que tu avais des toiles de Pissarro et de Cézanne.

– Oui, dans la remise, mais je n'arrive pas à les vendre.

Il termina une addition, tira de sa pipe quelques bouffées qui empestèrent l'atmosphère, puis demanda :

– Et Carlier? J'ai entendu dire que tu l'avais bien vendu aux étrangers!

– C'est exact. Les Américains commencent à s'intéresser à lui.

– Eh bien, tant mieux... parce qu'ici on ne peut pas dire qu'il provoque la ferveur... Ni lui, ni les autres! Jamais les affaires n'ont été aussi mauvaises!

Renversé contre le dossier de sa chaise, Tanguy fixait Coblence.

– Les deux mains suffiraient pour compter les fous qui, comme nous, continuent d'y croire.

Songeur, il murmura :

– Oui, c'est bizarre, j'y crois, moi, à leur peinture... et je le leur répète quand je les vois, comme hier ce pauvre Pissarro, abattu, dérouté. Je les encourage même à organiser une troisième exposition.

– Renoir m'en a, en effet, touché quelques mots... mais où vont-ils trouver l'argent ?

– Caillebotte en a, mon vieux, et il est prêt à donner sa chemise pour ses camarades.

– Ne les découragent-elles pas, ces fameuses expositions ?

– Si... mais les renouveler est bien le signe qu'ils ne s'avouent pas vaincus. C'est aussi une façon de ressouder leur amitié.

L'amitié, l'entraide ! Rien n'avait réussi à détruire ces sentiments chez les impressionnistes. Liés par la foi et le talent, ils traçaient leur chemin. « Enfoncer le clou » était devenu la devise de Carlier, mais Julien craignait aujourd'hui que le peintre ne manquât de recul et de sérénité pour poursuivre son travail. Était-ce les responsabilités familiales, le besoin de gagner sa vie qui le poussaient à peindre jusqu'à l'étourdissement ? Julien tenait une partie de la réponse, il découvrit le reste lorsqu'il se rendit rue des Dames.

Un homme petit et brun se leva de son fauteuil quand la maîtresse de maison les présenta.

– Raphaël Bolzano... Notre ami Julien Coblence. J'ai pensé que vous seriez heureux de vous connaître.

Étienne qui tisonnait des braises dans la cheminée se retourna et Julien lui trouva le visage creusé.

– Alors, te voilà guéri !

– Si l'on veut.

Jusqu'au dîner, Gabrielle tenta de donner le change en conversant sur un ton enjoué avec ses invités. Étienne demeura, quant à lui, silencieux. Plusieurs fois, il se leva pour remplir son verre de porto, un geste qui rompait avec son habituelle sobriété.

Alors qu'ils se dirigeaient vers la salle à manger, Julien s'arrêta devant une toile posée par terre. Il se baissa et, la prenant entre ses deux mains, l'éleva pour mieux la contempler.

Noyée de pluie, une fenêtre ouvrait sur une chambre où une femme, à la lueur d'une lampe, écrivait. Jamais il n'avait aussi fortement éprouvé l'envie de pénétrer dans un tableau. C'était comme un appel, une promesse, un réconfort. Il songea à ces contes qu'il avait lus enfant où le héros égaré voyait au plus profond des ténèbres briller la douceur et la paix.

– Je l'ai rapportée jusqu'ici pour l'offrir, demain, à Hortense, expliqua Gabrielle.

Il reconnaissait maintenant la silhouette et l'univers de celle qui ne s'était jamais éloignée de ses pensées.

Depuis leur entrevue, Julien n'avait pas cherché à approcher Hortense. Le moment viendrait sans que l'un ou l'autre n'ait à le décider. Pourtant, à la tenir, là, contre lui, il sentait s'envoler toutes ses résolutions. A Raphaël qui l'avait rejoint, il demanda :

– Connaissez-vous Mme Duplessis?

– Oui. Je travaille pour son mari et j'ai eu le privilège de séjourner au Berceau.

Il y eut un silence avant que Raphaël n'ajoutât :

– J'ai aussi beaucoup apprécié son roman.

– Son roman? Quel roman?

– Celui qu'elle a publié au printemps dernier.

– Personne ne m'en a parlé, s'étonna Julien. Pas même l'auteur, précisa-t-il sur un ton sec.

Pour quelle raison Hortense l'avait-elle écarté de ce qui lui tenait à cœur? Un voile obscurcissait sa pensée. Puis il se reprit. L'avait-il seulement interrogée sur ce qu'elle avait fait durant son absence? Il n'avait, en réalité, parlé quc dc lui-même.

– Ce tableau est merveilleux, Gabrielle. Il est sensible, délicat. Le parfait reflet de celle qui vous l'a inspiré.

– Je suis contente qu'il vous plaise.

– Quand me montrerez-vous vos autres travaux?

– Il faudrait que vous passiez à l'atelier, mais je vous jure, ajouta Gabrielle en riant, que cette fois-ci je ne vous demanderai pas de poser.

Pour Raphaël, elle expliqua :

– Il y a quelques années, j'ai presque obligé Julien à me servir de modèle. Et cette idée m'a porté bonheur! *Le Prince du Désert* a compté parmi mes premiers succès.

La mine sombre, Étienne les attendait derrière sa chaise et Julien sentit alors sa jalousie. Stupéfait, il l'observa. Était-il possible qu'il fût agacé de la réussite de sa femme? Durant le repas, il chercha par des propos légers à le dérider. Ce fut peine perdue. La dernière bouchée avalée, Carlier prétexta la fatigue pour regagner sa chambre.

L'atmosphère, immédiatement, s'allégea. On servit un café turc, des cigarettes. Pelotonnée dans des coussins, Gabrielle s'abandonnait au plaisir d'exister. Un poids s'envolait tandis qu'elle écoutait Julien évoquer « la ville de l'éclipse ».

– J'étais en Chine quand un prince me convia à suivre une éclipse de lune. Pour ses amis, il avait, à l'endroit le plus approprié, fait édifier une ville. Nous y avons séjourné deux jours et, aussitôt notre départ, elle fut détruite...

– C'est une belle histoire, murmura Raphaël, et elle s'apparente à mes désirs les plus chers. J'ai toujours rêvé de bâtir, une fois dans ma vie, un « mirage »...

Une lueur brilla dans le regard de Julien. L'éphémère! Lui aussi en était un adepte! Ce n'était pas de la désinvolture mais le souci de préserver le souvenir d'une perfection. En observant Raphaël, il vit une exigence semblable à la sienne, de celles qui n'ont pu naître que dans la solitude ou la souffrance. Au fil de leur conversation et à demi-mot, il se familiarisa avec le petit garçon de Salonique et fut frappé de leur correspondance. L'un et l'autre avaient connu le manque d'affection, l'un et l'autre avaient aspiré à un monde à leur mesure. Raphaël avait reçu l'Orient comme un don, Julien l'avait mérité! Gorgés de senteurs, assourdis de bruits, ils avaient hanté les ports et, gagnés par la fièvre de l'inconnu, projeté au-delà des mers l'idéal qui les maintenait en vie. La nuit fuyait mais ils n'y prenaient pas garde. Un feu brûlait dans la cheminée, l'alcool coulait dans les veines. Tous trois parlaient avec le naturel et la confiance de ceux qui ont accompli ensemble un long parcours.

– Julien, expliquez-moi pourquoi au fur et à mesure que l'on avance en âge et en connaissance, les rencontres gagnent en intensité?

– Parce que, ma belle amie, nous ne nous encombrons plus de ce qui n'est pas essentiel. Notre intuition s'affine et nous savons mieux vers qui nous diriger.

Après leur départ, Gabrielle entra doucement dans la chambre de son fils. Penchée sur le berceau, elle demeura dans la pénombre à écouter son souffle régulier, ne pouvant s'empêcher de toucher le petit corps au travers de l'édredon.

– Que fais-tu? Tu as vu l'heure, lança Étienne quand elle le rejoignit.

Allongé sur le lit, il la dévisagea :

– Tu as bu, ma parole!

– Juste un peu, répliqua-t-elle en souriant.

– Eh bien... cela ne t'embellit pas!

Stupéfaite, elle chercha à savoir s'il plaisantait. Une expression de dureté marquait ses traits, une expression qu'elle ne connaissait pas et qui l'effraya.

– Mais enfin, Étienne, je n'ai rien à me reprocher!

– Bien entendu... tu es une sainte...

– Arrête, voyons, c'est ridicule!

Dans un geste d'apaisement, elle chercha sa main mais aurait-elle été pestiférée qu'il n'aurait pas davantage reculé.

– Laisse-moi, se défendit-il.

– Puisque tu le souhaites, rétorqua-t-elle, piquée au vif.

Ramassant son oreiller, elle retourna vers le salon où, sur le sofa, elle installa une couche de fortune. Elle passa ensuite dans le cabinet de toilette et s'aspergea le visage d'eau glacée. Cette dispute ne ressemblait à rien mais elle était trop lasse pour provoquer une réconciliation. Ramenant une couverture jusqu'au menton, elle tenta de trouver le repos, toutefois les dernières paroles d'Étienne encombraient son esprit. Qu'avait-elle fait pour mériter ces reproches? Elle ne pouvait ni ne voulait croire qu'il eût mal supporté les compliments que lui avait prodigués Julien. Fallait-il qu'elle peigne dans le secret? Qu'elle renonce à un métier dans lequel elle avait tant mis d'elle-même? Le prix était trop cher à payer et, de toute façon, elle savait que renoncer serait se soustraire à la vie. A ces pensées se mêlaient le passé et leur habituelle connivence. Alors, elle pleura sur elle, sur Étienne, sur tout ce qui avait tissé leur histoire. Elle pleura comme si leur avenir ne leur appartenait plus. Au moment où, épuisée, elle allait s'endormir, elle entendit le parquet grincer sous des pas. Bientôt, Étienne fut là et, sans qu'elle pût s'y opposer, il la souleva dans ses bras et l'emmena. La bouche sur sa tempe, il murmurait :

– Pardonne-moi, ma douce, pardonne-moi... Je suis un âne...

Pardonner ? Dans sa chaleur, elle avait oublié ses griefs. Paupières closes, elle se blottit plus étroitement contre sa poitrine et, apaisée, sombra dans le sommeil.

1877

15.

Étienne reprit son activité mais suspendit les séances avec Jeanne. Après avoir été enfermé, il ne songeait plus qu'à se promener à travers Paris et ses environs. Gabrielle l'encouragea dans l'idée de retourner à Auvers-sur-Oise où, auprès du docteur Gachet et de Pissarro, il avait, trois ans auparavant, retrouvé son entrain.

– J'irai... mais au printemps. Pour l'instant, j'ai besoin de la ville et de son vacarme.

La Nouvelle Athènes était le théâtre de discussions animées. Exposerait-on et à quel endroit? Durand-Ruel était dans l'impossibilité de prêter son local.

– Et si nous nous installions dans le baraquement construit sur l'emplacement de l'ancien Opéra? proposa Caillebotte.

Depuis qu'il avait été accueilli au sein du groupe, le garçon avait réuni une telle collection de tableaux qu'il s'inquiétait de ce qu'il en adviendrait car hanté par le pressentiment d'une mort prématurée, il avait désigné Renoir comme exécuteur testamentaire et, dans l'acte, avait précisé que si son décès survenait avant la fameuse exposition, les fonds nécessaires seraient prélevés afin qu'elle existât.

– Quelle prévoyance mais aussi quel pessimisme! déclara Étienne alors qu'avec Degas il se rendait à Boulogne.

L'aube pointait quand ils arrivèrent aux écuries. Un

palefrenier leur indiqua que les chevaux se trouvaient déjà sur le terrain d'entraînement.

– Si cette brume ne se lève pas, nous serons venus pour rien, constata Degas en découvrant un paysage fantomatique.

Il fut exaucé car bientôt ils purent discerner les silhouettes des montures et de leurs cavaliers.

Pendant que Degas se hissait sur une barrière et préparait son calepin, Carlier l'observa. On accusait l'homme d'être dur, voire cynique, pourtant, à le découvrir ainsi voûté et grelottant dans ses habits de gros drap brun, il attirait la sympathie. Déjà, il dessinait les arbres dénudés, les tourelles d'une demeure, des croquis rapides qui lui serviraient de repères lorsque, dans son atelier, il reconstituerait les scènes auxquelles il avait assisté. Aux détracteurs qui critiquaient cette pratique, il répondait sur un ton sec : « C'est très bien de copier ce que l'on voit, c'est beaucoup mieux de dessiner ce que l'on ne voit plus que dans sa mémoire. C'est une transformation pendant laquelle l'imagination collabore avec la mémoire. Vous ne reproduisez que ce qui vous a frappé, c'est-à-dire le nécessaire. Là, vos souvenirs et votre fantaisie sont libérés de la tyrannie qu'exerce la nature. »

Précédés du grondement de leurs sabots, les chevaux se rapprochèrent. Dans un intense effort de concentration, Étienne tentait de décomposer leur galop. Degas, lui, se fixait sur la posture des jockeys, l'expression de leurs visages... Le temps s'écoula trop vite à leur goût. Les naseaux frémissants, les muscles tressaillants, les chevaux étaient déjà passés et avaient rejoint les écuries. A découvrir la pelouse déserte, Étienne se demanda s'il n'avait pas été la victime d'un mirage. Il n'avait soudain plus froid et sa tête s'emplissait d'images et de couleurs. Elles l'habitaient. Degas avait raison... il fallait accepter que la subjectivité l'emporte et, avec elle, la poésie de ce matin où le pâle soleil de janvier n'avait pas encore asséché l'herbe. Au loin résonnaient les sabots sur les pavés et on entendait les ordres des palefreniers. La vie l'emportait sur la nature endormie et lui, bientôt, dans la solitude de la création, lutterait pour retranscrire cette dualité. Degas avait resserré son cache-nez. En retrait, il attendait que son compagnon eût terminé sa méditation.

Ils rentrèrent en omnibus et, sans se sentir obligés de parler, assistèrent à l'éveil de la ville. La tête protégée par un grossier bonnet ou un fichu, leur pèlerine battant les chevilles, des ouvrières se rendaient à leur fabrique. Quelques-unes, chargées de paniers ou de gamelles, traînaient par la main des enfants ensommeillés. Au fil des rues s'égrenaient des rempailleurs, des porteurs d'eau ou des affûteurs de couteaux. Vers Clichy, la foule s'intensifia. Des gamins hurlaient les titres des journaux. Sur un terre-plein, on installait les étals d'une foire tandis qu'incongrus, des fêtards titubaient au milieu de la chaussée en vidant à tour de rôle une bouteille de gnôle.

Ayant rendez-vous avec un graveur en fin de matinée, Étienne choisit de rentrer chez lui. Son fils serait levé; il profiterait de sa présence.

– Madame est dans sa chambre, l'avertit la servante... Avec la couturière.

La couturière? Il frappa et ne vit tout d'abord que Gabrielle qui, lui tournant le dos, lissait les plis d'une robe de féerie. A genoux, une jeune femme tirait des épingles d'une pelote accrochée à son bras pour modifier une couture. Des mèches échappées de son chignon cachaient son visage mais il reconnut la silhouette de Jeanne.

– Étienne! s'exclama Gabrielle.

Sur un ton joyeux, elle demanda en pivotant :

– Comment me trouves-tu?

La faille jaune de sa robe était saupoudrée de copeaux translucides qui accrochaient la lumière et lui donnaient un aspect irrisé.

– Cendrillon devait porter la même quand elle a conquis son prince, déclara-t-il.

Au moment où Jeanne, après l'avoir salué, vérifiait le bouffant des manches, le peintre eut une idée. En voulant la dessiner devant une coiffeuse et prête à croquer des amants, il s'était trompé. La preuve, il avait de lui-même interrompu les séances! Jeanne n'était pas une fille de joie et, dans ce corps qu'elle livrait aux artistes, il y avait, au-delà de la sensualité, un bouillonnement de vie, un élan créatif qu'il n'avait pas su percevoir et qu'il voulait maintenant, et sans attendre, retranscrire. Jeanne happée par des tissus aux couleurs violentes et contrastées... cobalt, aventurine, pourpre, lilas, absinthe ou tournesol... il imaginait leur froissement, leurs cassures et sa petite main laborieuse suspendue dans un choix qu'elle ne parvenait pas à établir.

– Jeanne, serais-tu libre, dimanche prochain?

Surprise, elle le regarda. Quand il avait cessé de la convoquer, elle s'était tout d'abord persuadée qu'il la jugeait mauvais modèle. Vexée, meurtrie, elle n'avait, pendant quelques jours, pas touché à la nourriture. Puis elle s'était dit que le destin la préservait en lui évitant plus de souffrances. L'amitié que ne cessait de lui prodiguer Gabrielle confortait ses idées. Comment, sinon, aurait-elle accepté sa sollicitude, ses encouragements? Cette robe commandée pour une prochaine réception en était une nouvelle preuve!

– Si l'on me juge ensorcelante, tu seras lancée, ma petite Jeanne, toutes voudront connaître ton nom... et je me ferai une joie de le leur apprendre... lui avait-elle dit dès le premier essayage.

Pourquoi Étienne lui rendait-il, soudain, les choses si difficiles? Prise entre ses scrupules et le plaisir qu'elle éprouvait d'être remarquée, réclamée, elle hésitait entre le refus temporaire ou définitif.

– Chevigny m'a retenue pour trois dimanches, s'entendit-elle répondre.

– Chevigny! Vous avez déjà commencé à travailler?

– Non, pas encore.

– Eh bien, il attendra. Je me charge de le prévenir.

– Mais, s'insurgea Gabrielle, tu n'as pas à disposer de Jeanne comme bon te semble. Si elle s'est engagée auprès de Chevigny...

– Je m'en charge, répéta-t-il agacé.

S'adressant à Jeanne, il ajouta sur un ton plus doux :

– Y vois-tu, toi, un inconvénient?

Le dimanche suivant, Jeanne fut émerveillée par la profusion de satins, de taffetas ou de voiles rassemblés sur la table. Dépliés, froissés, boursouflés, ils se juxtaposaient, se chevauchaient, se mêlaient dans un désordre savamment orchestré. Spontanément, elle les toucha et Étienne, sans bouger, l'observa. Il ne s'était pas trompé, c'était ainsi qu'il devait la peindre, respectueuse et avide, intimidée et entreprenante. Sur la toile, ses traits surgirent sans la moindre difficulté, il sentait qu'il réussissait à capter son monde intérieur. Silencieuse au début, Jeanne s'anima dès qu'il l'interrogea sur son métier.

Oubliant ses peurs, elle allait, l'âme à nu, au-devant de Carlier et ainsi prenait une part active à l'élaboration de l'œuvre.

– Est-ce une corvée de poser? demanda-t-il alors qu'elle cambrait sa taille endolorie.

– Parfois... Tout dépend de l'interlocuteur. Renoir me traite avec beaucoup de gentillesse, votre femme aussi et vous...

– Tu peux me tutoyer, l'interrompit-il.

– Oui, peut-être... j'essaierai.

Sa confusion le surprit et il l'observa avec plus d'attention. Était-ce un effet de lumière ou avait-elle réellement rougi? Cette attitude rendait la situation ambiguë et, pour la première fois, il se posa quelques questions. S'il avait été libre, aurait-il cherché à la séduire ou se serait-il laissé séduire? Vive et naturelle, elle correspondait à ses goûts mais l'époque où elle aurait pu lui tourner la tête était bel et bien révolue. Sans être puritain, il refusait les aventures. Que lui auraient-elles prodigué? L'assurance qu'il plaisait? Il n'en était heureusement plus là... et briller aux yeux d'une gamine ne relevait pas du tour de force... Alors, quoi d'autre? Le plaisir de la nouveauté? Là encore, il avait évolué et, en ne cessant de le surprendre, Gabrielle lui ôtait toute envie d'aller ailleurs.

Gabrielle! A mesure qu'elle perdait pied, Jeanne se raccrochait à son image. Quand elle était entrée dans l'atelier, elle croyait avoir mis un terme à un penchant qui ne la mènerait nulle part. Cinq minutes avaient suffi pour que s'effondrent ses convictions. L'attirance qu'elle éprouvait avait resurgi avec son cortège de doutes et de rêves. Les hommes ne manquant pas, par quel esprit de contradiction s'était-elle attachée à celui qui lui était interdit? Aucune de ses expressions, aucun de ses mouvements ne lui échappait; elle avait beau chercher le défaut, il s'inscrivait désespérément dans son cœur.

Les jours suivants, Jeanne voulut se distraire! Elle fréquenta avec plus d'assiduité les cafés et surtout les cafés-concerts, les beuglants... Il y avait toujours un artiste pour l'y emmener quand, sa mère endormie, elle quittait discrètement la maison. On s'y retrouvait en bandes et, dans des salles enfumées où régnait une forte odeur de bière et de sueur, elle se laissait bercer par les voix gouailleuses de Torpille, Galipette ou Grille d'Égout. Les refrains étaient repris en chœur et, comme les autres, Jeanne s'abandonnait à ces fêtes. Debout sur un banc, elle accompagnait en tapant des mains et du pied les figures du quadrille où les danseuses, en se déhanchant, soulevaient leurs jupons et des nuages de poussière. Contremaîtres, ouvriers ou étudiants rêvaient d'étreintes faciles et, autour d'eux, cherchaient l'aubaine. Jeanne souriait, riait, mais dès que des doigts s'égaraient, elle s'éloignait. Les cuivres de l'orchestre résonnaient à ses tympans, les robes aux couleurs criardes tourbillonnaient, les jambes se levaient en cadence et, dans cette cacophonie, cette vulgarité, il y avait une magie qui la stimulait. Jeanne la sage découvrait la démesure et comprenait que, dorénavant, elle ne saurait s'en passer.

16.

Gabrielle tint sa promesse. Elle révéla le nom de Jeanne quand, selon ses prévisions, les femmes ne tarirent de louanges sur la robe qui, au cours d'un bal prestigieux, avait attiré leur attention.

– Il faudrait que tu t'installes, conseilla-t-elle à son amie quand elle lui apprit son succès.

– Mais Gabrielle, tu oublies que je n'ai pas un sou, s'insurgea Jeanne.

– Trouve un commanditaire !

– Oh non... Ce serait trop risqué !

– Enfin, c'est ridicule ! Quand on a du talent, on doit l'utiliser ! Prenons mon exemple... Que serais-je devenue si, pour faire plaisir à mes parents et demeurer dans leur monde, j'avais renoncé à la peinture ?

– Mais tu as reçu une éducation, tu connais des gens...

– Quand on a su apprendre avec autant de rapidité que toi à lire et à écrire, on peut assimiler le reste.

– Je n'en suis pas certaine.

Après avoir hésité, Jeanne avoua :

– Tu n'imagines pas combien il m'est difficile de vous côtoyer, toi et ta cousine. Quand j'étais à Bougival, j'avais toujours peur de commettre un impair. Manger à votre table était une épreuve. Tous ces couverts me terrorisaient ! Et puis, la conversation... Je ne connaissais rien de ce que vous racontiez !

– Tu es en train de tout mélanger, l'interrompit Gabrielle.

– Je ne le pense pas.

– Écoute-moi, reprit-elle sur un ton qu'elle voulait convaincant, trouver un local n'est pas impossible, y attirer des clientes non plus. En tous les cas, je t'y aiderai. Le reste, par contre, sera ton problème. A toi de décider si l'enjeu en vaut la peine!

Sans attendre la réponse de Jeanne, Gabrielle se concentra sur une idée. Julien Coblence possédait rue La Fayette plusieurs remises où il entreposait des tableaux et des objets d'art. Après lui avoir exposé la situation, elle lui demanda s'il pouvait faire quelque chose.

– J'ai bien une pièce au rez-de-chaussée que je n'utilise plus. Elle communique avec un réduit à l'entresol mais il n'y a aucun confort.

– A-t-elle une fenêtre?

– Oui.

– Seriez-vous prêt à la louer?

– Pour, bien sûr, peu d'argent, souligna-t-il en riant.

Retrouvant son sérieux, Julien déclara :

– Ne vous tracassez pas. Je lui réclamerai une somme dérisoire mais, par contre, je ne veux pas entendre parler des travaux!

– Elle trouvera des amis pour s'en occuper.

Sans cacher son amusement, Julien observait Gabrielle. Il aimait sa rapidité de décision, sa facilité à se jouer des obstacles. Rien ne l'arrêtait jamais et encore moins lorsqu'il s'agissait d'aider son entourage. Où puisait-elle autant d'enthousiasme et d'énergie? Lorsqu'il lui posa la question, elle répondit avec simplicité :

– Donner dans ma peinture ne me suffit pas. J'ai besoin d'actions plus concrètes.

– Êtes-vous sûre de ne pas vous laisser atteindre en agissant ainsi?

– Par Étienne, surtout... car c'était bien à lui que vous pensiez, n'est-ce pas?

– Oui.

– Je ne le crois pas.

– Méfiez-vous tout de même.

– Vous vous inquiétez à tort, Julien, je vous le promets.

– Si je n'étais pas le marchand de votre mari, je suis certain que vous m'auriez autorisé à m'occuper de vous en Amérique.

Encouragé par le silence de Gabrielle, il poursuivit :

– Prenez garde, à force de ne pas vouloir marcher sur son terrain, vous risquez de vous détruire et de le détruire.

– Mais alors, Julien, expliquez-moi ce que je dois faire !

– Penser à vous et à vos intérêts.

– Au fond, vous me conseillez de faire le contraire de ce que je vous disais vouloir, il y a quelques instants.

– J'ai un peu exagéré... A vous de trouver le juste milieu.

Quand ils se quittèrent, Julien se félicita d'avoir parlé ainsi. Dans son travail, Gabrielle avait davantage progressé qu'Étienne, et celui-ci en était non seulement conscient mais il en éprouvait de l'amertume. La création réclamait-elle la solitude ? Julien avait tendance à le croire ! De toutes les façons, on était seul dans les actes importants de la vie, seul face à la naissance, à la mort. Quant à la solitude quotidienne, s'il ne l'avait pas choisie, il était parvenu à l'apprivoiser. Elle était son lot et, à observer son entourage, il se jugeait plus chanceux que beaucoup qui, prisonniers de liens matrimoniaux, ne pouvaient plus se supporter. Aucune femme ne lui avait donné le désir de s'aventurer sur les terrains mouvants du mariage. Telles des étoiles filantes, elles avaient traversé des pans de son existence. Beaucoup avaient affirmé l'aimer mais il ne s'illusionnait guère sur leurs sentiments. Elles avaient aimé l'histoire qu'elles bâtissaient jusqu'à ce que le héros se rebelle contre le rôle qu'elles cherchaient à lui faire jouer. Nancy, l'Américaine, avait obtenu le record de durée. Il fallait avouer qu'elle était diablement belle et amusante ! Toutefois, il l'avait fuie dès qu'elle s'était octroyé des droits. Une pensée, alors, le troubla. Si Hortense avait été libre, l'aurait-il épousée ? Dès qu'il en avait découvert l'existence, il s'était procuré le roman qu'elle avait écrit, en réalité un labyrinthe de miroirs déformants qui, tous, lui renvoyaient leur histoire. Quand ils se revirent, il ne put trouver les mots pour lui en parler ou plutôt il refusa de les trouver... Ils se rejoignaient dans des silences plus lourds de signification que tout ce qu'ils auraient pu se dire car Julien l'avait, un jour, clairement signifié, jamais plus il n'accepterait que soient évoqués des sujets dangereux. Il s'était volontairement lancé dans quelques idylles et sans doute allait-il, ce soir, répondre à l'invitation d'une jeune femme qui vivait de ses charmes.

Valtesse de la Bigne habitait, plaine Monceau, un hôtel particulier qui révélait son goût pour l'ornement et le tarabiscoté. Quand il se fut débarrassé de son chapeau et de sa canne à pommeau de jade, Julien emprunta l'escalier de marbre où flottait une odeur d'encens, puis il entra dans une pièce tendue de crêpe noir, au centre de laquelle Valtesse, entourée de sa cour, pérorait en se faisant éventer par un petit mulâtre. De son regard perçant, elle dévisagea de la tête au pied son visiteur et, comme si elle lui accordait une suprême faveur, daignait tendre une main chargée de diamants.

– Laisse ta place à notre ami Coblence, ordonna-t-elle à un militaire galonné qui, assis aux pieds de son idole, ne semblait pas vouloir en bouger.

Ils étaient là, jeunes ou vieux, soumis au bon désir de celle qu'ils rêvaient de posséder pour la somme qu'elle fixerait. En l'observant, Julien se demanda si en définitive elle l'inspirait. Au fond, elle ressemblait plus à une tirelire qu'à une bonne affaire. Il n'y avait aucune sensualité chez cette blonde au nez et aux lèvres pincées... Et la voilà qui se piquait de littérature ! D'une voix étudiée, elle vantait le contenu de sa bibliothèque... Non sans nostalgie, Julien songeait aux grandes « horizontales » qui, sous l'Empire, lui avaient fait don de leur science de l'amour. Cora Pearl avait obtenu ses préférences et sa tendresse. Auprès d'elle, il avait passé des nuits entières, il avait bu, ri, oublié le temps, brûlé son mal de vivre... Valtesse n'était décidément que le pâle reflet de celles qui, avec audace, avaient mis à genoux des têtes couronnées. Certaines étaient mortes de phtisie alors que d'autres, ruinées par la guerre, la Commune ou le jeu, retirées dans des logements minables, égrenaient avec des mines de dévotes et pour elles seules leurs souvenirs.

Il pensait quitter cette soirée dont il attendait le pire quand son attention fut attirée par un couple nouvellement arrivé, lui, la mine suffisante et le ventre proéminent, elle, la peau brune, le cheveu frisé et d'un noir de jais. Riant trop fort, elle but d'un trait le verre de punch que lui avait présenté le maître d'hôtel. Julien attendit qu'elle fût seule pour s'approcher et allumer la cigarette qu'elle avait sortie d'une boîte en vermeil.

– Toi, je t'ai encore jamais vu, sinon je m'en souviendrais, murmura-t-elle après avoir expiré la fumée.

Elle était moins jolie qu'il ne l'avait cru mais, contrairement à Valtesse de la Bigne, elle lui plaisait.

– As-tu l'intention de t'attarder dans ce capharnaüm, demanda-t-il en lançant un regard désespéré sur les meubles et objets qui les entouraient.

– Tout dépend de ce que tu me proposes!

– Ma personne, et là, je pense que tu y gagnes!

– Quoi d'autre?

– Je te paierai plus que ce qu'il t'avais promis.

– Marché conclu, rétorqua-t-elle en refermant son éventail et en se dirigeant vers la sortie.

Ils allèrent chez elle, trois pièces qui sentaient le luxe de pacotille et les parfums trop capiteux. Sur les murs de la chambre, des gravures s'étalaient, pompeuses et suggestives. Quant au lit, il ressemblait à une caravelle qui cinglait vers la haute mer. Le dos appuyé contre la porte refermée, la fille attendait, curieuse de connaître les goûts de son visiteur. Pour une fois, elle n'aurait pas à simuler car il lui plaisait, au-delà de tout. Bientôt, il fut près d'elle et elle oublia son professionnalisme, les gestes mécaniques, pour spontanément devancer ses souhaits. Troublé par un corps dont la couleur lui rappelait des contrées brûlées par le soleil, Julien partit à sa conquête sans hâte et sans douceur. Elle n'était pas belle, ordinaire même, mais elle savait bouger comme il l'aimait. Dénouant des rubans, troussant des jupons, il la prit debout et, dans sa chaleur, fut heureux.

Elle ne posait pas de questions et il lui en était reconnaissant... Aussi, avant de s'habiller, abandonna-t-il sur la table de chevet une somme supérieure à ce qu'ils avaient décidé.

– Ça, c'est ce qui s'appelle laisser des bons souvenirs, murmura-t-elle en comptant les pièces... et ça tombe à point nommé!

– Ne me dis pas que tu as du mal à gagner ta vie.

– Détrompe-toi... C'est plus difficile depuis que je n'ai plus d'homme régulier.

Elle s'étira puis, nue, quitta le lit pour se diriger vers la coiffeuse. Une brosse à la main, elle ajouta en le regardant nouer sa cravate dans le miroir :

– C'était un banquier, en plus...

– Ah oui, répondit distraitement Julien.

– Un veuf, un solitaire... Toujours triste, toujours muet...

– Et alors? Où a-t-il disparu?

– Nulle part! Il s'est seulement enfermé dans une crise de vertu.

– Ou d'avarice.

– Non, de vertu, je t'assure. Femme ou diable, il ne voyait pas la différence.

– Avec toi, on peut, en effet, les confondre!

– Allons, soupira-t-elle en se retournant, laissons ce pauvre Surtel à ses remords et...

– Surtel, l'interrompit Julien... Il s'appelait Surtel, Edmond Surtel?

– Oui. Pourquoi?

– Pour rien.

La vie privée des uns et des autres contenait décidément une part de mystère qui échappait aux intuitions les plus aiguës. Ainsi, l'homme froid et hautain auquel il avait demandé des crédits avait oublié comptes et chiffres dans ce lit de tangages... Ce fut cette image qui traversa l'esprit de Julien et l'aida à affronter le banquier quand, deux semaines plus tard, il fut convoqué dans son bureau.

– Nous avons, avec mes associés, étudié vos dossiers, le prévint celui-ci. Investir au Tonkin ne nous intéresse pas. Comme je l'ai déjà souligné, sa frontière avec la Chine nous inquiète. Par contre, certaines de vos propositions concernant la Cochinchine ont retenu notre attention...

notamment celle d'ouvrir des comptoirs et des entrepôts dans le port de Saïgon.

Des heures et des journées durant, ils passèrent en revue les multiples possibilités et dangers de ces projets. Jamais Julien n'avait eu à se battre contre aussi coriace adversaire. Edmond Surtel donnait l'impression de tout comprendre, de tout accepter, puis, dans l'une de ces volte-face où il excellait, il démontait les mécanismes et l'on devait tout reprendre au point de départ. C'était sa façon de tester les hommes, leur foi et leur endurance. Julien sut tenir bon et un accord fut signé.

– Ces entretiens m'ont tellement épuisé, avoua-t-il à Louis, que je souhaiterais presque ne jamais les avoir engagés.

– Quand dois-tu retourner là-bas?

– Après les pluies.

Il aurait ainsi la chance d'assister à la publication de ses souvenirs chez Charpentier...

– La vie est étrange, confia-t-il à Constant Delteil alors qu'il lui rendait visite à Bougival, oui, très étrange... Pendant des années, il ne m'est rien arrivé de bénéfique. J'avais même l'impression que tout ce que je touchais était condamné à l'échec... et, maintenant, sans grand effort, les événements jouent en ma faveur.

– La vie n'est pas seule en cause, Julien. C'est toi qui as changé, toi qui as décidé de ne plus la traverser en somnambule.

– Quand je songe à tout ce temps perdu... ce gâchis...

– Il n'y a eu ni temps perdu, ni gâchis, seulement un cheminement plus compliqué et plus douloureux que beaucoup d'autres. Rien ne naît sans conflit, rien ne dure sans vigilance et sans lutte. Aucun don ne s'épanouit dans la quiétude mais on peut apprendre à cohabiter avec le doute... il devient alors une remise en question perpétuelle, lancinante. Elle seule permet de grandir.

Constant avait proposé à Julien de profiter des premiers beaux jours pour s'installer dans son jardin et y boire une tasse de moka. Même si le changement de saison le fatiguait, il avait l'impression de revivre et même de rajeunir. Le corps réchauffé par les rayons du soleil, il écoutait les bruits du village, les voix des femmes mêlées aux cris des enfants qui, sur une place voisine, jouaient à la marelle ou aux billes. Au fil des années, rien n'avait changé, l'existence s'écoulait autour des mêmes tâches : la subsistance et le bien-être de la famille, la tenue du foyer... des soucis qui occultaient les autres, comme ceux qu'il venait d'aborder avec Julien.

– Le passé ne m'encombre plus, disait celui-ci. Il existe, certes, mais n'est plus dérangeant. Je peux l'évoquer sans souffrir.

Attentif, Constant l'écoutait poursuivre sa confession.

– Ma mère ne me hante plus et Shams, mon véritable père, non plus. Être né d'une passion malheureuse, d'une liaison avortée, avoir été un enfant non désiré, celui de la honte, m'a sans doute donné cette rage de parcourir le monde, ce besoin de connaître et de témoigner. Non seulement je ne regrette rien, Constant, mais je ne voudrais pas que ma jeunesse eût été différente.

– Le présent te convient donc... et sous tous ses aspects?

– Oui.

– Et rencontrer « l'autre » ne te préoccupe pas?

– Non, car je n'y ai jamais cru.

– Entre ne pas y croire et le souhaiter, il y a une marge.

De la pointe de son soulier, Julien traça de petits cercles sur le sable.

– Je ne saurais pas aimer une femme comme elle le mériterait. Je suis trop égoïste... j'ai aussi besoin d'aller et venir comme bon me semble.

Sentant peser le regard de Constant, il s'interrompit, puis, sans chercher d'échappatoire, admit :

– J'essaie sans doute de me cacher que l'amour me fait affreusement peur.

17.

Julien connut une période très active. Avec Edmond Surtel et ses associés dont James Winsley, l'époux de Flora, il dut continuer de mettre au point leur implantation en Asie. Quant à son commerce d'objets japonais, il lui prenait du temps et, bientôt, manquant de marchandise, il devrait repartir.

– Il va falloir choisir, déclara-t-il à Louis. A me disperser, je risque l'erreur. Peut-être devrais-je vendre la fabrique de porcelaine ?

– Ce serait stupide ! Elle est en pleine expansion !

– C'est vrai, admit Julien, et, contrairement au reste, elle a l'avantage de ne pas m'accaparer...

Mais allait-il ou non conserver la maison que sa mère possédait à Honfleur et dans laquelle il n'avait jamais voulu séjourner ?

– Nous avons décidé avec Hortense de passer la semaine de Pâques à Trouville, chez mes parents... Pourquoi ne pas nous y rejoindre ? lui proposa Gabrielle. Ce serait une excellente occasion de savoir si la Normandie peut ou non vous séduire.

Il se présenta à la villa Antinéa par un après-midi de grand vent.

– Hortense et Gabrielle ont emmené les enfants sur la plage, lui dit Alice Laferrière.

Il descendit à pied la colline, heureux de respirer à pleins poumons l'air du large. Sur un ciel clair, de légers nuages couraient et, par intermittence, masquaient le soleil qui de ses rayons balayait une mer agitée. Un seau à la main, Élisa, les cheveux dénoués, la robe maculée de sable, ramassait des coquillages. Elle fut la première à reconnaître Julien et courut à sa rencontre.

– Ils sont pour vous, dit-elle en tendant son butin.

Avec un grand rire il la prit contre sa poitrine, la fit tournoyer puis, en longeant les vagues, ils se dirigèrent vers Hortense qui de la main retenait sa capeline menacée par la bourrasque.

– Vous voilà, dit-elle simplement.

Ils restèrent ainsi, à quelques pas l'un de l'autre, immobiles, attentifs et, d'un regard, il comprit qu'elle était en paix avec elle-même et avec lui. Alors, spontanément, il glissa son bras sous le sien et, répondant aux appels de Gabrielle qui, plus loin, aidait Emmanuel à bâtir un château, ils les rejoignirent.

La soirée fut douce. Sur les instances de son époux, Alice joua au piano Fauré et Grieg. Puis Gabrielle accepta de chanter. Sa voix était inégale mais, mieux que quiconque, elle savait exprimer les nuances d'un sentiment. Attentive, Hortense écoutait les notes avec l'étrange impression qu'à cet instant même rien ne pouvait lui manquer. Unie au ciel et aux étoiles, unie aux êtres qu'elle chérissait, elle voguait vers une lumière qui, au fur et à mesure qu'elle s'en approchait, l'emplissait d'une ineffable plénitude. Derrière son fauteuil, elle percevait la présence de Julien et, avec certitude, elle comprit que leurs routes ne s'étaient pas croisées par hasard. Le destin avait bel et bien décidé de les mettre en présence et de leur imposer, tour à tour, l'épreuve du désir et le choix du sacrifice ou du déshonneur. Un chemin initiatique dont personne ne connaissait le dénouement... mais c'était mieux ainsi!

Plus tard, dans la solitude de sa chambre, elle continua de songer aux surprises que contenait l'avenir. Se pouvait-il que lui fût refusé à tout jamais l'accomplissement d'un amour partagé? Ballottée entre ce qu'elle souhaitait et redoutait, elle tenta de se raccrocher à l'image de Louis qui, à Toulouse, construisait son théâtre. Mais, à la place, s'imposa celle de Julien qui, de l'autre côté du corridor, avait peut-être trouvé le sommeil. Alors, elle se leva et, de son écritoire, sortit un cahier et sa plume. Seuls les mots parvenaient à la délivrer de ses doutes. L'espace de quelques heures, elle perdait toute notion d'identité pour devenir l'instrument d'une volonté extérieure. Rêves ou réalité, ils se mélangeaient en une confession qui aurait pu être la sienne, mais aussi celle d'une étrangère. Cette nuit, pourtant, elle ne tricha pas avec la vérité quand elle adressa une longue lettre à celui qui ne la lirait jamais puisqu'elle la déchirerait aussitôt terminée.

Le lendemain, Gabrielle ne les accompagna pas à Honfleur. Elle préféra rester auprès de son fils qui souffrait d'une otite. Dédaignant le bac, Hortense et Julien suivirent en calèche la côte qui, à travers les genévriers et les rhododendrons, leur offrait de splendides échappées sur Le Havre.

La maison se trouvait sur les hauteurs de la bourgade, non loin de celle où avait vécu Charles Baudelaire... On y accédait par une petite cour aux pavés disjoints. Julien eut du mal à tourner la clef dans la serrure mais enfin la porte grinça et ils entrèrent dans un réduit qui sentait l'humidité et le renfermé.

– Voilà qui n'est guère engageant, remarqua-t-il.

Parvenu au salon qui avançait sur la mer, il en ouvrit les fenêtres, fit quelques pas sur la terrasse et, là, resta sans voix. Hortense, qui l'avait suivi, eut la même réaction. Dans un incessant va-et-vient et accompagnés du cri des mouettes se croisaient paquebots, remorqueurs et embarcations de pêche ou de plaisance. Dressés sur les vergues, des matelots hissaient des voiles. Étendards et fanions claquaient au vent tandis que, sans discontinuer, les sirènes se répondaient. De tous ses yeux, Hortense contemplait ce grand échange des terres lointaines et imaginait, sur les ponts, des ordres lancés dans des langues aux étranges sonorités... elle imaginait aussi des cales emplies de matériaux et de denrées exotiques...

Julien s'était retourné et son regard erra sur les murs au papier décollé, le parquet disjoint. Il y avait peu de meubles, deux fauteuils et une commode sur laquelle trônait une photographie représentant un couple âgé, à l'allure guindée.

– Ma mère et son second mari, Émile Lesage, expliqua-t-il à Hortense.

Le beau-père qu'il avait d'emblée détesté et qui terminait ses jours dans un hospice pour militaires à la retraite. Il n'était encore qu'un enfant quand l'intrus avait succédé à son père officiel Alfred Coblence, mort dans un accident de chasse. Dès lors, le foyer était devenu intenable! Non sans frisson, Julien se remémora les privations, les punitions et le mal de vivre qui longtemps lui avait collé à la peau. Il y avait seulement six ans qu'il avait percé le secret consciencieusement gardé! Toute sa jeunesse avait reposé sur le mensonge et un gigantesque leurre. Shams, le diplomate persan dont le nom avait bercé sa jeunesse, Shams, l'amant d'Elsie, était son véritable père! Cette découverte l'avait abasourdi. Une fois encore, ce fut Constant qui l'avait aidé à ne pas juger. La mère de Julien avait aimé au cours de son premier mariage le bel étranger mais, au bout de quelques mois d'une liaison houleuse, il l'avait abandonnée pour la cantatrice. Rappel constant de cette désertion, Julien n'avait pu qu'être rejeté par celle qui ne se pardonnait pas de l'avoir mis au monde.

– Allons voir les étages, proposa-t-il à Hortense.

Un étroit escalier menait à des chambres dont ils eurent à pousser les volets. Apeurés par leur présence, des oiseaux s'enfuirent en pépiant dans les arbres voisins. Malgré un vent cinglant, ils s'attardèrent sur le balcon où la peinture s'écaillait par larges plaques. A leurs pieds s'étageaient les toits d'ardoises des maisons à colombages qui, en gradins, descendaient jusqu'à la grève.

– L'extérieur vaut mieux que l'intérieur, dit Julien en revenant sur ses pas.

– Il ne tient qu'à vous de combler cette différence!

– Enfin Hortense, soyez sérieuse... Que voulez-vous que je fasse de cette bicoque?

Comme elle ne répondait rien, il la regarda avec insistance.

– Elle vous plaît, à vous?

– Beaucoup... mais là n'est pas la question!

Elle lui aurait avoué un crime qu'il n'aurait pas semblé plus stupéfait.

– Vous avez perdu tout bon sens, mon amie. Que ferais-je, grands dieux, dans pareil mouchoir de poche !

– Vous vous reposeriez de vos voyages, réfléchiriez, écririez...

Avec une mine dubitative, Julien regarda une nouvelle fois autour de lui.

– Non, vraiment, je ne vois pas ce que je ferais ici...

En refermant les volets, il ajouta :

– Si encore j'avais une femme, des enfants !

– Qui vous dit que vous n'en aurez pas !

La phrase avait échappé à Hortense et, aussitôt prononcée, elle la regretta. Pour se donner une contenance, elle s'occupa de la croisée voisine et s'y pinça les doigts. Sous la douleur, elle laissa échapper un petit cri mais Julien ne l'entendit pas.

Bientôt, ils furent dehors.

– J'ai faim, avoua Julien. Allons déjeuner.

L'auberge qu'il choisit se cachait au fond d'un chemin creux, derrière un champ de pommiers. Une fermière les invita à s'installer dans une salle au plafond bas où quelques convives étaient déjà attablés autour de plats regorgeant d'huîtres et de tourteaux. Ils s'assirent à l'écart et, pendant que Julien commandait du vin blanc, Hortense releva sa voilette. Avec un sourire heureux, elle murmura :

– J'ai l'impression d'être très loin. M'auriez-vous emmenée en voyage ?

– Vous savez bien que je vous emmène dans tous mes voyages !

Pour tempérer cet aveu, il lui proposa d'établir leur menu puis il emplit leurs verres et, tout au long du repas, l'atmosphère fut légère. Julien raconta mille anecdotes qui les firent rire comme des enfants... une grande récréation pendant laquelle aucun d'entre eux ne recourut à la séduction. Qu'aurait-elle d'ailleurs ajouté à une relation qui reposait sur la communion de leurs âmes ? Sans se ressembler, ils se comprenaient à demi-mot et plus encore aujourd'hui qu'ils avaient mis de l'ordre dans leurs existences. Pour aller vers l'autre, il fallait être en harmonie avec soi-même et c'était la voie qu'ils avaient décidé d'emprunter... une voie où le narcissisme, les doutes et les révoltes s'étaient effacés. En observant Julien, Hortense trouva qu'il avait rajeuni et le lui dit.

– Ce doit être le reflet de ce qui me trotte dans la tête, répliqua-t-il spontanément.

Non sans ironie, il ajouta :

– Voyez où me mène mon esprit de contradiction! J'entreprends à l'âge où les autres sont las d'avoir accumulé! Mais, tout compte fait, je me demande si je n'ai pas raison. Il faut une certaine maturité pour jouir pleinement de ses choix ou de ce à quoi le destin vous soumet...

Le vent s'était calmé. Ils décidèrent de suivre un sentier qui conduisait à une chapelle autour de laquelle paissait un troupeau de vaches. Hortense ouvrit son ombrelle puis, relevant au-dessus de ses chevilles la jupe qui entravait sa marche, elle suivit Julien. Ils s'installèrent sous les branches d'un chêne et, tout en allumant une cigarette, Julien déclara :

– Elle n'est finalement pas désagréable, cette région...

– Tiens... Tiens...

– Oh, il s'agit d'une simple constatation!

Guettant sa réaction, il la regarda lisser l'herbe avec la paume de sa main.

– Aucune décision ne devant être prise à la hâte, je me pencherai à nouveau sur le problème de cette maison à mon retour de Cochinchine.

– Serez-vous longtemps absent?

– Oui.

Hortense eut soudain froid au cœur. Puis elle se reprit. Rien ne devait gâcher ces minutes qui leur étaient accordées. Elle continua de parler sur un ton enjoué et aurait sans doute continué jusqu'à la nuit si Julien, conscient de l'effort qu'elle s'imposait, ne lui avait murmuré :

– Écoutez Hortense, écoutez ces oiseaux, écoutez le chant du monde! Rien ne s'arrête jamais et si dans ce grand mouvement nous avons été appelés à nous rencontrer et à nous rechercher, croyez-moi, vous aurez encore longtemps à supporter ma personne...

18.

A La Nouvelle Athènes, sous le plafond qui représentait un énorme rat mort, on discutait de la nouvelle exposition. Caillebotte, qui avait réussi à trouver un local rue Le Peletier, non loin de chez Durand-Ruel, menait des débats où Renoir et Degas intervenaient fréquemment. Quant à Manet qui avait utilisé le décor du café pour sa toile *La Prune*, il était rare qu'on ne l'y trouvât pas. Il occupait toujours la même table et, dans ses moments de découragement, se plaignait de ne pouvoir peindre d'aussi vilains tableaux que Carolus-Duran qui, lui, savait satisfaire les goûts du jury et du public. Ces regrets déclenchaient la fureur de Degas que les honneurs laissaient de plus en plus indifférent.

– Réfléchissez un tant soit peu, mon ami, intervint Manet avec un léger sourire... S'il n'y avait pas de récompenses, je ne les inventerais pas... Mais elles existent! Et il faut avoir de tout ce qui vous sort de l'ombre, quand on le peut! Dans cette chienne de vie qui est la nôtre, on n'est jamais trop armé. Je ne suis pas encore décoré mais, croyez-moi, je me démènerai pour l'être!

– Oh, l'interrompit Degas, ce n'est pas d'aujourd'hui que je sais à quel point vous êtes un bourgeois!

Manet demeura pour la troisième fois à l'écart d'une manifestation qu'il jugeait non seulement inutile mais nocive à sa carrière. Les artistes réunis autour des pionniers comme Pissarro, Sisley, Morisot et d'autres y essuyèrent pourtant moins de critiques. S'habituait-on à leur monde ou ne trouvait-on plus de noms et d'adjectifs pour les conspuer? Renoir avait envoyé *Le Moulin de la Galette* et *La Balançoire...* Monet, ses sept *Gare Saint-Lazare* où, dans des nuages de vapeur, il exaltait le progrès, la puissance et la vitesse. Étienne et Gabrielle avaient eux aussi joué leur va-tout en dévoilant leurs dernières œuvres : *La Couturière*, pour l'un, *Mère et enfant*, pour l'autre, deux toiles où Jeanne éclatait de naturel et de fraîcheur. Et l'intéressée, qu'avait-elle ressenti en découvrant les tableaux? Un mélange de fierté et de jalousie. Fierté d'avoir été choisie par des peintres de talent, jalousie d'assister à leur union dans un domaine qui dépassait celui des sentiments amoureux. Qu'existait-il, en effet, de plus exaltant que de se rejoindre dans ce que l'on possédait de vital? Si Gabrielle partageait la création avec Étienne, elle, Jeanne, ne serait jamais rien d'autre qu'un objet qu'il utiliserait selon ses inspirations! Dans quelle situation s'était-elle fourvoyée? Prise entre une passion grandissante pour un homme qui lui était interdit et les marques d'amitié que ne cessait de lui prodiguer Gabrielle, elle ne savait plus où elle en était. Étienne ayant décidé de s'installer pour plusieurs semaines à Auvers-sur-Oise, elle se sentit momentanément soulagée et put consacrer toute son énergie à « s'établir ». Julien Coblence avait tenu sa promesse et, bientôt, s'étalerait gravé en lettres d'or sur une belle plaque de marbre : « Jeanne Dorval. Articles de mode. » Les locaux l'avaient d'abord inquiétée. Comment les rendre à peu de frais habitables et surtout accueillants pour une clientèle qui serait forcément exigeante?

– Raphaël Bolzano nous donnera des idées, la rassura Gabrielle.

Aussitôt dit, aussitôt fait! Il se présenta rue La Fayette et, après avoir salué Jeanne, sonda les murs puis, sur un calepin, releva des mesures. Il lui demanda comment elle comptait organiser son travail et, après l'avoir écoutée, proposa d'établir au rez-de-chaussée un salon d'essayage et une remise pour les matériaux. L'atelier de couture se situerait à l'entresol.

En même temps qu'elle l'entendait évoquer plafonds

ouvragés, stucs et balcons, Jeanne cherchait un moyen de l'arrêter.

– Je n'ai pas d'argent, finit-elle par murmurer.

Avec gêne, elle ajouta :

– Je suis navrée que Gabrielle vous ait dérangé pour si peu, mais...

– Ne vous inquiétez pas, répondit seulement Raphaël.

Elle voulut répliquer mais il le lui interdit. Alors, elle le laissa poursuivre sa tâche. Ses gestes étaient calmes, précis et, à mesure qu'elle le voyait agir, elle sentait s'envoler ses craintes. Sa certitude était sans doute contagieuse. Quand il eut terminé, il se contenta de sourire et de tendre la main pour prendre congé. Ce fut elle qui le retint.

– Vous partez, balbutia-t-elle.

– On m'attend... mais accepteriez-vous de m'accompagner au concert, dimanche après-midi?

– Au concert? Pourquoi pas?

A ses côtés, elle écouta le concerto n° 1 de Mendelssohn. Attentive, recueillie, elle laissait la musique l'envahir. Plus rien n'existait sinon un courant qui l'entraînait au large, vers des mondes inconnus et sans limites. Paupières closes, elle traversait un rêve où les sons devenaient couleurs, douceur, envie de pleurer... Quand, après les rappels, Raphaël l'aida à rajuster sa mante sur ses épaules, elle détourna le regard afin qu'il n'y lût pas son émotion.

Dehors, la lumière appelait à la promenade et, sans qu'elle s'y opposât, il l'entraîna vers le parc Monceau. Des enfants, défraîchis par une journée de jeux, continuaient de se poisser les mains et les vêtements avec des sucreries tandis que leurs gouvernantes tentaient de rassembler les cerceaux, les bilboquets et les toupies disséminés sur les pelouses.

– Que diriez-vous d'une pomme d'api, proposa Raphaël en s'arrêtant devant une guérite où une jeune fille malaxait de la guimauve.

En croquant le fruit, Jeanne se souvint des foires au pain d'épice où la moindre friandise lui demeurait interdite. Tapie dans un coin d'ombre, elle jalousait alors ceux qui, d'une pièce, pouvaient se payer le sucre d'orge qui la faisait saliver.

A l'écart, deux chaises semblaient les attendre. Ils s'y

assirent et, sans éprouver le besoin de parler, s'abandonnèrent au plaisir de respirer la senteur des fleurs, celle de l'herbe qu'arrosaient les jardiniers. Pour avoir longtemps douté du bonheur, Raphaël découvrait qu'il existait mais résidait dans une succession de riens... Jeanne souriant à un enfant venu lui montrer le bouquet qu'il venait de cueillir, les chaisières en conciliabule autour de la fontaine, l'ânier rassemblant ses animaux... Des riens qui se mêlaient à des images de sa jeunesse à Salonique et, plus précisément, à ces soirées d'été où son oncle réunissait des musiciens qui, la nuit durant, chantaient pour le plaisir d'un auditoire confortablement installé dans des divans de soie rouge. Que de chansons, que de refrains revenaient à sa mémoire! A la fois proches et lointains! Et, curieusement, dans ces souvenirs, Jeanne trouvait sa place. Il l'imaginait vêtue de voiles, ses pas assourdis par les tapis d'Orient... des bracelets tintaient à ses poignets et, elle aussi, fredonnait... mais pour lui seul... Jeanne! Elle était là, à quelques pas, et ne semblait pas se déplaire en sa compagnie. Son habituelle lucidité lui disait cependant qu'elle n'éprouvait qu'un sentiment amical à son égard. Qu'importe! Il saurait s'en faire aimer, le moment voulu...

Le crépuscule s'étirait quand il la raccompagna jusqu'à Montmartre.

– J'y ai toujours vécu, expliqua-t-elle. Mon père était meunier.

Avec timidité, elle raconta les années difficiles, les deuils, puis elle s'enhardit et alla même jusqu'à avouer ses peurs quand, pour la première fois, elle avait dû poser devant les élèves d'un atelier. Jamais, même à Gabrielle, elle ne s'était livrée avec cette authenticité. Elle s'en étonna d'autant qu'au début de leur relation, elle s'était sentie mal à l'aise auprès de Raphaël. Elle ne put d'ailleurs s'empêcher de le lui avouer.

– Saviez-vous que je vous évitais?

– Il m'a semblé, en effet, que vous cherchiez toujours un prétexte pour m'échapper. Mais puisque nous en sommes aux confidences, expliquez-moi les raisons de cette attitude...

– Eh bien, vous me paraissiez trop perspicace ou, pour

être plus claire, j'avais l'impression que vous lisiez dans mes pensées.

– Me voici soudain investi de pouvoirs surnaturels. Un surhomme ! Je suis un surhomme !

– Oh, arrêtez de vous moquer de moi, s'écria-t-elle en riant.

Leur marche les avait menés jusqu'au café d'Antoinette et elle l'invita à y entrer.

– La propriétaire est une amie. Venez ! Elle sera contente de vous connaître.

Dans une odeur de ragoût et d'absinthe, Antoinette officiait. Une bouteille à la main, la louche dans l'autre, elle passait entre les tables.

– Tiens, voilà notre princesse, lança-t-elle en découvrant Jeanne, et, Seigneur Jésus, avec un joli cœur !

S'approchant de Raphaël, elle le regarda de la tête aux pieds puis, avec un sourire, l'entraîna jusqu'au banc le plus proche.

– Qu'est-ce que je te sers, mon garçon ? La princesse, elle, c'est toujours du cidre mais, toi, je connais pas encore tes goûts.

Dans la salle enfumée, les convives en oubliaient de manger. On n'avait jamais vu si rupin ! La petite avait su choisir ! Ceux qui l'avaient connue pieds nus et courbée sous les ballots de linge n'en revenaient pas. Quel chemin ! Il fallait avouer qu'elle était bien mignonne, si mignonne que personne n'avait osé l'approcher. Et puis, Antoinette qui jouait les chiens de garde ne facilitait pas les choses !

Veillant à ce que l'assiette et le verre de son hôte ne désemplissent pas, Antoinette s'était assise en face de lui et, sur un ton maternel, s'enquérait de ses activités. Qu'il vînt de Salonique la déconcerta. Elle se méfiait des étrangers ! Mais qu'il construisît des maisons la rassura.

– En voilà un bon parti, murmura-t-elle à Jeanne quand celle-ci l'accompagna jusqu'à la cuisine pour y laver des couverts.

– Antoinette, c'est un ami... pas davantage...

– Pour l'instant !

– Non, pour toujours ! Je n'en suis pas amoureuse et ne le serai jamais.

Accrochée à ses espoirs, Antoinette haussa les épaules.

– J'en connais beaucoup qui ont dit « Fontaine, je ne boirai pas de ton eau »... mais, en attendant que tu retrouves de la jugeotte... je me demande bien après quoi tu cours!

Jeanne ne courait après rien et c'était sans doute la raison pour laquelle elle livrait à Raphaël des pans de son existence que personne ne connaissait. Il était le seul parmi ses récentes relations à l'avoir accompagnée dans sa rue de misère, à l'avoir saluée devant la maison insalubre dans laquelle elle s'apprêtait à entrer.

Elle le revit la semaine suivante pour étudier les plans qu'il avait conçus. Sur la demande de Gabrielle, Louis Duplessis avait comptabilisé les travaux à leur strict minimum et, pour répondre à ce vœu, certains matériaux inutilisés avaient été récupérés sur d'autres chantiers. Raphaël se chargeait bénévolement de leur coordination... Peu à peu, la réalité s'imposa. Des murs délimitèrent l'espace, on ne marcha plus sur de la terre battue.

Jeanne avait donné sa démission à M. Martel pour la fin du mois de mai. Avec inquiétude, elle se demandait si elle parviendrait à subsister en s'installant à son propre compte. Gabrielle et Hortense lui avaient déjà passé d'importantes commandes, notamment les robes qu'elles porteraient au bal que le banquier Edmond Surtel offrirait bientôt en l'honneur de sa nièce. Nina de Callias, ainsi que des modèles rencontrées dans des ateliers, avaient décidé de figurer, elles aussi, parmi ses premières clientes. Et si l'argent venait à manquer, elle pourrait toujours faire des retouches et d'autres menus ouvrages ou poser davantage pour les peintres. Incapable de trouver le sommeil, elle passait une grande partie de ses nuits à feuilleter des revues de mode et à réfléchir. Sa technique était bonne mais rapidement elle devrait, sans aller à l'encontre des tendances, imposer un style, son style. Déjà, elle en avait établi les bases : une coupe irréprochable, des couleurs contrastées et des ornements d'un extrême raffinement. Antoinette lui avait accordé un crédit qui lui permettrait d'acheter ses fournitures.

– Jamais je n'aurais imaginé que tant de personnes puissent m'aider, avoua Jeanne émue.

– On n'accorde pas son soutien à n'importe qui, répliqua Antoinette avec son habituel bon sens. Mais assez de sentiments et de compliments! Montre-nous plutôt ce que tu sais faire!

L'appartement sentait maintenant bon la peinture et l'encaustique. Jeanne avait choisi le bleu comme couleur fétiche, bleu du ciel, de l'océan, bleu du myosotis ou du saphir. Le décor était simple mais charmant, un confident recouvert de velours, des miroirs et un lustre en cristal de bohême.

– On dirait une maison de poupée, s'extasia Élisa qui, lors d'un essayage, avait accompagné sa mère.

Jeanne prit en souriant la fillette par la main et l'emmena vers l'entresol où, alignés sur des barres de bois, des tissus attendaient d'être choisis, dépliés et coupés. Il y avait aussi, rassemblées dans une délicate symphonie de couleurs, des dizaines et des dizaines de bobines puis, sur des coussinets de satin, des épingles à tête de nacre et de verre.

– Tu vas choisir avec l'aide de ta maman un tissu pour une robe.

– Une robe! Pour moi?

– Bien sûr!

Jeanne était, le soir même, en train de relever sur un patron les mesures d'Élisa quand Raphaël frappa à la porte.

– Alors, êtes-vous contente, demanda-t-il en regardant autour de lui.

Il avait l'impression qu'elle avait toujours évolué dans ce cadre. Vêtue d'une blouse sur laquelle s'étaient accrochés quelques fils, elle tenait dans sa main une paire de ciseaux. Son visage reflétait encore la concentration que lui avait réclamée son travail. Elle était présente et en même temps dans un ailleurs que lui-même connaissait bien, un ailleurs où, maître à bord, on laissait s'épanouir des idées fortes. Jeanne était manifestement habitée d'un bonheur neuf, celui de pouvoir concrétiser ses rêves et, même s'il s'accompagnait de la crainte inhérente à toute affirmation de soi, il demeurait son bien le plus précieux.

19.

Raphaël partageait son temps entre Toulouse et Paris. Les fondations du théâtre étant terminées, le chantier requérait de plus en plus fréquemment la présence de Louis Duplessis ou de ses disciples. Il y avait aussi la préparation du bal qu'Edmond Surtel allait offrir dans sa propriété de Louveciennes pour célébrer les dix-huit ans de sa nièce. Parmi plusieurs projets, on s'arrêta aux « Mille et Une Nuits », un thème où Raphaël put donner libre cours à ses idées. Il se pencha sur de nombreuses illustrations et photographies pour recréer les minarets et les cours d'un palais où bruissaient des fontaines. A son tour Louis fit appel à ses souvenirs de voyages et ajouta certains détails au décor de stuc et de carton qui peu à peu s'élevait dans le parc.

Raphaël surveillait l'édification du chapiteau qui jusqu'au dernier moment abriterait le « mirage oriental » quand des rires attirèrent son attention. Deux jeunes filles, les bras chargés de fleurs, descendaient la colline en conversant dans une langue qu'il ne connaissait pas. Dès qu'elles l'aperçurent, elles s'approchèrent.

– Bonjour monsieur, déclara l'une d'entre elles dans un parfait français.

Le chapeau à la main, Raphaël répondit à son salut. A mesure qu'il la détaillait, il se demandait s'il avait jamais rencontré plus jolie créature. D'immenses yeux noisette et un teint mat contrastaient avec la lourde chevelure blonde qui flottait sur ses épaules. Malgré sa jeunesse, elle possédait le corps épanoui d'une femme et cet anachronisme ajoutait à sa séduction. Sans qu'elle eût à le lui apprendre, il comprit qu'il était en présence de Maria da Conceiçâo venue du Brésil et pour laquelle il travaillait depuis plusieurs semaines.

– J'avais promis à mon oncle de ne pas chercher à connaître ce que recouvre cette tente, mais...

– Mais vous n'y entrerez pas, l'interrompit Raphaël avec fermeté.

– Oh, soyez gentil!

– Ce ne serait pas de la gentillesse que de vous dévoiler une surprise qui, je vous l'assure, ne vous décevra pas.

Cherchant un soutien, il se tourna vers la personne qui l'accompagnait, une petite Noire au sourire étincelant.

– Ma servante ne comprend pas le français, expliqua Maria da Conceiçâo.

En s'éloignant, elle lança :

– Eh bien monsieur...

– Bolzano.

– Eh bien monsieur Bolzano, j'espère ne pas être déçue le soir de mon anniversaire, et pouvoir vous pardonner votre muflerie d'aujourd'hui.

Habituée à être obéie dans ses moindres caprices, Maria da Conceiçâo avait pris le refus de Raphaël comme une offense.

– Pour qui se prend-il? répéta-t-elle à la petite Zélia qui, le turban en travers de la tête, sentait que la journée prenait un mauvais tour.

Au service de sa maîtresse depuis leur plus jeune âge, Zélia connaissait ses changements d'humeur. Combien de rebuffades ou de coups n'avait-elle essuyées ou reçus? Son statut d'esclave ne lui accordait pas d'autre alternative et, comme le disait sa tante, son sort était meilleur que celui de ses pairs qui, eux, récoltaient le café sur les terres de São Paulo. Lorsque Maria da Conceiçâo lui avait appris qu'elles séjourneraient à Paris puis en Europe pendant au moins un an, Zélia avait perdu l'appétit. Quitter son pays et ses dieux, monter à bord d'un bateau et affronter le froid l'effrayait. Avant de partir, elle avait allumé des bougies, accompli les rituels et pleuré...

Parvenue à la maison, Maria da Conceição monta dans sa chambre et, se plaignant d'un soudain mal de tête, demanda que l'on fermât les volets. Il fallut lui faire boire de la fleur d'oranger, délacer son corset et, tout en l'éventant, lui chanter des complaintes. Un long après-midi commençait, semblable à tous ceux qu'elle avait connus, un après-midi consacré à l'oisiveté et l'ennui. Au plus loin que remontait sa mémoire, elle revoyait des journées qui n'en finissaient pas et où, à l'abri de la forte chaleur, elle attendait qu'il se passât quelque chose dans son existence d'enfant fortunée. Sa mère, française, avait rencontré vingt ans plus tôt celui qui deviendrait son père et dont les ancêtres portugais s'étaient établis à São Paulo et Rio de Janeiro depuis trois générations. Maria da Conceição avait vu le jour là-bas et rien n'avait manqué à son éducation, ni les gouvernantes, ni les précepteurs, encore moins le collège religieux où elle avait appris principes et bonnes manières. L'invitation de l'oncle Edmond était arrivée avant que ne débute la chasse au mari et Maria da Conceição, dont le cœur n'avait encore battu pour personne, en avait éprouvé du soulagement. Pendant que Zélia lui bassinait les tempes, elle songea à la scène qui l'avait opposée à l'architecte et la colère l'envahit de nouveau... mais, cette fois-ci, contre elle-même. Furieuse de n'avoir su trouver les mots qui l'auraient blessé, elle les inventoriait et se les répétait à l'infini...

Son retour dans la capitale l'empêcha de le revoir. Comment auraient-ils fréquenté les mêmes endroits? A l'Opéra, au théâtre, elle se surprit pourtant à le chercher dans la foule. Un jour, alors qu'elle allait essayer chez Worth la robe que lui offrait son oncle, elle crut le reconnaître. Mais ce n'était pas lui et elle fut déçue.

Le soir du bal arriva. Avec un tressaillement de joie, elle découvrit une féerie qu'elle n'aurait jamais imaginée dans ses rêves les plus fous. L'espace d'une nuit, elle fut la Shéhérazade d'un conte que ses invités, habituellement blasés, n'oublieraient pas de sitôt. Raphaël Bolzano avait tenu sa promesse et, spontanément, elle éprouva le désir de le féliciter. Seulement... il n'avait pas été convié à la fête! Lui envoyer un mot? C'était impensable!

Le souvenir du jeune homme commençait à s'estomper

quand Hortense Duplessis l'invita à Bougival afin d'y célébrer la Saint-Jean.

– Je t'y accompagnerai, lui dit Edmond Surtel.

– Vous... mon oncle? Mais vous détestez les mondanités!

– Pas toutes...

Le crépuscule tombait lorsque, précédés d'un maître d'hôtel, ils rejoignirent, au bord de l'étang, Louis et Hortense qui, entourés de leurs amis, allaient célébrer l'arrivée de l'été avec un grand feu.

– Un feu qui nous portera chance à tous, précisa Hortense en riant.

– Nous en avons bien besoin, renchérit Édouard Manet qui, sans cacher son admiration, contemplait la nouvelle venue.

Assis dans l'herbe, Charles Cros, Jean Chevigny et Gustave Caillebotte écoutaient Nina de Callias fredonner la chanson qu'elle avait composée pour la circonstance mais soudain leur attention fut détournée.

– Est-ce que nous voyons la même chose, demanda Chevigny à Caillebotte.

– Oui, mon vieux, et je ne suis pas prêt de m'en remettre.

D'un signe de la main et sans grande discrétion, Chevigny appela Gabrielle.

– Pourquoi nous a-t-on caché si longtemps cette merveille? lui demanda-t-il en désignant Maria da Conceiçâo.

– On ne t'a rien caché! Elle arrive tout juste du Brésil!

– Du Brésil! Mais elle a les cheveux d'une Nordique!

Tout en détaillant la jeune étrangère qui parlait avec Louis, Chevigny gémissait :

– A-t-on vu pareil visage? La perfection! Non mais regardez-moi ces yeux de biche et ce nez...

– Il devient fou, lança Gabrielle en s'éloignant.

Sans avoir vraiment conscience des réactions qu'elle provoquait, Maria da Conceiçâo se laissait gagner par le charme de l'endroit. Des tables recouvertes de nappes damassées avaient été dressées au bord de l'eau et sur chacune couraient des guirlandes de pivoines blanches et cramoisies. A ses côtés, Edmond Surtel observait les invités. Il n'y avait là que des artistes et, un instant, il se demanda si cette compagnie était celle qu'il recherchait pour sa nièce. Édouard Manet l'avait déjà accaparée et lui contait son séjour à Rio de Janeiro quand, dans sa jeunesse, il s'était engagé comme pilotin à bord d'un navire.

– Mon père m'interdisant de devenir peintre, j'avais reporté mes espoirs de liberté sur la marine...

Mais Maria da Conceiçâo ne l'écoutait plus. Manet suivit son regard et vit s'avancer dans l'allée Étienne Carlier et un garçon qu'il avait à plusieurs reprises rencontré.

– Tiens Carlier? s'exclama-t-il. Je te croyais à Auvers...

– J'y étais encore hier...

Après avoir salué les maîtres de maison, Raphaël se dirigea vers Gabrielle qui discutait avec Mary Cassatt, une Américaine dont Degas, pourtant difficile, admirait le talent. « Je n'admets pas qu'une femme dessine aussi bien », avait-il déclaré quand il l'avait présentée au groupe. Originaire de Pennsylvanie, elle s'était installée en France avant la guerre, puis avait parcouru l'Europe. Comme celle de Berthe Morisot ou de Gabrielle avec lesquelles elle s'était liée d'amitié, sa peinture était d'inspiration intimiste et glorifiait l'univers féminin.

– Il faut faire quelque chose pour Monet, murmurait-elle à Gabrielle.

– Pour Monet? On m'a dit qu'il avait gagné beaucoup d'argent, ces derniers mois!

– Peut-être... mais il avait accumulé tellement de dettes qu'il se trouve, à nouveau, au fond du gouffre.

Il y eut un silence puis Mary Cassatt ajouta :

– La faillite de son protecteur Ernest Hoschedé lui a porté un sale coup.

– Avouons qu'elle nous a tous surpris.

Que ce soit pour les uns ou pour les autres, on revenait toujours au même problème : l'argent qui manquait désespérément! Et, sans argent, on se rongeait les sangs... Étienne avait beau se taire, Gabrielle savait qu'il ne supportait plus de ne pouvoir les entretenir, elle et leur enfant, comme il l'aurait souhaité.

– Je vis en porte à faux, avait-il récemment déclaré à sa

femme. Ce que je gagne me permettrait tout juste de partager l'atelier de Chevigny... et, grâce à toi, à une dot que, contrairement à tous mes principes, tu entames, je bénéficie d'un confort dont j'ai honte.

Elle le voyait à quelques pas allumer un cigare. Adossé contre un arbre, il écoutait les musiciens qui, sur un ponton éclairé par des torchères, jouaient une sonate de Mozart. Profitant de la venue de Raphaël, elle abandonna Mary et rejoignit Étienne. Il l'accueillit d'un sourire puis, emprisonnant ses doigts entre les siens, souffla :

– Tu as vu ces flammes et cette nuit qui doucement s'étend...

Tel un guetteur, il scrutait l'horizon où les peupliers se fondaient dans les ténèbres. Son séjour à Auvers, auprès de Pissarro, lui avait apporté une nouvelle fois du réconfort. Il avait besoin de la terre et de son odeur, il avait besoin de se laisser guider par le soleil, de transpirer ou de frissonner, besoin de vibrer avec la lumière, de sentir le temps s'enfuir et de savoir que chaque minute qui le rapprochait de sa fin enrichissait sa compréhension de l'univers. Respectueux des éléments et de leur loi, il avait vécu avec le ciel et le vent, marché le long du fleuve et, le soir, allongé dans l'herbe haute, il avait contemplé, à l'ouest, derrière les collines, le spectacle que lui offrait avec fidélité l'astre déclinant... Gabrielle, silencieuse, demeura à ses côtés. La musique les enveloppait et ils auraient pu demeurer jusqu'à l'aube à voguer dans un Tout qui fugitivement les rapprochait de la grande force créatrice, si l'annonce du dîner ne les avait obligés à se séparer.

Au moment où chacun gagnait sa place, Hortense, qui à plusieurs reprises et avec nervosité avait demandé l'heure au majordome, entendit le roulement d'un attelage et, bientôt, s'avancèrent sur la pelouse Constant Delteil et Julien Coblence.

– Que s'est-il passé? Je m'inquiétais!

D'un battement de paupières, Julien mit un terme à ses questions. Il accompagna jusqu'à son siège le vieil homme puis revint vers Hortense. A mi-voix il lui expliqua :

– Tout va bien maintenant mais, juste avant notre départ, il a éprouvé un léger étourdissement.

– Êtes-vous certain, Julien, qu'il n'a pas besoin d'un médecin ?

– S'amuser en notre compagnie sera le meilleur des remèdes.

Et ne la sentant pas encore apaisée, il ajouta :

– Croyez-moi.

Maintenant qu'il était là, la fête pouvait commencer. Un sourire aux lèvres, Hortense se glissa auprès d'Edmond Surtel. Quelques minutes avaient suffi pour que le banquier comprenne qu'un sentiment plus profond que l'amitié liait Hortense et Julien. Étaient-ils amants ? Cette supposition avait le pouvoir de le rendre fou. Face au couple exceptionnel que formaient les Duplessis, il s'était toujours incliné. Un mariage relevait du sacré... Mais qu'une femme qui s'apparentait à un idéal fût tombée sous le charme de celui avec lequel il venait de s'associer lui ôtait son habituel sens de la mesure. Louis se doutait-il de quelque chose ? Il le regarda. Heureux et détendu, son hôte plaisantait avec Nina de Callias et Mary Cassatt. Près de Gustave Caillebotte, Maria da Conceiçâo les regardait avec étonnement. Jamais elle n'avait rencontré des femmes usant d'une telle liberté. Nina, surtout, l'impressionnait. Vive, rieuse, elle tapait de son éventail la main d'Édouard Manet en se plaignant des séances de pose qu'il lui infligeait.

– J'aimerais, finit-elle par déclarer à la cantonade, qu'un jour, l'un d'entre vous exécute mon portrait sans que cette entreprise dure des semaines sinon des mois ! On croit que tout est fini, on se trouve plutôt jolie, en tous les cas mieux qu'en réalité... Mais, après un nettoyage au savon noir, le calvaire recommence... On repart de zéro...

– Il y a des muses dont on refuse de se séparer, l'interrompit Étienne en riant, et tu en fais partie, mon ange.

Haussant les épaules, Nina se tourna vers Maria da Conceiçâo.

– Eh bien, ma chère, si nous croyons aux compliments de ces messieurs, jolie comme vous l'êtes... vous risquez de devenir leur otage pour l'éternité !

La jeune fille se préparait à répondre quand elle croisa le

regard de Raphaël Bolzano. Luttant contre sa gêne, elle balbutia quelques mots qu'elle jugea stupides et se serait davantage enferrée si Louis n'avait créé une diversion en allumant le feu que tous attendaient. Sous les applaudissements, Chevigny et Étienne apportèrent au bout d'une perche le pantin qu'ils avaient confectionné. Passant de mains en mains, il fit le tour des invités puis, à la demande générale, Hortense le jeta dans le foyer. A nouveau, le champagne coula. Maria da Conceiçâo sentait sa tête tourner. Elle se revoyait petite fille quand, en compagnie de Zélia, elle s'échappait de sa chambre pour aller se cacher derrière les buissons et assister aux rites que célébraient les esclaves de la plantation. Au rythme d'une musique syncopée, certains entraient en transes... elle avait même vu une femme décapiter de ses dents un poulet vivant...

– Alors, qui va, le premier, sauter au-dessus des braises, cria Jean Chevigny.

Louis Duplessis s'élança, suivi de Caillebotte.

– Avez-vous, au moins, formulé un vœu, demande Nina de Callias qui, déjà, relevait sa robe pour les imiter.

– Bien entendu, répliqua Chevigny.

– Et lequel?

– Tu es trop curieuse!

Quand vint le tour d'Étienne, il prit par surprise Gabrielle dans ses bras et, ensemble, ils entrèrent dans le solstice d'été.

– Et toi, murmura-t-elle, la tête contre sa poitrine, quel était ton vœu?

– Assurément, le même que le tien.

Hortense s'irritait de cette mode du moment qui entravait tout mouvement lorsque Julien lui proposa son aide. Enserrant sa taille, il la souleva au-dessus du feu et murmura :

– Bienvenue dans l'avenir.

Un instant, ils se dévisagèrent. Puis, elle s'interdit de chercher une signification à des paroles qu'appelait la Saint-Jean. Les musiciens avaient entamé une valse et Louis s'approcha pour inviter Hortense à danser. Pendant qu'ils tournaient elle découvrait l'univers qu'il lui avait offert et qu'ils avaient embelli. A chacune des fenêtres de la maison brillaient des rangées de bougies, une image rassurante et paisible, l'image qu'elle-même cherchait à offrir. Elle ferma alors les yeux et, s'abandonnant à son cavalier, se sentit devenir légère. Une plume soulevée par le vent, qui ne se souciait pas de savoir où il avait décidé de l'emporter. Passé, avenir avaient disparu, et c'était bien ainsi. Avec eux s'effaçaient la nostalgie et l'attente. Délivrée des regrets, des désirs, elle sentait la brise effleurer ses épaules. Un cri, soudain, la ramena à la réalité. Maria da Conceiçâo, qui en conversant avec Édouard Manet n'avait plus prêté attention aux braises, venait de découvrir que le bas de sa robe brûlait. Il y eut un affolement général mais, plus rapide que les autres, Raphaël attrapa la jeune fille et la plongea jusqu'aux genoux dans l'étang. Il l'assit ensuite sur la pelouse et, comme il aurait agi avec une enfant, la calma.

– C'est fini. Tranquillisez-vous. Il y a eu plus de peur que de mal...

Edmond Surtel les avait rejoints puis Hortense et Louis. Alors Raphaël s'éloigna pour prendre le verre que Chevigny lui offrait.

– Là, mon vieux, déclara son ami, je t'envie... car, après un tel acte d'héroïsme, notre oiseau de paradis va te trouver toutes les qualités !

– Penses-tu ! C'est à peine si elle m'a vu !

20.

Maria da Conceição devint une habituée du Berceau. Déjeuners sur l'herbe, concerts, promenades à cheval ou à vélocipède... Hortense pensait toujours à l'inviter. Elle venait accompagnée de Zélia et, contrairement à ses amis qui rêvaient de faire le portrait de la jolie nièce d'Edmond Surtel, Étienne s'intéressa à la servante. Il aimait ses yeux espiègles, sa bonne humeur et sa démarche nonchalante. Vexée de ne pas avoir elle-même été choisie, Maria da Conceição donna, toutefois, son accord et Zélia posa dans la serre. Tout le monde travaillait avec ferveur en ce mois de juillet. Hortense avait entrepris un second roman et Gabrielle, inspirée par le nouveau pavillon chinois que Louis avait construit dans le sous-bois, proposa d'y peindre des fresques. Un labeur de titan qui, le soir, la laissait fourbue. Aidée de Julien et après avoir consulté de nombreux documents, elle avait commencé par tracer des repères sur les murs puis, peu à peu, apparurent des montagnes, des cascades, des lotus et des dragons. Parfois, surtout lorsqu'il fallut s'occuper du plafond, Étienne venait l'aider. En haut de leurs échelles, ils créaient le ciel de leurs rêves, un ciel de nuit. C'était à qui peindrait les plus belles constellations...

Le dimanche, on oubliait tout pour courir aux régates, Gustave Caillebotte comptait parmi les favoris. Hortense, Gabrielle, Nina et leurs amies s'asseyaient sur des pliants et, tout en croquant des bonbons au coquelicot, regardaient les équipes mettre à l'eau leurs yoles. Élisa avait pris l'habitude de les observer. Un jour, elle exprima le désir de monter à bord.

– Mais c'est impossible, ma chérie, lui répondit son père.

– Impossible? Pourquoi?

– Parce que tu ne sais pas nager.

– Eh bien, apprenez-moi!

Avec patience, Louis enseigna à sa fille les rudiments de la brasse. Quand elle les eut assimilés, elle les exécuta dans un repli du fleuve où elle avait pied.

Debout sur la berge, Emmanuel assistait aux progrès de sa sœur mais personne ne put le convaincre de l'imiter.

– Cet enfant devient de plus en plus craintif, confia Hortense à Louis, et je suis inquiète.

Avec les années, les frayeurs du garçonnet avaient augmenté. Il redoutait les exercices physiques, évitait les étrangers et la seule idée de se coucher le terrorisait. Tous les soirs, Hortense lui racontait ou lui lisait des histoires mais en prenant garde à ce que celles-ci ne se terminent pas tristement. Cette démarche allait à l'encontre de ce qu'elle avait toujours prôné, néanmoins, les rares fois où elle avait essayé de ne pas minimiser un déroulement tragique, le petit avait sangloté à en perdre le souffle. Seuls les animaux parvenaient à lui arracher des cris de joie. Fort de cette observation, son père lui offrit un poney qu'il accepta de monter.

– J'ai eu le tort de m'absenter trop fréquemment, déclara Louis à Hortense alors qu'assis dans le jardin ils profitaient des derniers rayons du soleil... Aussi ai-je décidé de refuser certains travaux afin que nous soyons davantage réunis.

Prenant la main de sa femme, il demanda :

– Qu'en pensez-vous?

– Les enfants en seront heureux.

– Et vous?

– Moi aussi, Louis, vous le savez bien.

Il y eut un silence pendant lequel elle sentit qu'il l'observait... enfin, il murmura :

– Vous vous êtes éloignée de moi...

Comme elle cherchait à protester, il l'en empêcha.

– Croyez-vous que je sois aveugle, croyez-vous que je ne me rende pas compte des efforts que vous faites pour me persuader que vous m'aimez encore?

– Mais je vous aime!

– Oui, vous m'aimez... par devoir et par fidélité envers le passé.

– Comment pouvez-vous prononcer de telles horreurs, se défendit Hortense en quittant son fauteuil.

A son tour, il se leva et, passant dans un geste d'apaisement son bras sous le sien, l'entraîna vers la roseraie.

– Plusieurs fois j'ai tenté de vous parler, mais, au dernier moment, je reculais.

Hortense marchait comme un automate. Était-ce bien à elle que s'adressait l'homme qui l'avait fait rêver, gémir, pleurer? celui qu'elle avait épousé, le père de ses enfants? La souffrance l'envahissait et lui ôtait toute faculté de penser. Qu'aurait-elle d'ailleurs nié ou affirmé? Pour avoir trop longtemps refusé d'affronter certaines vérités, elle ne savait plus ce qu'elle éprouvait ou désirait.

– Louis, murmura-t-elle, je vous en supplie, aidez-moi, aidez-nous à retrouver ce que nous avons connu...

– Nous ne le retrouverons jamais et... c'est mieux ainsi!

Surprise, elle s'arrêta.

– Décidément, je ne vous comprends plus.

Ils étaient parvenus à un rond-point qui dominait le parc. Chacun égrenait pour lui-même ses souvenirs. Louis revoyait les années d'adolescence où auprès d'Elsie il avait appris la vie puis son installation avec Hortense, le bonheur qu'ils avaient cru détenir à jamais, leur dernière nuit avant son départ pour le front... Elle songeait à leur arrivée dans cette maison qui portait leurs espoirs, à la naissance d'Emmanuel, au premier étage, dans la chambre dont la fenêtre reflétait, à l'instant même, la couleur du ciel rougeoyant. Tant de confiance et de complicité pour déboucher sur cette tristesse qui les rendait maladroits, presque étrangers l'un pour l'autre...

– Ce n'est pas une scène, disait Louis, encore moins des reproches, vous n'êtes pas responsable de cette situation.

– Vous oubliez, l'interrompit-elle, m'avoir souvent affirmé qu'il fallait être deux pour créer une situation...

– Dans ce cas précis, je le répète, je ne peux m'en prendre qu'à moi-même et à ce que je vous ai infligé à mon retour de captivité. Même si j'ai, depuis, retrouvé un semblant de bon sens, je ne peux vous en vouloir d'avoir perdu patience.

– Je n'ai pas perdu patience.

– Hortense, ma chérie, pourquoi essayez-vous à tout prix d'avoir un pouvoir sur les événements? Le temps s'est écoulé, vos sentiments ont changé.

– Vous évoquez toujours mes sentiments, répliqua-t-elle, mais vous ne me dites rien des vôtres.

– Mes sentiments? Il eut un rire triste. Vous tenez vraiment à les connaître.

– Oui, j'y tiens.

– Eh bien, murmura-t-il en fixant un point lointain, je vous aime plus profondément qu'avant...

En écoutant cet aveu, Hortense prit conscience de ses propres limites. Entre ses écrits, ses aspirations et ses regrets, elle s'était éloignée de la réalité. Qu'avait-elle offert à Louis sinon une présence distraite, une attitude dictée par la bienséance? Et, malgré ce comportement peu encourageant, il avait continué de l'aimer. Encore une fois et sans le vouloir, il lui donnait une leçon.

– Quand je vous ai demandé tout à l'heure de m'aider, j'étais sincère, souffla-t-elle. Alors aidez-moi, Louis. Depuis cette guerre, je ne sais plus où j'en suis. J'ai cru vous avoir perdu quand, pendant des mois, vous m'avez ôté votre confiance. Ensuite, il y a eu votre retour d'Orient, votre tendresse à nouveau... Mais, moi, j'avais appris à ne plus compter à vos yeux...

Du revers de la main, elle essuya les larmes qui coulaient sur sa joue. Sans intervenir, il la laissait se débattre avec son désarroi car, selon ses principes, chacun détenait ses réponses. Pourtant, malgré l'effort de calme qu'il s'imposait, elle le sentit dépassé par ce qu'il venait de provoquer... alors, n'obéissant plus qu'à la tendresse qui, intacte, avait ressurgi de l'abîme où trop longtemps l'avaient retenue le doute et la peur, elle le rejoignit et, spontanément, murmura :

– Emmenez-moi loin d'ici... en voyage... dans un endroit où nous serions seuls...

Avec un sourire, elle ajouta :

– Nous ne le sommes jamais.

– Est-ce véritablement ce que vous souhaitez ?

Elle hocha la tête et il lut dans ses yeux qu'elle ne mentait pas. Alors, il l'attira contre sa poitrine et, la bouche sur sa tempe, osa croire que rien n'était perdu.

Plus tard, quand ils recréèrent les gestes de l'amour, Hortense ne pensa à rien d'autre qu'au plaisir qu'elle donnait et recevait. Il y avait longtemps qu'elle n'avait éprouvé cette sensation de légèreté et de plénitude qui accompagnait le désir. Frissonnant sous les caresses dont Louis connaissait le pouvoir, elle l'incitait à prononcer des mots dont ils avaient souvent abusé mais qui continuaient de les bouleverser et, ainsi, dans cette nuit semblable à nulle autre, ils écrivirent les nouvelles phrases d'une histoire qu'ils avaient décidé de poursuivre.

Alors que plus tard ils écoutaient les cris des oiseaux nocturnes et le feuillage qui doucement bruissait sous le vent, Hortense s'étira puis, blottie contre Louis, remarqua d'une voix ensommeillée :

– Vous aviez finalement raison tout à l'heure... On ne doit pas courir après le passé.

Sans avoir reçu de confidences, Gabrielle ressentit un changement dans la relation de Louis et d'Hortense. Ils passaient plus de temps ensemble et certains regards, certains apartés ne trompaient pas... aussi ne fut-elle guère surprise quand sa cousine lui annonça leur prochain départ pour Naples.

– Nous y séjournerons jusqu'au début de l'automne, dit-elle. Ma belle-mère m'a promis de veiller sur les enfants.

– Tu pourras aussi compter sur moi. J'ai l'intention de m'attarder à Bougival jusqu'en octobre. Eugène est content ici et cet endroit, décidément, m'inspire.

Elle avait, ces jours derniers, planté son chevalet sur la terrasse du Berceau et, chaque soir, patiemment guettait les ombres. Au cours de cette attente, la paix l'envahissait ; elle s'imprégnait du ciel, respirait la senteur entêtante du chèvrefeuille et suivait les gestes, toujours les mêmes, du maître d'hôtel qui dressait la table pour le souper. Lorsqu'il avait placé la vaisselle et les couverts, il allumait à son intention les bougies des lourds candélabres de cristal. Puis il s'éclipsait, la laissant seule pour travailler. Sur la toile, en arrière-fond, elle avait peint la maison, et les branches du cèdre qui abritaient le festin à venir. Pour l'heure elle se concentrait sur les plis de la nappe. Bientôt, les convives arriveraient mais elle ne s'attachait qu'à cette pause où tout restait à définir. La vie n'était-elle pas ainsi faite que l'on préférât les préludes à l'action?

Maria da Conceiçâo venait parfois s'asseoir à côté d'elle. Sans cacher sa curiosité, elle lui posait des questions, notamment sur sa rencontre avec Étienne.

– Oh, mon Dieu, lui répondit Gabrielle, elle tient du mystère! A priori, nous n'étions pas appelés à nous croiser et, à priori, il ne voulait se lier à personne... pourtant, j'ai toujours su que, lui et moi, nous n'avions pas fini d'entendre parler l'un de l'autre.

Elle marqua un silence avant d'ajouter :

– C'est étrange mais dans les pires moments, quand tout le monde doutait, j'étais certaine que le destin nous avait mis en présence pour que nous accomplissions quelque chose ensemble. Il y a des signes, vous savez, qui ne trompent pas.

– Des signes! Encore faut-il les comprendre!

– L'amour vous y amène tout naturellement.

Ces dernières paroles laissèrent Maria da Conceiçâo perplexe. Elle n'avait pas revu Raphaël Bolzano depuis la Saint-Jean et, par crainte de se trahir, n'avait osé prendre de ses nouvelles. Ce fut Julien Coblence qui, par inadvertance, les lui fournit. Allongé dans l'herbe, il parlait avec Étienne et aucun d'entre eux n'entendit la jeune fille s'approcher. Tout en tirant sur sa pipe, Julien évoquait une soirée où l'avait entraîné un auteur que publiait aussi Charpentier.

– Je n'ai rien vu d'aussi lamentable! Ce pauvre type avait écrit une pièce graveleuse et, jusqu'au milieu de la nuit, nous avons assisté aux ébats des malheureux qu'il avait payés pour la circonstance... Et même s'il a tapé dans l'œil d'une fille que tu as bien connue, notre ami

Bolzano n'est pas prêt de me pardonner de l'avoir attiré dans pareil guet-apens...

– Une fille? Laquelle?

– Évangéline.

Étienne tressaillit. On ne pouvait lui rappeler plus mauvais souvenir.

– Évangéline!

– Elle tenait l'un des rôles principaux. Cela t'étonne?

– Non... mais parle-moi plutôt de Bolzano. Il est mordu?

– Je ne le pense pas.

– Mets-le en garde, veux-tu.

– C'est déjà fait.

– Tu lui connais des maîtresses à ce garçon, demanda Carlier. Je l'ai toujours rencontré seul.

– Plutôt des passades.

Refusant d'en entendre davantage, Maria da Conceiçâo s'éloigna du buisson derrière lequel elle s'était réfugiée. La gorge sèche, elle maudissait les privilèges qui la tenaient à l'écart de la liberté. Sous la tutelle d'un oncle puritain et fortuné, elle ne sortait qu'avec son assentiment et, dans cet univers étriqué, avoir connu les Duplessis tenait du miracle. Un miracle qui risquait de se transformer en cauchemar maintenant qu'elle avait découvert autre chose que l'oisiveté brésilienne. Non sans frisson, elle se remémorait son existence à Rio de Janeiro entre un père distrait, une mère dolente et un régiment de domestiques. Seul l'amusait son grand-père paternel. Un homme qui buvait, jurait, jouait aux courses et hantait tripots ou maisons closes. D'une force herculéenne, il avait enterré deux épouses. Maria da Conceiçâo était son unique petite-fille, du moins légitime... Il ne l'avait regardée que lorsqu'on avait vanté sa beauté. Alors, il l'avait prévenue contre les hommes qui lui ressemblaient.

– Il ne faut jamais leur céder...

Dans un rire tonitruant, il avait ajouté :

– Mais, avec un prénom comme le tien, tu auras du mal à les tenir à distance!

Car, bien entendu, il était responsable de ce fameux prénom que personne n'osait prononcer dans son intégralité. Maria da Conceiçâo dos prazeres : Marie concession des plaisirs... Y avait-il plus ridicule ! Ivre-mort, le matin de sa naissance, il avait exigé de son fils qu'on la baptisât ainsi. Elle imaginait les réactions des Carlier, Chevigny ou Caillebotte s'ils venaient à l'apprendre.

Comme elle approchait de la maison, le chien de Louis la rejoignit en aboyant. Marthe Duplessis leva la tête de son ouvrage et lui adressa un sourire amical.

– Alors, chère petite, vous habituez-vous à notre pays ?

– J'étais justement en train de penser que j'aurai du mal à le quitter.

– Eh bien, qu'à cela ne tienne, trouvez-vous un époux français !

Se tournant vers Hortense qui, avec Gabrielle et le petit Eugène, rentrait de promenade, elle déclara :

– Car, en fin de compte, ils ne sont pas plus mauvais que les autres.

– Certains seulement, rectifia Hortense.

– Certains dont nous ne faisons, bien entendu, pas partie, l'interrompit Julien qui, en débouchant sur la terrasse, avait entendu l'échange.

– Julien, s'exclama Hortense prise au dépourvu. Je ne vous savais pas à Bougival !

– J'ai, comme d'habitude, demandé l'hospitalité à notre ami Constant.

– J'imagine qu'il n'a pas dû se faire prier, glissa Marthe Duplessis.

La conversation se poursuivit mais Hortense demeura en retrait. Cette visite impromptue de Julien la déconcertait. Depuis son explication avec Louis, elle ne l'avait pas revu et ainsi s'était persuadée que, dorénavant, seule l'amitié les lierait. Elle sursauta quand elle entendit sa belle-mère évoquer son prochain voyage pour Naples.

– Quand partez-vous ? s'enquit Julien.

– A la fin de la semaine prochaine.

Elle vit son visage se contracter mais ce fut sur un ton neutre qu'il remarqua :

– Eh bien, nous ne nous croiserons pas de sitôt car Edmond Surtel est pressé de m'embarquer pour Saïgon.

Il la scrutait de ses yeux d'encre et, incapable de soutenir son regard, elle détourna la tête. Aurait-il compris, sinon, qu'elle avait été l'instigatrice de ce périple et, qu'en s'éloignant, elle se protégeait de lui... Julien qu'elle voulait à tout prix oublier, l'homme qui lui avait enseigné la douleur contenue dans le mot séparation et auprès duquel elle apprenait le renoncement.

– Ainsi, vous allez me quitter, insista-t-il dès qu'ils purent s'entretenir seul à seule.

– Oui et, je vous en supplie Julien, ne m'en veuillez pas de renverser la situation. Enfin... je ne serai pas celle qui reste!...

21.

Un livre ouvert sur l'accoudoir du fauteuil, Julien laissait son esprit vagabonder. Il devait être tard mais l'idée de souper au Café Riche ou chez Brébant l'ennuyait. Depuis plusieurs semaines, il privilégiait ces soirées solitaires où, sans but particulier, il jouissait de la quiétude de son appartement. La chaleur était encore forte en ce début septembre. Par les fenêtres ouvertes, il entendait sur la place Vintimille les conversations des passants et, assourdie, la rumeur des boulevards. Ses yeux se posèrent sur le visage en pierre du Bouddha qu'il avait rapporté de Chine. Au milieu des objets et des livres qui résumaient toute sa vie, il en ressentait la présence bienfaisante. Face à celui dont il connaissait la sagesse et la compassion, il ne recherchait aucune échappatoire. Au contraire, mesurant le chemin parcouru, il faisait un bilan, enfin s'acceptait et, malgré les failles à combler, il pensait pouvoir apporter un tribut à la grande Organisation qui, telle une bouteille à la mer, l'avait lancé au travers de l'univers. Dans son existence, il avait mis de l'ordre, décidé ce qu'il voulait ou ne voulait plus, mais surtout, ses projets s'étaient réalisés. Charpentier avait publié son recueil de souvenirs, personne ne discutait ses compétences en matière d'art japonais, Étienne Carlier ne le décevait pas dans sa peinture et l'aventure qu'il allait tenter en Cochinchine le passionnait. Dans moins d'une semaine, il embarquerait à bord du *Marco Polo*, des jours et des nuits pour réfléchir et, sans doute, pour écrire, des jours et des nuits pour contempler la mer et le firmament...

Il rendit une dernière visite à Constant Delteil et le trouva assis sur un banc du jardin, à compulser des manuels de botanique.

– Quelle bonne surprise, mon garçon! Moi qui t'imaginais en train de boucler tes malles!

– Vous ne vous trompiez pas, mais j'avais besoin de votre bénédiction avant de m'éloigner.

Le regard de Constant pétilla de malice. Posant une main sur l'épaule de son protégé, il l'entraîna vers son bureau puis leur servit à tous les deux un verre de porto. Détestant l'un comme l'autre les adieux, ils parlèrent de tout sauf de leur prochaine séparation. Constant avait des projets. Il avait décidé de choisir dans la littérature les plus jolis textes concernant les fleurs sauvages, de les réunir et d'en proposer à Gabrielle l'illustration.

– Je m'étais pourtant promis de ne plus rien entamer... La peur, sans doute de ne pas terminer...

D'un geste, il arrêta Julien qui cherchait à le contredire.

– Pourquoi nous cacherions-nous la vérité? Le temps se rétrécit, mais contrairement à beaucoup qui craignent la mort, moi je redoute l'inactivité qui pourrait la précéder. J'ai besoin d'occuper ma pensée. Et je peux te dire que j'ai aimé lire tes souvenirs de voyage. Ces jonques, ces fumeries d'opium, toutes ces impressions que tu as ressenties et décrites, je les ai partagées. Tu m'as fait un superbe cadeau, Julien! Il y a dans ton écriture une recherche de la sensation vraie, du mot juste. On n'hésite pas à t'emboîter le pas.

Plus tard, quand Julien prit congé, Constant revint sur le sujet.

– Ne perds jamais ton authenticité! Elle est ton bien le plus précieux.

L'authenticité! Julien en était non seulement l'ardent défenseur mais il la recherchait chez ceux qu'il rencontrait. Elle représentait le fondement de toutes ses amitiés, et Raphaël Bolzano ne faisait pas exception. L'été les avait rapprochés. Au fil de leurs conversations, ils s'étaient découvert de nombreux points communs. Une enfance solitaire, l'absence de tendresse, le désir de créer. Par manque de choix, la liberté était venue plus tôt pour Raphaël. La pénurie d'argent l'avait obligé à s'exiler puis à travailler...

Avoir vécu chichement rendait le jeune architecte prudent quant à l'avenir. Malgré son début de réussite, il ne s'était toujours pas décidé à quitter le Foyer et ses prix raisonnables. Pour lire ou dormir, sa chambre suffisait et prendre ses repas dans les cafés ne lui déplaisait pas. Grâce à Carlier, les peintres étaient devenus ses amis et, souvent, il rejoignait Renoir ou Chevigny autour d'un ragoût ou d'un chapon.

Chez les artistes, personne ne pouvait se vanter d'avoir la vie facile. Sisley ne vendait rien et Pissarro trouvait à peine la force de lutter contre le découragement.

Cézanne, qui avait passé plusieurs mois en sa compagnie, écrivit à son ami Zola : « Une désolation profonde règne dans le camp impressionniste. Le pactole ne coule pas précisément dans les poches et les études sèchent sur place. Nous traversons des temps bien troublés et je ne sais pas quand la pauvre peinture reprendra un peu de son lustre. »

De tous, Monet était bien le dernier à croire en l'avenir. Jamais, il n'avait connu période plus difficile. Camille était enceinte et ils n'avaient pas un sou. A l'inspecteur Chocquet, il proposa deux de ses « croûtes ».

– Je vous les laisse pour quarante francs... et même moins... Ce que vous voudrez... Je suis acculé.

Chevigny n'allait guère mieux et, de manière à payer son atelier, il brossait des décors pour un marionnettiste.

– C'est, en tous les cas, plus amusant que de portraiturer la bourgeoise.

Dès qu'elle le pouvait, Gabrielle l'invitait à souper. Depuis le départ d'Étienne pour Amboise, sa ville natale, elle se sentait seule. Hortense et Louis n'étaient pas encore rentrés de Naples. Mary Cassatt se joignait à ces soirées informelles, amenant parfois Degas qui, indifférent aux critiques, poursuivait son chemin.

– Lorsque je sens venir la lassitude, je me répète les propos de Constable, avouait-il : « On pensera ce que l'on voudra de mon art, ce que je sais, c'est qu'il s'agit vraiment du mien. » Il disait aussi : « Deux routes peuvent conduire à la renommée : la première est l'art d'imitation, la seconde est l'art qui ne relève que de lui-même, l'art original. Les avantages de l'art d'imitation sont que, comme il répète les œuvres des maîtres que l'œil est depuis longtemps accoutumé à admirer, il est rapidement remarqué et estimé, tandis que l'art qui veut n'être le copiste de personne, qui a l'ambition de ne faire que ce qu'il voit et ce qu'il sent de la nature, ne parvient que lentement à l'estime, la plupart de ceux qui regardent les œuvres d'art n'étant pas capables d'apprécier ce qui sort de la routine. »

Depuis quelque temps, Degas s'intéressait à la femme et à sa toilette. Les cheveux défaits ou relevés, assise ou accroupie dans le tub, il la montrait aux différents moments d'un rituel qui serait probablement qualifié d'obscène par ses contemporains.

– Si seulement je donnais un tour mythologique à ce sujet, on m'applaudirait, me couronnerait, avoua-t-il un soir à Raphaël.

Il se racla la gorge avant d'ajouter avec ironie :

– Pourquoi, dites-le-moi, nous priverions-nous de reproduire les femmes qui nous plaisent, celles que nous choisissons pour épouses ou pour maîtresses ? Et pourquoi, si elles possèdent un petit front, un nez retroussé et un charme mutin, les transformerions-nous en Junon sombres et fortes comme des chevaux ?

Pendant qu'il écoutait le peintre, Raphaël songea à Jeanne. Il prit de ses nouvelles auprès de Gabrielle.

– Contrairement à la cigale, elle a travaillé tout l'été. Elle m'a parue fatiguée quand je l'ai vue, la semaine dernière.

Raphaël ne s'était, lui non plus, guère accordé de repos. Louis Duplessis l'avait, en son absence, chargé de responsabilités qui lui ôtaient tout désir de distractions. Qu'aurait-il proposé à Jeanne sinon une présence soucieuse dont elle n'avait pas besoin ? Cette précaution lui semblant soudain excessive, il décida, dès le lendemain, de frapper à sa porte.

– Raphaël, s'étonna-t-elle en le découvrant chargé d'un bouquet de dahlias.

Elle avait maigri, son regard était fatigué, ses traits reflétaient un effort soutenu.

– Vous devez me trouver affreuse, s'inquiéta-t-elle en se dirigeant vers un miroir.

De la main, elle lissa ses cheveux puis, retirant sa blouse, l'invita à s'asseoir.

Pendant qu'elle remplissait un vase à la fontaine de la cour, il découvrit, épinglées sur des mannequins, ses dernières créations. Sans être un spécialiste, il sentit qu'elle avait progressé. Il y avait davantage de souplesse dans le bâti, plus de simplicité dans le choix des tissus.

– Aimeriez-vous manger une glace chez Tortoni, proposa-t-il lorsqu'elle revint.

– Pourquoi pas?

Profitant des dernières lueurs de l'été, une foule se pressait sur les boulevards. Des couples se rendaient au théâtre, d'autres déambulaient. Assises à la terrasse des cafés, des filles attendaient la bonne fortune en buvant une grenadine ou en fumant une cigarette. L'œil aguicheur, le décolleté ravageur, elles scrutaient le va-et-vient des boursicoteurs, commis ou rentiers. Il y en avait pour tous les goûts, des brunes, des rousses, des rondes, des rusées ou de fausses ingénues. On les retenait, parfois par paire... ou plus nombreuses quand il s'agissait de soirées à caractère particulier. Raphaël avait encore en mémoire celle qu'avait organisée un ami de Chevigny dans un atelier de sculpture. Jusqu'à l'aube il avait bu et, à même le sol, aimé dans une totale liberté des inconnues qui, comme lui, n'attachaient à ces étreintes que l'importance du moment présent. A ses côtés, Jeanne semblait avoir oublié la rigueur de ses journées. Happée par la vie, elle avançait dans cette marée humaine, un sourire aux lèvres. Avec tendresse, il suivait le tangage de son petit chapeau en paille de riz, s'attachait aux reflets de ses cheveux ramassés sur la nuque. La chaleur avait coloré son visage et, quand ils arrivèrent chez Tortoni, elle ouvrit un éventail où s'épanouissaient des roses thé.

– C'est un cadeau de Renoir, dit-elle alors qu'il lui en faisait compliment.

Un cadeau de Renoir! Stupidement, Raphaël se sentit jaloux. Pendant qu'il lui tendait un sorbet à la griotte, il chercha lesquels de leurs amis avaient été ses amants. Un désir brutal l'envahit. Il aurait voulu la ramener chez lui et la prendre, ne plus être celui dont la compagnie ne dérange pas mais dont l'absence est à peine remarquée. Devant la porte, elle l'attendait, légère, aérienne, au milieu de la cohue bariolée et bruyante. Le boulevard ruisselait de lumières. A travers les fenêtres ouvertes d'un restaurant filtraient les flonflons d'une mazurka. Paris, ce soir, semblait avoir tout oublié, l'enterrement de Thiers et les incertitudes politiques; la foule s'amusait des discours que tenaient les bonimenteurs, elle applaudissait les acrobates et les cracheurs de feu.

– Mais voilà le beau Raphaël, s'exclama une voix féminine.

En se retournant, il découvrit celle qu'il évitait depuis plusieurs semaines. Ignorant Jeanne, elle s'était approchée et lui soufflait au visage une haleine alcoolisée.

– Tu as de la chance que je ne sois pas rancunière... Mais le coup du travail, tu ne me le feras plus!

Sans cacher sa contrariété, Raphaël tentait d'échapper aux doigts chargés de bagues qui, tels des serres, s'étaient posés sur son poignet.

– Alors, quand est-ce que tu me rends visite?

– Je n'en ai pas la moindre idée, Évangéline.

– Tu as gardé mon adresse, au moins?

En retrait, Jeanne détaillait la femme qui aurait aimé lui enlever sur-le-champ Raphaël. Malgré un teint gris, des yeux à fleur de tête et un corps empâté, elle était attirante. A la façon dont elle fixait les hommes, les soupesait, sa science amoureuse n'était pas à mettre en doute. Par contre, qu'elle les traitât bien, une fois consommés, n'était pas certain. Ses traits reflétaient un mélange d'avidité et de mépris qui aurait éveillé la méfiance des plus naïfs. Un bref instant, leurs regards se croisèrent mais Jeanne ne cilla pas, d'autant que Raphaël, l'ayant prise par le bras, lui murmurait :

– Continuons notre promenade, voulez-vous?

1878

22.

Jusqu'au nouvel an, Jeanne non seulement ne manqua pas de travail mais elle se plaignit d'en avoir trop.

– J'avais tellement peur de ne pouvoir rembourser mes prêts que j'acceptais toutes les commandes, de la plus petite à la plus importante, avoua-t-elle à Antoinette.

Avec le temps, sa réclusion et le manque de distractions lui pesaient. Elle eut la nostalgie des ateliers de peinture et des fins d'après-midi à La Nouvelle Athènes où, en compagnie d'autres modèles, elle remontait le moral des artistes.

– Que se passe-t-il ? On ne te voit plus, se plaignit Renoir alors qu'elle le rencontrait chez le boulanger.

Quand il connut le motif de sa désertion, il haussa les épaules.

– Mais tu vas sécher sur pied si tu continues à entretenir d'aussi mauvaises habitudes. A ton âge, il faut s'amuser !

Sans écouter ses protestations, il ajouta :

– Allez, je t'attends dimanche rue Saint-Georges, on boira un punch qui te fera, pour quelques jours, oublier tes fils et tes aiguilles.

Ils étaient nombreux à s'être réfugiés chez Renoir et à entendre butter contre la verrière le vent qui, depuis la veille, balayait Paris. Jeanne serra la main de Chabrier, un compositeur que le maître des lieux tenait en haute estime. Gervex, qui avait posé pour le « Moulin de la Galette », se leva de son fauteuil pour l'embrasser. Il y avait aussi Jeanne Samary, enveloppée dans un grand châle de moire, et Victorine Meurent, un ancien modèle de Manet, qui, à son tour, avait décidé de devenir peintre.

Renoir offrit à Jeanne un verre du punch annoncé et, il n'avait pas menti, peu de temps lui fut nécessaire pour oublier tout ce qui se passait à l'extérieur de cette pièce où il faisait bon vivre. L'alcool chauffait son sang, dénouait les tensions, elle avait envie de rire et de chanter... Au piano, Chabrier improvisait un air, qui fut bientôt mis en paroles par les uns et les autres pour être innové par un chœur dont la sobriété ne comptait pas parmi les principales qualités. Tout à son refrain, Jeanne ne perçut pas le mouvement qui s'était produit derrière son dos, aussi sursauta-t-elle lorsque Étienne Carlier, encore vêtu de son pardessus, posa une main sur son épaule.

– Bonjour ma jolie, lui dit-il avec un sourire qu'elle jugea bienveillant.

Un régalia à la bouche, il écouta les couplets qui, au fil des minutes, gagnaient en ferveur puis, imité par Chevigny, il y joignit sa voix. Jeanne était devenue muette. Se pouvait-il que cette rencontre la bouleversât autant? Étienne se tenait là, à quelques pas, et elle ne parvenait pas à détacher son regard des cheveux que la tempête avait ébouriffés, du visage dont les traits s'étaient, fidèlement et contre son gré, imprimés dans sa mémoire, dans sa chair. Elle le vit se pencher vers Jeanne Samary qui cherchait à lui parler et bientôt rire. Une conversation s'engagea puis la comédienne l'invita à s'asseoir à ses côtés. Jeanne eut soudain très mal. Cette journée qu'elle avait souhaitée récréative tournait au cauchemar et par sa faute, son unique faute... Impuissante, elle se rendait compte que l'on ne maîtrisait pas ses sentiments et que tout effort pour se libérer d'un attachement qui ne la menait nulle part était vain.

Installé dans les coussins du sofa, Étienne écoutait avec amusement sa voisine. Son séjour à Amboise l'avait libéré de ses tourments et il envisageait avec davantage de sérénité les mois à venir. Gabrielle s'était montrée heureuse des toiles qu'il avait rapportées d'Amboise, la ville qui l'avait vu naître et grandir. Longtemps, il avait hésité à garder le portrait que lui avait inspiré sa mère, peinte dans la blouse noire dont elle ne se séparait pas depuis son veuvage. Assise très droite sur une chaise paillée, elle tenait entre ses mains un travail de couture. Dans son visage parcheminé par l'air et le soleil brillait un regard bleu et franc. Il avait fallu à Étienne des trésors de patience pour la convaincre de poser.

– C'est bon pour les oisifs, s'était-elle défendue... Et puis, je suis trop vieille!

Elle avait fini par céder et, quotidiennement, lui avait accordé l'heure qu'elle réservait à la sieste. Dans ce face à face, il avait débusqué le passé et, avec tendresse, restitué l'intégrité, la bonté de celle qui lui avait appris à observer et ressentir. Ne l'avait-elle pas emmené aux champs dès son plus jeune âge? Il se souvenait encore du sifflement des faux sur les herbes hautes et de l'odeur du foin que l'on retournait, celle des sous-bois et de la fougère quand ensemble ils partaient à la cueillette des champignons. Mettant parfois un doigt sur ses lèvres, elle l'incitait à reconnaître le cri d'un oiseau. Plus tard, elle lui apprit le nom des fleurs qu'il l'aidait à planter dans le potager. Ce fut ainsi qu'il tissa son destin de peintre. Bien qu'elle ne lui en eût jamais fait le reproche, il savait que ce choix la rendait malheureuse mais qu'y pouvait-il? Son portrait terminé, elle l'avait contemplé puis d'un air dubitatif avait affirmé :

– Gâcher de la couleur pour une tête comme la mienne! Tu en as de drôles d'idées, mon garçon.

A l'aide d'une longue baguette, Renoir tira les rideaux sur la verrière et sur la nuit qui tombait puis il jeta quelques fagots dans le poêle. Du punch fut apporté de la cuisine mais Jeanne préféra s'éclipser.

– Déjà, s'exclama Chevigny.

D'un hochement de tête, elle acquiesça puis discrètement se dirigea vers la porte. Avant d'en franchir le seuil, elle se retourna avec l'absurde espoir qu'Étienne chercherait peut-être à la retenir. Il avait interrompu son dialogue avec Jeanne Samary pour écouter Gervex qui leur faisait à tous la promesse de présenter au prochain Salon une toile dont le sujet allait assommer le jury.

– Certains risquent même d'en mourir, plaisanta-t-il.

Jeanne, déjà dans la rue, n'en connaîtrait pas les détails.

Elle ne revit Étienne que trois semaines plus tard. Chargée de paquets contenant des fournitures, elle passait devant l'église de la Trinité quand il la héla.

– Où vas-tu ainsi, lui demanda-t-il en la libérant d'une partie de son fardeau.

– Chez moi... enfin, à l'atelier...

– Eh bien, je t'y accompagne.

En marchant, il maugréa :

– Jamais je n'aurais pensé qu'un aussi petit gabarit soit capable de porter tous ces colis.

– Ne saviez-vous pas que les couturières pouvaient parfois se transformer en mules?

Ils furent bientôt arrivés, et qu'il pénètre ainsi dans son univers accentua sa timidité.

– Voudriez-vous une tasse de café, proposa-t-elle.

– Pourquoi pas?

Pendant qu'elle s'activait autour du réchaud installé sous l'escalier, il sortit une cigarette de son étui puis se ravisa. Les tissus risqueraient de sentir le tabac! Avec l'impression d'être un éléphant dans un magasin de porcelaine, il choisit de s'asseoir. Ce décor féminin le déconcertait et l'attirait. Accrochés aux murs bleu pâle, des pastels racontaient la mode. Machinalement, il toucha des liasses de tissu posées à côté de lui et aima leur contact soyeux ou glacé. Jeanne revint avec un plateau sur lequel elle avait disposé une cafetière et des tasses en faïence. Était-ce le cadre qui l'entourait, avait-elle changé? il la vit sous un autre jour. Le joli modèle avec lequel il avait échangé de banals propos avait cédé la place à une séduisante créature qu'il avait envie de connaître. Il la questionna sur son métier, ses espérances, et Jeanne qui croyait au début qu'il agissait par politesse lut vite dans ses yeux une sorte d'intérêt.

– Alors, demanda-t-il, c'est fini... tu ne poseras plus?

– Seulement pour mes amis.

– En ferai-je partie?

– Bien sûr!

La réponse avait fusé mais elle n'en éprouva aucun regret.

– Ce n'est pas pour te faire des compliments, murmura-t-il en sucrant son café, mais j'ai aimé travailler avec toi. Ton visage accroche bien la lumière et, surtout, tu es vivante.

En même temps qu'il parlait, il la dévisageait. Elle avait enlevé son chapeau et ses cheveux moussaient autour de son front. Ses joues trop roses gardaient l'empreinte du froid. Il remarqua une écorchure sur sa lèvre inférieure et, curieusement, ce détail lui plut. Il l'imagina nue. Elle avait le corps gracile d'une jeune fille, ses seins devaient avoir la forme de jolies pommes. La robe qu'elle portait l'enveloppait tout entière mais sa coupe ajustée laissait percevoir un ventre à peine renflé, une cambrure prononcée. Jeanne avait-elle embelli ou la voyait-il différemment?

– Moi aussi, j'ai aimé travailler pour vous, murmura-t-elle en pliant un carré de tissu qui n'en avait pas besoin.

Étienne consulta sa montre de gousset et se leva.

– Degas m'attend... mais nous nous reverrons bientôt... n'est-ce pas?

Sans répondre, Jeanne l'accompagna jusqu'à la porte. Ils se serrèrent la main puis ses pas résonnèrent dans la cour tandis qu'immobile elle fixait la tasse dont il avait à peine bu le contenu. L'énervement l'envahit soudain. Contre elle-même et son incapacité à se protéger. Elle le voyait se hâter vers l'œuvre à accomplir qui, bien sûr, avait déjà supplanté leur rencontre.

Son intuition toutefois la trompait. La douceur des instants qu'il venait de vivre demeura présente dans l'esprit d'Étienne jusqu'à son arrivée chez Degas.

– Je pensais que tu ne viendrais plus, déclara le peintre en retournant vers la plaque de cuivre sur laquelle il avait dessiné une scène à l'encre grasse.

Étienne s'approcha. Avec attention il le regarda rectifier son sujet puis appliquer une feuille.

– Je viens de tirer à la presse cette épreuve, expliqua Degas en désignant du menton une autre feuille qui séchait sur une table... Il reste suffisamment d'encre pour en avoir une seconde. Elle sera plus pâle que la précédente mais parfaite pour la rehausser au pastel.

Étienne se pencha sur le tirage, il en aimait la finesse des tons, les dégradés de gris.

– On ne sait jamais ce qui va sortir, poursuivait Degas. Tiens, là, il y a trop d'encre mais je vais frotter et... le résultat risque d'être intéressant.

Sans la moindre réticence, il continua d'initier Étienne à cette technique qui permettait des effets nouveaux. Le procédé s'avérait non seulement attirant mais convaincant. On pouvait jouer avec la luminosité, l'atmosphère, l'alléger ou la dramatiser. Le soir même, il en parla à Gabrielle mais elle l'écouta à peine.

– Que se passe-t-il, ma douce? Tu sembles soucieuse.

– J'ai pris la décision d'envoyer deux toiles au jury du Salon, lança-t-elle tout à trac.

– Au Salon! Mais tu veux pactiser avec le diable!

– Les paysages que j'ai rapportés de Bougival risquent d'être acceptés. Ce serait stupide de ne pas les présenter.

Elle soupira avant d'ajouter sur un ton triste :

– Je n'en peux plus, Étienne, d'être à l'écart de toute manifestation officielle. J'ai besoin d'être rassurée.

– Et si le jury te refuse?

– J'aurai au moins essayé.

Alors qu'il demeurait silencieux, elle ajouta :

– Je n'ai pas décroché de commandes depuis des mois.

– Et alors, tu n'es pas la seule, explosa-t-il. Que devrais-je dire?

Sans cacher son énervement, il allait et venait à travers la pièce.

– Pendant que Coblence plante des hévéas en Cochinchine, il ne vend pas mon travail.

– Tu oublies qu'il a envoyé dix de tes tableaux à New York.

– Et depuis?

– Il t'a donné la liberté de traiter pendant son absence avec qui tu voulais.

– Mais bien sûr... c'est tellement simple de demander à Tanguy ou à Durand-Ruel de jouer les bouche-trous!

Refusant de poursuivre une discussion où Étienne faisait preuve d'une évidente mauvaise foi, Gabrielle se replongea dans l'écriture de son courrier.

– Tu as raison, souligna-t-il, répondre à des imbéciles est certainement plus important que de savoir pour qui et pour quoi je peins !

Quand, stupéfaite, elle releva la tête, il n'était plus dans la pièce. La porte d'entrée claqua puis ce fut le silence. Un silence qui, en réalité, la soulagea. Que pouvait-elle répondre à un homme dont le tourment augmentait avec la puissance de création ? L'avait-elle jamais vu satisfait de son ouvrage ? Étienne avait besoin de douter et de souffrir, c'était ainsi qu'il était fait. Mais, ce soir, les paroles de Julien Coblence l'aidaient à ne pas entrer dans son jeu. Elle devait s'occuper d'elle-même et s'en tenir à ses décisions. Alors, au risque d'attiser sa colère, elle mettrait tout en œuvre pour participer au prochain Salon...

23.

Le vœu de Gabrielle fut exaucé... ses deux paysages emportèrent l'assentiment du jury. Étienne se garda de tout commentaire, mais il passa davantage de temps à La Nouvelle Athènes ou dans son atelier. Rien n'allait chez les impressionnistes en ce printemps 1878. Malgré le soutien de Manet, Monet ne parvenait pas à sortir de son marasme financier et, après que sa femme lui eut donné un second enfant, il alla jusqu'à solliciter son ami Zola. « Pourriez-vous m'aider, lui écrivit-il. Nous n'avons plus un sou à la maison... pas même de quoi faire bouillir la marmite! » Chevigny apprit, un soir, que le malheureux, contraint de s'installer dans un logement plus modeste à Vétheuil, n'avait pu payer ses déménageurs.

– Et son mobilier était déjà dans les chariots! s'exclama Renoir qui, sans cacher son inquiétude, ajouta : Je ne sais vraiment pas comment il va s'en sortir.

Lui, par contre, venait d'être comme Gabrielle sélectionné pour le Salon.

– Je l'ai expliqué, l'autre jour, à Durand-Ruel, il y a dans Paris à peine quinze amateurs capables d'aimer un peintre sans justification officielle. Par contre, il y en a quatre-vingt mille qui n'achèteront pas une toile si elle n'a pas figuré au Salon. Ne voulant pas tomber dans la manie de croire qu'une chose ou une autre est mauvaise, je ne veux pas le critiquer, ce Salon. Je ne veux même pas en avoir l'air. L'important, mon vieux, reste de peindre et de son mieux !

Bien décidé à influencer Chevigny, il poursuivit :

– Si l'on m'accusait de négliger mon art ou par ambition imbécile d'agir contre mes idées, là, je comprendrais les critiques. Mais comme il n'en est rien... on n'a rien à me reprocher ! Mon envoi au Salon est une démarche commerciale... et, comme on le dit de certaines médecines, si ça ne fait pas de bien, ça ne fait pas de mal...

D'autant moins de mal que ne se présentait aucune autre solution. L'Exposition universelle, qui bientôt ouvrirait ses portes, contraignait le groupe à différer une quatrième manifestation privée et Durand-Ruel, cette année, n'accueillerait dans sa galerie que les peintres de Barbizon.

– Tu devrais tenir ce discours à Carlier, marmonna Chevigny.

– A Carlier ?

– Il est furieux contre Gabrielle qui partage ton avis.

– Ça lui passera !

– Pas de sitôt, je le crains.

– Eh bien, use de ton amitié et de ton influence.

Dans un geste d'impuissance, Chevigny haussa les épaules. Étienne n'écoutait personne quand il s'agissait de sa vie privée. Muré dans sa désapprobation, il ne respirait plus que pour son travail et ce qui s'y rapportait. Du lever au coucher, il cherchait de nouvelles approches picturales, sans doute une façon de prendre sa revanche sur les progrès accomplis par sa femme. Peu à peu, il avait renoué avec l'alcool. Cela n'avait rien d'alarmant, mais c'était une conduite qui, s'il ne retrouvait pas la sérénité, pouvait redevenir un esclavage. De son malaise naissaient des toiles enthousiasmantes qu'il était le seul à discuter.

– Ce n'est pas ce que je souhaitais rendre, répondait-il invariablement quand on le complimentait.

Et ce n'était pas de la fausse modestie !

– J'ai peur, une peur qui me tient au ventre, d'être un jour à sec, avoua-t-il à Chevigny.

Il s'interrompit pour trouver les mots justes, puis reprit :

– Une sensation que je n'éprouve qu'à Paris. En fait... je ne suis pas un citadin.

– Eh bien, retourne dans tes champs.

– S'il n'y avait pas Gabrielle et le petit, je m'installerais à Auvers auprès de Pissarro. Je suis heureux là-bas.

– Plus qu'à Bougival?

– Oui, je le crois.

Avec un sourire triste, il ajouta :

– Bougival me demande trop d'efforts. Même si Gabrielle essaie de les alléger, je dois me plier aux règles d'un univers bourgeois et fortuné, un univers où j'étouffe.

– Tu savais pourtant qu'il en serait ainsi.

– Non... puisque, naïvement, j'imaginais pouvoir subvenir aux besoins d'une famille. Les affaires n'étaient pas mauvaises quand nous nous sommes mariés... J'avais peint les fresques de la bibliothèque de Rouen... J'avais de l'argent de poche... mais maintenant...

Étienne alluma une cigarette puis reprit :

– Maintenant, je suis entretenu. Ma femme paye notre loyer, notre nourriture et, crois-moi mon vieux, c'est une situation que je ne supporte plus.

– Il doit bien exister une solution.

– Laquelle? Notre cote n'a jamais été aussi basse. Il n'y a qu'à se pencher sur le résultat des ventes Faure et Hoschedé.

En l'entendant citer les deux ventes aux enchères où aucun d'entre eux n'avait atteint un prix correct, Chevigny baissa la tête. Quelle était la solution? Abandonner?

– Plutôt mourir, répliqua Étienne.

Contrairement à son ami qui n'avait pour subsister d'autre choix que celui de faire de la vilaine illustration, Étienne tentait de se préserver. Ce n'était ni un manque de courage ni de la paresse mais la crainte d'une dispersion qui tôt ou tard aurait des répercussions sur sa peinture.

– On ne s'approche pas impunément de la médiocrité. Elle laisse des traces, et des traces parfois indélébiles, déclara-t-il à Gabrielle alors qu'un matin ils évoquaient certains peintres qui ne savaient pas se tenir à l'écart des mauvais choix ou des mauvaises associations.

– On ne peut tout éviter, murmura Gabrielle en caressant le chat qui s'était installé sur ses genoux... et trop de rigidité m'a toujours inquiétée.

– Je ne suis pas rigide, se défendit Étienne.

– Si, tu le deviens.

– Puisque tu l'affirmes, s'énerva-t-il.

Pour clore la discussion, il s'empara d'un journal mais Gabrielle avait décidé de ne pas en rester là.

– Si tu ne me supportes plus, il est inutile de continuer à cohabiter, lui dit-elle en cherchant son regard.

– Tu me mets dehors?

– Non, mais la porte est ouverte si tu souhaites t'en aller.

– As-tu décidé de réfléchir à ma place?

– J'ai simplement décidé de ne plus supporter tes humeurs.

– Il suffisait de le dire plus tôt, lança Étienne avec dureté.

Il se dirigea vers le vestibule et d'une armoire sortit un grand sac. Puis, dans un crissement de cintres, il empoigna certains de ses vêtements. La colère l'envahissait. Contre lui-même, contre Gabrielle et ce gâchis dont ils étaient les artisans.

S'emparant du bagage, elle tentait de le calmer.

– Allons... c'est ridicule... Je me suis emportée et j'en suis désolée.

– Ne regrette rien, Gabrielle. Il y a certains abcès qui ont besoin d'être crevés. Tu as parlé la première, c'est tout.

– Mais tu veux vraiment partir, murmura-t-elle d'une voix blanche.

– Momentanément, oui.

– Peut-être pourrions-nous nous expliquer ailleurs que dans cette entrée.

– Oh, je n'ai pas grand-chose à t'apprendre que tu ne saches déjà!

Avec tristesse, il ajouta :

– J'avais raison quand je te répétais qu'un homme comme moi serait incapable de te rendre heureuse.

– C'est toi qui ne sembles pas heureux!

– Écoute-moi, lui dit-il en revenant vers le salon, pour toi et pour moi, il est préférable que je retourne dans mon atelier. Écoute-moi, répéta-t-il alors qu'elle cherchait à l'interrompre, tant que je ne le mériterai pas en le payant, je ne pourrai habiter sans malaise cet appartement. Tu comprends... dis-moi que tu comprends...

Les yeux rivés sur les motifs d'un tapis, elle demeura silencieuse. Songeant au futur, elle souffrait déjà d'imaginer qu'Étienne vivrait à quelques rues et qu'elle s'interdirait de frapper à sa porte. Une situation qu'elle avait affrontée il n'y avait pas si longtemps et dont elle avait cru ne pas se relever. Il lui demandait de le comprendre et, une fois encore, elle accéderait à son désir.

– Fin juin, je m'installerai à Bougival, murmura-t-elle. Ce sera moins difficile à supporter.

– Je viendrai vous voir, toi et Eugène.

– Oui... Une visite de politesse de temps en temps.

– Gabrielle, je t'en supplie, ne rends pas les choses plus difficiles qu'elles ne le sont...

La colère qu'elle retenait éclata alors et elle cria :

– J'en ai assez d'être responsable de tout. Que faudrait-il encore ? Que j'applaudisse ta décision ? Est-ce que je te demande de me comprendre, moi ? Est-ce que je t'impose mes inquiétudes ou mes doutes ? Ai-je même le droit d'en avoir ?

S'approchant de lui à le toucher, elle poursuivit sur le même ton :

– Regarde-moi bien, Étienne, je ne suis pas la sainte que tu croyais avoir épousée et qui accepterait tout... Et tant mieux !

Au pire des tourmentes qu'ils avaient traversées, il ne l'avait jamais vue dans cet état. Les yeux brillants d'un étrange éclat, les pommettes en feu, elle le défiait et, dans son expression, il lut la souffrance qu'il lui infligeait, une souffrance qui n'avait rien à voir avec l'orgueil bafoué ou la vexation... mais avec le sentiment d'une fatalité. Fatalité d'aimer un homme ombrageux et que son art rendait égoïste, un homme qui, bien qu'il affirmât le contraire, la considérait comme une rivale. Elle se sentait soudain fatiguée de porter à bout de bras cette union dont il avouait subir le poids. Et, paradoxe, malgré son départ imminent et la perception qu'elle avait de sa solitude future, elle n'aspirait plus qu'au silence. Il lui semblait qu'elle avait besoin d'une pause où personne ne solliciterait son attention ou son assentiment, d'une parenthèse où elle s'appartiendrait et dans laquelle s'épanouiraient les visions que lui imposerait son désir de créer. Quand elle tenait ses pinceaux, outils de son imaginaire, elle oubliait tout. Ils étaient sa joie et, le mot n'était pas trop fort, sa rédemption.

– Où es-tu, lui demanda Étienne, tu sembles si loin, si inaccessible...

Elle revint alors à la réalité et le découvrit tel qu'il se présentait, désorienté, perdu face à une décision que nul, pourtant, ne l'obligeait à prendre. Réprimant l'élan de tendresse qu'il lui inspirait, elle s'éloigna de quelques pas et, sur un ton neutre, mit au point des détails matériels. Son cœur battait à tout rompre pendant qu'elle parlait car une autre scène se superposait à celle-ci. Sept ans plus tôt, à Bougival, Étienne, un bagage à la main, moins volumineux, l'avait déjà quittée une fois. Sortant d'une maladie qui lui avait ôté toute envie de peindre, il avait prétexté alors son besoin de se retrouver. Un rayon de soleil balaya la vitre et, éblouie, elle recula. L'été, bientôt, battrait son plein et dans cette exubérance, cette turbulence, elle puiserait l'énergie qui parfois lui manquait. Contre sa joue, elle sentit le souffle d'Étienne. Que murmura-t-il? Sans se retourner, elle l'entendit s'éloigner. Une journée commençait, la première d'une longue série où lorsqu'elle s'éveillerait sa main caresserait le drap lisse et déserté. Longtemps elle demeura immobile, le corps engourdi, vide de sensations... Ce fut Eugène qui, rentré de promenade, l'obligea à renouer avec les gestes habituels. D'une démarche incertaine, l'enfant s'avança puis, avec fierté, ouvrit une menotte où quelques paquerettes chiffonnées rendaient un dernier soupir.

– Pour toi, maman, pour toi, répéta-t-il pendant qu'avec un rire léger elle s'emparait de son butin.

Elle serra le petit contre elle et, le visage dans ses cheveux bouclés, dans son cou moite, se grisa d'insouciance, de gaieté. Il sentait l'enfance épanouie, les jardins de lumière, il sentait la sève, les promesses et, lorsqu'elle croisa son regard confiant, elle raffermit son étreinte.

Comment le protéger de la déception, de la souffrance qui surviendraient immanquablement, au détour de son existence! Elle avait beau connaître son impuissance, à cette minute elle aurait sacrifié son aspiration la plus chère pour le protéger de lui-même et des autres.

24.

Le 1er mai, Jeanne épingla sur son chapeau des brins de muguet et, après s'être, une dernière fois, regardée dans le miroir, boutonna ses gants. Antoinette l'attendait pour se rendre à l'Exposition universelle, entre la colline de Chaillot et le Champ-de-Mars.

En jouant nerveusement avec son bracelet, celle-ci faisait les cent pas devant son café.

– Pressons, cria-t-elle, sinon nous arriverons pour l'extinction des lampions.

Ce n'était pas le cas! Pas une place, pas une ruelle n'échappait aux illuminations. Édifices publics, maisons privées arboraient à leurs fenêtres des lanternes vénitiennes et, mélangées aux guirlandes, elles formaient des cordons de lumière qui auraient enthousiasmé les plus blasés. A mesure qu'elles se rapprochaient de la Seine, le trafic s'intensifia. Omnibus, calèches, coupés avançaient au rythme de l'escargot, arrêtés par une foule qui chantait à s'égosiller des couplets aussi ampoulés que :

« Des merveilles de la nature
de l'industrie et des beaux-arts
Des trésors de l'agriculture
ornons nos palais, nos bazars...
Montrons à l'Europe étonnée
avec orgueil, avec fierté
que notre France est couronnée
pour la Paix, pour la Liberté! »

Englouties dans cette mer humaine, elles parvinrent au Jardin de l'Horticulture mais la cohue les empêcha d'y entrer.

Depuis le matin, les manifestations s'y étaient succédé. C'était là que le monde entier regroupé et pacifié offrait ses dernières créations. Accueilli par le ministre du Commerce, le président Mac-Mahon avait ouvert un cortège où se côtoyaient souverains et officiels. Puis, accompagné par le tir des canons et *l'Hymne à la Joie* joué par des fanfares militaires, il avait inauguré le Palais de l'industrie.

Mêlé aux représentants de l'État et des académies, Hortense apercevait Louis. Sous les ordres du commissaire général Krantz, un adepte de l'architecture rationnelle, il s'était, avec de Dion, Hardy et d'autres ingénieurs ou confrères, partagé la tâche difficile de faire surgir du néant des constructions qui, sans effrayer un public conservateur, les habitueraient à une nouvelle esthétique. L'espace d'un instant, elle saisit son regard et il lui adressa un sourire de connivence. A ses côtés, elle sentait l'impatience de Gabrielle et s'en voulut d'avoir insisté pour qu'elle l'accompagnât.

– Tu sais bien que je déteste les cérémonies officielles, lui avait tout d'abord rétorqué sa cousine.

– Peut-être... mais tu ne peux perpétuellement te morfondre!

– Je ne me morfonds pas!

Depuis qu'Étienne était parti Gabrielle ne parvenait plus à travailler. Des journées entières, elle tournait en rond dans son atelier, installait une toile sur son chevalet pour aussitôt l'en retirer, courait chez le marchand de couleurs à la recherche de fournitures qu'elle n'utilisait pas... Au gré de fausses envies, elle arpentait la ville mais aucun sujet ne l'arrêtait. Pour la première fois de son existence, peindre la dégoûtait.

Chevigny auquel elle s'était confiée avait, en vain, tenté de la rassurer :

– Depuis que je te connais, tu n'as jamais dételé... Un tour de force, ma belle, qui finissait par m'agacer!

– Cesseras-tu, un moment, de plaisanter?

– Mais je ne plaisante pas! Une once de doute ne nuit à

personne ! On a tous besoin d'un temps d'arrêt... besoin de respirer pour mieux ramasser notre énergie...

L'énergie ! Il avait raison de la mentionner car elle la sentait s'échapper par tous les pores de sa peau. Et, face à ce constat, elle s'en voulait de sa dépendance à autrui, en l'occurrence à Étienne, elle se jugeait misérable de ne savoir surmonter le tourment qui l'empêchait de créer.

Suivant Hortense, elle découvrit les dernières nouveautés présentées, le téléphone de Graham Bell, le phonographe d'Edison, la machine à écrire déjà utilisée par de nombreuses administrations américaines et, attraction suprême, l'appareil à fabriquer de la glace... A mesure qu'elle se frayait un chemin dans cette grande parade du savoir et du progrès, elle s'y voyait comme une étrangère, avec l'impression de côtoyer un monde auquel elle avait depuis longtemps décidé d'échapper. Dans une surenchère d'exclamations ravies ou de critiques, l'aristocratie et la bourgeoisie adhéraient ou boudaient l'époque dans laquelle il leur était imparti de vivre. Au détour d'une travée, elles rencontrèrent Edmond Surtel et sa nièce Maria da Conceição.

– Je rentre tout juste de Baden, expliqua celle-ci.

S'écartant alors devant une femme qu'Hortense connaissait suffisamment pour l'éviter, elle ajouta :

– Je n'ai sans doute pas besoin de vous présenter Mme Winsley.

– En effet, nous nous sommes déjà croisées, répliqua Hortense en soutenant le regard de Flora qui, son bras passé sous celui du banquier, la dévisageait avec dureté.

Au fil des années, l'ancienne courtisane avait gagné en élégance et en sobriété. Moins de bijoux et de couleurs tapageuses ! S'était-elle acheté une conduite avec l'argent de James Winsley ? Hortense était tentée de le croire. Elle n'était d'ailleurs pas la seule car Edmond Surtel parlait à Flora avec déférence... mais que celle-ci eût épousé l'un de ses principaux clients n'expliquait-il pas aussi cette attitude ?

– Nous nous dirigions vers le pavillon britannique, expliqua-t-il à Hortense. Nous accompagnez-vous ?

– Je vous remercie mais j'ai promis à des amis de les rejoindre dans le village japonais.

Concentrée sur son mensonge, elle ne vit pas la déception qu'elle infligeait à son interlocuteur. En esprit, elle avait déjà quitté ce palais assourdissant où avec une régularité d'horloge alternaient chants patriotiques et folkloriques. Gagner la sortie fut cependant un tour de force. Piétinées, bousculées, elles mirent de longues minutes à retrouver le soleil et la brise du dehors. Encore fallut-il répondre à des interpellations. On félicitait Hortense pour le travail de Louis, on regrettait de ne plus croiser assez souvent Gabrielle. Après cet étourdissement, les fermes japonaises leur parurent un havre de paix. Maisonnettes en bois naturel, parasols en papier, pliants aux coloris vifs, vases en bronze offraient un agréable dépaysement. Vêtus de kimonos, des Japonais répondaient aux questions des visiteurs qui passaient et repassaient devant des cages où s'ébattaient des poules au plumage immaculé et des coqs-faisans mordorés. Une tasse de thé vert entre les mains, Gabrielle se laissait gagner par cette gaieté bon enfant et la poésie qui s'en dégageait. Hortense elle, dérivait... Ce n'était plus un roman, plus un conte, mais la découverte de l'univers que connaissait bien celui qui, à des milliers de lieues, avait envoyé pour cet événement des objets qu'elle découvrit, plus tard, sur l'autre rive du fleuve. Laques, ivoires, porcelaines et broderies avaient été rassemblés dans un pavillon à l'allure de forteresse où elle reconnut les habituels collectionneurs qui, penchés sur des vitrines, admiraient leur contenu. Elle s'arrêta devant une peinture représentant une vague déferlante. La pénombre de la salle, un calme qui contrastait avec l'agitation extérieure envahissaient son corps et son esprit. Elle se mouvait dans cet espace inconnu avec une insoupçonnable légèreté. Une brève absence l'empêcha de répondre à la salutation de Raphaël Bolzano. Intrigué, celui-ci la vit le dévisager avec un regard perdu. Était-elle victime d'un malaise? Le sourire qu'elle lui adressa le rassura.

– Excusez-moi, lui dit-elle... On me reproche d'être distraite ces temps-ci!

– Votre époux souhaiterait que vous le rejoigniez pour le déjeuner officiel.

– Est-il vraiment nécessaire que j'y assiste?

– Il a tout fait pour vous l'éviter... mais il n'y est pas parvenu, répondit Raphaël avec un geste d'impuissance.

Lui aussi était attiré par la vague... Une crête prête à s'abattre, se dissoudre et, derrière celle-ci, la masse, contenant flux et reflux, pouvait vous porter au plus haut ou vous engloutir...

– Un envoi de Julien, murmura Hortense. Il nous en a parlé dans sa dernière lettre.

Julien Coblence était arrivé en Cochinchine six mois plus tôt. Il y avait acheté des terres afin d'y planter des hévéas, mis en chantier des entrepôts dans le port de Saïgon, puis s'était accordé une incursion au Japon d'où il avait expédié à Paris et à New York les œuvres qui l'avaient séduit. Louis et Hortense, régulièrement tenus au courant de ses déplacements, avaient reçu en présents de superbes lanternes dont la rondeur et le rouge éclatant illumineraient leur kiosque de Bougival.

Accompagnée de Raphaël, Hortense rejoignit sa cousine, elle la trouva plongée dans la contemplation d'une terre cuite représentant une femme aux formes à peine esquissées et qui, archaïque ou moderne selon les sensibilités, offrait un visage énigmatique.

– C'est étrange, remarqua-t-elle, on pourrait la choisir pour confidente ou, au contraire, la bercer comme une enfant.

La journée s'écoula dans un mélange de découverte et de fatigue. Attiré par le passé, Raphaël s'était dirigé vers le mirage oriental qui, le long de rues étroites, dressait coupoles et minarets... Malgré le stuc et le carton-pâte, la nostalgie était pour lui au rendez-vous. Entêtantes, les senteurs du musc et des épices lui tournaient la tête. A même le sol ou tendus le long des murs, des tapis de laine offraient leurs motifs de couleurs tandis qu'à profusion des tissus s'entassaient, souples, éclatants. Empilés sur des étals, abricots secs, citrons confits, figues ou dattes lui emplissaient la bouche d'un goût familier auquel se mêlait celui des amandes qui grillaient sur des braseros. De petits ânes passaient chargés de jasmin. Un instant, il ferma les yeux. La rumeur du bazar faisait battre ses tempes. Il renouait avec son île, son adolescence envolée, comprenait combien il leur était attaché mais aussi qu'elles ne lui appartenaient plus. Son monde était celui qu'il s'était choisi aujourd'hui, ce pays de bruit, de progrès, d'incertitude, d'orgueil et d'espérances. Un pays où il comptait bien apposer sa marque. A plusieurs reprises, il était passé devant les édifices pour lesquels il avait travaillé sous la tutelle de Louis Duplessis. En dépit des normes imposées, il en était fier. Particulièrement du pavillon qui abritait les corporations du textile et de la faïence. Des nuits durant, ils s'étaient l'un et l'autre penchés sur des plans, effaçant, modifiant, reprenant, des nuits où ils auraient voulu demander grâce.

Gabrielle qui, pendant la promenade, avait peu parlé lui lança soudain :

– Vous qui rêviez d'éphémère, vous voilà enfin exaucé!

Il hocha la tête en souriant. Dans quelques mois, rien, en effet, ne subsisterait de cette surenchère de réalisations et d'ornements. Devant ses yeux défilaient déjà des surfaces désertes prêtes à de nouveaux défis. Cette pensée lui plaisait, mais il lui fallait revenir au présent et calmer cette soif qui le tenaillait.

Assis autour d'une table de fer forgé, Edmond Surtel goûtait à un mélange d'ananas et de lait de coco tandis que Maria da Conceição se contentait d'un thé glacé. Ce fut elle qui, la première, aperçut Raphaël. Il venait dans leur direction et, à mesure qu'il approchait, elle se sentit rougir.

– Bonjour monsieur, déclara-t-il à Surtel quand il l'eut reconnu.

Puis il se tourna vers elle et, après l'avoir saluée, lui demanda :

– Retrouvez-vous des impressions de votre voyage?

Ainsi il connaissait le motif de sa longue absence! Le périple en Belgique, en Allemagne, en Suisse, les musées, les lacs puis la révélation de l'Italie et Venise, Florence, tous ces sites, toutes ces villes où il lui avait manqué. Il était tel qu'elle l'avait emmené dans sa mémoire. Ouvert, chaleureux et, en même temps, hors de toute emprise ou atteinte. Elle songea aux hommes qu'elle avait croisés, qui l'avaient courtisée, demandée en mariage. Pourquoi s'intéressait-elle à celui qui se dérobait? En son for intérieur, elle s'était juré d'obtenir sa capitulation. Promesse floue car quelle signification accordait-elle au verbe capituler? Jamais on ne lui permettrait de l'épouser puisque sa naissance la destinait à une riche alliance. Quant à d'autres liens... son souffle s'accélérait dès que certaines images la prenaient au dépourvu. Ne rien savoir de son existence lui avait permis de la modeler à sa convenance. Aujourd'hui, cependant, elle ne pouvait plus se réfugier derrière des chimères. A quelques pas, Raphaël répondait aux questions que lui posait Edmond Surtel sur ses prochaines réalisations et, avec soulagement, elle apprit qu'il surveillerait durant l'été la construction d'une école d'agronomie à Saint Germain-en-Laye. Pendant qu'il parlait, elle chercha son regard, le capta, mais rien, décidément, ne prouvait qu'il lui vouait un quelconque intérêt. Piquée au vif, elle s'agita, s'éventa, réclama une autre boisson qu'il alla calmement lui chercher. Puis il s'excusa. On l'attendait, plus loin.

Gabrielle, qui à l'ombre d'un parasol avait suivi le manège, ne manqua pas de déclarer au principal intéressé.

– Eh bien, mon cher, susurra-t-elle alors qu'ils reprenaient leur chemin, vous faites des ravages chez les oiseaux de paradis!

Comme il la fixait sans comprendre, elle reprit :

– Notre Maria... elle vous dévore du regard.

– Mais non, vous vous trompez, elle me déteste depuis notre première rencontre.

– J'espère que vous avez davantage de perspicacité dans votre métier! plaisanta-t-elle.

Au cours de la journée, Raphaël songea à ces propos. Si Gabrielle ne se trompait pas, la situation était amusante... Une riche héritière s'intéressant à un malheureux émigré ne manquait pas de piquant! Au crépuscule, il avait toutefois oublié la scène. Les lumières s'allumaient tandis que sur le fleuve glissaient, dans un concert de sirènes, des bateaux ornés de lampions multicolores. Des pétards éclatèrent, les premiers feux de Bengale jaillirent sur un terre-plein. Autour de lui et dans une grande cacophonie, se mélangeaient langues et dialectes. Les castagnettes répondaient à l'accordéon, la cornemuse au tam-tam.

Dans un flot continu, la foule arrivait mais les anonymes avaient remplacé les officiels. Ahuris, des enfants juchés sur les épaules de leurs parents découvraient ce qu'ils n'avaient jusque-là vu que dans les livres d'images : fakirs, berbères, gitanes, mandarins ou trappeurs étaient au rendez-vous. Sur le ciel encore rose, un quartier de lune se dessinait. Raphaël le contempla, indifférent soudain à ce qui l'entourait, et, dans ce calme retrouvé, il regretta de ne pas avoir fixé un rendez-vous à Jeanne. Depuis quelques mois, il l'avait négligée. Mais qu'aurait-il pu lui proposer alors que le théâtre de Toulouse et cette exposition absorbaient sa pensée et son énergie? Ce soir, pourtant, il aurait aimé l'avoir à ses côtés. Il aurait glissé son bras sous le sien pour parcourir le pavillon des Indes, la cohue l'aurait de temps en temps pressée contre lui et elle aurait rajusté en riant un minuscule chapeau... Le rêve se serait poursuivi si, fatigué, il ne s'était dirigé vers la sortie. Par malchance, il croisa, sans l'apercevoir, Jeanne qui avec Antoinette marchait vers l'aquarium!

25.

Paris était entré dans la torpeur de l'été. Jeanne, enfermée dans son rez-de-chaussée, ne s'en apercevait guère. Les commandes augmentant, elle avait engagé une apprentie. Lison avait seize ans, un visage de poupon. Elle riait haut et clair, chantait et cousait avec ferveur les modèles de la rentrée.

Jeanne surpiquait un spencer en drap écossais quand on frappa à la porte.

– Seigneur, lança-t-elle à Lison... Ce doit être la femme de chambre de Mme de Callias. As-tu rectifié l'épaulette de sa robe?

– Oui, la rassura la jeune fille qui, étonnée, s'effaça devant deux hommes dont l'un, chargé d'un carton à dessins, déclara sans ambages en s'adressant à Jeanne :

– Nous passions par là et Carlier a eu la bonne idée de te rendre une petite visite... Et il n'a pas eu tort, ajouta Chevigny en regardant avec insistance Lison.

Comme un automate, Jeanne abandonna son ouvrage pour serrer la main des arrivants. Puis elle débarrassa les chaises des tissus qui les encombraient. Elle n'avait pas revu Étienne depuis des mois et Gabrielle, lors de leur dernière rencontre, était demeurée évasive quant à leurs projets de vacances. Pendant que son ami donnait des nouvelles des uns et des autres, il se taisait. Fatigué par une nuit blanche où il avait traîné de cafés en cabarets, il s'abandonnait à la tranquilité du lieu avec l'envie d'oublier le fardeau de complications qui chaque jour pesait davantage sur sa conscience. Après avoir été remarquée au Salon, Gabrielle s'était installée avec Eugène à Bougival. Depuis, il n'avait pas trouvé le courage de les y rejoindre. Qu'aurait-il pu dire ou promettre? Un soir où ils avaient bu plus que de coutume, Chevigny l'avait accusé de jalouser le talent de sa femme et, si Renoir ne s'était interposé, ils en seraient probablement venus aux mains. Le poison, néanmoins, s'était installé et, par intermittence, quand la solitude le pénétrait et déposait un goût de sel dans sa bouche, Étienne tentait de démêler le vrai du faux.

– Monet est à Vétheuil, disait Chevigny, mais Camille ne va pas mieux.

– La pauvre, soupira Jeanne. Et le bébé?

– Lui, par contre, se porte comme un charme. C'est Mme Hoschedé qui s'en occupe.

– Mme Hoschedé?

– Oui. Elle partage leur maison.

La vie était pour le moins curieuse! Cette femme qui pendant des années avait vécu de luxe et d'opulence se trouvait maintenant dans la situation inverse! Un époux ruiné, sa propriété et ses tableaux vendus aux prix les plus bas... six enfants à élever.

– On raconte même, poursuivit Chevigny, que Monet ne la laisse pas indifférente.

– On raconte tellement de choses, le coupa Étienne sur un ton sec.

Avec un léger sourire, Chevigny acquiesça. Carlier défendait la discrétion et il avait raison. Gabrielle aurait-elle apprécié certaines de ses incursions dans des guinguettes où le gibier avait la réputation d'être facile? Des affaires rondement menées et qui ne laissaient pas de traces, en tous les cas, on l'espérait... Marthe, Linette, Margot, elles étaient quelques-unes à avoir attiré son attention. Et Jeanne? En tentateur, Chevigny proposa une sortie pour le dimanche suivant. Avant de donner sa réponse, la jeune fille chercha le regard d'Étienne. Elle jouait avec le feu, le savait, mais une force maligne la poussait à braver le danger.

– Dimanche... Pourquoi pas? s'entendit-elle répondre.

Le jour venu, elle hésita. A plusieurs reprises, l'image de Gabrielle s'imposa. Pourquoi Étienne ne les retrouvait-il pas elle et leur fils? Incapable de rester seule jusqu'à l'heure du rendez-vous, elle se rendit chez Antoinette qui, assise dans son jardinet, écossait des petits pois. Tout en l'aidant, Jeanne essaya de repousser ses scrupules. Quel mal y avait-il à s'amuser avec des amis?

– Tu m'as l'air bien songeuse, remarqua Antoinette. Des soucis?

– Non.

– Alors... Des peines de cœur?

– Non plus.

– Toujours pas d'amoureux?

Déconcertée par la réponse négative de Jeanne, Antoinette murmura :

– Tu es drôlement faite... parce que, moi, à ton âge...

– Je ne sais pas me forcer.

– Mais qui te demande de te forcer?

– Aucun garçon ne me plaît suffisamment ou, pour dire vrai, ceux qui me plairaient ne sont pas libres.

– Libre... Libre... personne n'est jamais libre. On quitte toujours quelqu'un pour quelqu'un d'autre!

L'ambiance battait son plein quand avec Lison elles arrivèrent à La Treille, une maison rose qui, située sur les hauteurs de Montmartre, dominait la campagne et les vignes. Dans un jardin recouvert d'une tonnelle, un orchestre jouait tandis qu'assis sur des bancs de bois, artistes, ouvriers, blanchisseuses et modèles chahutaient en buvant du cidre ou de la bière. Jeanne ne fut pas longue à apercevoir Chevigny. Les yeux mi-clos, des cerises accrochées aux oreilles, il battait la mesure d'une main languissante. Étienne, par contre, demeurait invisible. Déçue, elle le cherchait dans la foule quand, par une fenêtre ouverte, elle le découvrit en train de converser avec un homme qu'elle ne connaissait pas.

– Je ne peux agir qu'avec lenteur, disait Théo Van Gogh, mais j'ai l'intention d'ouvrir la galerie du boulevard Montmartre à des peintres de votre trempe.

Employé par la société Goupil, le Hollandais s'était fait

remarquer à l'Exposition universelle en vantant au président Mac-Mahon les toiles que présentait son stand. En quelques heures, il avait gagné une confiance qui lui permettait de faire des projets et notamment de privilégier les « ennemis » de Gérome, membre de l'Institut, professeur aux Beaux-Arts, et l'artiste favori de ses deux directeurs.

– Qui est actuellement votre marchand? demanda-t-il à Étienne.

– J'avais un contrat avec Julien Coblence mais, d'autres activités le retenant à l'étranger, il m'a rendu ma liberté.

– Coblence! C'est une bonne référence... On m'a vanté son flair.

– J'aimais, en effet, beaucoup discuter avec lui.

Étienne s'interrompit, aspira une bouffée de son cigare puis reprit :

– Mieux que quiconque, il comprenait qui j'étais et ce que je voulais exprimer. D'un mot, il savait m'aider à percevoir un défaut, un manque ou, au contraire, trop d'excès.

Ce court échange suffit à Théo Van Gogh pour sentir que son interlocuteur traversait une passe difficile. Il n'y avait qu'à observer son regard inquiet, la fébrilité de certains gestes pour capter que la remise en question s'avérait douloureuse. L'endroit n'étant guère approprié pour approfondir un entretien, ils convinrent de se rencontrer le surlendemain dans l'atelier de Carlier.

– Tu es là depuis longtemps, s'exclama celui-ci en découvrant Jeanne qui, appuyée contre l'épaule de Chevigny, mordillait la tige d'une giroflée.

Otant la fleur de sa bouche, il la fixa à sa boutonnière puis il attira la jeune fille vers un coin plus tranquille et, en silence, la contempla. Sur son chignon, elle avait perché un chapeau de paille blonde où s'épanouissait un nœud du même bleu pervenche que sa robe. Une chaîne ornée d'une minuscule médaille ornait son cou, un bijou d'enfant...

– Tu as soif.

– Un peu, oui.

Elle aimait qu'il prenne soin d'elle, tout comme elle aimait sentir son regard peser au creux de ses reins.

L'orchestre jouait maintenant une gigue et des couples s'étaient élancés vers un rond-point où dans un nuage de poussière ils pirouettaient et chaloupaient. Sa joue pressée contre celle de Lison, Chevigny, tout en bombant le torse, entraînait sa cavalière dans des figures compliquées qui la faisaient rire aux éclats.

A la vitesse de l'éclair, un chat passa entre les tables et vint se cacher non loin de Jeanne. Elle chercha sans y parvenir à l'attirer. Le soleil avait faibli. A la lisière des champs, les arbres prenaient des tonalités plus sourdes. Lorsque les musiciens s'arrêtaient, on pouvait entendre les charrettes qui sur des chemins cahoteux ramenaient la récolte. L'angélus sonna à l'église voisine, bientôt couvert par une valse musette. Étienne suivait les oscillations de la lumière, le tournoiement des jupes. Par grappes, la glycine croulait du toit de verdure qui les abritait; mauve, délicate, elle atténuait le flamboiement des roses ouvertes et généreuses.

Séduits par Jeanne et étonnés de ne pas la voir danser, des garçons passaient, repassaient. L'un d'entre eux s'approcha même pour l'inviter. Amusé par le manège, Étienne, en retrait, n'intervint pas... Pourtant quand il la vit demeurer à sa place, il se sentit soulagé.

– Tu n'es pas obligée de me tenir compagnie, mentit-il.

– Non, je le sais, mais je suis fatiguée, répliqua-t-elle avec la même sincérité.

Rien décidément ne se déroulait comme elle l'avait imaginé. S'ennuyait-il en sa compagnie? Son attitude le laissait entendre. L'envie de prétexter un rendez-vous et de s'en aller traversa soudain son esprit. D'une voix mesurée, elle lui demanda l'heure.

– Sept heures vingt.

– Déjà, s'exclama-t-elle... Je dois partir!

– On t'attend?

– Oui, une amie. Elle fête, ce soir, son anniversaire.

– Alors, à bientôt; répliqua-t-il avec une désinvolture qu'elle lui envia.

Prise à son propre piège, elle se retrouva en train de descendre la butte. A ses pieds et dans un halo orangé,

Paris s'étendait mais, aujourd'hui, elle n'y discernait aucun espoir.

Le vide emplissait sa tête, la fatigue ankylosait ses membres. Luttant contre une stupide envie de pleurer, elle continua de marcher en se tordant les chevilles sur les cailloux. Était-ce Étienne qu'elle regrettait ou était-ce l'homme, pour ne pas dire l'histoire, qu'elle avait depuis des mois modelé selon ses désirs? La réalité savait la rappeler à l'ordre. Étienne Carlier avait d'autres préoccupations que celle de s'intéresser à l'une des nombreuses gamines qui le jugeaient séduisant. Les troubler l'amusait sans doute, mais la peinture autant que Gabrielle savaient le reprendre. Personne n'était de taille à se mesurer contre elles deux... encore moins Jeanne et ses scrupules.

Remerciant le destin de l'avoir préservée, elle privilégia, les jours suivants, la raison et eut même l'héroïsme de remettre Lison à sa place quand celle-ci déclara :

– Il avait l'air malheureux Carlier après ton départ!

– Malheureux de quoi?

– Eh bien... que tu l'aies laissé en plan.

26.

Jeanne préparait le déjeuner pour sa mère quand un garçonnet accourut pour la prévenir qu'Antoinette, victime d'un malaise, la réclamait.

Elle était allongée sur son lit, les narines pincées.

– File chercher le docteur Bordier, ordonna Jeanne au petit qui, avec curiosité, observait la scène.

En attendant l'arrivée du praticien, elle dégrafa la robe d'Antoinette puis, après avoir fermé les volets, bassina son front avec un linge humide.

– Tu travailles trop, lui reprocha-t-elle.

L'après-midi touchait à sa fin quand Antoinette, rassurée par le diagnostic du médecin – un surmenage – s'assoupit. Jeanne rangea alors à son chevet les potions qu'elle aurait à prendre, mit de l'ordre dans la maison puis, après avoir bu un grand verre d'eau, s'accorda une pause. Agir l'avait empêchée de réfléchir aux conséquences de son rendez-vous manqué. Sans le vouloir, elle avait coupé les ponts. Étienne auquel elle avait promis de poser, probablement furieux de sa dérobade, ne ferait plus appel à ses services.

Le lendemain, partagée entre le soulagement et la frustration, elle songea avec nostalgie à ce qui n'existerait plus. L'avenir se déroulerait... sans couleurs, sans passion... A l'heure de la fermeture, Lison la quitta. Avec le silence qui s'installait, elle sentit enfler sa peine. La vie n'était-elle faite que de luttes ? En feuilletant le registre où étaient consignées les commandes, elle mesura le chemin parcouru. Deux ans plus tôt, elle aurait vendu son âme pour obtenir un tel résultat... plus de prêts à rembourser, son nom qui commençait à être connu... mais le reste, le bonheur du sentiment partagé, combien de temps encore en demeurerait-elle privée?

Un bruit lui fit tourner la tête. Étienne était entré par la porte ouverte sur la cour. Stupéfaite, elle le vit s'avancer dans la pièce. Il avait l'air en colère et, lorsqu'il saisit avec rudesse son bras pour l'obliger à se lever, elle eut peur.

– Tu t'es bien fichue de moi, lui lança-t-il.

Et, sans la laisser répondre, il chercha sa bouche. Tout ensuite alla très vite. Éperdue, malmenée, Jeanne sentit des doigts qui écartaient sa blouse, s'attardaient sur ses seins, les sortaient du corset et les caressaient jusqu'à ce qu'elle gémisse. Elle tenta de reculer mais la chaleur gagnait son ventre. Alors, oubliant son inexpérience et n'écoutant que son instinct, elle continua de se dérober jusqu'à ce qu'il la repousse contre le mur. Dans son regard, elle ne lisait aucune tendresse, seulement la lueur qu'elle avait aperçue chez les chasseurs quand ils savaient que leur proie ne leur échapperait plus. Qu'importait, il était là, ses lèvres sur sa peau, il était là, fouillant le plus intime de son être, concentré sur le plaisir qu'il y faisait naître. Ils glissèrent sur le sol et ce fut elle qui, dans une supplique, vint à sa rencontre. Un tourbillon l'emportait, il était en elle, à elle, dispensateur de joie et de douleur. Puis il roula contre son flanc. Un silence s'étira au cours duquel elle n'osa bouger. Son regard se posa sur les vêtements épars, un jupon déchiré, un bas. Malgré la chaleur, elle commença à trembler.

– Pourquoi ne m'as-tu rien dit, murmura Étienne.

Et comme elle ne répondait pas, il ajouta :

– Jamais je ne me serais douté que...

– Que je n'avais pas connu d'autres hommes avant toi?

Appuyée sur un coude, elle le fixa.

– Si je t'avais dit la vérité, tu serais parti?

– Sans doute.

– Tu regrettes?

– Oui.

Il s'était levé et, avec nervosité, boutonnait sa chemise.

– Jeanne, tu ne dois rien attendre de moi...

– Sois tranquille, je le sais.

– Et tu dois oublier ce qui vient de se produire.

– L'oublier? répéta-t-elle amère.

Elle avait ramené sur son corps sa blouse de travail. Luttant contre les larmes qui brûlaient ses paupières, elle le vit mettre de l'ordre dans ses cheveux puis enfiler sa veste. Un homme pressé de quitter les lieux de son forfait! Perçut-il qu'elle ne parvenait pas à lui en vouloir? Avant de la quitter, il s'approcha, se baissa et, ses lèvres sur son épaule, murmura :

– C'est ma faute. Je suis devenu fou en t'attendant, hier.

– Je t'ai vraiment manqué?

– Oui, mais...

– Répète-le, dit-elle en se coulant contre sa poitrine.

– Mais... poursuivit-il avec un sourire triste, je ne peux t'apporter que du trouble, de la perturbation...

– N'est-ce pas à moi d'en juger?

– Non car tu ne me connais pas... ou mal...

Comprenant qu'aucun argument ne le fléchirait, elle se replia sur elle-même et, sans se retourner, l'écouta s'éloigner. La fatigue l'envahissait ainsi qu'une terrible sensation de gâchis. Pour la première fois de son existence, elle éprouvait du remords et rien ne pouvait compenser ce poids, cette déchirure. Celui pour lequel elle avait et aurait continué de tout braver ne savait que faire de l'amour qu'elle ne parvenait à étouffer. Il était là, tapi dans les replis de son âme, dans chaque fibre de son corps, à la ronger, l'amoindrir. Jusqu'à la nuit, elle demeura, allongée, à se remémorer une histoire dont ils venaient d'écrire la fin. Puis, avec des gestes d'automate, elle se rendit présentable. Une autre Jeanne l'observait dans le miroir, blessée, meurtrie, irrémédiablement différente.

Réfugié dans son atelier, Étienne s'observait lui aussi mais pas pour les mêmes raisons. Comment expliquer cette envie brutale de peindre son auto-portrait? Était-ce le besoin de glorifier pusillanimité et lâcheté? Jusqu'à l'aube, il travailla et, dans ce face à face exténuant, il employa ce qui lui restait d'énergie pour ne pas tricher. Une descente aux enfers qu'il avait connue cinq ans auparavant et dont il avait cru ne pas revenir, l'envie de tout saccager, sa vie, son entourage, son ouvrage. Ainsi, il ne ferait plus souffrir et ne souffrirait plus! Curieusement, au fil des heures, sa vision s'aiguisait et lorsque, après avoir sombré dans le sommeil, il redécouvrit la toile, aucune indulgence ne l'envahit pour l'homme désabusé qui le fixait.

Jusqu'à la fin de la semaine, il traîna son malaise. La plupart de ses amis avaient quitté la ville et ses habitudes s'en trouvaient changées. Mais, surtout, Gabrielle lui manquait! Le samedi matin, après une ultime hésitation, il sauta dans un train pour Bougival. Le ciel était clair quand il parvint à destination, un ciel d'été qui poussait vers les rives du fleuve des citadins bien décidés à s'amuser. Plusieurs attelages occupaient la cour du Berceau. Il reconnut celui d'Edmond Surtel. Pour éviter toute rencontre avec des invités, il contourna la roseraie puis, après avoir traversé un sous-bois où embaumait le seringat, il arriva chez lui. Il n'y avait personne au rez-de-chaussée, mais ses pas alertèrent la gouvernante d'Eugène. Celle-ci, après avoir rapidement descendu les escaliers, l'avertit que Mme Carlier ne rentrerait qu'après le déjeuner. Lorsqu'il se fut lui aussi restauré, il s'allongea dans un hamac tendu entre deux tilleuls. Des voix et un rire l'éveillèrent. Au travers des feuillages, il aperçut la silhouette de Gabrielle et, le prenant au dépourvu, une vague d'émotion le submergea. En se rajustant, il se leva puis attendit.

– Étienne, s'exclama Gabrielle, stupéfaite.

Elle tenait dans ses bras un bouquet de glaïeuls mauves et blancs. Sans oser se rejoindre, ils se regardèrent au plus profond, là où l'on ne peut échapper à soi-même et à l'autre. A quelques pas, Maria da Conceiçâo observait la scène et, se sentant de trop, pénétra dans la maison.

– Pourquoi n'es-tu pas venu chez Hortense et Louis, murmura Gabrielle.

– Je n'avais pas envie de te retrouver devant tout le monde.

Elle abandonna les fleurs sur une table en rotin puis,

avec le sourire d'autrefois, celui qui l'avait séduit, elle s'approcha.

– Je t'aime, dit-elle simplement.

Intimidé comme au premier jour, il la contempla. Aucun mot ne passait ses lèvres mais, s'ils avaient été à l'abri des indiscrétions, il se serait agenouillé pour, dans un total abandon, poser sa tête contre son ventre.

Ils ne purent néanmoins être seuls jusqu'au soir. Élisa et Emmanuel vinrent d'abord chercher leur cousin Eugène quand il eut terminé sa sieste. Suivit la cérémonie du thé à laquelle étaient conviés Hortense, Louis et Edmond Surtel qui, au fil des mois, devenait plus sociable. A plusieurs reprises, Étienne le surprit en train de fixer Hortense qui, étrangère à ce manège, tressait une couronne de fleurs pour sa fille. En retrait, Zélia chantait des complaintes de son pays que Maria da Conceiçâo parfois reprenait.

– Pour moi, elle demeure une énigme, avoua Gabrielle à Étienne lorsqu'ils furent seuls. On a l'impression qu'elle se laisse porter par les événements, que l'avenir sera ce qu'il sera...

– La langueur des tropiques, répliqua-t-il en riant.

– Oui... Sans doute... Elle me fait songer à la Belle au bois dormant...

– Qu'un prince se présente et tu verras!

Le ciel s'était obscurci et Gabrielle alluma des chandelles. Puis elle se rassit sur le banc qu'elle avait installé près d'une fontaine. A côté d'elle, Étienne fumait.

– Je suis heureux d'être là, murmura-t-il.

Un chien aboya au loin. Puis ce fut le silence. Porté par la nuit, Étienne touchait enfin à la quiétude. Pendant ces instants de grâce plus rien ne lui paraissait inaccessible. Il se souvint alors d'autres veilles quand, enfant, il demeurait au fond du jardin à contempler le firmament.

– Toi aussi, s'exclama Gabrielle lorsqu'il lui avoua cette habitude.

Quelques instants plus tard, elle revint chargée de couvertures. Désignant un candélabre, elle proposa :

– Emportons-le.

Elle avait choisi pour chambre une butte d'où l'on apercevait la Seine, ses villages aux lumières tremblantes et, disséminés sur des îlots, les lampions des guinguettes.

Étendus sur le dos, ils entendaient, portés par le vent, les accordéons ou, plus proches, les interpellations que se lançaient les mariniers, mais toute leur attention allait à la voûte céleste. Au-dessus de leurs têtes elle offrait ses myriades d'étoiles, ces millions de points et d'interrogations, un mystère où l'imagination se laissait entraîner. La terre sous ses reins, le fleuve à ses pieds, les bougies se consumant doucement, la peau caressée par la brise, Étienne se diluait dans les quatre éléments. Le monde s'offrait à lui dans sa splendeur et son exigence. En même temps que l'envahissait la rage de relever ce défi et de créer jusqu'à l'épuisement, il réfléchissait à son existence et au témoignage qu'il tenterait d'en laisser. Mais pour qui? Pour quoi? Gabrielle à laquelle il confia cette impression répondit sans hésiter :

– Si tu donnes de la beauté, si tu provoques le rêve... rien alors n'aura été vain...

Elle s'interrompit puis reprit :

– Réfléchis à l'énergie contenue dans nos toiles, à ce qu'elle peut déclencher chez ceux qui les découvrent... Elle peut aider, consoler...

– Ou désespérer!

– Peut-être, mais cela reste le choix de celui qui les contemple.

– Tu as décidément réponse à tout, murmura-t-il en l'attirant contre lui.

La bouche dans ses cheveux, il ajouta :

– Tout est si clair pour toi! Comment y parviens-tu?

– Je n'en ai pas la moindre idée... peut-être ai-je de la chance... En tout cas, celle de t'avoir connu...

– Est-ce vraiment une chance? répéta-t-il songeur.

– Tu en doutes?

– Oui. Je ne suis pas stable, Gabrielle, je doute de moi, de mon travail et je ne me crois pas capable de m'améliorer, pas capable de te donner une vie plus agréable.

– Nous sommes ensemble, s'insurgea-t-elle. La nuit est douce. Respectons cette trêve, veux-tu...

A cette minute même, Étienne mesura la profondeur de son amour pour Gabrielle. Une fulgurance qu'il n'aurait su expliquer. La certitude qu'elle faisait partie de son essence, de son âme. C'était déchirant et apaisant car, quoi qu'il leur arrivât, il se savait lié à elle par des attaches dont il n'était pas maître. Une force supérieure à leur volonté les avait lancés sur un chemin difficile dont il aurait voulu ôter les cailloux avant qu'elle ne s'y engage... A mesure qu'il en emplissait sa besace, une partie s'en échappait par un trou qui s'agrandissait. La serrant plus étroitement contre lui, il l'écouta respirer. Des images se superposaient; il la voyait rire, claquer les portes, planter des pinceaux dans ses cheveux, courir en relevant sa jupe... il la voyait rechercher son étreinte et l'emmener où elle l'avait décidé. Passé? Présent? Unis l'un à l'autre, ils se dissolvaient dans l'univers et devenaient pluie d'or.

27.

Installée devant son chevalet, Gabrielle peignait la maison d'Hortense et de Louis. Depuis le début de l'été, elle avait décidé de la montrer sous différentes lumières. Les enfants venaient de goûter et, un panier à la main, partaient pour la cueillette des cerises. Élisa s'approcha de sa tante, observa la toile puis remarqua :

– Les volets de cette fenêtre, là, à l'étage, ne sont pas fermés...

– Tu as raison, ma chérie, mais ta Nanny les a ouverts il y a peu de temps.

Pendant que la petite fille s'éloignait, Gabrielle posa son pinceau et, longuement, s'étira. Son regard allait du sujet à son travail. Coiffée de ses bulbes, la villa s'offrait dans toute la splendeur d'un après-midi ensoleillé. Clématites, roses et bougainvillées grimpaient le long des murs, s'enroulaient autour des balcons pour éclater en grappes voluptueuses où le mauve, le jaune et le rouge cramoisi se mettaient mutuellement en valeur. Au pied du perron, pour délimiter la terrasse, des géraniums s'épanouissaient dans des jarres bleu et blanc. Une branche du cèdre dominait la véranda dont les vitres révélaient des meubles d'inspiration orientale. Tout au Berceau rappelait les contrées lointaines. Elsie, sa précédente propriétaire, l'avait voulu ainsi pour l'amour de Shams et pour son propre plaisir. Quand Hortense s'y était installée, elle avait non seulement perpétué cet esprit mais l'avait exalté.

Jouant avec les céramiques, les bois tropicaux, privilégiant une végétation luxuriante, elle avait concrétisé ses rêves d'enfant. A ceux qui, pour la première fois, découvraient cet endroit où le charme et la fantaisie s'étaient donné rendez-vous, la Perse, les Indes et l'Extrême-Orient offraient leurs légendes et leurs coutumes. Bancs de marbre immaculé, fauteuils au dossier d'argent, soies tissées d'or, kakemonos, paravents de laque ornaient salons et boudoirs. La préférence de Gabrielle allait à une petite pièce où, sous la protection de danseuses sacrées, elle avait pour habitude de boire avec Hortense un thé parfumé. Semblable à celle que possédait Julien, une statue de Bouddha veillait.

En reposant sa tasse sur la soucoupe, Hortense avait un jour demandé à sa cousine :

– Sais-tu comment a existé le thé?

– Non.

– Alors qu'il méditait le Bodhisattva eut sommeil. Pour rester vigilant, il coupa ses paupières et les jeta au loin. Elles donnèrent naissance à deux théiers.

Depuis son retour d'Italie, Hortense avait retrouvé la sérénité. Aucune lueur de tristesse ne traversait son regard et les gestes de tendresse qu'elle avait pour Louis n'étaient dictés que par la spontanéité. Pendant trois mois, ils ne s'étaient préoccupés que l'un de l'autre et, ainsi, s'étaient redécouverts. Souvent, elle revoyait la Grotte d'Azur qu'ils avaient approchée en barque près de Capri. Une eau transparente et si bleue! Une voûte turquoise dans laquelle on avait envie de se fondre! Jour après jour, ils avaient parcouru les environs de Naples, les falaises où se brisait la mer, les îles aux parfums de fruits mûrs et de coquillages. Le soir, accoudés au balcon de leur chambre, ils assistaient au coucher du soleil... Un peu partout, avec le crépuscule, éclataient des chansons vigoureuses et gaies. Hormis ses enfants personne ne manquait à Hortense. C'était une grande récréation et, surtout, dans le regard de Louis, elle lisait que rien d'autre n'importait sinon ce tête-à-tête où primait un amour lucide et partagé. Ils revinrent à Paris avec le début de l'hiver mais aucune ombre n'altéra leur relation. Au contraire, ils renouèrent avec les rites d'autrefois. Au milieu de la nuit, il arrivait à Hortense de rejoindre Louis dans la bibliothèque où il lisait et prenait des notes. Sa soif d'apprendre ne s'altérait pas!

– La pensée des autres m'est indispensable. J'en ai besoin pour voir plus largement, sentir plus profondément!

Œuvrer en faveur de ses semblables n'avait ni commencement ni fin. Depuis de nombreuses années, il construisait des cités ouvrières, mettant son talent à allier matériaux peu coûteux et agrément de vie.

– Je ne parviendrai jamais à réaliser tout ce que j'ai dans la tête.

Lorsqu'il tenait ces propos, Hortense lui conseillait, au contraire, de se reposer... particulièrement en ce mois d'août où il rentra de Nantes avec une mine qu'elle n'aimait pas.

– Vous ne savez pas vous arrêter, lui reprocha-t-elle quand, avant de souper, il se plaignit d'un violent mal de tête.

– Il s'agit peut-être d'un début d'insolation, se risqua Constant Delteil qu'ils avaient invité à partager leur repas.

– Non... J'ai passé la journée à l'ombre du cèdre...

Le lendemain, il n'allait pas mieux. Chaque fois qu'il tentait de sortir de son lit, un vertige l'obligeait à s'allonger à nouveau. Inquiète, Hortense envoya chercher le médecin. Puis, découvrant qu'Élisa avait les larmes aux yeux, elle s'obligea à faire bonne figure.

– Ce n'est rien, ma chérie, un petit malaise.

– Est-ce que je peux l'embrasser?

– Pas pour l'instant. Il se repose.

Le praticien arriva enfin et, en se dirigeant vers le cabinet de toilette pour se laver les mains, demanda :

– A-t-il ces vertiges depuis longtemps?

– Depuis son réveil.

– A-t-il soif?

– Oui. Il a très souvent réclamé de l'eau.

Assise dans le couloir, Hortense attendait le résultat de la consultation.

– Alors, murmura-t-elle lorsque le docteur Favier sortit de la chambre.

– Il n'a pas de fièvre mais il est encore trop tôt pour conclure à un surmenage.

– Vous voulez dire que cela pourrait être plus grave !

Réservant sa réponse, le médecin donna des consignes.

– Tant que nous ne connaîtrons pas la cause de son mal, les enfants ne doivent pas approcher M. Duplessis et je souhaiterais que vous aussi, madame, preniez des précautions.

– Mais docteur, balbutia Hortense.

– Avec cette chaleur, il est nécessaire qu'il s'hydrate. Dès qu'il le désirera, donnez-lui à boire de l'eau bouillie...

Il empoigna sa mallette et, avant de descendre les escaliers, déclara :

– Je reviendrai ce soir.

La journée entière, Hortense demeura au chevet de Louis. Pour le protéger de la lumière, elle avait tiré les volets mais laissé la fenêtre ouverte sur le jardin. Il somnola par intermittence et, pendant qu'elle le veillait, elle se remémorait des bribes de leur histoire. Leur rencontre au bal qui célébrait ses dix-huit ans, la demande en mariage dans le brouhaha de l'Exposition de 67..., ces premières semaines de vie commune où, malgré la timidité qu'il lui inspirait, elle avait su le conquérir. L'image qu'elle avait connue de lui s'effaçait toutefois devant celle du gisant qui, sans qu'elle parvienne à soulager sa douleur, luttait contre un mal mystérieux. Les vertiges ne se calmaient pas et, maintenant, ils s'accompagnaient de troubles digestifs.

– Quelle vie je vous fais, s'excusa-t-il alors qu'elle posait sur son front un nouveau linge humide.

Malgré une potion administrée avant le coucher, la nuit fut agitée.

– Si seulement je parvenais à dormir, j'oublierais ce martèlement qui me résonne dans la tête.

Allongée dans la chambre voisine, Hortense guettait le moindre de ses appels. Une désagréable intuition lui soufflait que Louis était en danger. Elle le percevait par tous les pores de sa peau... une sensation tapie dans ses entrailles, qu'elle ne savait étouffer.

– Il vaudrait mieux que les enfants quittent la maison, déclara-t-elle à Gabrielle venue pour prendre des nouvelles. Élisa supporte mal de ne pouvoir approcher son père.

– Envoyons-les à Trouville chez mes parents.

La fièvre attendit le départ des petits pour s'emparer du malade, une fièvre qui monta avec une rapidité déconcertante.

– Le pouls est très faible, l'abdomen gonflé...

Avec un soupir, le docteur Favier avoua :

– C'est bien ce que je craignais... Une typhoïde...

– Une typhoïde? répéta Hortense abasourdie.

– M. Duplessis m'a parlé d'un séjour à Nantes au cours duquel il a mangé des coquillages...

Sourde aux explications de son interlocuteur, Hortense allait et venait. Elle connaissait la gravité de cette maladie tout comme elle en connaissait l'issue.

– Êtes-vous certain? Vraiment certain? insista-t-elle d'une voix blanche.

Dès qu'elle fut seule, elle se réfugia dans son boudoir et pleura d'épuisement, d'impuissance... Comment avait-elle eu l'impudence de croire que ceux qu'elle aimait resteraient protégés des injustices qui aveuglément frappaient les humains! Elle pleura jusqu'à n'avoir plus de larmes, puis elle demeura sans réaction, comme anesthésiée.

En frappant à la porte, le maître d'hôtel la tira de sa léthargie.

– M. Delteil demande si Madame souhaite le recevoir.

– Oui, Fernand, faites-le patienter. Je descends.

Appuyé sur sa canne, le vieil homme se tenait sur le seuil de la véranda quand elle le rejoignit.

– A vous, Constant, je ne mentirai pas, murmura-t-elle. Je suis affreusement inquiète.

Après un silence, elle ajouta :

– J'essaie de le lui cacher mais il n'est pas dupe.

– Continuez néanmoins, répliqua Constant en prenant dans la sienne la main de son amie.

Spontanément, elle appuya son front contre sa poitrine. Leur premier geste d'intimité depuis qu'ils se connaissaient!

– Mais pourquoi lui, Constant? Pourquoi? répétait-elle.

Il ne le mérite pas... Vous le savez bien, vous qui le connaissez mieux que nous tous...

– Il n'existe aucune explication logique... ou s'il y en avait une... nous ne sommes pas capables de la discerner. Et si rien n'est logique, tout demeure subjectif. Prenez mon exemple! Beaucoup m'envient d'être encore de ce monde et, moi, j'en ai assez de me trouver face à la souffrance des autres et à la mienne. C'était mon destin mais, croyez-moi, on me fait payer, là, une lourde dette.

Fidèles à leurs habitudes, ils marchaient à petits pas dans le parc. Hortense, qui depuis quelques jours était à peine sortie, plissait les yeux sous la lumière. Puis elle respira comme si elle remontait des profondeurs de la terre ou des océans. La nature la prenait en otage, lui réinsufflait de l'énergie pour reprendre le combat.

– Je doit l'aider à guérir, dit-elle sur un ton de colère. Je le dois et je le lui dois.

– Vous ne lui devez rien, Hortense.

– Si, insista-t-elle. Pour les moments difficiles où j'ai douté et où je crois l'avoir rendu malheureux.

– Vous oubliez qu'il ne vous a pas rendu la tâche facile.

– Il rentrait du front!

– Peu importe!

Avec un soupir qui adoucissait ses propos, Constant ajouta :

– L'heure n'est pas aux règlements de comptes mais si vous m'accordez encore votre confiance, écoutez-moi, vous n'avez rien à vous reprocher.

– Il y a certaines choses que vous ignorez...

– Je ne le pense pas.

Sous le regard de Constant, elle se sentit rougir.

– Même si ces choses font partie du passé, elles ont existé...

Sans répondre, Constant décrocha de sa ceinture le sécateur dont il ne se séparait pas, s'approcha d'un massif de roses et composa un bouquet.

– Déposez-les dans la chambre de Louis... de ma part et de la vôtre...

28.

Au fil des jours, la maladie évolua. La fièvre monta, descendit, remonta. Le docteur Favier venait matin et soir mais, malgré les soins prodigués, tout restait à craindre, en particulier une hémorragie intestinale.

Livide, ne voyant pas les heures s'écouler, Hortense demeurait auprès de son mari. D'une main caressante, elle tentait de le calmer quand, envoyant au loin les draps, il cherchait la fraîcheur. Eau bouillie, linges humides, éventail, jeux d'ombre, rien de ce qui aurait pu le soulager n'était oublié. La souffrance laissait place à de rares accalmies au cours desquelles Louis, conscient de son état, se préparait et préparait Hortense à l'irrémédiable.

– S'il m'arrivait de vous quitter, lui dit-il un soir, qu'assise à son chevet, elle allait sur sa demande lire un poème, je ne veux pas que vous vous morfondiez dans mon souvenir.

– Louis, pourquoi évoquer ce sujet?

– Parce que le temps presse, ma chérie.

Avec une impression de dédoublement, elle s'entendait signifier par celui dont elle aurait accepté de prendre la place que bientôt elle serait seule. Luttant contre l'envie de hurler, elle le regardait avec des yeux fous.

– Aidez-moi, Hortense, aidez-moi comme vous avez si souvent su le faire. Montrez-moi que vous n'avez pas peur, donnez-moi aussi l'assurance que nous continuons à partager les mêmes convictions. Combien de fois n'avons-nous pas affirmé que la mort n'était qu'un passage vers une énergie, une lumière qui dépasse notre entendement? Combien de fois avons-nous affirmé qu'elle n'était pas synonyme de séparation?

– Ce ne sont que des mots, se révolta-t-elle.

– Mais non et vous le savez bien.

Il chercha à se redresser sur ses oreillers, n'y parvint pas et, le souffle court, ajouta :

– J'ai eu beaucoup de chance... Je vous ai connue, nous avons eu nos enfants, mon métier ne m'a jamais déçu... J'ai parcouru le monde. Qu'aurais-je pu souhaiter de meilleur? Aucun regret ne m'anime. Des remords, oui, pour avoir à mauvais escient douté de vous.

– Louis... Je...

– Vous n'avez rien à m'expliquer que je n'aie compris.

Dans le vase, les roses cueillies par Constant s'étaient ouvertes et exhalaient une senteur qui, pour Louis, ne pouvait s'apparenter qu'à Bougival. Enfance, jeunesse défilaient dans sa mémoire à une allure vertigineuse. La connivence avec Julien, leurs courses à travers la campagne, les goûters autour de la nappe blanche qu'Elsie faisait déployer à l'ombre des marronniers, les rires, les fêtes et, plus tard, lorsque tout juste marié, il avait pris la décision d'offrir le Berceau à Hortense. Avec la clé de cette maison, il avait remis entre ses mains son passé et l'espoir que le futur, sans lui ressembler, serait fait de cette harmonie dont il gardait la nostalgie.

Épuisé, il ferma les yeux. Avait-il menti en affirmant qu'il ne craignait pas de mourir? Son attirance pour les religions, les philosophies orientales et leur connaissance l'aidaient à ne pas s'agripper à ce qui lui avait été, pour un temps, imparti. Que laissait-il? Une ouverture sur une architecture plus simple, plus dépouillée, que certains, comme Raphaël Bolzano, seraient en mesure de perpétuer. Ils eurent un long entretien où Louis donna des directives pour un chantier qui touchait à sa fin. Bouleversé Raphaël rejoignit Gabrielle qui avait quitté sa maisonnette pour s'installer auprès de sa cousine.

– Il parle de lui comme s'il s'agissait d'un autre! Comment parvient-il à une telle maîtrise!

L'hémorragie tant redoutée arriva alors qu'Hortense, remplacée par une garde, prenait quelques heures de repos. Passant un peignoir sur sa chemise, elle courut jusqu'à la chambre du malade pour voir qu'il avait perdu conscience. Jusqu'à l'aube, elle demeura près de lui, immobile, muette, comprenant que la bataille était irrémédiablement perdue. Un va-et-vient s'était organisé : le médecin, Gabrielle... Elle les entendait chuchoter. On essayait de l'entraîner ailleurs mais elle refusa de bouger. Louis la quitta en douceur. D'abord elle ne s'en rendit pas compte... puis quelque chose lui parut différent. Un silence était survenu avec toute sa cruauté, toute son abstraction. C'était donc ainsi ! En une poignée de secondes, tout basculait... Cette idée à laquelle elle s'était pourtant préparée la déchira. Infiltrée dans ses entrailles, une bête la fouaillait, lui arrachant un gémissement qui s'enfla jusqu'à devenir sanglots. Dans un brouillard, elle le voyait délivré, son visage apaisé, et des mots qu'elle n'avait pas su ou pas osé proférer montèrent à ses lèvres, une sorte de litanie où se mêlaient la fuite du temps, ce qui aurait pu ou n'avait pas été accompli et puis, encore, toujours, un terrible sentiment d'injustice.

Malgré son refus, le docteur Favier l'obligea à prendre du laudanum. Gabrielle l'aida ensuite à s'habiller, car Marthe Duplessis, avertie, allait se présenter. Elle arriva, soutenue tant bien que mal par Constant.

– Ma chère petite, murmura-t-elle à sa belle-fille en la serrant contre elle.

Discrète, Hortense l'abandonna à son dernier tête-à-tête avec ce fils dont elle n'avait jamais cessé d'être fière. Puis, tout naturellement, elle descendit jusqu'au salon de musique pour s'arrêter devant le portrait d'Elsie. Vêtue d'or et de carmin, la cantatrice, assise dans un sofa, un lévrier à ses pieds, esquissait un sourire. Cherchant une consolation dans son regard, elle s'entendit murmurer :

– Maintenant qu'il vous a retrouvée... prenez soin de lui.

Elsie avait quitté ce monde bien avant qu'Hortense ne rencontrât Louis puis Julien. Pourtant, dès sa première visite au Berceau, un lien s'était tissé entre elle et cette femme à qui, aux dires de tous, elle ressemblait. Sans être les mêmes, leurs existences n'étaient non plus pas opposées. L'une et l'autre avaient choisi l'art pour moyen d'expression. Avec sa voix de soprano, Elsie s'était lancée à la conquête de continents qu'à l'aide de sa plume Hortense livrait à ses lecteurs. Le rêve était leur patrie... l'offrir à ceux qui savaient le recevoir, leur mission! Aujourd'hui, le chagrin remplaçait ces beaux desseins mais Elsie ne se déroba pas. Peu à peu, Hortense cessa de trembler. Une tendresse l'enveloppait. Elsie, Louis... ils ne l'abandonnaient pas, elle en avait la certitude.

Les heures suivantes, il lui fallut affronter formalités et visites de condoléances. Edmond Surtel se présenta très vite, accompagné de Maria da Conceiçâo qui, mal à l'aise, triturait ses gants.

– Si je peux vous être utile en quoi que ce soit, proposa le banquier, n'hésitez pas à me le faire savoir.

– Je vous le promets, répliqua Hortense, touchée par l'attention.

Jusqu'au soir, elle dut s'occuper de sa belle-mère qui, au chevet du disparu, pleurait.

– Et Henri qui n'est pas là, se plaignait-elle.

– Souhaitez-vous que nous lui demandions de rentrer?

– Je ne sais pas, je ne sais plus... C'est si loin, l'Abyssinie!

Après une longue errance, Henri, le demi-frère de Louis, avait trouvé un port d'attache en Afrique. Il en envoyait des lettres enthousiastes ainsi que des photographies qui révélaient un talent dont ses proches n'avaient jamais douté.

– Il serait bon qu'il nous revienne pour un temps, décida Hortense, et je vais le lui proposer.

Jusqu'aux funérailles, elle veilla son époux. Mille pensées se bousculaient dans sa tête pendant qu'enfermée dans sa chambre, elle faisait l'apprentissage de la solitude, mille questions auxquelles, par habitude, elle l'imaginait lui fournir les réponses. Un étrange dialogue se poursuivait entre eux. Hortense s'excusait auprès de Louis d'obéir à des usages qu'il avait toujours discutés. Le deuil et ce qui l'accompagnait lui déplaisait mais il était impossible de s'y dérober... Aussi les rites furent-ils dans leurs moindres exigences respectés.

Le corps fut ramené à Paris où une messe serait célébrée en l'église Notre-Dame-de-Lorette.

– Julien a-t-il été prévenu? demanda Hortense à Étienne alors qu'à ses côtés il assistait au départ du cercueil.

– Oui, répondit le peintre. Je m'en suis moi-même occupé.

Un volumineux courrier attendait Hortense rue La Bruyère.

Elle préféra ne pas l'ouvrir tout de suite. Jusqu'à l'inhumation, elle eut l'impression d'être une passante, une nomade qui, enveloppée de châles malgré la chaleur, respirait, avançait, donnait des ordres sans que la réalité extérieure ne la concernât. Partout, elle se heurtait à l'univers qui avait été le leur. Par sagesse, elle décida de se tenir éloignée de la bibliothèque.

– Je voudrais tant en avoir fini avec les cérémonies officielles, confia-t-elle à Gabrielle, et retrouver mes enfants.

Ceux-ci n'avaient pas encore appris la vérité. A Trouville, ils couraient le long des vagues, emplissaient leurs filets de crevettes et c'était mieux ainsi. La vie continuait. A elle, leur mère, de la leur divulguer, cette vérité, puis de les aider à surmonter l'épreuve. Elle le ferait sans l'aide de personne, elle le ferait lorsqu'elle pourrait leur communiquer une force qu'elle se jurait de récupérer.

Le soleil brillait quand, devant le caveau, défilèrent les intimes et des relations plus lointaines. Abritée derrière ses voiles de crêpe, Hortense les distinguait mal. Un vacarme emplissait sa tête face à cette fosse au fond de laquelle elle allait laisser treize années d'attente, d'émotion, d'espoir, de doutes et d'amour. Autour d'elle, elle percevait la présence de Constant, de Marthe et de Gabrielle, d'Étienne et de Raphaël... une chaîne de tendresse pour celui qui les avait devancés dans l'au-delà. Edmond Surtel se plaça quelques pas en arrière imité par Maria da Conceiçâo. Avec contrariété, Hortense vit Flora Winsley s'approcher de la tombe puis se signer. Elle marchait à pas hésitants. L'homme qui avait donné une image à ses rêves, l'homme qu'elle avait idéalisé, adoré et détesté, l'abandonnait une seconde fois... Toutefois, en lui échappant, il échappait à sa rivale... l'épouse légitime! Seules avec leurs souvenirs, elles étaient enfin à égalité. Louis étant sincèrement regretté, ni Renoir, ni Chevigny, ni Degas n'avaient, en venant au cimetière Montmartre, obéi à la bienséance. Leur tristesse était réelle tout comme celle de Jeanne qui, parmi les derniers, adressa ses condoléances à la famille du défunt. Avec effort, elle serra la main d'Étienne puis, sans le regarder, se tourna vers Gabrielle et Hortense. Que parvint-elle à balbutier? La honte l'envahissait. Ce fut Raphaël qui, en la rejoignant, l'aida à se reprendre.

– Vous êtes toute pâle, lui chuchota-t-il.

Sans écouter sa réponse, il l'entraîna à l'ombre d'un arbre. Puis, repoussant l'éventail qu'elle tentait en vain d'agiter, il tapota ses joues jusqu'à ce que les couleurs y reviennent. Elle ferma les yeux, respira profondément et, après avoir proféré un remerciement gêné, se dirigea vers la sortie en s'appuyant sur le bras qu'il lui offrait. Vision qui n'échappa pas à Maria da Conceiçâo. Avec dépit, elle regarda la jeune fille, son visage attirant, sa silhouette gracieuse...

– Qui accompagne M. Bolzano? demanda-t-elle à Chevigny pendant qu'ils attendaient les attelages.

– Mlle Dorval.

– Dorval! Ce nom ne me dit rien!

Constant prit place auprès d'Hortense dans la calèche qui la ramenait à son domicile. Au hasard des rues, la foule vaquait à ses occupations habituelles. L'après-midi avançant, des commerçants ouvraient les rideaux de leurs boutiques tandis qu'aux terrasses des cafés on écoutait d'une oreille distraite l'orgue de Barbarie.

Hortense ne voulait pas de visites. Elle avait besoin d'être seule avec son deuil. Qui, malgré la sollicitude dont elle était entourée, aurait trouvé les mots justes? Contre le mal de l'âme, il n'existait aucun remède, aucun apaisement sinon le silence, un vide où elle avait envie de se diluer jusqu'à ne plus sentir son corps.

Renvoyant sa femme de chambre, elle se déshabilla, abandonnant sur le tapis ses vêtements de veuve. Ensuite, elle tira les rideaux sur le jour qui ne déclinait pas et, en chemise, les cheveux à demi dénoués, demeura des minutes, des heures, à laisser son esprit voguer. Enfermée, emmurée dans ses sensations, elle errait à travers le passé, confondant ce qu'elle avait vécu avec ce qu'elle aurait souhaité connaître. Où commençait la vérité, où finissait le rêve? L'ombre gagna peu à peu la pièce. Dans la maison, les bruits s'atténuèrent. Une nuit allait commencer, la première face à l'absence car maintenant qu'elle savait Louis enseveli sous des pelletées de terre, elle prenait conscience de leur séparation. Plus jamais, il ne l'appellerait ou appellerait les enfants et cette voix dont elle connaissait les moindres intonations deviendrait impalpable. Tout comme les souvenirs s'estomperaient jusqu'à effacer l'angoisse qu'elle éprouvait à l'instant même. Pelotonnée dans son fauteuil, elle entendait la pendule égrener les minutes et se demandait si un jour elle pourrait vivre sans cette souffrance, sans cette sensation d'abandon. La prenant au dépourvu, des objets s'imposèrent à sa vue, un tableau offert à l'occasion d'un anniversaire de mariage et, dans le coffret entrouvert, le collier dont il avait un soir, et par surprise, entouré son cou. Il y avait aussi dans des cadres d'argent ou de cristal des photographies où, jeunes, souriants, ils bravaient les dieux. A portée de main, le tiroir d'un secrétaire contenait des lettres mais elle se garda de l'ouvrir. Pourtant les mots d'amour qu'elle lui avait inspirés envahissaient sa mémoire.

Plus tard, beaucoup plus tard, elle se décida à se coucher mais sans fermer persiennes et fenêtres. Le grondement de la cité lui était nécessaire. De toutes ses forces elle s'y accrocha, se prouvant ainsi qu'elle-même était encore en vie. Dans un demi-sommeil entrecoupé d'éveils, elle s'enfonçait dans ces chemins sans issue où partout revenait l'essentiel, qu'elle n'avait plus rien à accomplir sinon vieillir, sans but défini. A plusieurs reprises, sa main glissa, tâtonna sur le drap à la recherche d'une peau, d'une chaleur. Quel péché, quelle faute avait-elle commis qui demandât si dure réparation? Ne trouvant plus aucun réconfort dans la prière ou dans les convictions qui, jusque-là, lui avaient été chères, elle pleura à l'abri des oreillers, elle pleura comme une enfant perdue qui aurait voulu remonter le fil du temps en refusant, cette fois, de se laisser berner par le tangible et la facilité.

29.

Hortense s'enferma dans son deuil. Gabrielle venait la voir quotidiennement. Elles parlaient de tout, de rien, une conversation légère qui permettait aux plaies de se cicatriser sans brutalité. Étienne n'avait pas regagné le domicile conjugal; il habitait toujours son atelier où il travaillait parfois jusqu'à l'épuisement. Gabrielle recevait ses confidences... elle seule connaissait sa quête.

– J'ai envie de dépasser l'instant, de trouver une manière de montrer la nature dans son caractère éternel. Les saisons reviennent, les gestes se ressemblent et, pourtant, la différence existe, infime. Comment la capter? Comment réunir l'éphémère et l'immuable? Comment les faire percevoir?

Concentré sur sa pensée, il déambulait à travers la pièce. Elle savait alors qu'elle n'était qu'un auditeur, choisi certes, mais que son opinion comptait peu. Étienne était en pleine mutation. Ses exigences grandissaient, sa peinture évoluait. Les toiles qu'elle avait sous les yeux en étaient la preuve. Villages écrasés de chaleur, fleurs entre les rocailles, bords de rivière, colporteurs, faneuses, immeubles parisiens pavoisés de drapeaux, leurs volumes étaient plus denses, leurs contours plus précis. Il lui parlait aussi de Théo Van Gogh qui appréciait ses recherches.

– J'aimerais tout de même que ses louanges se transforment en achats, lança-t-il en vidant sa pipe dans un cendrier.

– Sois tranquille... Il deviendra ton marchand!

– Tu essaies de me rassurer?

– Je ne t'ai jamais menti.

– C'est exact.

– Je ne t'ai jamais menti, reprit Gabrielle, et jamais encensé à tort. Ta peinture est belle, forte et, si je ne le pensais pas, je me tairais.

– Ne te fâche pas, murmura-t-il en déposant un baiser sur sa tempe.

Puis il remarqua :

– Il y a longtemps que tu n'as posé pour moi!

Une semaine plus tard, Gabrielle, agenouillée sur un tapis et vêtue d'un kimono brodé de dragons, composait dans un vase de porcelaine un bouquet de chrysanthèmes. La posture était fatigante mais la composition du tableau, les couleurs valaient tous les efforts. Ses cheveux cuivrés à peine retenus par des peignes d'écaille, le vêtement légèrement entrouvert sur sa poitrine laissaient percer son intimité. Celui ou celle qui découvrirait la toile lorsqu'elle serait achevée aurait l'impression de vivre auprès du modèle, d'accéder à ses secrets car, au-delà de l'action, Étienne avait restitué l'un de ces moments uniques où, seul avec lui-même, le sujet s'abandonnait. L'attention extrême qu'il portait à cette femme, qui depuis une dizaine d'années occupait sa pensée, l'avait aidé à capter son évolution intérieure. Si l'on comparait cette image de Gabrielle à celles qu'elle lui avait inspirées précédemment il était évident que la force, la certitude, avaient balayé les ultimes traces de timidité. Elle savait ce qu'elle voulait et où elle se dirigeait. Malgré la douceur du geste, le maintien était ferme. Gabrielle avait atteint un degré dans la création où nul ne pouvait l'atteindre. Maîtresse de son univers, elle l'orchestrait à sa convenance. Le succès, d'ailleurs, ne tarderait pas à s'imposer. Étienne en était conscient et il en souffrait. Ce n'était pas de la jalousie mais la sensation de demeurer en arrière. Réaction d'orgueil? Depuis le printemps dernier, ils n'avaient plus évoqué la carrière de la jeune femme. Grâce à leur entourage, il en connaissait néanmoins chaque détail et en était à la fois fier et malheureux. Fréquemment, ils rentraient ensemble rue des Dames où un souper les attendait. S'il n'y avait eu Eugène qui avec des cris de joie se jetait dans les bras de son père, Étienne aurait imaginé rendre visite à une amante. Leurs proches les observaient avec étonnement. Le couple Carlier ne faisait assurément rien comme tout le monde. Aux réflexions, et notamment à celles de sa mère, Gabrielle opposait un visage lisse.

– Vous savez bien, Maman, que je me suis toujours moquée des convenances. Je préfère vivre ainsi que de voir Étienne s'éloigner définitivement.

– Tu te plies donc à ses moindres volontés!

– Oui... mais ne vous êtes-vous pas pliée à celles de Papa?

– Enfin, Gabrielle, comment peux-tu comparer la vertu et la dépravation?

– En voilà des grands mots! Mais si vous tenez à les employer, dites-vous que je n'ai rien à me reprocher.

– Toi... peut-être...

– Que laissez-vous entendre?

– Ma pauvre petite! Lâcher la bride à son époux relève, crois-moi, de la plus grande naïveté.

– J'en connais quelques-unes qui à vouloir tenir les rênes serrées n'ont cessé d'être trompées.

Cette conversation troubla cependant Gabrielle. Étienne était-il capable de lui en préférer une autre? Malgré les histoires qu'elle connaissait entre les peintres et leurs modèles, elle en doutait. Tout dans son attitude laissait supposer que la peinture était sa seule rivale. Elle ne se trompait pas, car l'épisode Jeanne ne s'était pas renouvelé et, depuis l'été, Étienne n'avait à se reprocher aucun écart. Au cimetière, il avait senti la gêne de la petite couturière, lui-même n'avait guère apprécié ce face à face, encore moins dans des circonstances aussi pénibles. Depuis, il l'évitait. A plusieurs reprises, il l'avait aperçue traversant la place Blanche, toujours chargée de cartons. Volontairement, il avait bifurqué. Honte, lâcheté, il aurait aimé effacer ce qu'ils avaient partagé. Une fois, une seule, Jeanne s'aperçut de son manège. Un couteau se planta dans son cœur. Elle devenait soudain une réprouvée, une indésirable.

– Qu'y a-t-il, mon trésor? lui demanda Renoir qu'elle

choisit de rejoindre dans la crèmerie où avec d'autres clients il prenait des repas, tu as la tête à l'envers!

– J'ai faim, répliqua-t-elle en s'emparant d'un morceau de pain.

A son intention, il attira une chaise.

– Allez, assieds-toi et profites-en, j'ai du temps et un peu d'argent... Tu es mon invitée.

– Tu ne vas pas rue de Grenelle?

– Pas aujourd'hui. Mme Charpentier a d'autres occupations que de poser pour moi.

Depuis plusieurs semaines, Renoir avait, à la demande de l'éditeur, entamé le portrait de l'épouse et des enfants de celui-ci.

– Avec un tel sujet, j'ai toutes les chances de figurer au Salon, clamait-il à qui voulait l'entendre.

Le peintre et ses modèles avaient choisi pour décor le boudoir japonais qui par son raffinement attirait les éloges des visiteurs. La maîtresse de maison, vêtue d'une somptueuse robe noire que Worth avait créée à son intention, s'asseyait avec ses enfants, Georgette et Paul, sur un sofa. Souvent, elle était obligée de reprendre sa fille.

– Cesse d'énerver ce chien, lui disait-elle.

– Mais je ne le touche pas, se défendait la petite.

Imperturbable, l'animal, allongé sur le ventre et paupières closes, posait pour la postérité.

– C'est lui qui va recueillir tous les suffrages, plaisantait Marguerite Charpentier.

Georgette décida alors de s'installer sur son dos, tâche bleu pâle sur le pelage sombre.

La toile avançait avec facilité. Renoir était satisfait du fond; un paravent orné de paons, un tapis genre sparterie et un mobilier de rotin révélaient les goûts de leur propriétaire pour les ambiances feutrées.

– Du rouge, de l'or, du cossu, expliquait-il à Jeanne. La tranquillité bourgeoise... Celle que nous ne connaîtrons jamais!

Il s'interrompit soudain, le regard attiré par une jeune fille qui entrait dans la boutique.

– Elle s'appelle Aline, chuchota-t-il quand celle-ci eut le dos tourné, et elle vient tous les jours acheter du beurre et des fromages.

Amusée, Jeanne observait son ami. Suspendu au dialogue qui s'était instauré entre la patronne et la cliente, il avait tout oublié, sa présence, le contenu de son verre et de son assiette.

– Dieu qu'elle est mignonne, souffla-t-il.

– Mais alors qu'attends-tu pour engager la conversation? s'étonna Jeanne.

– Jusqu'à présent, elle était toujours accompagnée de sa mère.

– Eh bien, saute sur l'occasion! Je lui abandonne ma place car, contrairement à toi, le travail m'attend.

Elle ramassa son sac et, après lui avoir envoyé du bout des doigts un baiser, ajouta :

– Et merci... C'était un vrai festin de roi!

Dans la rue, avant d'arriver à son atelier, Jeanne remarqua une Noire, jeune et jolie. Ce n'était pas la première fois qu'elle la voyait. Ses turbans aux couleurs vives, la robe d'où dépassaient des jupons de dentelle amidonnée avaient déjà attiré son attention. Que faisait-elle, postée dans l'encoignure d'une porte cochère?

– Elle passe devant nos fenêtres depuis plusieurs jours, rétorqua Lison quand Jeanne lui eut raconté l'anecdote.

Comment celle-ci aurait-elle imaginé que Zélia était chargée par sa maîtresse de la surveiller! Malheureusement, sur les allées et venues de la couturière, il n'y avait pas grand-chose à raconter à Maria da Conceiçâo. Jeanne se rendait de son domicile à son atelier et vice versa; de temps en temps elle s'arrêtait dans un café pour y discuter avec une femme.

– Tu te moques de moi, criait Maria da Conceiçâo en envoyant au visage de son esclave les objets qui se trouvaient à sa portée.

– Mais non, je le jure, c'est la vérité, la pure...

– Et M. Bolzano, tu ne l'as pas vu?

– Non.

– Serais-tu seulement capable de le reconnaître?

Ignorant la véhémence avec laquelle Zélia opinait de la tête, Maria da Conceiçâo la gifla. Réaction qui décida la victime à mentir. Oui... maintenant M. Bolzano rendait de fréquentes visites à Jeanne. Il amenait même des bouquets de fleurs et aussi des paquets dont on pouvait déduire qu'ils contenaient des friandises.

– Des friandises, répétait Maria da Conceiçâo.

Et ils allaient se promener, s'asseyaient dans des squares. A mesure que Zélia parlait, Maria s'agitait. Comment mettre fin à une situation qui la rendait folle?

– Zélia, dit-elle un soir que la servante lui massait les pieds, tu sais ce que tu vas faire?

– Masser votre dos.

– Mais non, idiote!

Après un silence, Maria da Conceiçâo déclara :

– J'espère que tu n'as pas perdu tes pouvoirs. Me comprends-tu maintenant?

– Peut-être... Oui.

– Je veux que tu jettes un sort à cette fille et qu'elle ait tous les ennuis du monde... Je veux que M. Bolzano se détourne d'elle.

– Mais elle ne paraît pas méchante!

– Qu'importe! Elle me dérange.

Sentant la petite hésiter, Maria da Conceiçâo lança :

– C'est un ordre... et tu as intérêt à ce que les résultats soient satisfaisants.

Loin d'imaginer ce qui se tramait, Jeanne voyait sa jeunesse s'envoler dans des journées sans joie.

– Que se passe-t-il? insista, un dimanche, Antoinette.

Jeanne, fatiguée de porter son secret, se confia enfin.

– Et depuis, il m'évite comme si j'avais la peste, termina-t-elle sur un ton désenchanté. Il sait pourtant bien que je ne lui causerai aucun tort.

– Ce n'est pas toi qu'il craint, bichette, mais lui...

– Lui... Penses-tu!

– Moi qui connais les hommes, je suis certaine que s'il n'éprouvait aucune attirance... il te croiserait sans le moindre trouble.

– Non, Antoinette, tu te trompes... je t'assure... Il est seulement ennuyé que je connaisse sa femme.

– Une situation qui ne doit pas non plus te faire plaisir...

Le soupir de Jeanne valut toutes les réponses.

Fidèle à ses habitudes, Gabrielle avait commandé au début de l'automne des modèles pour la saison à venir. Souriante, attentive, Jeanne prit des mesures, déploya, comme l'exigeait un deuil récent, des tissus foncés et conseilla.

– On ne te voit plus, souligna Gabrielle. Pourquoi ne viendrais-tu pas déjeuner à la maison?

– C'est impossible en ce moment. Ma mère est souffrante.

– Rien de grave, j'espère?

– Une crise de rhumatismes. Elle a du mal à bouger.

Changeant de sujet, Jeanne prit des nouvelles d'Hortense.

– J'ai souvent prié pour elle et pour les enfants.

– Elle s'en occupe beaucoup. Élisa a été très affectée par la mort de son père. Ils étaient très complices. Et Emmanuel, qui déjà n'était pas facile, ne lui simplifie pas l'existence.

Comme si elle se parlait à elle-même, Gabrielle ajouta :

– Je voudrais l'aider mais je me sens impuissante... néanmoins, soyons honnêtes, Jeanne, qui parviendrait à me consoler si je me trouvais dans cette situation?

Mal à l'aise, Jeanne se retourna et, s'emparant d'un cahier, commença d'y écrire des mesures.

– Que va-t-il advenir du cabinet d'architecture? demanda-t-elle en reposant son crayon.

– Un confrère de Louis a décidé de le reprendre. Raphaël, lui, est engagé ailleurs. Il souhaitait un changement.

Un changement qui ne toucha pas seulement le domaine professionnel. Peiné par la disparition de l'homme qui lui avait tout appris puis accordé sa confiance, Raphaël avait fait un bilan de sa propre existence. Paris n'était plus l'ennemi à vaincre. On y appréciait son travail et sa personne. Son nouvel employeur avait des idées avancées mais dans ses discours il ne retrouvait pas l'humanisme d'un Duplessis. Il décida alors de s'intéresser davantage aux civilisations anciennes et de se plonger dans leur étude. Un voyage en chambre qui nécessitait une totale tranquillité. Il quitta donc le Foyer où il vivait pour s'installer à proximité du Palais-Royal. Trois pièces exiguës dont les fenêtres ouvraient sur un jardin abandonné et qui lui parurent aussi somptueuses qu'un palais. Là, chez lui, il découvrit l'agrément de s'appartenir. Entouré de ses livres et de rares objets, il apprit à respirer plus largement et à profiter de ces instants où, disponible, il laissait vagabonder sa pensée. Souvent le sommeil le surprenait dans le fauteuil où, un journal sur les genoux, il aimait contempler la ville illuminée. Au milieu de la nuit, il s'éveillait et, courbatu, regagnait son lit.

30.

Raphaël n'oubliait pas Hortense. Régulièrement, il lui rendait visite. Elle semblait apprécier sa compagnie et parfois le retenait à souper.

– Je croyais avoir traversé les moments les plus difficiles, lui confia-t-elle un jour, pourtant je me suis trompée. Tant que je devais agir, régler des problèmes, l'énergie circulait... maintenant, je me sens vide et vieille...

– Il y a les enfants.

– Bien sûr, Raphaël, mais on ne peut déplacer ou remplacer les affections.

Pendant qu'elle parlait, il la regardait, emprisonnée dans sa robe de faille noire. Bien qu'elle demeurât belle ses yeux avaient perdu l'éclat qu'il leur avait connu, la lassitude imprégnait ses traits. Était-ce le carcan du deuil qui la rendait si lointaine? Contrairement à des êtres qui insufflaient l'envie de protéger, Hortense l'intimidait... Et il n'était pas le seul à éprouver ce sentiment. Edmond Surtel, que rien n'effrayait, devenait un petit garçon devant celle qui aurait pu lui réclamer la lune. Certes le banquier conseillait la veuve dans la bonne marche de ses affaires et la gestion de son patrimoine. Son époux lui laissait une fortune confortable qui, ajoutée à l'héritage de ses parents, lui ôterait tout souci. Elle l'écoutait avec attention, discutait certaines propositions mais, dès que l'entretien touchait à sa fin, elle se levait, mettant ainsi un frein à toute conversation d'ordre privé. Il n'osait insister.

Qu'aurait-il su dire? Que son existence le satisfaisait peu, que le pouvoir l'avait usé, qu'il s'ennuyait... A qui, à quoi tenait-il véritablement? Son fils demeurait un étranger. Peu bavard, il sortait de son pensionnat une fois par mois et se réfugiait dans sa chambre pour y construire des trains miniatures. Sa nièce? Il était fatigué de sa langueur et de ses caprices. S'il n'avait tenu qu'à lui, elle serait depuis longtemps retournée au Brésil. Mais, manifestement, elle s'accrochait à Paris. Avait-elle un soupirant? De nombreux garçons la courtisaient, elle minaudait, les rendait fous... les demandes en mariage se succédaient, qu'elle refusait toutes sans la moindre hésitation. Il ne la comprenait pas et se consacrait à des occupations plus évidentes. Lorsqu'il avait donné ses ordres d'achat ou de vente à la Bourse, géré les portefeuilles de ses principaux clients, il s'occupait de ses chantiers navals. Deux nouveaux clippers assuraient les liaisons avec l'Afrique et en rapportaient oranges ou canne à sucre. Et puis il y avait ses affaires en Cochinchine dont, avec régularité, Julien Coblence le tenait informé. La récolte de caoutchouc avait été satisfaisante, par contre la construction des entrepôts se faisait avec lenteur.

– Il lui faudra prolonger son séjour là-bas, déclara le banquier à James Winsley qui, au cours d'une visite amicale, s'enquérait de leurs placements communs.

– Voilà une décision qui, j'en suis certaine, contrariera quelqu'un, glissa Flora.

– Ah oui, s'étonna son époux, qui... ma chère?

– Mme Duplessis.

– Je ne comprends pas, intervint Edmond Surtel.

– Il y a quelques années le bruit a circulé qu'un tendre sentiment l'unissait à M. Coblence.

– Enfin Flora... cette dame vient de perdre son mari... lui déclara sur un ton de reproche James Winsley.

Flora se tut mais avec la satisfaction d'avoir distillé son venin là où elle savait qu'il causerait des ravages. Ne pouvant plus se mesurer à Louis Duplessis, elle attaquait sa mémoire et surtout la femme qui portait son nom. Tout à son esprit de vengeance, elle ne vit pas le visage de leur hôte se durcir. Ce qu'Edmond avait perçu le soir de la Saint-Jean n'était pas erroné. La jalousie l'envahit alors, ainsi que le violent sentiment de vouloir posséder Hortense. Maintenant qu'elle était libre, il ne la laisserait pas lui échapper. Un plan prenait forme dans son esprit et, comme il l'aurait fait pour ses transactions, il en étudia les moindres détails. L'arrivée d'Henri, le demi-frère de Louis Duplessis, ajouta à ses contrariétés. Comment lutter contre un membre de la famille auprès duquel, inévitablement, Hortense chercherait le soutien perdu?

Celle-ci écoutait Élisa, qui au piano jouait une sonate, quand se présenta le voyageur. Longtemps ils s'étreignirent et ce geste valut toutes les paroles.

– Avez-vous vu votre mère? s'enquit la jeune femme.

– Je la quitte à l'instant!

Henri avait changé. Burinés par le soleil, les traits de son visage s'étaient accusés. Bien que voûté, son corps lui parut plus sec. Elle l'imagina dans cette Abyssinie lointaine dont chacune de ses lettres louait les paysages et la lumière. Harar, la mer Rouge, les campements et les longues randonnées où, protégé d'un monde civilisé, il vivait enfin... Henri qui s'était toujours rebellé contre la société à laquelle il appartenait et qui ne reconnaissait pas son talent de photographe... Un premier périple en Afrique du Nord lui avait donné le goût de la chaleur et du désert. Quête ou fuite, il y était retourné et probablement y serait demeuré définitivement si le sens du devoir et la tendresse qu'il vouait à sa mère ne l'avaient pour un temps rappelé en France.

A Gabrielle qui, par le passé, avait été une confidente privilégiée, il avoua s'être installé avec une indigène de seize ans qui venait de lui donner un fils.

– Je fêtais sa naissance quand j'ai reçu la nouvelle... Louis! J'ai mis plusieurs heures à comprendre, accepter... Tout me paraissait si étrange... cet enfant... sa disparition...

Ils avaient repris leurs anciennes promenades à travers les rues. La ville avait encore changé pendant l'absence d'Henri. La IIIe République poursuivait l'œuvre de l'empereur et des avenues bordées d'immeubles cossus remplaçaient les maisons particulières.

Alors qu'un après-midi, appuyés contre le bastingage

d'un bateau, ils regardaient défiler les berges, Gabrielle rappela :

– Vous souvenez-vous m'avoir déclaré, il y a plus de dix ans, ne pouvoir vivre hors de Paris?

– J'ai dit cela!

– Oui et je vous avais trouvé bien péremptoire.

– A cette époque, rien ne m'intéressait sinon les tripots, les cafés... Remarquez... il en existe partout...

– Et s'ils venaient à manquer, vous seriez parfaitement capable de les créer...

– En fait, plaisanta-t-il, je n'ai jamais rien pu vous cacher.

– Si, Henri.

– Quoi... Mon Dieu!

– Votre enfant.

– Que dites-vous là... Nous en avons parlé dès mon retour!

– Je ne parle pas du dernier.

Elle raconta, alors, la kermesse au Berceau, Évangéline et son garçonnet à ses côtés.

– Votre portrait, conclut-elle.

Henri demeura silencieux puis soupira :

– J'ai toujours pensé ne pas en être le père.

– N'avez-vous pas voulu, surtout, le croire?

– Et elle... Qu'est-elle devenue?

– Je n'ai pas eu envie de le savoir. Mais Chevigny devrait pouvoir vous renseigner.

Ces paroles troublèrent Henri. Des enfants naturels, il y en avait partout. L'impossibilité de revendiquer une paternité ou de la renier laissait la place à un doute confortable. Lorsque les preuves devenaient flagrantes, il était cependant difficile de demeurer aveugle ou insensible. C'est ainsi que quelques jours après cette conversation, Henri, accompagné de Chevigny, frappa à la porte d'une maison qui se trouvait près de la tour Saint-Jacques et dont les volets étaient clos. Au travers d'un judas, on les observa puis la porte s'ouvrit sur un corridor tendu de satin violet. Madame était là, sanglée dans une robe à col montant, les cheveux tirés en un chignon sévère, l'allure martiale.

– Ça fait un bail, dit-elle à Chevigny tandis qu'il lui baisait la main.

Elle se tourna ensuite vers Henri et d'un œil exercé l'évalua.

– Si vous voulez me suivre au salon, déclara-t-elle, satisfaite de l'examen.

Ils pénétrèrent dans une pièce au plafond bas, où, dans des vases de faïence verte, s'étiolaient de maigres plantes. Assises sur des confidents recouverts de velours grenat, trois femmes en chemise de batiste tournèrent la tête. La plus vieille d'entre elles, une rousse aux cheveux ternes et aux joues trop rouges, abus de maquillage ou phtisie, leur adressa un sourire édenté tandis que sa voisine se levait pour les accueillir. Elle sentait la sueur et la violette. Reculant de quelques pas, Henri heurta le piano où un malheureux en costume élimé jouait une vieille rengaine.

– Champagne, proposa Madame.

– Champagne, rétorqua Henri en faisant du regard le tour des lieux.

Évangéline demeurait invisible. Il alluma un cigare et, adossé contre une colonne de stuc, contempla la marchandise. Il y en avait pour tous les goûts, des jeunes, des blondes, des peaux blafardes ou flasques. Chaussées de mules, la jambe gainée de noir, les seins jaillissant du corset, les pensionnaires offraient leur savoir-faire et leur lassitude. Si le corps obéissait aux ordres, les yeux demeuraient vides de tout désir. A l'écart, un homme corpulent s'épongeait le front. Une gamine sur les genoux, il frisait l'apoplexie. Elle desserra sa cravate et, à son oreille, murmura des propos qui le firent rire bruyamment. Tant bien que mal, il se leva puis, après avoir tapé sur la croupe de la prostituée, la suivit à l'étage. Chevigny n'avait pas perdu de temps. De son verre, il avait versé de l'alcool sur la gorge d'une fille qu'il semblait bien connaître et en léchait les gouttes. Mal interprétée, la musique martelait les tempes d'Henri. S'il avait dû choisir une compagne de jeu, laquelle aurait-il élue ? L'Afrique et les rapports naturels qu'il y avait connus avaient modifié ses goûts. Il aimait les carnations foncées et les siestes où les corps, indifférents à la moiteur, se cherchaient. Habillés d'espace et de lumière, chacun obéissait à ses instincts et lui qui, longtemps, s'était inquiété de certaines faiblesses avait retrouvé vigueur et entrain. Parce qu'il n'avait plus besoin de mise en scène, celle-ci le dérangeait. Il y voyait l'hypocrisie d'une société où l'argent occupait la première place. On pouvait s'acheter l'illusion d'être irrésistible mais en même temps la syphilis car, malgré la visite médicale hebdomadaire, le fléau sévissait forcément dans l'établissement. Non sans horreur, Henri se souvenait de son dernier entretien avec Évangéline. La mine et la voix mauvaises, elle lui avait annoncé une nouvelle qui à jamais le laisserait inquiet. Évangéline ! Quelle idée avait-il eue d'en faire sa maîtresse ! Il l'avait connue à Bougival lors d'une baignade à la Grenouillère. A l'époque, elle était blanchisseuse et vivait chez ses parents. Leur aventure n'avait duré qu'un été mais elle eut tôt fait de le chercher dans Paris afin de lui asséner sa grossesse. La sachant peu farouche, Henri avait refusé la paternité qu'elle lui attribuait. Ils en étaient venus aux mains et, depuis, se haïssaient. L'enfant était né sans qu'il s'en préoccupât. Elle avait entre-temps épousé un maçon que les Versaillais s'étaient chargés de fusiller. Son veuvage et la pauvreté l'avaient entraînée vers la prostitution. Pendant qu'elle servait de modèle à des peintres, elle accumulait les passes dans un garni. Il avait retrouvé sa trace au retour de son premier voyage et, le désir aidant, renoua avec elle. Les phrases prononcées plus tard le brûlaient encore !

– Où t'étais-tu envolée, s'était-il étonné quand, après une disparition de deux mois, il l'avait croisée à la Closerie des Lilas.

– Tu tiens à le savoir ?

– Bien sûr !

– A l'hôpital pour y soigner une syphilis.

– Voyons, Évangéline, dis-moi que ce n'est pas vrai !

– Ai-je une tête à mentir ?

Alors, elle avait ajouté :

– Tu n'allais tout de même pas t'en tirer à si bon compte... T'es-tu jamais préoccupé de mon sort et de celui du gamin que tu m'as si généreusement laissé ? Qui l'a nourri pendant que tu te promenais à dos de chameau ? J'aurais été trop sotte de ne pas profiter d'une aussi belle occasion de me venger.

Une fille s'approcha et, ôtant des doigts d'Henri le cigare qui s'y consumait, l'écrasa dans un cendrier. Un maître d'hôtel passait entre les clients, veillant à ce qu'aucun verre ne soit vide. Avec l'arrivée de militaires, le bruit s'intensifia. Les pensionnaires parlaient haut; certaines, le ventre collé contre celui de leur cavalier, dansaient. L'air sentait le musc et le tabac. Des bras entourèrent le cou d'Henri.

– Est-ce que tu aimes les...

Sans écouter la fin de la phrase, il se dégagea.

– J'attends quelqu'un, déclara-t-il sèchement.

– Ah oui... Qui donc?

Il désespérait de voir Évangéline quand, drapée dans un peignoir à ramages, elle apparut en haut des escaliers. Leurs regards se croisèrent et, un instant, il la sentit désemparée. Néanmoins, elle eut tôt fait de se reprendre. L'ignorant, elle se dirigea vers un galonné qui, dans un geste de propriétaire, l'attira contre sa poitrine. Sans hésiter, Henri alla parlementer avec Madame. Quelques minutes plus tard, il accompagnait celle que la maison appelait Loulotte dans une chambre ornée de multiples miroirs et dont il remarqua la fenêtre à barreaux.

– Qu'est-ce qui me vaut ta visite, lui demanda Évangéline avec dureté. Sûrement pas la nostalgie de mes charmes!

Dans la femme qu'il dévisageait, il avait du mal à retrouver la petite paysanne qui, par sa fraîcheur et sa sensualité, lui avait tourné la tête. Des cernes soulignaient ses yeux bruns mais le frappait surtout son manque d'éclat. Évangéline était usée.

– En effet, répliqua-t-il, je ne suis pas là par nostalgie.

– Alors...

– On m'a dit que...

– Qui... On?

– Mme Carlier m'a dit que le petit me ressemblait.

Il s'attendait à tout sauf au rire d'Évangéline, un rire où se mêlaient mépris, moquerie et désarroi.

– Qu'est-ce que cela peut bien te faire?

– J'ai pensé que je pourrais t'aider.

– M'aider!

Sans lui permettre de protester, elle ajouta la voix remplie de rancœur :

– Tu oses te présenter maintenant alors que tu nous as laissés crever la faim pendant des années!

– Mais enfin, Évangéline, c'est toi qui es tombée enceinte.

– Oui... Par l'opération du Saint-Esprit!

– Je t'avais prévenue que je ne voulais pas de cet enfant.

– Il fallait quoi... que je me rue chez la faiseuse d'anges au risque d'y laisser ma peau?

Elle alluma une cigarette et avec nervosité en tira quelques bouffées. Puis, en le fixant par le biais d'une glace, elle se libéra de tout ce qui l'étouffait.

– Vous êtes tous les mêmes : des minables, des salauds, des lâches... Et Dieu sait que cette chambre et les précédentes en ont vu défiler des hommes... Si les murs pouvaient parler, j'en connais certaines parmi vos bourgeoises qui tomberaient en syncope. De quoi dévaliser un fabricant de sels! Comment imagineraient-elles, les malheureuses, que leur époux ou leur amant, je dis bien le leur et pas celui de la voisine, viennent ici pour y radoter des rêves à dormir debout. S'ils ne nous battent pas ou ne se font pas piétiner, ils nous prennent pour des égouts. Je ne suis pas vieille dans le métier mais rien ne m'aura été épargné. Le pire, néanmoins, demeure qu'avec cette boue je nourris mon fils... et je le nourris en me disant que, l'heure venue, il se conduira aussi médiocrement que vous tous.

– Enfin, personne ne t'a forcée à...

– A devenir une putain? C'est vrai... Mais en dehors de vous subir, l'existence n'est pas affreuse. On boit du champagne, Madame n'est pas méchante, il y a un jour de congé et, même si ces barreaux donnent l'impression de cage, moi, je préfère être en maison que clandestine. On ne risque pas les rafles et Saint-Lazare. On ne risque pas, non plus, d'être égorgée ou vitriolée.

– Et le garçon, qui s'en occupe?

– Ma mère, à Bougival.

Cette information soulagea Henri. Mal à l'aise, les mains dans les poches, il ne savait plus que dire. Qu'aurait-il objecté au tableau qu'elle venait de brosser?

– Si jamais tu changes d'avis, risqua-t-il, va voir Mme Duplessis. Elle saura toujours où me trouver.

– Je ne changerai pas d'avis.

La phrase avait claqué. Malgré ses remords, il était éconduit. Lui tournant le dos, elle arrangeait sa jarretière. Un client allait monter, suivi d'un autre, et, ce soir, si elle n'était pas trop fatiguée, elle jouerait aux dominos ou aux cartes avec les amies. Elles parleraient de tout sauf des hommes. Dans le couloir il entendit derrière une porte fermée un bruit de dispute. Vraie ou fausse... Qu'importait... Le pianiste continuait de jouer. De la galerie, Henri le voyait penché sur son clavier. Le tintamarre du salon couvrait les notes. Debout sur une table, une pensionnaire avait remonté ses jupons et, avec un cri extasié, son public découvrait qu'elle ne portait pas de culotte. Un froissement d'ailes et des cris stridents attirèrent l'attention d'Henri. Près de lui, dans un recoin, des perruches se battaient. Une immense fatigue l'envahit. De ce monde qui n'avait pas changé et ne changerait pas, il faisait partie... et s'il avait cru, sous les cieux de lumière, s'en être affranchi, il s'était bel et bien leurré.

31.

Chez Hortense, encore en grand deuil, on fêta à peine Noël. Autour des enfants, un déjeuner réunit, rue La Bruyère, Marthe, Henri, Étienne et Gabrielle. Jusqu'au milieu de l'après-midi, devant un samovar, les deux cousines égrenèrent leurs souvenirs de jeunesse... les étés à Trouville, leur connivence, leurs révoltes... Pour la première fois, Hortense put parler de Louis sans douleur. Ce fut même en riant qu'elle évoqua certains épisodes de leur relation. Fait nouveau, elle avait repris des projets dont celui d'écrire.

– J'étais, jusqu'à présent incapable de rassembler des idées... et puis, l'autre nuit, je me suis levée et un commencement d'histoire m'est venu. Curieusement, je me sentais guidée.

Après l'avoir encouragée à poursuivre cette aventure, Gabrielle se rendit chez Berthe Morisot qui, à trente-sept ans, avait donné un mois plus tôt naissance à une fille : Julie. Un miracle que personne n'osait plus espérer! Elle la trouva allongée sur une méridienne, le regard heureux mais la mine défaite. Avant que la nourrice n'emmène le bébé, elle le caressa et plaisanta :

– Faire un tel chef-d'œuvre m'a épuisée et je me demande si, un jour, j'aurai le courage de reprendre mes pinceaux.

– Mais oui, vous les reprendrez car vous aurez envie de restituer votre bonheur.

– Sans doute.

Sur un ton plus sérieux, Berthe avoua :

– De plus en plus fréquemment, je me dis, Gabrielle, que le destin nous a privilégiées. A quoi pourrions-nous encore aspirer? Des hommes de qualité et de talent répondent à l'amour que nous leur vouons. Nous avons nos enfants et le ciel nous a accordé le don de peindre. Tant de chance pourrait devenir inquiétant...

– Mais non, voyons!

– Enfin, mon amie, ne me dites pas que vous ne vous posez jamais de questions!

– Je m'en posais autant que vous mais j'ai compris qu'anticiper ne changerait rien. D'ailleurs, ne peignons-nous pas l'instant avec toute sa valeur et toute sa force?

– Votre discours m'étonne car je crois vous connaître suffisamment pour penser que vous ne vivez pas au jour le jour.

– J'ai pourtant appris à le faire et ce que traverse Hortense me donne raison. Étienne peut me quitter demain en ayant un accident ou en m'en préférant une autre. Je peux, quant à moi, tomber malade et ne plus exercer mon métier. Des événements qui balaient tout effort de vigilance ou de volonté et dont il n'est guère utile, vous en conviendrez, de ressasser l'éventualité.

Étienne était encore rue des Dames lorsqu'elle rentra. Il lisait une histoire à Eugène qui, le pouce dans sa bouche, luttait contre le sommeil. L'enfant couché, Gabrielle proposa à son mari de rester souper mais il refusa.

– Merci, ma chérie, mais je vais aller dormir.

– Déjà!

– Oui. J'ai rendez-vous demain matin avec Théo et je voudrais me réveiller tôt pour ranger mon atelier.

– Théo Van Gogh... Et tu m'annonces cette nouvelle au moment de nous quitter!

– Rien n'est conclu.

– Rien n'est conclu mais il revient sans cesse à la charge!

– J'ai décidé de ne m'attacher qu'aux preuves tangibles.

– Mais il va te les donner!

– Nous verrons.

Étienne avait appris à se méfier des engouements et des promesses. Ce soir encore, alors que ses pas résonnaient dans les rues désertes, il étouffait toute velléité d'espoir. Il continuait de vendre peu et mal, une situation qui l'empêchait d'entretenir décemment sa famille et le désespérait. Comment y remédier? Chevigny avait beau l'y pousser, il ne savait pas et ne voulait pas se parjurer.

– Quitte à en crever, je refuse de peindre des merdes!

Le col de son pardessus relevé, les mains dans les poches, il allait son chemin. Nimbées par le halo des becs de gaz, des silhouettes frileuses se pressaient vers la chaleur des appartements. Le 25 décembre 1878 touchait à sa fin et si certains discutaient encore, d'autres, repus et fatigués, rangeaient les reliefs de la fête.

A quelques centaines de mètres, Jeanne regardait le pendentif en or que lui avait offert Antoinette. Elles avaient passé la journée avec Nane Dorval dans l'arrière-salle du café où un canapé avait été installé pour la malheureuse qui parvenait avec peine à marcher.

– Il va me falloir engager quelqu'un pour s'occuper de maman, confia Jeanne à son amie.

Des frais auxquels elle pouvait s'exposer. Sa clientèle s'accroissait, elle songeait même à louer les deux pièces qui au-dessus de son local s'étaient libérées.

– J'y placerai deux autres couturières, expliqua-t-elle.

Contrairement à Antoinette qui la poussait à s'agrandir, sa mère avait peur.

– Ne tente pas le diable, répétait-elle. Pour l'instant, tu n'as pas de soucis.

– Mais si, maman, j'ai celui de trop travailler! Je me porterais beaucoup mieux, crois-moi, en répartissant l'ouvrage entre plusieurs personnes.

Tout en parlant, Jeanne caressait avec gentillesse la main de Nane. Aujourd'hui, elle savait tout l'attachement qui la retenait à celle que l'existence avait meurtrie, mais qui, dans l'unique but de l'élever, ne s'était pas abandonnée au désespoir. Épuisée de tristesse et de labeur, Nane arrivait au bout du chemin et, bien qu'elle n'en dît mot, la mort s'apparentait à une délivrance. Dans un ailleurs qui ne pouvait être pire que son quotidien, elle retrouverait son mari, son fils et auprès d'eux oublierait la pauvreté, les lessives, les mains crevassées et sa récente incapacité à se mouvoir. Par des attentions, Jeanne tentait de combler la solitude dans laquelle s'était enfermée sa mère mais il était trop tard.

– Elle n'aura décidément subi que des injustices ! Quand j'aurais pu la gâter, sa santé s'est altérée, confia-t-elle à Lison le lendemain matin.

Elles avaient avec la concierge de l'immeuble visité une nouvelle fois l'appartement à louer. Des travaux s'imposaient et, pour en connaître le montant, Jeanne fit porter un mot à Raphaël.

– Il n'habite plus le Foyer, lui apprit Lison à son retour, mais ils ont bien voulu me donner sa nouvelle adresse.

Raphaël se manifesta le soir même. Il arriva au cours d'un essayage. Avec un sourire d'excuse, Jeanne lui demanda de repasser un quart d'heure plus tard. Il revint au moment souhaité et, en même temps qu'il prit de ses nouvelles, son fardeau s'allégea. Personne ne savait autant que lui la rassurer et la stimuler.

– Je ne peux m'attarder, s'excusa-t-il après avoir fait le tour des lieux. On m'attend pour souper... mais pourquoi ne passerions-nous pas ensemble le 31 décembre ? Avez-vous des projets ?

Elle en avait, néanmoins elle préférait sa compagnie. Appuyée contre la porte, elle le regarda s'éloigner après qu'il lui eut fixé rendez-vous à Montmartre. Sa démarche était vive, joyeuse. Où allait-il ? Jusque-là, elle ne s'était pas posé de questions à son sujet... Songeuse, elle replia des tissus.

Quelques heures plus tard, Raphaël abandonnait sa cape et son chapeau dans le vestibule d'Edmond Surtel, puis suivait un majordome jusqu'aux salons où le banquier recevait les connaissances de sa nièce. Sur le seuil, il hésita et s'en voulut une nouvelle fois. Il avait rencontré Maria da Conceição pendant un entracte à l'Opéra et elle avait tant insisté pour qu'il vienne à la soirée qu'elle allait organiser qu'il n'avait pu refuser. Cependant, la vision de tous ces jeunes gens et jeunes filles bien nés qui péroraient autour des buffets le glaça. Qu'avaient-ils à lui dire et qu'aurait-il à leur répondre? Ce monde n'était pas le sien et, contrairement à certains de ses confrères, il n'avait pas envie d'y pénétrer. Dès qu'elle l'aperçut, la Brésilienne vint à sa rencontre. Glissant son bras sous le sien, elle s'exclama avec un rire léger :

– Je craignais qu'un déplacement de dernière minute ne vous empêche de venir!

Il la contempla et la jugea plus ravissante encore que dans son souvenir. Sa silhouette s'était affinée et la robe de dentelle rouge qu'elle portait rehaussait sa carnation de blonde. Massés sur la nuque, ses cheveux étaient retenus par des fleurs en diamants et rubis. Maria da Conceiçâo sentait le luxe et la volupté. Il n'y avait qu'à croiser son regard pour comprendre que sa nature exigeante et généreuse souffrait d'être bridée. Mais pourquoi demeurait-elle célibataire? Ignorant les compliments des uns et des autres, elle ne le quitta pas et il en fut surpris. Assis à son côté pendant le récital de chant, il respirait son parfum de magnolia. Tout en s'agitant sur son fauteuil, elle s'éventait et il comprit que la musique, en l'occurrence Verdi, ne parvenait pas à la distraire. Comme beaucoup de ses semblables, Maria da Conceiçâo ne semblait jamais satisfaite. Inquiétude, impatience, il n'aurait su le définir. Toujours est-il qu'il la trouvait superficielle et fatigante. Après avoir échangé des paroles aimables avec Edmond Surtel, Raphaël décida de s'éclipser. Il longeait un corridor quand l'appel de son nom l'obligea à se retourner.

– Monsieur Bolzano... Où allez-vous? demandait Maria.

Sans le laisser répondre, elle lança d'un trait.

– Dites-moi seulement si nous nous rencontrerons à nouveau.

– Je ne...

– Emmenez-moi au spectacle, au cirque, à l'hippodrome, ou bien ailleurs... là où vous le déciderez... mais ne m'ignorez pas comme vous l'avez fait jusqu'à présent.

Avec étonnement, il découvrit qu'elle balbutiait. Lui qui avait toujours cru qu'elle le méprisait ne comprenait plus son attitude. Elle avait posé sa main sur la sienne et murmurait :

– Je n'ai jamais recherché l'attention d'un homme, jamais jusqu'à ce soir... et je vous hais de n'avoir rien perçu, je vous hais de m'obliger à m'abaisser. Je vous hais et je vous adore!

Sur ces derniers mots, elle retourna vers ses hôtes tandis que Raphaël abasourdi se demandait s'il avait rêvé. Il connaissait à peine la jeune fille. Elle l'avait rabroué lors de leur première rencontre, à peine remercié quand il avait empêché sa jupe de prendre feu et, à l'instant même, se jetait à sa tête. Que faire pour l'éloigner sans la froisser? Même si son délire le flattait, il n'était pas question d'y entrer. Non sans dérision, il imaginait le scandale qui s'ensuivrait si la vanité ou la bêtise le poussaient à tomber dans le piège. Maria da Conceiçâo et Raphaël Bolzano... la riche héritière et l'émigré... Ils deviendraient la risée des salons puis Edmond Surtel, qui avait le bras long, ferait payer à l'architecte d'avoir nui à la réputation de sa nièce en le diffamant au sein de sa profession. Face à un tel danger, ses aventures sans lendemain lui parurent le bonheur absolu. Par ses amis les peintres, il côtoyait des filles peu farouches qui ne recherchaient pas davantage qu'un dîner et une nuit agréables. Récemment, il y avait eu Léonie. Elle disait avoir dix-sept ans, elle était douce et potelée et, quand elle ne chantait pas, elle babillait comme une enfant.

Avant de rentrer, il fit un détour par La Nouvelle Athènes. Malgré l'heure tardive, Manet, assis à sa table habituelle, discourait avec Caillebotte, Antonin Proust et le docteur de Bellio.

– Quelle élégance! souligna Manet en dévisageant l'arrivant. Tu sors de chez les rupins?

En guise de réponse, Raphaël sourit. Après avoir commandé de l'absinthe, il attira une chaise et s'y installa.

– L'élégance! Voilà qui me fait penser à la mésaventure que j'ai vécue chez notre amie Nina, reprit Manet. Je venais d'acheter un paletot mastic et l'étrennais pour me rendre rue des Moines. Dans l'antichambre très sombre, j'ai vu des patères encombrées de vêtements. Très soigneusement, je me débarrassai du mien et l'étendis sur une table. Mais ce que je pris pour une table était en fait la couche de savon qui surnageait au-dessus du bain de notre hôtesse. J'ai dû rentrer chez moi drapé d'un plaid.

En même temps qu'il parlait, Manet se massait la cheville.

– Cette satanée jambe, bougonna-t-il. Va-t-elle, un jour, me laisser en paix ?

Le docteur de Bellio se pencha et, à son tour, palpa le membre douloureux. Son air soucieux n'échappa pas à Raphaël qui appréciait l'homme et le praticien. Cet homéopathe achetait depuis presque cinq ans les œuvres du groupe. Il en était peu à peu devenu l'ami et, à l'occasion, soignait les uns et les autres. Tout comme Victor Chocquet, il aimait la peinture pour la peinture, aucune idée de spéculation n'accompagnait ses acquisitions.

Manet semblait plus nerveux que de coutume. Il fumait cigarette sur cigarette, buvait bière sur bière.

– Ne plus avoir d'atelier me rend fou, avoua-t-il. Même si j'ai de plus en plus envie de peindre en plein air, je déteste être un nomade.

Il avait dû quitter la rue Saint-Pétersbourg et attendait de trouver un lieu qui lui conviendrait.

– Cette situation n'arrange pas les rapports avec les modèles ! Obtenir des séances régulières n'était déjà pas simple, maintenant, cela tient du tour de force. Combien n'en ai-je connu qui disaient – on vient, on pose et on s'en va... il finira tout seul – Eh bien non... on ne finit pas tout seul, d'autant moins qu'on ne finit que le jour même où on commence, mais il faut recommencer souvent et alors il faut beaucoup de jours. Il y en a, en revanche, qui reviennent quand on ne les rappelle pas, en me demandant de retoucher... ce à quoi je me refuse...

Le cheveu hirsute, la veste tachée de peinture, Étienne, par son arrivée, interrompit son discours.

– Il fait si froid dans mon atelier que je ne pouvais m'endormir sans avoir bu un grog !

Face à la boisson fumante et les yeux mi-clos, il commença d'oublier un travail qui, la journée entière, l'avait tenu à l'écart de tout. Sans participer à la conversation, il écoutait Caillebotte évoquer ses constructions de yoles et de périssoires. Ces paroles le firent songer à des paysages d'été. Il vit des femmes vêtues de robes en foulard qui, abritées sous leurs ombrelles, marchaient à petits pas le long de la Seine tandis que filaient dans une parfaite trajectoire des embarcations conduites par de solides rameurs. Sur le pont, un train passait, attirant le regard des enfants qui jouaient à saute-mouton.

Ces réunions, qui se poursuivaient jusqu'à la fermeture de l'établissement, étaient un rite dont aucun n'aurait voulu se priver. Rien, en effet, ne surpassait cette entente, elle réchauffait les âmes et donnait la force de tenir tête à ceux qui ne savaient que critiquer, à ces infirmes de l'imaginaire qu'ils continuaient de braver même s'ils avaient conscience que cela était perdu d'avance.

Étienne et Raphaël firent ensemble une partie du trajet qui les ramenait chez eux. Tout en marchant d'un bon pas, ils parlèrent des récents événements politiques.

– Tant que Mac-Mahon nous emprisonnera dans son ordre moral, rien d'intéressant ne naîtra, disait Étienne qui enrageait de voir pareil conservateur au pouvoir.

– Il n'y en a plus pour longtemps, le rassura Raphaël.

– Je l'espère sinon il y aurait de quoi tout abandonner...

– Ne me prends pas pour un crétin... Tu ne le ferais jamais...

– Qui sait?

– Ni toi ni moi n'abandonnerons parce que le monde ne peut changer que par l'addition de démarches individuelles, la tienne, la mienne et celle de tous les idéalistes, les visionnaires, les insoumis ou les fous de notre espèce...

32.

Après avoir servi sur un plateau le repas de sa mère, Jeanne se dirigea vers un réduit où, devant un miroir, elle se prépara. En chantonnant, elle poudra son visage, pinça ses joues pour leur donner de la couleur puis, avec des épingles en écaille, entreprit de discipliner sa chevelure. Dans la pièce voisine, la pendule sonna neuf heures. Raphaël allait bientôt arriver. Sur une chaise paillée se trouvait la robe de taffetas aux reflets de flamme qu'elle allait porter. Le décolleté en était audacieux. Elle hésita puis haussa les épaules. Son cavalier l'avait déjà vue à demi nue dans les ateliers. Une fois habillée, elle se contempla et se plut. Attirante, élégante, elle pouvait braver Paris.

– Qu'en penses-tu ? demanda-t-elle à sa mère en tournoyant devant celle-ci.

– C'est bien osé pour une jeune fille !

Les minutes passaient mais Raphaël n'arrivait pas. Aurait-il oublié son invitation ? Avec nervosité, Jeanne souleva le rideau d'une fenêtre. La lune éclairait la rue où des groupes encapuchonnés se dirigeaient vers les lieux de plaisir. Luttant contre une absurde envie de pleurer, elle mit de l'eau à bouillir sans savoir à quoi elle l'utiliserait. Il arriva vingt minutes plus tard et, à le voir, une bouffée d'allégresse l'envahit.

– J'ai eu du mal à trouver un fiacre, s'excusa-t-il, mais si vous êtes prête je vous enlève.

Il avait retenu une table au rez-de-chaussée du Café Riche. Jamais encore elle n'avait approché pareil luxe et ne savait quoi admirer des faux marbres, des fleurs, des cloches en argent ou des lustres qui à l'infini se répétaient dans les glaces.

Assise sur une banquette de velours cramoisi, elle respirait une odeur semblable à nulle autre, une odeur où se mêlaient les épices, le tabac blond et les parfums. Elle songea aux livres que lui avait prêtés Gabrielle ou qu'elle empruntait avec régularité à la bibliothèque. Il y était souvent question de bonne chère et d'oisiveté, de luxure et de rendez-vous clandestins. Son regard se fixa sur l'escalier dans lequel s'engageaient hommes et femmes et qui devait mener à ces fameux salons particuliers. Combien n'avait-elle créé de robes pour des rendez-vous amoureux? On ne pouvait s'y tromper. Dans ces occasions, les clientes ne parvenaient pas à cacher leur fébrilité.

– A quoi songez-vous? lui demanda Raphaël.

– A ce qui se déroule au-dessus de nos têtes, répliqua-t-elle en riant.

– Il est encore trop tôt pour imaginer le pire.

Maître d'hôtel et sommelier se succédèrent. Bientôt arrivèrent mets et vin, un chablis glacé dont la saveur inonda la bouche de Jeanne. Elle laissa aller sa tête contre le dosseret. Voilà qu'elle était au cœur de la ville et des choses! Raphaël se leva quelques instants pour saluer une connaissance qu'il lui présenta. Puis, dès qu'ils furent seuls, la conversation s'engagea, animée, joyeuse, naturelle surtout. Au milieu du souper, des violonistes s'approchèrent. Ils venaient de l'Est, du pays des steppes et des neiges. Leur instrument était leur seul bagage et, en les écoutant jouer, Raphaël sut que son pays toujours lui manquait. Leur déracinement était le sien... leur lutte pour survivre, la sienne... Pourtant, il aurait voulu en finir une fois pour toutes avec le passé. La France l'avait non seulement accueilli mais privilégié. Il lui devait tout, et plus encore. Se reprenant, il chercha le regard de Jeanne et découvrit qu'elle l'observait. Il souleva son verre puis lui sourit :

– A vous, Jeanne, et que tous vos souhaits se réalisent!

Dans la salle, le va-et-vient s'était accru. En habit, des hommes escortaient des créatures parées comme des reines. Ruisselantes de dorures et de pierreries, elles s'éventaient tout en leur chuchotant des mots qui, tels un coup de baguette magique, les rendaient vaniteux. Au passage, Jeanne reconnut des comédiennes que les théâtres s'arrachaient, des danseuses... Il était impossible de mettre un nom sur les visages, surtout aux approches de minuit où la porte à tambour ne cessa de tourner. Plusieurs personnes échangèrent quelques phrases avec Raphaël, et, chaque fois, elle vit qu'il était apprécié et respecté. De lui, il parlait peu et elle eut envie d'en savoir davantage :

– Qu'êtes-vous devenu ces derniers mois? Vous aviez disparu!

– J'ai davantage et mieux organisé ma vie.

Il s'interrompit puis reprit :

– Le décès de Louis m'a fait prendre conscience de certaines choses, notamment que je n'arrêtais pas de repousser ce que j'avais à accomplir. J'ai donc décidé d'emménager dans un endroit qui n'est pas seulement un lieu où dormir. En quatre mots : je me suis fixé.

– Vous vous êtes fixé et vous avez oublié vos amis...

– Non, Jeanne, je n'ai oublié personne mais j'étais peu disponible. Vous avez certainement appris que je ne suis pas resté chez le successeur de Louis Duplessis. Il a fallu que je m'impose chez un nouvel employeur et, n'étant pas d'une nature sereine, ces soucis m'ont empoisonné l'esprit.

Jeanne n'avait jamais mangé un aussi succulent dessert. A chaque bouchée, elle manifestait un enthousiasme d'enfant. Amusé, il la contemplait. Elle plissait les yeux comme un chat, ses pommettes avaient rosi et, à la naissance de sa gorge, il découvrit un grain de beauté sur lequel il eut envie de poser ses lèvres. Leurs regards se croisèrent. Avait-elle deviné sa pensée? Soudain, à l'église voisine, les cloches sonnèrent minuit à toute volée. Une houle traversa le restaurant. On se leva, se congratula pendant que, pris de frénésie, les violonistes tentaient de dominer le vacarme. Des bouchons sautèrent, le champagne coula à flots. Seule fausse note, une femme vieillissante, après avoir giflé son compagnon, éclata en sanglots. Sans bouger, Raphaël et Jeanne continuèrent de se regarder. Qu'éprouvait-elle en cet instant précis ? Un mélange d'euphorie et de griserie. Elle prit conscience de son désir et, prise au dépourvu, en fut troublée. Il s'empara alors de ses doigts afin d'y déposer un léger baiser.

Sur le boulevard illuminé, ils furent entraînés par une foule qui avait bravé le froid et une pluie menaçante. D'un attelage à l'autre, on s'interpellait et des banderoles s'agitaient sur l'impériale des omnibus. En faisant tournoyer leurs crécelles, des enfants se frayaient un passage entre les badauds. Un peu partout des pétards explosaient. Aucun fiacre ne se présentant, eux-mêmes se laissèrent emporter par le courant jusqu'à ce que l'averse force tout le monde à s'abriter sous les porches des immeubles.

– Ce déluge risque de s'éterniser, déclara Raphaël. Je n'habite pas très loin et, en vous abritant sous ma cape, vous devriez arriver chez moi sans trop de dommage.

Ce fut pourtant ruisselante que Jeanne entra dans son salon.

– Mon Dieu, murmura-t-il en constatant les dégâts.

La robe était à tordre ainsi que les jupons mais, au lieu d'en être navrée, Jeanne riait.

– Comme pour Cendrillon... minuit m'a été fatal, constata-t-elle en repoussant les mèches collées à son front.

– Si vous ne voulez pas attraper une pneumonie, il faut vous changer, proposa-t-il. Suivez-moi.

Il l'emmena dans sa chambre et, d'une armoire en acajou, sortit un peignoir de soie puis il retourna allumer un feu dans la cheminée. Quand elle le rejoignit, les flammes crépitaient.

– Vous aussi devriez vous sécher, remarqua-t-elle en s'asseyant près de l'âtre.

Seule, elle prit connaissance des lieux. Il y avait peu de meubles, deux fauteuils à haut dossier, une grande table où s'amoncelaient des dessins et des maquettes, une bibliothèque vitrée emplie de livres et de revues. Accrochés aux murs, des tapis la frappèrent par leur originalité et leur beauté. Ils côtoyaient des tableaux d'inspiration orientale.

Au bout de quelques minutes, Raphaël revint, habillé

d'un costume de velours côtelé. Sur un plateau, il avait disposé deux verres et une verseuse contenant un rhum brûlant. Ne l'ayant encore jamais vu aller et venir dans un cadre lui appartenant, il lui parut soudain plus abordable. Non qu'il l'intimidât mais la réserve qui jusqu'alors existait entre eux se dissipait. Pour qu'ils sèchent plus rapidement, elle avait dénoué ses cheveux et, déployés devant le feu, ils formaient un écran mordoré.

– Vous sentez-vous mieux?

Elle hocha la tête puis rectifia :

– Peut-être pourriez-vous me prêter des chaussettes?

Il alla en chercher une paire mais, dès qu'elle voulut les lui prendre, il s'empara de son pied droit et avec douceur le réchauffa.

– Comme il est petit, constata-t-il en le regardant. Petit et si joli! Savez-vous comment en Chine on appelait les pieds des femmes quand, par de savants bandages, ils devenaient minuscules?

– Non.

– Des lotus d'or.

– Des lotus d'or, répéta Jeanne avant que Raphaël ne récite en cherchant parfois ses mots :

« Dans un nuage parfumé, elle marche, petits pieds de lotus
Triste parfois, mais si gracieuse et légère
Elle danse comme le vent, sans laisser de trace
Regardez-les dans le creux de la main
Merveilles de petitesse, au-delà de toute description. »

Riant de sa surprise, il ajouta :

– Indépendamment de sa forme ou de sa texture, un pied prenait toute sa valeur dans certaines circonstances : placé dans une main d'homme comme en ce moment, perché sur une épaule, modelé sous une couverture, profilé par une source lumineuse – il se tourna alors vers le feu –... ou bien... ayant laissé son empreinte dans la neige fraîche...

A sentir ses doigts sur sa peau, cette caresse qui montait jusqu'à la cheville, Jeanne éprouvait un trouble grandissant. Ce fut avec effort qu'elle demanda :

– Comment savez-vous tout cela?

– Il y avait chez mon oncle, à Salonique, une servante

chinoise. Elle m'avait pris en affection et me racontait toutes sortes d'histoires. C'est elle qui m'a donné le goût du lointain. Elle s'appelait « Pousse de Bambou » et possédait des dons de prophétesse.

– Vous a-t-elle livré les clés de votre avenir?

– Certaines..., notamment celle de ne pas brusquer les événements. « Le temps est ton allié », ne cessait-elle de me répéter, « et ce qui te tiendra à cœur viendra au moment opportun. Il faut savoir attendre. »

Il s'était levé, et elle le suivit des yeux pendant qu'il versait du rhum dans leurs gobelets. Avait-il changé ou le voyait-elle autrement... séduisant, soudain. Ses cheveux noirs avaient séché, encadrant un visage qui, malgré des traits fins, donnait une impression de force et de concentration. Abritées sous d'épais sourcils, les yeux d'encre reflétaient un monde d'émotions qui, toutefois, demeuraient insaisissables. Lorsqu'il souriait, tout son être irradiait de lumière. Le passé l'avait montré, Raphaël Bolzano était un homme d'honneur, de vérité et de générosité. Il tisonna les braises puis s'assit. Ils ne parlèrent pas mais aucun des deux n'en éprouva de la gêne. La pluie crépitait contre les carreaux. Ils l'écoutaient avec la quiétude de se savoir à l'abri et ensemble. Jeanne dut s'assoupir car elle sursauta lorsque son hôte, en touchant son bras, lui apprit qu'il était plus de trois heures.

– Excusez-moi, balbutia-t-elle.

L'excuser! Pouvait-il lui avouer qu'il était demeuré immobile à veiller, heureux de l'entendre respirer, certain qu'un jour elle viendrait à lui et l'aimerait.

1879

33.

Janvier 1879 fut fertile en événements. La crise politique que traversait le pays s'était accentuée. Avec les dernières élections deux France s'affrontaient à presque égalité. Environ 4 200 000 voix en faveur des républicains contre 3 600 000 aux monarchistes. Si les premiers gardaient la majorité à la Chambre, il leur restait toutefois à s'emparer du pouvoir. Cette conquête commença par la base, à l'échelon des municipalités. Dans le moindre village, on vota pour les représentants des « couches nouvelles » dont parlait Gambetta. La prise du Sénat devint donc envisageable. Elle fut réalisée le 5 janvier. Cent soixante-quatorze sénateurs républicains furent élus contre cent vingt-six monarchistes. Ayant contre lui deux Chambres républicaines, Mac-Mahon n'avait plus qu'à démissionner. Ce qu'il fit, le 30 janvier, pour laisser la place à Jules Grévy qui déclara : « Soumis avec sincérité à la grande loi du régime parlementaire, je n'entrerai jamais en lutte contre la volonté nationale exprimée par ses organes constitutionnels ».

Chez les artistes, on fêta l'événement ! Étienne eut toutes les peines du monde à retrouver son chemin et quand, titubant, il parvint à la porte de son atelier, il n'en trouva plus la clé.

Dans les milieux d'affaires, on se frottait les mains mais pour des raisons différentes. Le nouveau président convenait. Il ferait sans danger avancer le progrès social !

– Nous n'avons pas à nous inquiéter, déclara Edmond

Surtel à James Winsley. Grévy tiendra à l'écart Gambetta qui, par contre, avec ses aspirations utopiques et ses excès, risquerait de donner aux investisseurs étrangers une image instable de notre pays.

Rassuré, le banquier continua d'accroître son empire. L'Asie et l'Afrique ne lui suffisant plus, il acheta sur les conseils de son beau-frère des plantations de café au Brésil. Une démarche qu'il accomplit avec une sorte d'automatisme. L'espace d'une soirée, alors qu'il ne trouvait pas le sommeil, il songea à l'époque où, la peur au ventre, il jouait le peu qu'il possédait sur un achat de moindre importance. Il avait eu l'impression de traverser les enfers! Enfers qui, aujourd'hui, revêtaient des allures de purgatoire car au moins avait-il eu le sentiment d'exister, sur le fil du rasoir certes, mais d'exister... Qu'attendait-il maintenant qu'il était riche à millions? Quand, le soir, il rentrait de son bureau, il soupait frugalement puis, dans son fumoir, éclairé parcimonieusement car il aimait la pénombre, il lisait ou relisait des Mémoires ou des biographies d'hommes célèbres. Parfois, sa pensée s'échappait. Il s'imaginait une autre vie... une contradiction qu'il ne s'expliquait pas puisqu'il avait, pierre par pierre, construit celle à laquelle il aspirait depuis sa jeunesse. Son ambition comblée, il se sentait néanmoins perdu. Comment remplacer l'attrait qu'exerçait le pouvoir lorsqu'on y était parvenu? Ne croyant pas en Dieu et peu en l'homme, Edmond Surtel ne savait à quoi se raccrocher. A plusieurs reprises, il avait tenté de se rapprocher de Marcel, son fils. L'adolescent demeurait tout aussi inaccessible. A son décès, il hériterait d'un empire. Qu'en ferait-il? Dans un geste d'impuissance, le banquier haussait les épaules mais, au fond de lui-même, il en souffrait. Et les femmes? L'avaient-elles seulement aimé? De santé fragile, son épouse l'avait souvent abandonné pour différents lieux de cure et, de leur brève union, il avait gardé de la frustration et un soupçon d'amertume. Veuf, il avait eu quelques liaisons vénales. Payer ôtait à Edmond une partie de la peur qu'il nourrissait pour le sexe opposé. Seule Hortense parvenait à vaincre cette réserve et lui inspirait de l'amour... « passion » n'étant pas un mot qu'il se serait autorisé. Tout chez elle le comblait, sa beauté, cette grâce évanescente qui en réalité masquait un caractère fort. En demeurant naturelle, spontanée, elle avait toujours l'expression et le geste justes. L'avait-il jamais vue désarçonnée? Dans la plus grande détresse elle lui avait paru conserver une grande dignité. Edmond, parfois, supputait ses chances mais, contrairement à ses habituels négoces, il n'était pas certain d'enlever cette affaire. Trop de paramètres entraient en ligne de compte... En attendant que finisse le deuil d'Hortense, il lui rendait régulièrement visite et tentait de la convaincre qu'il pouvait la protéger.

Un dimanche après-midi, il la trouva en compagnie de Raphaël Bolzano. Ils prenaient le thé en devisant et leurs propos semblaient les avoir égayés. Maria da Conceiçâo qui, en bougonnant, avait accompagné son oncle ne le regretta pas.

– Ce n'est guère original mais nous évoquions notre nouveau président, confia Hortense à ses invités. M. Bolzano m'apprenait que Jules Grévy gagnait souvent au billard...

– Et au whist, rectifia Edmond Surtel.

– Le connaissez-vous bien?

– « Bien » serait un terme exagéré! Disons que nous nous connaissons depuis longtemps.

– Alors... racontez-nous... est-il aussi sévère qu'il le paraît?

– Non. Dès qu'il n'est plus en public, il perd son masque.

En même temps qu'il défendait Grévy, le banquier se demandait si Hortense lui reprochait à lui aussi d'être trop strict. Aurait-il été capable, à l'exemple de Bolzano, de la distraire avec des potins? Il s'en voulut soudain de ne pas savoir être léger.

Assise dans une bergère, Maria da Conceiçâo participait peu à la conversation. Son retour à Rio de Janeiro avait été fixé pour la fin du printemps et, cette fois-ci, il lui serait impossible de le différer. Depuis qu'elle lui avait avoué l'adorer, l'architecte n'avait pas bougé. L'avant-veille, elle avait passé ses nerfs sur Zélia dont les pouvoirs demeuraient inopérants. Le visage marqué par les gifles, la malheureuse avait de nouveau brûlé des bougies, invoqué ses saints et jeté des sorts. Une fois encore, Maria da Conceiçâo décida d'aider le destin. Se tournant vers Raphaël, elle déclara sur un ton suave :

– Mon oncle étant retenu par une réunion mercredi soir, verriez-vous un inconvénient à m'accompagner aux Bouffes ?

Elle le vit hésiter, mais, la bienséance prenant le dessus, il quêta l'approbation d'Edmond Surtel puis accepta.

Lorsqu'ils arrivèrent au théâtre, les têtes se tournèrent. Quel était l'inconnu qui accompagnait l'un des partis les plus convoités de la capitale ? Indifférent à la curiosité générale, Raphaël conduisit la jeune Brésilienne jusqu'à leur loge.

– Je n'avais encore jamais rempli le rôle de prince consort, remarqua-t-il en souriant.

– Le jugez-vous inconfortable ?

– Il le serait certainement s'il devenait une habitude.

Sans répondre, elle continua de s'éventer. Au parterre, chez les célibataires en mal d'aubaine, on chuchotait. Ceux qui auprès de Maria da Conceiçâo avaient essuyé un échec étaient étonnés de la découvrir en galante compagnie car, leur vanité l'emportant, ils avaient conclu qu'elle devait préférer les femmes ; ils lui avaient même prêté une aventure avec la petite Zélia. Au cours de l'entracte, on tourna autour d'eux en pensant aux informations qu'on ferait circuler dès le lendemain. Reconnaissant dans la foule Édouard Manet et son épouse, Maria alla à leur rencontre. Le peintre semblait fatigué.

– Tiens, Bolzano...

Et avec un clin d'œil il ajouta plus tard, en aparté :

– Voilà qui s'appelle bien se placer !

Agacé, Raphaël voulut se défendre mais Suzanne Manet avait déjà lancé à Maria da Conceiçâo :

– Pourquoi ne venez-vous jamais à nos « jeudis » ? Nous vous attendons la semaine prochaine.

Se tournant vers Raphaël, elle ajouta :

– Avec votre charmant cavalier, bien sûr...

– Les plans d'un chantier ayant pris du retard, je dois travailler tard les soirs à venir, s'excusa-t-il. Je ne devrais d'ailleurs pas être ici, aujourd'hui.

Jusqu'au moment où il raccompagna la jeune fille chez

son oncle, il demeura aimable mais rien dans ses paroles n'était susceptible de donner un quelconque espoir. Vexée, Maria le salua à peine.

Elle réveilla Zélia qui s'était assoupie en l'attendant et, pendant que celle-ci la déshabillait et brossait ses cheveux, elle donna libre cours à sa rancœur.

– Comment ai-je pu m'intéresser à cet imbécile! répétait-elle en tapant du pied contre la coiffeuse. Cet imbécile qui me préfère la compagnie d'une petite couturière!

En prononçant le dernier mot, son visage s'éclaira. Envoyant promener brosses et peignes, elle arpenta la chambre.

Une semaine plus tard, Jeanne ouvrait la porte de son atelier à une inconnue qui avec un accent chantant déclarait :

– Mme Duplessis m'a depuis longtemps vanté vos mérites. Je voudrais vous commander des tenues d'été.

Jeanne s'effaça pour laisser entrer sa visiteuse mais avec étonnement elle vit se profiler dans son sillage la petite Noire qui tout du long de l'hiver l'avait épiée. Sans s'attarder sur l'étrangeté de cette situation, elle sortit d'un cartonnier les croquis de sa nouvelle collection.

– Pour vous donner une idée de mon travail, précisa-t-elle.

En silence, Maria da Conceiçâo passa en revue les modèles. Le talent de Jeanne était indiscutable, tout comme l'était son charme. Jolie, souriante, bien élevée sans être obséquieuse, elle se mouvait avec grâce et donnait des conseils d'une voix calme et mélodieuse. Enrageant de ne lui trouver aucun défaut, la visiteuse tentait de ne pas se trahir.

– Aimeriez-vous regarder des tissus, proposa Jeanne en appelant Lison afin qu'elle descende de l'entresol des coupons.

Un choix fut bientôt effectué pour un costume de voyage et une robe en mousseline. Jeanne prit les mesures de sa cliente, les recopia sur un cahier puis, après avoir fixé les prix, donna un rendez-vous pour un premier essayage la semaine suivante :

– Mais c'est la petite qui nous guettait, je l'ai reconnue, s'exclama Lison dès qu'elles furent seules.

– Moi aussi, l'arrêta Jeanne... et qu'importe! C'est Mme Duplessis qui nous envoie cette cliente. Nous allons donc nous surpasser... Il y va de notre réputation!

Maria da Conceiçâo revint à la date indiquée mais avec une heure de retard. Sur un ton sec, elle demanda des modifications qui déséquilibraient le modèle et contre lesquelles Jeanne tenta sans résultat d'argumenter. La scène se répéta jusqu'à ce que les vêtements soient prêts à livrer. Jeanne veilla elle-même à leur emballage puis Lison les emporta.

Le lendemain, la Brésilienne sonnait et, suivie de Zélia qui portait des cartons aisément reconnaissables, repoussa l'apprentie pour se poster devant Jeanne et lui jeter au visage la facture qui accompagnait l'envoi :

– Personne jusqu'à présent ne m'a jamais volée, lança-t-elle.

Profitant de la stupeur de son interlocutrice, elle ajouta :

– Ce que vous me demandez ne correspond en rien aux prix que vous m'aviez indiqués!

– Mais, mademoiselle, je vous assure...

Jeanne tendit la main vers un cahier, le feuilleta et, la page trouvée, montra la commande :

– Cela ne constitue pas une preuve! Vous avez pu écrire ce que vous vouliez...

– Enfin... mademoiselle...

– Zélia est témoin, l'interrompit Maria da Conceiçâo. Les sommes ne sont plus les mêmes. Quant à ce que vous m'avez fourni...

Elle martela alors ses mots :

– Cela tient proprement du scandale.

Déployés par la servante, les vêtements que Jeanne avait avec tant de soin cousus, empesés, repassés, ressemblaient à des fripes. Les ourlets ondulaient, des boutons pendaient et ils étaient sales...

– Non seulement vous essayez de me gruger mais vous vous moquez de moi!

Les larmes aux yeux, Jeanne contemplait le saccage. Elle n'avait aucun recours sinon celui de ne pas se faire payer mais elle savait que sa cliente n'en resterait pas là. La méchanceté qui brillait dans son regard la renseignait quant à ses desseins. N'était-elle d'ailleurs pas en train de clamer :

– Je me charge d'en avertir Mme Duplessis ainsi que les malheureuses qui auraient l'idée de faire appel à vos services.

D'un geste, Jeanne empêcha Lison de prendre sa défense. Elle savait aussi qu'elle ne devait ni s'énerver ni mettre dehors celle qui cherchait à lui nuire et continuait de l'insulter :

– Je ne sais comment vous avez réussi à attirer l'intérêt de mon amie mais je me charge d'y mettre bon ordre. Dans quelques heures, vous serez redevenue une petite intrigante sans talent.

Alors que Zélia posait avec délicatesse les pièces à conviction sur un fauteuil, Maria da Conceiçâo quitta l'appartement.

– C'est une menteuse! s'écria Lison.

S'approchant de Jeanne, elle ajouta :

– On ne peut la laisser vous calomnier... C'est injuste!

– Oui... mais ma parole n'a pas de valeur face à la sienne.

– Pourquoi?

– Parce qu'elle porte un nom qui vaut toutes les cautions.

– Mme Duplessis ne la croira pas. J'en suis certaine!

Assommée par le coup qui venait de lui être porté, Jeanne avait perdu son habituel bon sens. Une immense fatigue l'envahissait. Toute cette lutte, tout ce travail pour en arriver là! Qui pourrait la secourir? L'image de Raphaël s'imposa. Le soir même, elle glissait un mot sous sa porte puis elle revint chez elle et, après avoir refusé de souper, se réfugia sous ses couvertures. Malgré sa fatigue, elle ne trouva le sommeil qu'un peu avant l'aube.

Ni le lendemain, ni le surlendemain, Raphaël ne se manifesta. Dans un sursaut d'orgueil, elle ne le relança pas. Se pouvait-il que, déjà mis au courant par Hortense Duplessis, il l'eût abandonnée? Jour après jour, elle alla à son travail et cette démarche l'empêcha de sombrer. Jamais elle ne s'était sentie aussi seule. Malgré la compagnie d'Antoinette ou de Lison, cette impression ne faisait que s'accroître. En quelques mots, Maria da Conceiçâo lui avait rappelé sa condition et le fossé qui la séparait d'un milieu capable, s'il l'avait décidé, de détruire le résultat de ses efforts. Elle touchait le fond du désarroi quand Gabrielle frappa à sa porte.

– Toi, s'exclama Jeanne prise au dépourvu.

– Oui, moi, ma petite Jeanne. J'ai pensé qu'il était important de tirer au clair une situation pour le moins étrange.

– Alors, tu es au courant...

– Mme Duplessis qui ne croit pas un mot de ce que notre amie brésilienne lui a raconté m'a demandé de te rendre visite.

Gabrielle s'était approchée de Jeanne; celle-ci gênée, gardait les yeux rivés sur le tapis. Depuis l'aventure qui, plusieurs mois auparavant, l'avait liée à Étienne, elle s'était arrangée pour ne pas ou peu croiser la jeune femme. Que ce fut elle, aujourd'hui, qui vienne à son secours ajoutait à son embarras. Avec sollicitude, sa visiteuse lui posa des questions auxquelles elle répondit avec le sentiment que la vie se chargeait de la punir en continuant de lui montrer les qualités de celle qu'elle avait trahie.

– Il faudrait maintenant découvrir les mobiles de son acte, remarqua Gabrielle.

– J'ai tourné le problème dans tous les sens et je ne trouve aucune explication. Nous ne nous connaissions pas...

– En attendant d'éclaircir ce problème, nous allons contre-attaquer, l'interrompit Gabrielle. Tu vas me créer une robe à rendre folles de jalousie tout ce qui porte jupons. Prépare-toi aussi à travailler plus que de coutume car Hortense a l'intention de te commander les vêtements de deuil qu'elle portera dès les beaux jours. Quant à Nina de Callias, elle se fera, elle aussi, un plaisir de clouer le bec à cet oiseau de malheur! Mais qu'as-tu?

Jeanne avait éclaté en sanglots. Des pleurs déchirants où se mêlaient la tension accumulée depuis trop longtemps, le soulagement de voir que l'on ne mettait pas en doute son honnêteté et l'envie de demander pardon à Gabrielle, une envie qu'elle devait s'interdire. Elle découvrait que le bien et le mal, le bon et le mauvais n'avaient pas de frontières et que les plus grandes preuves de confiance, au lieu de consoler, pouvaient parfois devenir un supplice.

Gabrielle lui tendit un mouchoir puis, quand elle la sentit plus calme, elle l'obligea à se lever et à sortir de son cartonnier ses derniers croquis.

34.

Raphaël n'apparut qu'une semaine plus tard. Il avait dû partir précipitamment pour Nice où l'architecte qui l'employait allait construire des serres. En découvrant le message de Jeanne, il la crut soucieuse de ses travaux d'agrandissement, aussi fut-il surpris quand elle lui conta sa mésaventure.

– Je ne comprends pas, répétait-il.

Toutefois, il sursauta lorsqu'elle évoqua Zélia qui, depuis des mois, l'espionnait.

– En êtes-vous certaine ?

– Oui. Et Lison pourra vous le confirmer.

Si Raphaël manquait de preuves, il était décidé à tirer cette affaire au clair.

Dépitée par son manque d'empressement, Maria da Conceiçâo avait décidé d'intensifier ses attaques. A plusieurs reprises, elle invita Raphaël à souper et quelle ne fut pas sa joie, après avoir essuyé plusieurs refus, de savoir qu'il l'accompagnerait à une vente de charité, le dernier dimanche de février.

Pour la circonstance, le couvent des Ursulines s'était transformé en un grand bazar où des femmes fortunées tenaient boutique. A force d'imagination et de décoration, elles avaient transformé leurs stands en pâtisseries, librairies, merceries. Elles y vendaient ce qu'elles avaient confectionné ou sélectionné.

Assourdi par le bruit, Raphaël suivait sa compagne au

gré des allées. Ils achetèrent des billets de tombola, retinrent des places pour le spectacle que donneraient plus tard des enfants, puis Maria da Conceiçâo acheta du parfum, des mouchoirs brodés et des peignes en ivoire.

Ils se dirigeaient vers le réfectoire où l'on servait du thé et du chocolat quand Gabrielle, les bras chargés de paquets, les croisa. Elle ne vit tout d'abord que Raphaël.

– Oh, mon ami, vous tombez bien... Je dois porter ce chargement jusqu'au stand de ma cousine.

Elle découvrit Maria da Conceiçâo et son visage se ferma. Alors que Raphaël la libérait de son fardeau, elle cherchait la façon d'échapper à une rencontre déplaisante. Cet homme qu'elle avait toujours apprécié aurait-il fini par succomber au charme du pouvoir et de l'argent? Ou... tout simplement à la beauté? car il fallait bien admettre qu'en ce domaine la Brésilienne n'avait à envier personne?

Jouant des coudes à travers la foule, ils parvinrent au stand d'Hortense qui accomplissait sa première sortie publique depuis le décès de Louis.

– Raphaël, s'écria-t-elle, quelle bonne idée d'être venu nous soutenir!

– Vous m'aviez dit que vous participeriez à cette manifestation. Je m'en suis souvenu, répliqua-t-il.

Apercevant Maria da Conceiçâo, Hortense eut la même réaction que Gabrielle mais, la bienséance volant à son secours, elle la salua avec amabilité puis lui montra les articles qu'elle vendait.

Pendant ce temps, Raphaël sortait de leur emballage les boîtes, les flacons et les miroirs que Gabrielle avait ornés de ravissantes scènes de campagne. Il fit ensuite le tour de l'étal et, face à une ombrelle, en demanda le prix.

– Je la prends, déclara-t-il à Élisa qui avec une joie indescriptible jouait à la marchande. Peux-tu me l'envelopper?

A ses côtés, Maria da Conceiçâo s'était arrêtée de parler. Ainsi, il allait lui offrir un présent! Une lueur passa dans ses yeux. Elle fut de courte durée car, en payant, Raphaël dit à Hortense :

– Je la destine à Jeanne Dorval. Croyez-vous qu'elle lui plaira?

– Elle en aimera certainement la teinte, le rassura son interlocutrice en lui adressant un sourire de connivence.

Maria da Conceiçâo, qui sous le choc avait blêmi, parvint tant bien que mal à cacher son amertume. Suivie par son cavalier, dont le visage reflétait la jubilation, elle continua de traverser cette kermesse qui soudain prenait des allures de souricière puis, pour en finir, décida de se tordre la cheville. Gémissant sur une fausse douleur, elle demanda à rentrer et, bientôt, l'attelage qui les avait amenés les reconduisit jusqu'au domicile de la jeune fille.

– Souffrez-vous beaucoup? s'enquit Raphaël auquel le manège n'avait pas échappé.

– En quoi cela pourrait-il vous intéresser?

– Eh bien... la compassion...

– La compassion! Vous feriez mieux de la garder pour celles qui en ont vraiment besoin!

– Qui, par exemple?

– Les menteuses qui semblent tant vous plaire...

– Je ne comprends pas.

– Celles qui, comme votre Jeanne Dorval, méritent la prison.

– La prison!

– Ne savez-vous pas qu'elle a essayé de me voler?

– Elle n'a pas essayé de vous voler, et je ne vais pas perdre du temps à vous prouver ce que, mieux que quiconque, vous connaissez. Racontez-moi plutôt pourquoi vous avez dépensé tant d'énergie à vouloir lui nuire...

Maria da Conceiçâo découvrait un inconnu. Aurait-elle imaginé que Raphaël Bolzano puisse s'exprimer avec autant de froideur et de mépris? Elle comprit qu'elle l'avait irrémédiablement perdu. D'une voix hystérique, elle s'écria :

– Comment ai-je pu m'attarder en votre compagnie! Vous n'êtes qu'un minable et je ne donne pas cher de votre carrière. D'ailleurs, mon oncle va entendre parler de votre comportement et il vous fera renvoyer du cabinet d'architecture qui vous emploie et auquel il a l'intention de confier un chantier. Vous et votre saloperie de couturière... vous vous retrouverez sur le pavé... je vous en donne ma parole...

Dans sa colère, la jeune fille mêlait à la langue française des mots brésiliens. Sa main sur la poignée de la portière, elle ajouta :

– Et sans attendre davantage, vous allez y descendre sur le pavé, car je ne vous veux plus dans ma voiture!

Elle avait ouvert la portière et, sans qu'il puisse l'en empêcher, avait jeté le paquet contenant l'ombrelle dans le caniveau. Quand il attrapa son poignet et approcha son visage du sien, elle eut peur.

– Soyez tranquille, je vais descendre de votre carrosse mais avant, je tiens à vous prévenir que, si vous continuez, tout Paris sera au courant des avances que vous me faites depuis quelques mois... et je ne me priverai pas de dire que vous ne me plaisiez pas.

– Personne ne vous croira.

– Détrompez-vous! J'ai gardé les messages que vous avez eu l'imprudence de m'envoyer. Certains d'entre eux sont explicites.

– Vous n'oseriez jamais et, de toutes les façons, je déjouerai vos manigances.

Il avait sauté sur la chaussée. Elle le vit s'éloigner dans le crépuscule. Les chevaux reprirent leur marche, le claquement des sabots accompagnant ses projets de vengeance.

Flora Winsley fut la première personne qu'elle utilisa à cet effet. En propos distillés, elle la mit au courant de la cour que lui infligeait Raphaël.

– Il faut en parler à votre oncle, suggéra l'ancienne courtisane.

– Oui... Ce serait sans doute une solution...

Raphaël, qui avait compris que Maria da Conceiçâo mettrait tout en œuvre pour lui nuire, décida de donner sa démission à son employeur.

– Mais enfin, Bolzano, rétorqua Émile Bosquet, nous nous entendions bien et j'avais précisément l'intention de vous confier les entrepôts que M. Surtel souhaite construire à Nantes.

– Je vous en suis très reconnaissant, monsieur, néanmoins je maintiens ma décision.

– Un concurrent vous a-t-il fait une proposition?

– Non. Je n'obéis qu'à des raisons personnelles.

Raphaël avait grandi avec l'idée de l'honneur. Où irait-il? Il l'ignorait, s'en souciait, mais comptait sur ses aptitudes professionnelles pour trouver rapidement un emploi. En attendant, il se préoccupa des travaux de Jeanne et ne lui souffla mot de la situation.

Grâce au soutien de Gabrielle et d'Hortense, la jeune fille n'eut pas à pâtir des médisances de Maria da Conceiçâo. De plus, sa clientèle étant composée essentiellement de modèles ou d'artistes, cela n'eut pas beaucoup d'effet. Avec le printemps et l'ouverture de ses nouveaux locaux, elle oublia son tourment. Deux cousettes furent engagées et, bientôt, de l'atelier, s'échappèrent rires et chansons. Les essayages se déroulaient eux aussi dans la gaieté. On déroulait des rubans, on fabriquait comme dans un tour de prestidigitation des fleurs en taffetas ou en tarlatane. Les couleurs se juxtaposaient, éclatantes parfois, dans des rayures, des pois ou des écossais.

– J'espère que vous viendrez pour l'inauguration de notre exposition, déclara Mary Cassatt alors que Jeanne rectifiait la tournure d'une jupe.

– Je ne peux vous le promettre mais j'essaierai. Mme Carlier y participera-t-elle?

– Non. Elle a choisi une nouvelle fois de figurer au Salon.

Gabrielle avait longuement réfléchi avant d'arrêter cette décision. Elle n'avait réclamé l'avis de personne et encore moins celui d'Étienne. Peu à peu, sa peinture s'imposait dans les milieux officiels. Quant au public, elle n'avait pas non plus à s'en plaindre.

– Je n'ai pourtant rien changé à ma manière de faire, confia-t-elle à Renoir qui lui aussi refusait de se marginaliser.

– Les mentalités changent, j'en suis certain, répliqua-t-il, mais j'ai beau le répéter à Degas et aux autres, ils ne veulent pas l'admettre.

Étienne faisait partie des irréductibles. Pur et dur, il échappait aux normes mais contre cette démarche il n'y avait pas à s'élever. Même s'il considérait que son art n'évoluait pas, Gabrielle en suivait dans ses moindres détails la progression. Capter l'instant ne suffisait plus à cet homme qui maintenant cherchait à transcrire l'essence des choses. Il avait rapporté de Pontoise une toile où ciel, fleuve et arbres se confondaient dans leurs reflets et leurs ombres... une dissolution qui, en fait, n'était rien d'autre que son propre univers. Perpétuellement insatisfait, il répétait qu'il ne parvenait pas à exprimer avec plénitude les visions que lui offrait la nature.

– J'ai l'impression d'être un infirme. Mes doigts n'obéissent pas à mon cerveau, encore moins à mon cœur!

Ces affirmations allaient de pair avec de longues périodes d'abattement. Alors, fidèle à ses habitudes, il disparaissait. Où? Gabrielle ne tentait plus de le savoir, espérant seulement que ces errances apporteraient à celui qu'elle aimait un semblant d'apaisement. En fait, il se rendait souvent à Pontoise chez Pissarro qui malgré son peu d'argent l'accueillait à bras ouverts. L'un et l'autre avaient envoyé leurs toiles à l'exposition organisée par Caillebotte au 28, avenue de l'Opéra. Trente-huit pour Pissarro, qui espérait combler ainsi le vide laissé par les absents. A l'exemple de Renoir et de Cézanne, Sisley s'était désisté.

– Je suis fatigué de végéter comme je le fais depuis si longtemps, avait confié ce dernier à ses amis. Nos expositions ont servi, il est vrai, à nous faire connaître mais il ne faut pas s'isoler.

Berthe Morisot, épuisée par sa grossesse et la naissance de Julie, n'avait rien envoyé. Quant à Monet, il était resté fidèle à ses compagnons mais sans enthousiasme. Une lettre écrite au docteur de Bellio en disait long sur son état d'esprit : « Je suis totalement dégoûté et démoralisé par mon existence. Si c'est pour en arriver là à mon âge, il n'y a plus d'espoir. Malheureux vous êtes, malheureux vous serez toujours. Chaque jour apporte ses tourments, chaque jour de nouvelles difficultés surgissent dont nous ne sortirons jamais. C'est pourquoi je renonce à la lutte. Je n'ai plus la force de continuer à travailler dans ces conditions. »

– J'ai l'impression de m'être transformé en machine,

avoua-t-il à Étienne au cours d'une visite que celui-ci lui avait rendue à Vétheuil.

Et, dans un geste d'impuissance, il avait ajouté :

– La santé de Camille se détériore et cette situation m'enlève toute envie de peindre. C'est seulement pour ne pas vous faire faux bond que je vais donner en pâture quelques-uns de mes tableaux...

« Ne pas faire faux bond », ces mots avaient résonné dans la tête d'Étienne. Bien qu'il ne les eût pas prononcés, c'étaient bien ceux-là qu'il aurait adressés à Gabrielle. Lorsqu'elle lui avait signifié son choix, il était demeuré silencieux, blessé de la voir s'éloigner ainsi de lui. Gabrielle réussissait et gagnait l'argent qu'il était incapable de lui fournir. Il était jaloux de son aptitude à vivre, jaloux de son succès et surtout, il se sentait misérable face à sa force d'âme. Comment acceptait-elle l'existence qu'il lui infligeait? Ses errances, ses fuites? A plusieurs reprises et en vain, il avait sondé son regard mais on ne rattrapait pas Gabrielle... Semblable à lui, elle se suffisait à elle-même. L'esprit empli de désirs et de visions, elle avançait dans sa quête avec pour unique certitude sa liberté intérieure... le plus précieux des biens, celui qui ne s'achetait pas, ne s'échangeait pas, le rêve de beaucoup et la peur de certains. Gabrielle était un être rare. Étonnante, mystérieuse, déconcertante, elle le surprenait souvent par ses actes ou dans ses paroles. Parfois, lorsqu'ils étaient comme en ce début d'été séparés, il l'imaginait dans la lumière de la campagne, sa capeline agitée par la brise. Un pinceau à la main, elle scrutait la lumière sur un champ de blés mûrs ou de coquelicots...

– Elle est mon amour et mon tourment, confia-t-il à Pissarro alors qu'à l'ombre des aulnes ils écoutaient le fleuve et les cloches des vaches qui rentraient à l'étable. J'ai besoin d'elle, de sa présence et, en même temps, je crains son emprise.

Ils avaient peint depuis l'aube, s'interrompant pour manger les fruits emportés dans une besace. Auprès de Camille Pissarro, Étienne se sentait en paix. Il avait confiance en cet homme qui s'était fait le chantre de la campagne et de ses serviteurs. Meuniers, laboureurs, faneuses ou lavandières remplissaient ses toiles. La tête couverte d'un bonnet ou d'un fichu, le geste sûr, ils accomplissaient leur ouvrage. Étienne avait toujours éprouvé un immense respect pour le travail quotidien, ingrat parfois, mais exécuté dans les règles de l'art. Enfant de la campagne, il connaissait le poids de la fourche lourde de foin... Il connaissait aussi la satisfaction d'avoir effectué la tâche impartie. Chargés des chevalets et des boîtes de couleurs, ils rentraient à pas lents, s'enivraient des senteurs du foin coupé, écoutaient les trilles des oiseaux qui avant le crépuscule cherchaient leur pitance. Dans les potagers, on s'affairait encore à l'arrosage. Des jeunes filles ramassaient dans des hottes les fruits qu'elles emporteraient le lendemain au marché. Se flairant ou se défiant, des chiens leur tournaient autour.

– Allons prendre un verre, proposa Pissarro alors qu'ils passaient devant le café.

Ils s'installèrent au bout d'une table de bois où des villageois jouaient aux dominos en buvant cidre ou vin. Une cigarette au coin des lèvres, Étienne prêtait peu d'attention à la conversation. Son intérêt s'était fixé sur le clocher de l'église qui, à l'unisson du ciel, bleuissait. A sa pointe, un mince et très pâle croissant de lune apparaissait. L'image était parfaite mais saurait-il en restituer la délicatesse et la précarité?

35.

Son séjour à Pontoise permit à Étienne de se tenir éloigné des discussions qui agitèrent et divisèrent le groupe. Il y avait d'un côté Manet, Renoir, Sisley, Gabrielle et Monet qui recherchaient les honneurs officiels et... de l'autre, Degas, Caillebotte, Mary Cassatt, Étienne et Pissarro pour lesquels l'indépendance devait être défendue avec autant d'acharnement que la peinture. Le succès que remporta Renoir avec le portrait de Mme Charpentier et celui de Gabrielle avec d'exquises scènes de jardins publics ne modifièrent pas l'attitude des seconds. Parmi ceux-ci, Pissarro demeurait le plus héroïque car, ne comptant que sur le produit de ses ventes pour subsister, il se condamnait en demeurant marginal à une pauvreté sans fin.

– Je suis peut-être stupide, confia-t-il à Étienne, mais je ne reviendrai pas sur un engagement. J'ai désiré et prôné notre liberté... ce n'est pas maintenant que je vais la remettre en question !

Une nouvelle recrue les avait rejoints : un homme jeune, brun, que Pissarro appréciait. Après avoir été pilotin sur des navires qui l'avaient emmené au Brésil, Chili et cap Nord, Paul Gauguin travaillait comme employé chez un banquier. Collectionner les œuvres de novateurs comme Pissarro ne lui suffisant plus, il s'était à son tour décidé à prendre le pinceau. Son travail était pour l'instant académique mais Étienne avait remarqué son sens des volumes et de la couleur. Une enfance à Lima, des voyages sous les tropiques l'avaient doté d'une imagination originale. L'espace d'une semaine, ils peignirent côte à côte. Avares de paroles, ils écoutaient le chant de la terre, en respiraient les saveurs. Avec les oiseaux, ils s'élevaient vers un ciel où moutonnaient de légers nuages. Le bonheur était là, éphémère, mais bien présent. Ils ne dépendaient plus que d'eux-mêmes et du désir qu'ils avaient de se surpasser. Une sensation qu'Étienne expliqua à Gabrielle quand il la rejoignit à Bougival où elle s'était installée.

– Rien, en effet, ne peut nous atteindre... encore moins le temps qui s'écoule, rétorqua-t-elle en souriant.

Elle se levait avec l'aube. Dans un demi-sommeil, il l'entendait sortir avec précaution de leur chambre. Quand elle revenait pour le déjeuner, son regard révélait encore le plaisir qu'elle avait ressenti à se déjouer des brumes qui, sous la caresse du soleil, doucement se dissipaient. A sa demande, elle lui montra ses dernières toiles. Il y décela une paix qui ne pouvait être factice, d'autant qu'elle irradiait aussi les traits de son visage. Sans qu'elle s'en aperçût, il l'observa. Elle allait et venait avec calme, assurance. Était-ce le résultat de la réussite? Rien dans son attitude ne le laissait supposer. En découvrant un pastel représentant le petit Eugène en train de regarder boire le chat, il sentit un tel amour qu'il en fut troublé. La maternité et la création suffisaient-elles à Gabrielle pour exister? Les vieux démons resurgirent. Il se sentit en trop et la présence d'Henri, le demi-frère de Louis, n'arrangea pas les choses. Étienne avait beau savoir que l'amitié qui existait entre le garçon et Gabrielle était dénuée de toute ambiguïté, il acceptait avec difficulté leur complicité.

Henri avait décidé de rester auprès de sa mère et d'Hortense jusqu'à la fin d'une saison qui leur rappelait de douloureux souvenirs. Il y avait un an que Louis les avait quittés et, bien que chacun s'interdît de trop s'abandonner à la tristesse, une ombre planait sur ces vacances.

Le Berceau offrait au photographe des sujets qu'il ne se lassait pas de saisir. Gabrielle le suivait souvent dans ses promenades. Ils choisissaient un motif... Henri le photographiait afin que, des mois plus tard, dans le silence de son atelier, elle puisse s'y rapporter. Ils se déplaçaient le plus souvent en barque. Sans but défini, ils voguaient le long de la Seine, s'arrêtant afin d'observer les animaux aquatiques, écouter les ajoncs frissonner. En savonnant le linge, les lavandières chantaient et surveillaient les enfants qui pataugeaient le long de la rive. De leur embarcation, ils suivaient leurs ébats mais, un matin, un garçonnet qui pêchait retint particulièrement leur attention.

– C'est lui, murmura Gabrielle à son compagnon.

Sous des cheveux bruns, le petit avait un visage expressif. Sa silhouette était mince, ses vêtements propres. Étonné par l'intérêt qu'il suscitait, il fixa les promeneurs.

– Ça mord ? lui demanda Henri.

– Pas trop.

Pour montrer son butin, il pencha un seau où s'agitaient quelques goujons.

En retrait, Gabrielle observait la confrontation entre le père et le fils. Avaient-ils l'un et l'autre conscience de leur ressemblance physique ? Henri s'exprimait avec naturel mais, à la veine qui battait à son cou, elle perçut son trouble. Depuis qu'elle avait découvert son existence, elle s'était intéressée au petit. Il habitait chez ses grands-parents où sa mère lui rendait de rares visites. On le disait orgueilleux et bagarreur. Avec d'autres gamins, il organisait, le soir, devant l'église, des parties de billes. Il en repartait toujours les poches pleines du butin extorqué à ses adversaires.

– Il est bon votre appareil ? l'entendit-elle demander à Henri.

– Pas mauvais. Voudrais-tu poser pour une photographie ?

Un haussement d'épaules fut la réponse.

– Comment t'appelles-tu ? poursuivit Henri en préparant son matériel.

– Justin... Et vous, c'est quoi votre petit nom ?

– Henri.

– Vous êtes du Berceau ?

– Oui... si l'on veut.

– Je reconnais la dame. Elle vit dans la petite maison du parc.

Pendant qu'ils parlaient, Gabrielle réfléchissait à la portée qu'aurait cette rencontre. Après avoir raconté ce qu'elle savait à Henri, elle l'avait poussé à connaître l'enfant dont il avait si longtemps nié l'existence. Les dés étaient maintenant jetés, la réalité remplaçait une image demeurée trop longtemps abstraite. Mais qu'en sortirait-il ?

– Sa mère refuse toute aide financière, dit Henri lorsqu'ils furent seuls. Hortense est néanmoins au courant de la situation et s'il m'arrivait quelque chose ou s'il se produisait un événement désagréable pendant mon absence, elle a le pouvoir de faire ce qu'il faut.

Ils ne revirent Justin qu'une semaine plus tard. Un panier sous le bras, il livrait à travers la bourgade les chemises blanchies et repassées par sa grand-mère. Étienne accompagnait Henri et Gabrielle. Un instant, le garçon planta son regard dans celui du peintre qui tenait sa femme par le bras, puis il se détourna pour saluer Henri.

– J'aimerais que tu passes au Berceau pour prendre ton portrait, lui dit celui-ci. Il est prêt.

– Autant faire entrer le loup dans la bergerie, murmura en aparté Étienne à Gabrielle.

Étonnée par cette réaction, elle s'écarta. Déjà, elle avait remarqué que tout ce qui concernait Évangéline le rendait furieux. Dieu sait qu'il avait pourtant profité de ses charmes et que, si le destin l'avait voulu, il aurait pu se trouver confronté au même problème qu'Henri. La vie était décidément étrange ! Alors qu'elle aurait dû continuer à détester Évangéline pour le mal qu'elle lui avait fait, elle se préoccupait de son fils ! Mais au travers de cette situation, ne se penchait-elle pas sur les femmes en général et leur devenir ? Combien en comptait-on qui, après avoir été séduites, se retrouvaient enceintes puis abandonnées et quelle solution leur restait-il quand on ne se souvenait plus les avoir approchées ? Au mieux, chercher un mari peu regardant, au pire, l'avortement ou la prostitution... En réfléchissant sur le sort de ses semblables, Gabrielle mesurait sa chance. Certes, elle s'était battue, mais pour vivre selon ses aspirations et ses désirs. Marie Bracquemond, Berthe Morisot, Mary Cassatt, Éva Gonzalès... elles étaient peu nombreuses à s'être libérées de leur éducation rigoureuse et des préjugés de leur époque. Exposer aux côtés des hommes, s'en faire respecter voire accepter continuait d'être difficile cependant elles se devaient d'insister. Peut-être ouvraient-elles ainsi la voie à toutes les opprimées qui par crainte, ignorance ou manque de privilèges ne pouvaient encore accéder à un minimum de dignité.

Hortense, qui lisait dans le salon, se leva à leur arrivée. Justin la salua avec timidité puis, sa casquette entre les mains, attendit qu'Henri lui apporte la photographie promise.

– Qui est-ce? demanda Élisa en débouchant dans la pièce.

– Justin... un ami, précisa Gabrielle.

– Il est venu pour jouer avec moi?

– Non, non, se défendit le garçon dont le malaise augmentait.

A Bougival, le Berceau et ses habitants impressionnaient. En parlant d'eux, on disait : « les châtelains ». Chacune de leurs allées et venues était commentée et Justin, comme les autres enfants, suivait des yeux leur passage dans des attelages tirés par de fringants chevaux. En allant au « château », il désobéissait à sa mère qui l'avait mis en garde contre la morgue de ces gens qu'elle avait autrefois servis. Et davantage encore cet après-midi où maladroitement il répondait à leurs questions. Pourtant, ils n'avaient pas l'air méchants. La dame lui avait même offert des gâteaux.

Ses visiteurs partis, Hortense prit un recueil de poèmes qu'elle n'avait pas ouvert depuis longtemps puis traversa le parc jusqu'au kiosque chinois qui dominait la campagne et la Seine. Assise sur la terrasse, elle s'abandonna à la paix du moment. Les derniers rayons du soleil caressaient son visage et ses épaules. Elle respirait l'air devenu doux et sentait son corps revivre. Le chien qui l'avait suivie s'était couché à ses pieds puis endormi. Passé quelques minutes, elle ouvrit le livre; une rose s'en échappa et, alors qu'elle se baissait pour la ramasser, elle se souvint que Julien la lui avait donnée un jour qu'ils se promenaient. La retrouver au détour d'une page fit remonter à sa mémoire des souvenirs soigneusement ensevelis. Sans qu'elle put rien y faire, les battements de son cœur s'accélérèrent et la quiétude dans laquelle elle se trouvait se dissipa. Depuis la disparition de Louis, elle s'était interdit de penser à Julien Coblence. Dès qu'il avait appris son veuvage, il lui avait avec régularité envoyé des missives où il l'assurait de son soutien et de son amitié. Elle les avait lues attentivement puis enfermées dans un tiroir de son secrétaire. Ignorant la date de son retour, elle ne la demandait pas aux personnes qui auraient pu la renseigner. Toutefois, ce soir, face à elle-même, il lui fallait admettre que rien n'était oublié et, pire, une voix lui soufflait qu'elle était désormais libre d'aimer et d'être aimée. La gorge sèche, elle tenta de se concentrer sur des lignes qui se dérobaient à sa vue. A vingt-neuf ans, devait-elle considérer que sa vie sentimentale était terminée? Les miroirs et les regards masculins l'assuraient qu'elle était encore belle, pourtant elle s'imaginait vieillir dans la solitude. Si cette idée ne l'inquiétait pas réellement, elle admettait, ce soir, qu'elle ne pouvait accepter que Julien puisse de son côté fonder une famille. La douleur serait affreuse, insurmontable, pire que tout ce qu'elle avait enduré jusqu'à présent. Reconnaître cette vérité, l'admettre, la bouleversaient. Elle se leva pour s'accouder à la balustrade. Devant elle s'étendait le parc puis les champs déserts. Elle éprouva soudain l'envie de crier, elle eut envie d'exister, de sentir des mains sur sa peau, d'entendre des mots à son oreille.

Constant, auquel elle se confia, lui donna raison.

– Lorsque Louis a traversé la crise qui vous a tant tourmentée, je lui ai dit que le temps savait apprivoiser les plus grandes douleurs. Je lui ai parlé des arbres qui, chaque printemps, reverdissent. La nature nous donne l'exemple, Hortense, à nous de savoir l'observer et l'imiter. Personne, sinon vous-même, ne vous a demandé de vous mortifier...

– C'est exact, admit la jeune femme.

– Essayez plutôt de transformer les épreuves que vous endurez en source de réflexion. Elles sont là pour vous aider à évoluer.

– Je n'ai pas votre sagesse.

Et, posant sa main sur celle de Constant, elle ajouta :

– Comment faites-vous, mon ami, pour accepter cette vue qui baisse et vous prive de travailler comme autrefois ?

– Au début, je me suis révolté. Je ne pouvais plus lire, à peine écrire, des plaisirs que je n'aurais échangés contre rien au monde, et puis j'ai accepté et me suis davantage tourné vers les autres.

– Mais vous avez toujours été attentif à votre entourage !

– Ma perception s'est peut-être aiguisée et ainsi suis-je de meilleur conseil... ou de meilleure compagnie... notamment auprès de votre belle-mère.

Marthe Duplessis avait, en effet, beaucoup de mal à supporter le décès de Louis. Elle vivait repliée sur le passé. La venue d'Henri l'avait temporairement tirée de son apathie, mais savoir qu'il repartirait sous peu pour l'Abyssinie l'empêchait de profiter d'une présence qui pourtant lui était chère.

– Lui et moi savons que nous ne nous reverrons plus, disait-elle à Constant. Je suis vieille et son existence est maintenant là-bas...

En quoi aurait-il été nécessaire de mentir ? Constant acquiesçait, mais, en racontant ce qu'il savait du continent africain, il familiarisait la vieille dame avec des paysages qui, malgré ce qu'en révélait Henri, demeuraient abstraits pour elle. Peu à peu, elle se prit au jeu et commença d'imaginer le désert et les caravanes de chameaux, les vents de sable, elle entendit l'appel à la prière répété aux quatre coins de l'horizon... Elle comprit que les distances n'existaient pas face aux liens du cœur et apprit à accepter que le bonheur de l'autre, en l'occurrence son fils, se fît loin d'elle. Elle oublia d'être égoïste.

Ils devisaient à l'heure du thé, assis dans de grands fauteuils d'osier et entourés des fleurs dont au fil des ans et avec passion ils avaient étudié les variétés. Malgré les remarques de Marthe, Constant mangeait avec une gourmandise non déguisée des gâteaux. Quand elle s'attardait, il leur servait un verre de xérès. Elle partait, les joues roses, un bouquet de dahlias dans les bras. Après s'être arrêtée au Berceau pour souper, elle continuait son chemin jusqu'au chalet qu'elle possédait près de l'église et, là, dans cet endroit où étaient nés et avaient grandi ses deux fils, elle déambulait au milieu de tableaux et de photographies qui avec précision et une certaine cruauté faisaient défiler sous ses yeux son histoire.

36.

Les rues de Vétheuil étaient désertes quand Gabrielle traversa le village. La gorge serrée, elle pénétra dans un jardin où s'épanouissaient roses trémières et giroflées. Assis sur les marches d'un escalier bordé de jarres bleu et blanc, un enfant triait des cailloux. A son arrivée, il leva sa tête bouclée. Sans prononcer une parole, Gabrielle se pencha et l'embrassa. Des silhouettes se dessinaient dans le vestibule dont la porte était ouverte. Elle reconnut Étienne, Camille Pissarro et Alfred Sisley. Une femme leur parlait. Il s'agissait sûrement d'Alice Hoschedé qui, depuis des mois, partageait la maison des Monet et soignait Camille. Les yeux emplis de larmes, elle salua Gabrielle, puis murmura :

– Notre ami est auprès de son épouse. Je n'ose aller le chercher. Si vous voulez bien l'attendre au salon...

Camille était morte l'avant-veille, après des mois de souffrance physique et morale. Très vite, l'entourage du peintre avait été averti et ils étaient tous accourus de Paris, de Pontoise et d'ailleurs.

Au chevet de la défunte, Claude Monet se recueillait et pleurait. Des images hantaient sa mémoire : Camille assise au bord de l'eau, traversant un champ de fleurs ou jouant de l'éventail... des portraits qui maintenant appartenaient aux uns et aux autres. Cette nuit, il avait écrit au docteur de Bellio : « Pourriez-vous reprendre au mont-de-piété le médaillon dont voici le reçu? C'est le seul souvenir que ma femme avait pu garder et j'aimerais l'attacher à son cou avant qu'elle ne parte à jamais. » Dans son esprit, les souvenirs de bonheur et de malheur se mêlaient. Quelle existence avait-il offert à celle qui, sans jamais se plaindre, avait accepté les huissiers, les déménagements, qui l'avait toujours encouragé à poursuivre un travail dont elle subissait quotidiennement la charge? Il regardait le visage fatigué, usé, et une vague de désarroi le submergea. Qu'allait-il devenir et comment allait-il prendre soin de ses deux enfants? Un instant, il pensa qu'il aurait aimé se substituer à Camille et oublier dans le néant cette urgence de peindre qui, malgré un découragement grandissant, le tenait en haleine. Comme un petit garçon il sanglota. Plein de remords et d'inquiétude, il demandait pardon pour tout ce qu'il n'avait su dire ou faire. Sa jeunesse le quittait et quoi qu'il advînt, y compris le succès, il savait qu'une part de lui-même demeurerait amputée. Derrière la porte, il entendait les bribes d'une conversation feutrée. Ses amis étaient là et, même si leur venue réchauffait son cœur, il ne parvenait à s'éloigner du catafalque. Des ombres se dessinaient sur le visage de Camille, son œil exercé en captait les bleus, les jaunes et le gris. Sans réfléchir, il se saisit du calepin qui ne le quittait pas et commença de les transcrire.

– C'est peut-être sacrilège mais je n'ai pu m'en empêcher, avoua-t-il plus tard à Étienne.

Les visiteurs avaient réussi enfin à l'entraîner dans le jardin. Ébloui par la lumière, il avait accompli quelques pas en silence puis, sans s'arrêter, avait parlé d'eux tous, de leurs premières années à l'atelier Gleyre quand, inconscients des difficultés à vaincre, ils prônaient et imposaient leur différence.

Songeuse, Gabrielle écoutait ce discours. La nostalgie l'envahissait à son tour pour une époque où les mots « impossible », « insurmontable », « compromis » n'existaient pas pour eux... La fin de l'été arrivait et avec celle-ci une existence plus tourmentée. Tant qu'elle résidait à Bougival, Gabrielle se sentait protégée... La présence d'Hortense, une atmosphère familiale et conviviale, le rire d'Eugène lui faisaient oublier les marchands, les expositions, et surtout la compétition avec Étienne.

Assis à quelques mètres, celui-ci triturait sa casquette. Leurs regards se croisèrent et elle le sentit perdu, désorienté... Comment aurait-elle deviné que la mort de Camille le renvoyait à sa plus intime souffrance? La seule pensée que Gabrielle risquât un jour de lui être arrachée le rendait fou et pourtant il ne pouvait rien changer à son comportement actuel.

Ils repartirent ensemble, mais à la sortie du village leurs chemins bifurquèrent. Étienne rentrait avec Pissarro à Pontoise.

– Il me reste une toile à terminer, mais, à la fin de la semaine, je te retrouverai au Berceau, promit-il à sa femme en la serrant contre lui.

Bouleversée par cette visite, Gabrielle ne retourna pas directement chez elle, mais rejoignit Hortense sous le cèdre où elle avait l'habitude de paresser après le déjeuner. Edmond Surtel lui tenait compagnie ainsi qu'Henri qui semblait s'ennuyer. Afin de prendre des nouvelles de Monet, Hortense interrompit le banquier. Il écouta Gabrielle avec courtoisie, cependant elle le sentit indifférent à ce qu'elle racontait. Éprouvait-il des sentiments voire des sensations? Ce n'était pas la première fois qu'elle se posait la question. Sans lui être antipathique, cet homme ne l'attirait pas. Elle se le représentait comme une machine à fabriquer de l'argent. Même sa collection de tableaux lui semblait suspecte. Contrairement à Faure, Chocquet, les docteurs Gachet ou de Bellio, il n'aimait pas la peinture pour sa beauté, sa force, son abstraction ou sa gratuité. Il faisait l'acquisition de certaines toiles dans le seul but de spéculer et, pour cette raison, elle ne tirait aucune satisfaction de lui en avoir vendues.

– Tu es sévère et injuste, avait rétorqué Hortense lorsqu'elle lui avait fait part de ses réticences. Il apprécie l'art plus que tu ne le crois... sinon... comment s'intéresserait-il au travail de Cézanne?

– Peut-être, avait bougonné Gabrielle.

D'une oreille attentive, elle écoutait Henri discuter du dernier numéro de *La Vie moderne*, une revue fondée par Mme Charpentier qui proposait à ses lecteurs des articles sur les artistes novateurs. Des expositions réservées à une seule personnalité accompagnaient les parutions de cet hebdomadaire. De Nittis et Renoir avaient à tour de rôle bénéficié de ces manifestations.

– Je ne sais pas si c'est une bonne idée que d'attirer l'attention sur un seul peintre du groupe, conclut Henri. Certains pourraient en être froissés...

– Doit-on encore parler du groupe, soupira Gabrielle.

– Pensez-vous qu'il soit condamné?

– A plus ou moins brève échéance, je le crains... Qu'avons-nous à partager avec des peintres que Degas invite à figurer parmi les impressionnistes?

– Raffaelli... par exemple?

– Par exemple.

S'il ne l'avouait pas, Étienne n'était pas loin de partager cet avis mais, pour le moment, il préférait peindre que réfléchir à ce problème. Il arriva, comme il l'avait promis, à la fin de la semaine et de bon matin.

– Madame fait sa toilette, l'avertit la servante.

Sans répondre, il grimpa les escaliers, poussa la porte et trouva Gabrielle assise dans le tub. Des mèches de cheveux mouillées encadraient son visage où moussait un peu de savon.

– Te voilà, s'écria-t-elle joyeusement. Je te rejoins tout de suite...

Refermant la porte derrière lui, il s'avança, se baissa et, avec douceur, baisa sa nuque puis s'attarda sur l'épaule nue. S'emparant de l'éponge qui flottait, il l'emplit d'eau qu'il fit couler sur sa gorge.

– Lève-toi, murmura-t-il.

Sans cesser de la contempler, il la lava, insistant sur les seins, le creux des reins. Dans le miroir embué, elle se voyait, les voyait... lui contre son dos, ses doigts sur son pubis. Leurs regards se croisèrent et, sans baisser les paupières, elle lui montra son trouble. Puis elle se tourna et ce fut elle qui, au mépris des vêtements d'Étienne, imposa son désir. Alors, il la souleva et la maintint ruisselante entre ses bras. Comment cette femme, après toutes ces années, parvenait-elle à l'émouvoir encore? De son corps, il connaissait chaque parcelle et, pourtant, il avait toujours l'impression de partir à sa conquête. Elle avait noué ses jambes autour de sa taille. Dans la chambre aux fenêtres ouvertes, le lit défait les attendait. Il l'y emporta et, avec elle, en elle, ne songea plus qu'à apaiser le tumulte qui faisait battre son sang.

Plusieurs jours, ils vécurent ainsi à l'écoute d'eux-mêmes. Ces retrouvailles donnaient à Gabrielle un éclat particulier. Se savoir aimée la rendait légère. Elle riait, chantait et, de peintre, se transformait en modèle. Assise devant une fenêtre et vêtue d'un peignoir rouge, elle regardait le parc où le soleil se perdait dans le feuillage des chênes. Étienne, qui avait installé son chevalet au centre de la pièce, restituait le profil rêveur, la pose nonchalante. Dans cette toile éclataient leur intimité et leur connivence. Plus tard, il peignit Gabrielle assoupie dans le hamac, la joue contre sa main, le col dégrafé et la pointe du pied dépassant de sa robe de jardin, son éventail abandonné dans l'herbe.

– Si tu continues d'être gentille, je te l'offrirai, plaisanta-t-il alors qu'elle manifestait son enthousiasme.

Eugène assistait parfois son père. A l'aide d'un chiffon, il nettoyait les pinceaux et, quand il s'était tenu tranquille, il obtenait la permission de mélanger les couleurs sur la palette de bois. Il partageait avec ses cousins Élisa et Emmanuel la passion du déguisement; aussi un beau jour réclama-t-il son portrait en amiral Nelson. Incapable de le lui refuser, Étienne demanda à Henri de photographier l'enfant, puis il se mit au travail.

Septembre s'écoula ainsi paisiblement. Une lueur dorée nimbait la campagne et les hirondelles se préparaient à émigrer. Le soir, Étienne les entendait s'égosiller dans un bosquet voisin. Dans les vergers, le long des chemins creux, on cueillait poires et mûres. Bientôt, les noix seraient gaulées. Ces rites l'apaisaient, tout comme cette halte auprès de Gabrielle. Dans cette parenthèse de bonheur, il oubliait sa révolte et ce qui, tapi au fond de ses entrailles, le poussait à tous les excès. Il se contentait de prendre ce que l'existence lui proposait.

– Gabrielle, murmura-t-il alors qu'elle le rejoignait sous la tonnelle où il taillait ses crayons... Promets-moi que tu ne m'abandonneras jamais.

Face à son silence, il ajouta :

– Si tu venais à ne plus m'aimer, je serais foutu.

– Mais non... voyons...

– Si, je le sais, et ce n'est pas du chantage.

Dans un geste qui lui était familier, il l'attira vers lui et posa sa tête contre son ventre. A travers sa jupe, elle sentait son souffle. Il se laissait aller si rarement à de telles confidences qu'elle se recueillit sur ces instants qui, lorsque l'état de grâce serait dissipé, l'aideraient à comprendre ou accepter. Car elle ne se faisait aucune illusion. Étienne était ainsi. Il donnait, reprenait, promettait, oubliait. Tel elle l'avait connu, tel elle l'aimait.

Au bout de longues minutes, il se leva, mit de l'ordre dans ses cheveux puis se dirigea vers la salle à manger où sur un plat de faïence jaune il avait, dans un savant échafaudage, disposé les fruits et les grappes de raisin qu'il souhaitait peindre.

– Oh non... Ils n'ont pas fait une chose pareille, s'écria-t-il en prenant à témoin Gabrielle qui l'avait suivi.

Une grosse mouche bourdonnait autour des deux pommes entamées par les enfants qui, rassasiés, s'entraînaient au croquet sur une pelouse voisine. Le chapeau de travers, la robe maculée de taches, Eugène tentait en s'esclaffant de passer sous un arceau avec sa boule. Sans cacher son impatience, Élisa lui donnait des ordres qu'il écoutait à peine tandis qu'Emmanuel, la mine renfrognée, se rongeait les ongles.

Avec leurs enfants, Hortense et Gabrielle perpétuaient une jeunesse où elles avaient grandi en sœurs. Élisa veillait farouchement sur son cousin et n'importe quel observateur aurait compris qu'elle le préférait à son cadet. Liés par le goût de l'aventure et du mystère, ils cherchaient dans le parc des entrées de souterrains et, pendant ces promenades, la fillette racontait à l'enfant des histoires à dormir debout qui le ravissaient. A l'imagination d'Élisa, Emmanuel préférait la lecture. Avec un surprenant acharnement, il s'était familiarisé avec les lettres puis les mots. Enfermé dans sa chambre, il lisait des légendes scandinaves, et des récits d'enfants maltraités. Il en faisait des résumés qu'il enfermait dans une grande boîte à trésors. On y trouvait des timbres, des mèches de cheveux, des images pieuses, un plumier ayant appartenu à son père. Jamais, il n'évoquait le disparu... L'avait-il aimé? Hortense voulait le croire, tout comme elle se persuadait qu'il se familiariserait avec la compagnie des hommes car, que ce soient Constant, Étienne ou son oncle Henri, aucun ne parvenait à lui arracher une parole aimable ou un sourire. Bientôt, il entrerait au collège. Cette idée lui ôtait le sommeil. Lui seul ayant droit à ce privilège, qui veillerait sur sa mère pendant son absence? Il craignait aussi la brutalité des autres élèves, leurs quolibets. Pendant que tout le monde dormait, il remuait mille pensées... Pourquoi le destin avait-il voulu qu'il fût un garçon? Après l'école, il y aurait la guerre! Hortense tentait de le rassurer. A huit ans, que savait-il de l'existence?

– Il m'inquiétait déjà avant le décès de son père, avoua-t-elle à Henri.

Et, avec un soupir, elle ajouta :

– Je ne sais plus comment m'y prendre!

– Ayez de la fermeté, répliqua son interlocuteur. On en a manqué avec moi et... voyez le résultat!

– Je ne le trouve pas si désastreux.

– Vous oubliez les années où je n'étais bon à rien sinon à semer le désordre.

Il s'interrompit avant de préciser :

– Vous allez sans doute trouver étrange cette déclaration mais j'ai commencé à donner un sens à ma vie lorsque Louis est revenu de la guerre. Son désarroi m'a permis de m'ouvrir à ce que je refusais. Certainement avais-je souffert d'avoir un demi-frère trop parfait, auquel tout réussissait. Il n'empêche que maintenant, encore, j'ai besoin de me tenir à distance de mes racines.

– N'est-ce pas le propos des hommes en général? Je n'en connais aucun qui ne soit tenté par les départs.

– Vous n'osez dire « la fuite »? l'interrompit Henri en souriant.

– La fuite, oui, avec d'excellents prétextes pour la justifier.

– Sans doute avons-nous peur.

– D'affronter les réalités?

– D'affronter certaines réalités, et, surtout, de voir s'évanouir les rêves. Ce n'est pas mon cas mais, pour certains, s'éloigner est une façon de préserver ce qu'ils pensent ne pouvoir épargner ou mener à bien.

– Cela devient alors du renoncement.

– Oui mais, en étant délibérément choisie, cette attitude apporte moins de tourment qu'un éventuel échec.

Henri regarda Hortense puis, en posant sa main sur la sienne, murmura :

– Ce langage ne peut vous convenir, je le sais, car vous autres, les femmes, vous êtes prêtes à braver les plus grandes tempêtes pour vivre ce que vous avez décidé. Vous êtes plus courageuses et plus fatalistes.

– Et peut-être avons-nous une plus grande aptitude à vouloir approcher le bonheur.

– Existe-t-il?

– Fugitivement, mais, croyez-moi Henri, ces instants-là font oublier les risques qu'ils demandent.

37.

Henri s'en alla alors que Julien débarquait à Marseille. Il grêlait quand le voyageur arriva à Paris et, pendant le trajet qui le menait de la gare à son appartement, il ne put discerner les rues qu'il parcourait. Fatigué, il demanda à son valet de chambre de lui préparer un bain. Sans doute s'y endormit-il, car l'eau était froide lorsqu'il reprit ses esprits. En peignoir, il déambula à travers les pièces avec la sensation de n'y avoir jamais vécu. Était-il parvenu à n'appartenir à rien d'autre qu'à lui-même? Aucun continent, aucun pays ne le retenait. Il passait des uns aux autres sans nostalgie. Ce qu'il possédait était en lui et nulle part ailleurs. Sur un plateau, dans l'entrée, du courrier s'était accumulé. Il passa en revue les enveloppes mais n'eut pas l'envie de les ouvrir. Par intermittence, les grêlons devenus pluie frappaient les fenêtres mais, comparée aux moussons qu'il avait connues, cette bourrasque lui sembla dérisoire. Des malles ouvertes par le domestique s'échappaient vêtements et objets familiers. Quand ses armoires furent remplies, il se sentit un peu plus chez lui.

Avec l'approche de la nuit, il décida de se promener. Sans qu'il l'eût décidé, ses pas le menèrent rue La Bruyère. Une infinie tristesse le submergea alors. Était-il possible que Louis ne l'accueillît plus dans cette maison où ils s'étaient si souvent réunis! Avec précision, des images s'imposaient à sa mémoire. A mesure qu'elles défilaient, il prenait conscience que sa jeunesse s'était à jamais envolée. Un pan de son existence s'était écroulé et il demeurait seul face à ses interrogations. Comme à Louis, l'Orient lui avait inspiré des croyances différentes de celles qui avaient accompagné leur enfance. L'Ancien et le Nouveau Testament ne trouvaient en son esprit plus aucun écho. Il refusait le Christ en croix, la notion de châtiment, le paradis ou les enfers mais, surtout, le péché originel, cette culpabilité que l'on se voyait obligé d'endosser. Par contre, le bouddhisme et son appel au détachement lui convenait. Ne tenir à rien, ne s'embarrasser de rien mais agir avec justesse et compassion répondait à son éthique. Son passage sur la terre revêtait la signification qu'il voulait bien lui accorder. Il savait que face à la mort, ce que l'on imaginait avoir approché ou possédé pouvait être balayé en quelques secondes... Un constat qui annulait toute tentative de romantisme! Restait à remplir le temps imparti. Il tentait de le faire en écoutant l'univers, en adhérant à ses lois et en commençant de croire qu'un jour, peut-être, il se dissolverait dans une lumière qui mettrait fin à cet itinéraire aveugle... une lumière où il retrouverait Louis.

Cette nuit, pourtant, il ne parvenait pas à étouffer la douleur. Le manque était là avec sa gratuité et son injustice. La nouvelle lui était parvenue alors qu'il s'apprêtait à quitter Saïgon pour visiter des plantations. Des heures durant, il avait refusé la vérité. Prostré dans un fauteuil, indifférent au bruit de la ville, il était demeuré à se souvenir. La vision d'Hortense s'était imposée et si, l'espace d'un instant, il avait regretté de ne pouvoir la soutenir dans son épreuve, il avait fini par estimer que sa présence n'aurait pas été un bienfait. Certes, ils avaient échangé des lettres. Une succession de phrases sincères, de mots qui tournaient autour de l'essentiel et les rassuraient. Appréhendant, néanmoins, l'émotion que susciterait un premier face à face, Julien la différa.

Sa première visite fut pour Edmond Surtel auquel il fit un compte rendu détaillé de leur installation en Cochinchine.

– Les résultats dépassent de loin ce que nous avions espéré. Jamais nous n'aurions pensé récolter autant de caoutchouc. Quant aux entrepôts... leur construction est terminée.

– Avec un gros retard!

– Oui. Les intempéries ont freiné les travaux.

Le ton du banquier était glacial mais, accoutumé au fait, Julien n'y prêta pas attention. Alignant des chiffres et réfléchissant sur de prochains investissements, ils poursuivirent leur travail jusqu'à l'heure du déjeuner. Alors qu'il se levait pour prendre congé, Julien s'entendit demander d'une voix neutre :

– Je n'ai pas encore rencontré Mme Duplessis... Comment se porte-t-elle?

– Aux dernières nouvelles, elle semblait ravie de son voyage.

– De son voyage?

– Elle est partie pour un mois avec sa cousine chez des amis en Suisse.

Savoir qu'il ne verrait pas Hortense dans les jours à venir contraria Julien. A chacun de ses retours, elle était là et cette absence lui faisait l'effet d'une trahison. Se ressaisissant, il prit des nouvelles de l'entourage d'Edmond Surtel, et notamment de sa nièce.

– Maria da Conceiçâo a quitté Paris depuis plusieurs mois.

– Ah... Je ne le savais pas...

La Brésilienne avait, en effet, plié bagages quand elle avait compris qu'elle ne parviendrait pas à ses fins. Hortense et Gabrielle avaient décidé de l'ignorer et Raphaël avait réussi à déjouer ses plans de vengeance. Avant qu'elle n'ait pu lui nuire, il avait quitté l'architecte qui l'employait. Face à cet homme qui se moquait de sa beauté, de sa fortune et de ses menaces, elle s'était sentie désemparée et admirative. Qui jusque-là avait osé lui tenir tête? Après maintes hésitations, elle s'était décidée à le revoir une dernière fois. Il n'était pas chez lui quand elle avait frappé à sa porte. Alors, elle s'assit sur les marches et l'attendit.

Il arriva les bras encombrés de paquets contenant des fruits. En la découvrant il eut un mouvement de recul puis, d'une voix blanche, lança :

– Qu'avez-vous encore inventé ?

– Rien. Je voulais seulement vous dire adieu. Mes parents m'ont ordonné de regagner Rio de Janeiro.

– Eh bien... adieu.

La clé dans la main, il ne songeait pas à ouvrir sa porte pour la faire entrer.

– Il faut que vous sachiez que je n'ai pas cherché à vous nuire...

– J'avais, de toutes les façons, pris mes dispositions !

– Êtes-vous sans travail ?

– Oui... et j'imagine que cette nouvelle doit vous satisfaire.

– Non !

Elle semblait sincère mais qu'importait... Maria da Conceiçâo était si loin de ses préoccupations qu'il ne la détestait même pas. Pour un peu, il l'aurait prise en pitié !

Une pomme s'échappa soudain d'un sac puis roula sur le plancher. En cherchant à la ramasser, il ne réussit qu'à en perdre d'autres.

– Laissez, ordonna-t-il à la jeune fille alors qu'elle se baissait pour les rattraper.

Avec une mine d'enfant qui cherche à se faire pardonner, elle lui tendit l'un après l'autre les fruits. Puis elle commença de pleurer.

– Je suis si malheureuse, hoquetait-elle.

Il la vit s'approcher et, bientôt, elle noua ses bras autour de son cou. En lovant son corps contre le sien, elle avait définitivement envoyé promener les paquets.

– Laisse-moi entrer, répétait-elle.

Il allait céder quand elle eut la mauvaise idée d'ouvrir les yeux. Il y lut une telle lueur de triomphe qu'il comprit. Maria da Conceiçâo essayait encore de le piéger. Au pire, elle clamerait qu'il l'avait violée, au mieux, séduite... Il tenta de se dégager mais avec une insoupçonnable force elle s'accrochait à ses épaules.

– Je vous aime, répétait-elle d'une voix qui frisait l'hystérie. Personne ne vous aimera autant que moi... Personne!

Avec brusquerie, il se libéra de son étreinte et, la tenant à distance, déclara en essayant de la calmer :

– Vous allez immédiatement descendre ces escaliers.

– Pas avant que nous n'ayons parlé.

– Je n'ai rien à vous dire.

– Alors, vous m'écouterez.

– Il n'en est pas question.

– Mais pourquoi?

– Parce que vous représentez tout ce qui me déplaît.

La gifle vola suivie de coups que Raphaël ignora. Saisissant la jeune fille à bras-le-corps, il entreprit de lui faire descendre les marches. Attirés par ses vociférations, des voisins se penchèrent au-dessus de la rampe pour découvrir une créature hirsute et qui, en se tordant comme un serpent, insultait dans un langage qu'ils ne comprenaient pas un locataire dont ils n'avaient jamais eu à critiquer le comportement. Le souffle court, Raphaël déboucha dans la rue où, grâce à Dieu, les passants étaient rares. Un attelage attendait le long du trottoir et, ne doutant pas qu'il appartînt au banquier, il s'en approcha.

– Mademoiselle ne se sent pas bien. Aidez-moi, intima-t-il au cocher avant de déposer son fardeau sur la banquette de velours.

– Que le ciel vous maudisse! hurlait Maria da Conceiçâo.

Dans sa fureur, elle envoya sur la chaussée coussins et couvertures. Des fenêtres s'ouvrirent mais, suffoquant, mordant et griffant, la Brésilienne demeurait indifférente à la curiosité qu'elle suscitait.

– Que dois-je faire, Monsieur? s'enquit avec inquiétude le cocher.

– Raccompagnez mademoiselle au plus vite chez M. Surtel.

– Mais je n'y parviendrai pas.

– Elle finira bien par se fatiguer! lança Raphaël en refermant la portière sur la jeune fille.

Des torrents de larmes avaient succédé aux injures mais rien n'aurait empêché Raphaël de regagner à pas tranquilles son domicile. Derrière lui, il entendit un claquement de fouet puis la berline qui s'ébranlait. Quelques minutes plus tard, il passait son visage contusionné à l'eau froide. Des traces de dents et d'ongles marquaient ses mains et le faisaient souffrir. Cette algarade l'avait épuisé. Il se servit un verre de porto puis s'allongea sur son lit où il s'endormit jusqu'au lendemain.

A plusieurs reprises, il se demanda si Maria da Conceiçâo allait revenir mais, sans doute, cette dernière entrevue lui avait ôté toute velléité d'approche car il ne reçut qu'un billet au contenu passionné et accompagné d'une boucle blonde. Puis elle repartit pour le Brésil. Il en fut soulagé mais ne trouva pas pour autant du travail. Ses économies seraient bientôt réduites à néant et il se verrait dans l'obligation de quitter cet appartement auquel il s'était attaché.

Ce fut Hortense Duplessis qui le sauva de cette mauvaise passe en le recommandant à un confrère de Louis qui, à priori, ne cherchait personne.

– Vous devriez vous entendre avec Émile Vandremer, confia-t-elle à son protégé qui, en effet, fut engagé un mois plus tard.

Avec un travail qui lui plaisait, la vie reprit ses couleurs et quand il rencontra Julien à La Nouvelle Athènes aucun tourment n'assombrissait plus ses traits. Heureux de se retrouver, ils en oublièrent de boire l'absinthe qu'ils avaient commandée. Comme un enfant, Raphaël écoutait les récits de son ami. A sa suite, il parcourait des hectares d'hévéas dont, à l'aide d'un couteau, les indigènes entaillaient l'écorce afin que coule le précieux liquide, ce caoutchouc dont l'utilisation allait en grandissant. Il l'imaginait dans une maison qui dominait collines et forêts. Entouré d'une nombreuse domesticité, Julien y vivait en reclus. Très rarement, il ouvrait sa porte à d'autres planteurs car leurs discours avaient vite fait de le fatiguer. Quelques aventures avaient ponctué son existence de célibataire et, parmi celles-ci, il gardait un excellent souvenir de Marie-Rose, la femme d'un géomètre qui avait le bon goût de souvent s'éloigner. Elle adorait le champagne et faire l'amour, deux exigences auxquelles Julien sut pallier sans difficulté. Des nuits durant, ils burent, rirent et partagèrent un plaisir qui finit par les lier plus que des sentiments. Avec ses cheveux blond cendré, un visage placide et un corps trop épanoui, Marie-Rose ne correspondait guère au type de Julien, pourtant elle occupa vite la place de favorite auprès de cet homme que de plus jeunes et de plus jolies convoitaient. Auprès d'elle, il ne songeait qu'à l'instant présent... elle l'amusait, ne lui demandait rien et, surtout, savait disparaître lorsqu'il aspirait à la solitude. Alors, assis sur son balcon, il regardait la nature se dissoudre dans la nuit et songeait que, sous d'autres cieux, les êtres qu'il chérissait vaquaient à leurs occupations diurnes. Julien parla aussi du Japon. Il avait débarqué à Yokohama puis s'était installé au Grand Hôtel. Le premier soir, avant de se coucher, il s'était promené dans le port où la lune éclairait les clippers amarrés le long des quais. Torses nus dans leurs embarcations, des bateliers allaient et venaient, indifférents aux oiseaux de proie qui planaient au-dessus de leurs têtes. Face à ce spectacle, Julien éprouvait une vraie joie. Jamais, il ne se lasserait de ces scènes de bout du monde et de l'odeur du large. L'Empire du soleil levant l'avait manifestement fasciné. Rien ne se répétait dans ce pays de douceur où, vêtues de kimonos chamarrés, des femmes au visage blanchi l'accueillaient dans des demeures dénuées de tout ornement.

– C'est une leçon d'architecture, déclara-t-il à Raphaël, et je suis certain qu'un jour les Occidentaux s'inspireront de cette simplicité, de cette légèreté...

Il évoqua aussi le potier qu'il avait découvert sur le chemin qui le menait à Kyoto.

– J'étais dans un pousse-pousse quand, devant une échoppe, j'ai aperçu d'admirables vases. Je n'ai pu résister à les acheter.

Sur l'art japonais, Julien était intarissable. Au crépuscule, quand s'allumaient les lanternes, il parcourait rues et bazars et rien n'échappait à son œil d'esthète. Une fois encore, il avait chargé les cales d'un navire qui se rendait en Europe.

– Les collectionneurs m'attendent de pied ferme... mais il y a certains objets que j'ai l'intention de donner à un musée...

Séduit par son discours, Raphaël ne l'interrompait que

pour lui demander des précisions. Julien avait à peine changé. C'était la même désinvolture et la même verve. Il attendit toutefois la fin de la soirée pour aborder le sujet qui l'obsédait.

– Louis, murmura-t-il, a-t-il beaucoup souffert ?

– Je le crois.

– Était-il anxieux ?

– Davantage pour ceux qu'il laissait que pour lui-même.

– On m'a dit que Mme Duplessis séjournait en Suisse...

– Gabrielle l'a poussée à accepter cette invitation. Il fallait qu'elle coupe avec son environnement, les enfants, un quotidien trop rempli.

Julien demeura silencieux. Qu'aurait-il pu objecter ? Hortense se distrayait, elle en avait le droit. Elle était libre... et cette constatation à laquelle il avait, jusqu'à présent, refusé de penser le mettait mal à l'aise.

– Il est tard, murmura-t-il. Rentrons.

38.

L'une des premières tâches de Julien fut de rendre visite aux peintres qu'il connaissait.

– Que s'est-il passé en mon absence, demanda-t-il à Étienne.

– Rien de bien fameux.

– Mais encore?

– Le groupe se disloque! Lentement mais sûrement... Et moi-même, je me pose des questions quant à ma participation à la prochaine exposition.

– Comment! Toi qui en étais l'un des plus farouches défenseurs!

– C'est vrai, mais, à ce moment-là, cette manifestation symbolisait la lutte et la solidarité de quelques personnes qui possédaient un certain talent.

Étienne eut un rire amer.

– Et, crois-moi Julien, la prochaine est loin de correspondre à cette image.

– Vous êtes-vous fâchés?

– Non, seulement Degas s'est peu à peu octroyé le droit d'inviter qui lui convient. Ses recrues sont, pour certaines, lamentables.

– Et Pissarro, qu'en dit-il?

– Il continue d'espérer que Renoir, Monet et Sisley reviendront mais il se trompe.

En allumant un cigare, Étienne poursuivit :

– Lui annoncer que je le quitte me rend malade. Il s'est

tellement battu pour nous tous. Il nous a tellement soutenus. J'ai vécu sous son toit, mangé son pain, bénéficié de ses conseils... et, pourtant, je ne peux le ménager.

– Comment se passent tes ventes?

– Mieux. Théo Van Gogh m'a acheté plusieurs toiles pour la galerie qui l'emploie.

– On m'a dit que Durand-Ruel serait en meilleure passe financière.

– Il a, en effet, des projets.

En même temps qu'ils parlaient, Julien observait la toile qui séchait sur un chevalet. La peinture d'Étienne avait encore évolué.

– J'essaie de m'éloigner du sentiment et de privilégier la pensée. Je voudrais aller au-delà de l'impression ou, plutôt, y adjoindre la notion d'irréversible. Si je peins un sujet à une certaine saison ou à une certaine heure de la journée, jamais, même en mettant toutes les chances de mon côté, je ne retrouverai, la fois suivante, les données de départ. Non seulement la scène sera différente, mais j'aurai changé et je ne la percevrai plus de la même manière. Alors, je tente de restituer dans un tableau l'immuabilité d'un être ou d'un paysage, sa nature, et ce qu'il a de mouvant, de changeant. Si ma touche reste en apparence légère, les volumes et les masses sont travaillés avec davantage de précision.

Il y avait longtemps que Julien n'avait capté dans le regard de son ami une telle passion. S'il se heurtait à des querelles de chapelle, ses propres recherches semblaient lui donner satisfaction, aussi l'encouragea-t-il à prendre son indépendance.

– Vole de tes propres ailes, Étienne, et n'oublie pas que ceux qui l'ont fait avant toi n'ont pas eu à le regretter. Quant à Pissarro, il a, j'en suis certain, trop d'intelligence et de cœur pour t'en tenir grief.

Ce n'était, en tout cas, pas Manet qui démentirait semblable conseil. En retrouvant ce prince de l'individualité, Julien eut la gorge serrée. Assis dans un fauteuil à haut dossier, il avait posé sa jambe malade sur un tabouret et, même s'il ne se plaignait pas, ses traits fatigués révélaient la souffrance qu'il endurait.

– Vous voilà face à un crevard, lança-t-il en serrant la main de Julien. Je suis flambé, mon vieux !

Dans un carton à dessins, Julien avait apporté des estampes d'Hokusai. Manet ne cacha pas son plaisir de les découvrir.

– Quelle beauté, quelle harmonie...

S'adressant à nouveau à son visiteur, il murmura :

– C'est gentil d'être venu jusqu'à ma tanière.

Victime d'ataxie, une maladie qui accompagnait parfois les dernières phases de la syphilis, Edouard Manet ne pouvait plus se déplacer comme bon lui semblait. Privé d'énergie, incapable de supporter la tension d'un travail soutenu, il s'en tenait le plus fréquemment à l'aquarelle. Il illustrait ainsi les lettres qu'il envoyait à ses amis et notamment à Isabelle Lemonnier qui était devenue son modèle préféré. *Isabelle au manchon, Isabelle à la rose,* chaque tableau contenait l'aveu d'une trop tendre affection. Un aveu pudique car quelle autre déclaration aurait-il pu faire à cette jeune fille de vingt-huit ans, cadette et sœur de Mme Charpentier ? Et qu'aurait-elle pu répondre à un homme marié et de surcroît diminué ? Indifférente à la détresse du peintre, Isabelle allait son chemin avec toute l'insolence de sa fraîcheur. « Je vous embrasserais si j'en avais le courage », lui avait-il écrit en rageant contre le sale tour que lui jouait la vie. Manet n'avait pas connu d'amours malheureuses. Certes, il y avait eu Berthe Morisot mais l'art les avait aidés à sublimer une impossibilité. Tandis que là ! Il maudissait son âge et se maudissait de ne savoir se protéger contre les élans du cœur. Comment se concentrer sur les témoignages de fidélité qui, au fil des journées se succédaient, quand son esprit courait derrière une chevelure blonde, des yeux de porcelaine, un ensorcelant sourire ? Sans en connaître le motif, Julien sentit la préoccupation de Manet et il décida de l'abandonner à ses réflexions. Il se préparait à partir quand entra dans l'atelier une femme au visage lumineux et à l'élégance originale. Portant une brassée de fleurs, elle se dirigea vers le maître, lui déposa un baiser sur son front et remarqua son air bougon.

– Vous me paraissez bien mal luné, mon ami.

Se tournant vers Julien, elle ajouta avec un rire de gorge :

– Je ne puis imaginer que ce monsieur en soit le responsable.

– Julien Coblence, présenta Edouard Manet... Mme Mery Laurent.

En connaisseur, Julien détailla celle qui, lors de brèves apparitions sur la scène du Châtelet, était apparue nue dans une conque d'or. Le richissime docteur Evans, dentiste de l'empereur, avait mis fin à ces exhibitions en l'installant dans une somptueuse demeure boulevard Lannes où bientôt l'entoura une cour d'artistes. Sans l'avoir jamais rencontrée, Julien n'avait entendu que des louanges sur cette muse, intelligente, charmeuse, généreuse et, pour une fois, ces compliments ne lui parurent pas exagérés. Mery Laurent s'apparentait au soleil. Elle en avait l'éclat et la chaleur. Il n'y avait qu'à voir comment elle avait déjà réussi à amuser Manet ! Pendant qu'il commandait un punch, elle s'occupa d'allumer des lampes.

– Ah... C'est mieux ! On se serait cru dans un caveau ! Et ce poêle... il me semble bien essoufflé...

Sa phrase était à peine terminée que Julien y jetait une poignée de fagots. Puis, oubliant son désir de prendre congé, il se rassit. Sur les spectacles de la rentrée, Mery se montra intarissable. Elle avait tout vu et, avec humour, en faisait le compte rendu à ses interlocuteurs.

– Me trouvez-vous trop sévère ? demanda-t-elle à Julien en le sondant de ses yeux noirs.

– Rentrant d'un long voyage, je suis dans l'incapacité de vous répondre.

– Notre ami est un globe-trotter, expliqua Edouard Manet. Il revient d'Asie et... regardez, mon bel oiseau, ce qu'il m'a rapporté...

A chaque estampe, Mery trouva le mot juste. Puis elle interrogea Julien sur les pays qu'il avait traversés et prêta une grande attention à ses réponses. Elle avait ôté la pelisse aux reflets mordorés qui l'enveloppait et, dans un halo de lumière, se détachait sa silhouette aux formes pleines. Tout en elle respirait la féminité, la volupté. Elle avait les gestes souples et gracieux des félins, une façon de s'abandonner tout en restant vigilante qui donnait l'envie de l'apprivoiser.

– Mais alors, souligna-t-elle, votre existence va maintenant se dérouler en Cochinchine !

– Certainement pas, se récria Julien. Je me suis engagé à réaliser certaines implantations mais dès que cela sera fait je partirai.

– Vers de nouvelles aventures ?

– Nouvelles et sans doute très différentes.

Ce fut à ce moment-là seulement qu'elle lui accorda un réel intérêt.

– Je suis comme vous, dit-elle. Quand une chose a été menée comme il le fallait, elle ne m'intéresse plus... Je me tourne vers d'autres projets... Et ce n'est certainement pas Edouard qui nous contredira...

– Il m'arrive même d'oublier ce que j'ai accompli, rectifia celui-ci en riant. Mais, ajouta-t-il sur un ton plus sérieux, nous avons raison. Je n'ai jamais pu comprendre les nostalgiques du passé... ceux qui pleurent après ce qu'ils n'ont pas obtenu, ceux qui regrettent de n'avoir pas mieux fait ou fait autrement.

Les fleurs offertes par Mery s'épanouissaient dans un vase de faïence. Le poêle ronronnait et le punch brûlait la gorge. Depuis longtemps, Julien n'avait ressenti un tel bien être. Manet lui-même avait retrouvé son entrain.

– Cette femme est la vie, répétait-il en tapotant la main de Mery. Elle donnerait à un moribond l'envie de se relever. Je songe, d'ailleurs, à reprendre de grands travaux. Le plein air me manque.

– Pourquoi n'irions-nous pas nous promener dans la forêt de Meudon, proposa Mery. Je viendrai vous chercher demain et, je vous le promets, vous deviendrez fou face aux couleurs que nous offre cette fin d'automne ! Puis, poursuivit-elle en ignorant son geste de dénégation, nous souperons chez moi avec juste quelques personnes auxquelles, je l'espère, M. Coblence acceptera de se joindre.

Le lendemain, Julien se présenta au « Pavillon des Talus ». Un majordome le débarrassa de son chapeau et de sa cape puis l'introduisit dans un salon tendu de brocart rouge. Parmi les invités, il reconnut Stéphane Mallarmé et Antonin Proust. Sur un coussin posé à même le sol, Mery Laurent était assise aux pieds de Manet qui parlait de Gervex, un peintre dont il appréciait les prises de position.

– Il a du talent et du culot, deux qualités qui, vous en conviendrez, ne courent pas les rues.

Julien se pencha sur la main de son hôtesse. Obéissant à la mode du moment, ses cheveux retombaient en boucles le long de sa nuque. Il s'attarda sur la gorge que dévoilait une robe noire dont le tissu soyeux et lourd prenait, selon l'éclairage, des tonalités pourpres ou violines. En croisant son regard, il perçut qu'elle éprouvait un plaisir semblable au sien à le revoir. Sans lui ressembler, Mery lui rappelait Cora Pearl. Même assurance, même abattage... et, surtout, elle avait cette délicieuse légèreté qui reflétait une élégance de l'âme et une lucidité peu communes. Pour ses amis, elle trouvait les mots justes, ceux qui les mettaient en valeur. Tous étaient sous son charme, même les femmes, qui ne parvenaient pas à la considérer comme une rivale. Telle qu'il l'observait, Julien avait lui aussi la certitude que Mery n'était pas un danger. Trop indépendante, elle butinait sans s'attarder.

Il en eut la confirmation quand, à nouveau chez elle mais cette fois en tête à tête, elle lui avoua :

– Mes vraies affections sont platoniques. Les hommes qui comptent pour moi n'ont jamais été mes amants et ne le seront pas... ou... s'ils l'ont été... ce fut passager et, l'amusement envolé, nous nous donnons enfin le meilleur...

– Ce discours est loin de me déplaire, mais dites-moi, ma chère, dans quelle catégorie avez-vous l'intention de me placer?

– A votre avis? répliqua-t-elle d'une voix ironique.

Un souper leur avait été servi dans un boudoir orné de lourdes tentures. Au milieu des soies et des velours, à demi allongé sur un sofa recouvert de coussins cramoisis, Julien oubliait le reste du monde. Entêtante, la senteur des roses thé, la fleur à laquelle on avait coutume d'apparenter la maîtresse de maison, l'enveloppait. Le silence s'était installé mais il ne chercha pas à l'interrompre. Qu'aurait-il dit que l'un et l'autre ne sachent déjà ? Prolonger les prémices d'une relation où il n'y aurait ni gagnant ni perdant leur plaisait. Chaque battement de cil, chaque mouvement avait une signification particulière et, bien qu'ils fussent des virtuoses en matière de séduction, ils s'étonnaient d'en éprouver tant de trouble. Aussi, quand Mery fut dans ses bras, il eut l'impression de posséder toutes les femmes. Fougueuse, exigeante, elle le provoquait, se dérobait, jouait ou devenait grave. Contrairement à ses habitudes, Julien demeura toute la nuit auprès d'elle. Une félicité l'envahissait. Mery ! Jamais il n'oublierait ce prénom qui sous d'autres cieux et dans une orthographe proche évoquait des accents de gaieté...

39.

Mery Laurent et Julien Coblence ne tardèrent pas à se montrer ensemble en public. On les vit au concert, à l'hippodrome, chez Tortoni ou au Café Anglais. Les yeux pétillants, la jeune femme traversait les salles ou les tribunes en souveraine. Quant à son cavalier, on lui avait rarement vu ce regard attentif et presque possessif.

Depuis son retour, ses journées avaient été bien remplies. Il avait dû régler les affaires en souffrance et notamment déballer ses trésors asiatiques pour les montrer aux habituels collectionneurs. Cette fois-ci, pourtant, il décida d'offrir les plus belles pièces au musée des Religions qu'allait ouvrir, à Lyon, Émile Guimet. Avec Félix Regamey, le dessinateur qui l'accompagnait dans sa mission, cet homme avait parcouru trois ans plus tôt la Chine et le Japon, il en avait rapporté quantité d'écrits et d'objets rares.

– J'apprécie votre travail et votre probité, déclara simplement Julien quand Émile Guimet le remercia pour ses dons. Comme vous je pense que, pour permettre aux Occidentaux de s'ouvrir enfin à ce qui leur est étranger, les œuvres d'art doivent être regroupées dans un ensemble.

– Vous avez raison mais, hélas, peu de gens sont capables de tenir un tel discours.

– Sans doute est-ce de voyager qui pousse à réfléchir « plus » largement. Comment pourrait-on, après avoir côtoyé tant de merveilles et de contradictions, oui comment pourrait-on se replier égoïstement sur ses propres croyances ?

– J'ai, en effet, souvent répété que pour véritablement apprécier les civilisations anciennes ou exotiques, il est nécessaire d'oublier les idées dispensées par l'éducation ou l'entourage. Afin de bien saisir la doctrine de Confucius, il me paraît judicieux de se donner un esprit de lettré chinois; pour comprendre Bouddha, il faut se créer une âme bouddhique. Y parvenir par le seul contact des livres ou des photographies me paraît insuffisant. Il est indispensable de se rendre sur place, de toucher le croyant, de lui parler, de le voir agir... Et si nous n'avons pas l'occasion ou la chance de le rencontrer... découvrons au moins les œuvres qu'il a créées ou utilisées...

Issu d'un milieu bourgeois et fortuné, Émile Guimet réussissait à concilier la bonne marche d'une entreprise industrielle et sa quête spirituelle. Rarement un être avait inspiré semblable respect à Julien. Aussi se plongea-t-il avec impatience dans les écrits que celui-ci lui avait confiés. Un malaise interrompit cependant sa lecture. Son corps le brûlait.

– Encore cette saloperie, maugréa-t-il avant d'appeler son valet de chambre et de lui réclamer des couvertures.

Ce n'était pas la première fois qu'il subissait ces accès de fièvre. « Un souvenir de voyage », plaisantait-il dès qu'il se sentait mieux. Aujourd'hui pourtant, couché dans son lit, il aurait donné son âme au diable pour ne plus ressentir ces tremblements et ces sueurs. Cela ne durait que quelques heures, il le savait, mais celles-ci lui paraissaient chaque fois interminables.

Les jours suivants, affaibli, il demeura chez lui et profita de cette trêve pour mettre de l'ordre dans ses papiers personnels. Des tiroirs de son bureau, il exhuma des lettres qui remontaient à un lointain passé. Beaucoup avaient été envoyées par Elsie : Boston, New York, Chicago, elle y relatait sa tournée en Amérique. Il y en avait d'autres, très peu, de sa mère... laconiques et sans chaleur. Puis vinrent les billets d'anciennes maîtresses qui étrangement lui faisaient toutes les mêmes reproches... le peu de temps qu'il leur consacrait, son égoïsme, ses dérobades et ses fuites. Sans doute avaient-elles raison mais il profita du feu qui crépitait dans la cheminée pour y jeter ces missives conservées par paresse. Il garda par contre les cahiers où, dès son plus jeune âge, il écrivait. Poèmes achevés ou inachevés, réflexions sur le quotidien, bribes d'un journal intime s'étalaient sous ses yeux et, tout en renouant avec l'adolescent qu'il avait été, il s'étonnait d'avoir eu certaines idées comme celle de refuser l'avenir. Son désespoir avait-il été si profond? Comme d'autres événements d'importance, il en avait oublié l'intensité. Mais qu'allait-il accomplir dans les mois, les années à venir? La Cochinchine faisait de lui un homme fortuné. Néanmoins, il ne souhaitait pas s'y installer pour s'enrichir davantage. Il y retournerait encore une fois ou deux afin de tenir ses engagements puis il aviserait. Continuerait-il à s'occuper d'artistes? Là encore, la question demeurait sans réponse. Ses rangements terminés, il s'allongea sur un divan. Une torpeur l'envahissait.

Lorsqu'en fin d'après-midi son domestique frappa à la porte de la bibliothèque, il s'éveillait tout juste.

– Excusez-moi, Monsieur, mais...

– Que se passe-t-il?

– Mme Duplessis demande si Monsieur accepte de la recevoir.

– Mme Duplessis, répéta Julien en se redressant avec brusquerie. Elle est ici?

– Oui... Elle attend la réponse de Monsieur.

– Eh bien, faites-la entrer dans le salon. J'arrive.

Hortense! Personne ne l'avait averti de son retour. Face au miroir de son cabinet de toilette, il regarda son visage mangé par une barbe de trois jours mais, ne pouvant s'attarder, il se résolut à ne changer que chemise et veste d'intérieur. La joie se mêlait à l'inquiétude. Comment allait-il la retrouver après ces deux années?

Quand il la rejoignit, elle se détourna du tableau qu'elle contemplait. Puis, avec vivacité, elle vint à sa rencontre et spontanément appuya son front contre sa poitrine.

– Dès que j'ai su que vous étiez malade, je suis venue, chuchota-t-elle.

– Mais quand êtes-vous rentrée de voyage?

– Avant-hier.

Elle recula légèrement et le considéra avec attention.

– Vous ne me semblez pas trop mal en point, conclut-elle en souriant.

Sans cacher son émotion, il soutint son regard. A la douceur qu'il connaissait s'ajoutait une combativité nouvelle. Il la dévisagea à son tour. Le chagrin n'avait pas altéré ses traits... elle avait même une excellente mine.

– Ces semaines à la montagne m'ont fait le meilleur effet.

– Où étiez-vous ?

– A Zermatt, un site magnifique ! J'ai escaladé les cimes, bu l'eau des sources, traversé les torrents, rencontré des chamois.

Pendant qu'il l'invitait à s'asseoir, il continua de l'observer. La démarche alerte, le geste léger, elle semblait pleine d'énergie. Les femmes étaient décidément déroutantes et celle-ci plus qu'aucune autre !

– Qui m'aurait dit que les alpages possédaient un tel pouvoir ? remarqua-t-il en avançant une chaise près du fauteuil où elle s'était installée.

Dans sa voix, elle perçut une trace d'amertume et cette réaction la surprit. Que lui reprochait-il ? De se distraire alors qu'elle était veuve ?

– Il y a encore peu de temps, je n'étais pas comme vous me découvrez ce soir, murmura-t-elle. Deux choix s'offraient à moi : ou m'enfermer avec ma douleur ou me dire que d'autres avaient besoin de moi. J'ai choisi la seconde solution... et la vie.

Avec ces paroles, le barrage qu'ils avaient l'un et l'autre édifié dans leur imagination et qu'avait entretenu leur correspondance s'écroula. Enfin, ils purent se confier ce qu'ils avaient éprouvé et enduré. Sans timidité et sans impudeur, Hortense raconta chaque moment de cet été où elle avait cru devenir folle. Lorsqu'elle eut terminé, elle avoua :

– Vous étiez le seul qui pouvait vraiment tout comprendre.

– Sachez que, malgré mon éloignement, ma pensée ne vous a pas quittée. Je vous parlais et j'étais convaincu que mes messages vous parvenaient... tout comme j'étais convaincu que Louis accueillait ma pensée quand elle s'élevait vers lui. Certains, qui prônent la raison, se moqueraient de ce langage. Mais, moi, j'ai décidé que leur rationalisme ne me convenait pas.

Indifférents au temps qui s'écoulait, ils continuèrent d'évoquer ce qu'ils avaient vécu pendant leur séparation. Hortense avait changé. Il la sentit à la fois plus déterminée et plus sereine.

– Je crois savoir, en effet, ce que je veux et où je dois aller, avoua-t-elle.

Elle venait de terminer un récit destiné aux adolescents et maintenant songeait à écrire pour le théâtre.

– Une pièce pour les adultes, précisa-t-elle... et, si j'y parviens, amusante.

Elle s'arrêta avant d'ajouter :

– Jugez-vous anormal, Julien, que j'aie envie de légèreté ?

– Mais non, mon amie, bien au contraire !

Quand neuf heures tintèrent à la pendule, Hortense baissa sa voilette, prit ses gants puis, en se levant, s'excusa :

– Je ne savais pas qu'il était si tard.

– Où allez-vous ?

– Mais, chez moi...

– On vous y attend ?

– Non, les enfants sont couchés.

– Rien ne vous empêche donc de rester avec moi !

– Vous êtes souffrant, objecta-t-elle.

– Convalescent.

– Et je suis arrivée sans crier gare...

– Hortense, l'interrompit-il avec impatience, souhaitez-vous oui ou non ma compagnie ?

– Quelle question !

– Alors, par pitié, agissons avec simplicité.

En attendant que leur repas fût prêt, Julien sortit d'une mallette les croquis et les photographies qui retraçaient son périple. Pour mieux les discerner, il approcha des lampes et, bientôt, Hortense le découvrit accoudé au bastingage du paquebot qui l'emmenait en Extrême-Orient, en pousse-pousse sur le chemin de Tôkaido ou se promenant au bord d'un étang empli de nénuphars. Les grands temples de Kyoto captivèrent son attention. Il y eut ensuite la Cochinchine et la maison qu'y avait occupée son ami. Sur le perron, les domestiques avaient posé. Au travers de ces témoignages, Julien se confiait. Il lui montra encore et pêle-mêle les jonques et les marchés où s'amoncelaient les légumes et les fruits dont elle respirait les odeurs. Sans le moindre mal, elle le rejoignait dans ces contrées. Les unes après les autres, des lanternes s'allumaient le long des rues, des chuchotements et des rires emplissaient les maisons de thé. La voix de Julien se mêlait à ses pensées. Une histoire naissait et, quand il s'arrêta de parler, elle poursuivit :

– Dans le sillage du vent, le parfum des fleurs de prunier gagnait la terrasse. Éveillés par le bruissement des bambous, des oiseaux voletaient avec inquiétude autour d'une lampe dont la flamme avait baissé. Les musiciens fatigués posèrent peu à peu leurs instruments. L'aurore allait bientôt poindre...

– Continuez, murmura Julien lorsqu'elle se tut.

Il avait fermé les yeux, vulnérable soudain. Alors, sans qu'elle pût s'y opposer, la blessure se rouvrit et l'amour qu'elle avait essayé d'endiguer la submergea. A quel autre sentiment avait-elle obéi quand, contrairement à ses principes, elle avait sonné à sa porte? Était-il possible qu'il fût là, si proche... Si elle s'était écoutée, elle aurait tendu la main pour caresser les épais cheveux noirs. Mais aurait-il accepté ce geste? Dans sa mémoire demeurait inscrite la scène où, des années plus tôt, il avait déclaré avec véhémence que jamais ils ne s'appartiendraient. Mais, à ce moment-là, elle était mariée au plus cher et au plus ancien de ses amis. Confronté à la situation actuelle, l'encouragerait-il à vénérer le souvenir du disparu?

Étonné par son silence, Julien ouvrit les yeux et, devant son expression songeuse, murmura sur un ton de reproche :

– Vous m'avez faussé compagnie!

– Non, Julien, vous vous trompez...

– Alors, avouez-moi vite ce qui vous préoccupe.

– Je n'en ai pas envie et vous auriez tort d'insister.

Il se sentit soudain fatigué. Avait-il trop présumé de ses forces? Peut-être, mais à cette probabilité s'ajoutait l'impression de ne plus maîtriser comme il l'aurait souhaité les événements. Pourquoi fallait-il que les relations entre les êtres fussent si compliquées? Il songea à Mery Laurent. Parviendrait-elle à le sauver d'un danger auquel il savait qu'il ne résisterait pas longtemps?

40.

Les informations circulant avec rapidité, Hortense ne manqua pas d'apprendre que Julien avait été vu à maintes reprises en compagnie de Mery Laurent.

– La connais-tu ? demanda-t-elle à Gabrielle.

– Je l'ai croisée, il y a quelques mois, chez les Charpentier.

– Et qu'en penses-tu ?

– Elle est belle, vivante, chaleureuse...

– Il serait peut-être plus facile de m'énumérer ses défauts...

– Excuse-moi, Hortense, mais je ne peux pas te mentir.

Hormis l'Américaine, Nancy Preston, aucune des maîtresses de Julien n'avait inquiété Hortense. Séduisantes, mais en général faciles et superficielles, elles demeuraient à l'écart des intérêts réels de leur amant et, après avoir brièvement partagé ses loisirs, elles abandonnaient, à la faveur d'une pirouette plus ou moins réussie, l'aire de jeux à la suivante. Avec Mery, la situation risquait d'être différente. Brillante, intelligente, enthousiaste, celle-ci pouvait le stimuler, le comprendre et se l'attacher. N'écoutant que son intuition, Hortense décida de passer avec finesse mais fermeté à l'attaque. Son deuil étant terminé, rien ne l'empêchait d'ouvrir à nouveau sa maison. Des artisans furent convoqués rue La Bruyère et les pièces retrouvèrent leur fraîcheur. Jaune pâle, bleu pervenche, ces couleurs s'accordaient à l'état d'esprit d'Hortense qui, tout en choisissant des tissus pour ses rideaux ou ses sièges, songeait aux réceptions qu'elle allait organiser.

Sa garde-robe laissant à désirer, elle courut bottiers, modistes et couturiers. On la vit rue de la Paix, allant d'un magasin à l'autre, s'enfermant de longues heures chez Worth. A Jeanne elle commanda des burnous, des costumes d'après-midi, des peignoirs d'intérieur, des étoles rebrodées.

– Quand pourrai-je les avoir, demanda-t-elle sans cacher son impatience.

– A la mi-janvier.

– La mi-janvier! Mon Dieu!

Jeanne n'avait jamais vu Hortense dans cet état. Pour l'avoir à plusieurs reprises décelé chez ses clientes, elle était certaine que l'amour et lui seul était responsable d'un tel comportement. Alors, elle décida de rendre à sa façon ce que cette femme lui avait prodigué d'attentions. Elle lui proposa des modèles qui, sans la changer, atténueraient son habituelle réserve. La poitrine et la taille furent davantage marquées, la tournure accentuée et, au travers des jupes qui entravaient les chevilles, on devinait la ligne des jambes.

– Mais je ne pourrai pas avancer, se plaignit Hortense.

– Vous marcherez à tous petits pas.

Et Jeanne ajouta en souriant :

– A petits pas bruissants. Qu'existe-t-il de plus gracieux?

La mode empêchant de courir ou de monter à bord d'un quelconque véhicule, les hommes devaient souvent se transformer en porteurs. Peu d'entre eux s'en plaignaient et certainement pas Raphaël qui, s'il s'était écouté, aurait aidé Jeanne à franchir une simple goutte d'eau. Elle appréciait sa prévenance. Enfin, elle éprouvait la sensation d'être précieuse pour quelqu'un! Et ce quelqu'un avait su par ses qualités s'attirer son respect. Peu à peu, elle avait découvert Raphaël. Intègre, doué, obstiné, il ne se laissait pas démonter par les aléas d'un métier exigeant. Son ambition n'outrepassait cependant pas les limites de sa carrière. Indifférent aux mondanités, il jugeait plus opportun de travailler ou de consacrer du temps à ce qui lui tenait à cœur... en l'occurrence Jeanne. Patinage à roulettes ou à glace, promenades en vélocipède, expositions, concerts, fêtes foraines, rien de ce qui pouvait la séduire n'était oublié ! En sa compagnie, elle découvrait que l'on avait le droit de se distraire et de rire... et, lorsqu'il partit une nouvelle fois pour Nice, il lui manqua.

Noël approchait, les rues s'illuminaient, les vitrines regorgeaient de présents ou de victuailles. Avec Lison, Jeanne déambulait au milieu de passants qui, des paquets plein les bras, cherchaient avec des yeux d'enfants l'ultime trésor. L'idée que Raphaël ne rentrerait pas pour cette fin d'année lui serrait le cœur. Qu'allait-elle faire en son absence ? Depuis quelques mois, sa mère affaiblie avait réclamé de retourner au couvent qui l'avait accueillie pendant la Commune. Répondant à son souhait, Jeanne versait une pension aux religieuses et rendait visite à Nane chaque dimanche. Un rite attristant car celle-ci déclinait avec une rapidité déconcertante. La plupart du temps, elle somnolait et Jeanne, à son chevet, se surprenait à prier. Devinant son désarroi, Lison lui proposa de passer Noël chez sa sœur qui tenait une auberge près de Fontainebleau.

– Ce sera gai, tu verras.

Cette prédiction décida Jeanne. Le 24 décembre, elle empila quelques effets dans un sac de voyage qu'elle emmena à l'atelier. Elle terminait de faufiler un corsage pour Hortense quand on frappa et, avant même d'ouvrir la porte, elle eut la certitude qu'elle allait se trouver en présence de Raphaël.

– Jusqu'au dernier moment, j'ai cru ne pas pouvoir quitter Nice mais, après de nombreuses discussions, j'ai tout de même obtenu une semaine de congé...

Surpris par le silence de Jeanne, il demanda :

– Que se passe-t-il... Vous semblez contrariée de me voir...

– Non Raphaël... au contraire ! Mais la situation n'est pas simple car, dans moins de deux heures, j'aurai quitté Paris.

– Où allez-vous ?

– A Fontainebleau.

– Eh bien, déclara-t-il quand il connut la situation, je pourrais, si vous m'y autorisiez, me joindre à vous et louer une chambre dans cette auberge.

– Vous le feriez ?

Le quai était verglacé lorsqu'ils descendirent du train. Avec précautions, ils se dirigèrent vers la sortie de la gare où le beau-frère de Lison les attendait.

– Nous sommes un peu plus nombreux que prévu, l'avertit celle-ci sur un ton d'excuse.

– Il y aura bien une solution, rétorqua Ernest Picard en serrant la main des voyageurs.

L'effervescence régnait dans les cuisines de La Salamandre. Sous les ordres d'une robuste femme, des marmitons s'affairaient autour de casseroles en cuivre où mijotaient les mets que dégusteraient les clients lorsqu'ils auraient assisté à la messe de minuit. En découvrant sa sœur, Rosine abandonna la broche sur laquelle elle enfilait un chapon et, s'approchant, lui plaqua deux vigoureux baisers sur les joues.

– Alors... Montre-nous un peu comme tu es devenue parisienne, lança-t-elle d'une voix enjouée.

Lison pivota sur elle-même puis présenta Jeanne et Raphaël.

– Il va falloir trouver à le loger, souligna-t-elle.

– Le loger, répéta Rosine abasourdie, mais je n'ai plus rien de convenable !

– Une banquette suffira, murmura Raphaël.

Tout en rajustant son bonnet de coton, Rosine réfléchissait tout haut.

– Il y aurait bien une petite pièce au-dessus de la buanderie... Oh, rien de fameux... mais si le poêle décide de marcher, on pourrait y installer un lit...

La température y était polaire, toutefois le fameux poêle accepta de ronronner et, avec l'aide de Lison, Raphaël déplia les draps et les couvertures entre lesquels, épuisé par une journée de voyage, il ne songeait plus qu'à se blottir. Il accompagna cependant Ernest jusqu'aux caves où ils remplirent au tonneau un nombre impressionnant de bouteilles. Puis ils ranimèrent le feu dans la cheminée de la salle à manger où, sur des nappes rouges et au milieu de la faïence et des verres, s'étiraient des guirlandes de houx. Accompagné d'une odeur d'épices et de cannelle, le repas continuait de s'organiser. Dans de grandes corbeilles, des servantes apportaient du pain pendant qu'un peu plus loin on surveillait la cuisson des tourtes et des fricassées.

– Regarde les marrons ! criait Rosine à une jeune recrue tandis qu'elle-même arrosait une farce dont le parfum mettait l'eau à la bouche.

Quand les cloches de l'église carillonnèrent, elle sortit du garde-manger les terrines de faisan et de chevreuil. Tout était prêt pour les hôtes qui par petits groupes arrivaient puis s'installaient dans un joyeux tintamarre. Jeanne et Raphaël s'étaient assis à la table où Lison renouait avec ses amis d'enfance. Était-il possible que le bonheur fût si simple ? Lorsqu'au milieu de la nuit ils traversèrent la cour où résonnaient encore chansons et rires, Jeanne se serra contre Raphaël. Il passa son bras autour de sa taille et, ainsi, ils se dirigèrent vers le bâtiment où leurs chambres n'étaient guère éloignées l'une de l'autre.

– J'ai un peu bu, s'excusa-t-elle alors qu'elle trébuchait sur une marche de l'escalier.

Éclairant leur chemin avec une chandelle, il la mena à sa porte.

– Dormez bien, lui murmura-t-il en déposant un baiser sur sa tempe.

Ils eurent tous les deux un sommeil sans rêve et la matinée était bien avancée quand Jeanne poussa ses volets. Le front collé contre le carreau, elle demeura un long moment à contempler l'activité de La Salamandre. Les cheminées fumaient, une servante balayait le perron et, d'une remise, on apportait des bidons de lait. Tout en s'étirant, elle regagna son lit, ramena jusqu'à son menton le gros édredon fleuri et goûta à l'oisiveté.

La journée s'étira sans obligations et sans horaires, des heures délicieuses où Jeanne n'écouta que ses désirs.

– Je prends de mauvaises habitudes, confia-t-elle à Raphaël alors qu'ils se promenaient dans la forêt. La paresse, les vins, nos tête-à-tête.

– Vous paraissent-ils si néfastes ces tête-à-tête ?

– Non… mais…

– Mais? insista-t-il en s'arrêtant et en l'obligeant à le regarder.

Et comme elle essayait d'éluder, il précisa :

– Je ne vous lâcherai pas tant que vous ne m'aurez pas répondu.

– Mais… reprit-elle, s'ils venaient à disparaître…

– Pour quelle raison?

– Vous pourriez vous éloigner…

Il l'attira alors contre lui et, la bouche dans ses cheveux, murmura :

– Pour que je m'éloigne, il faudrait que vous m'y obligiez.

Comprenant à son silence qu'elle n'était pas convaincue, il insista :

– Que craignez-vous Jeanne?

– Tout.

– Que je vous aime vous fait donc si peur?

Émue par cet aveu, elle noua les bras autour de son cou, chercha le contact de sa peau et, visage à visage, souffle à souffle, ils demeurèrent à écouter leur tumulte intérieur. Puis Raphaël la repoussa avec douceur.

– Vous allez prendre froid. Rentrons.

Jusqu'à la fin du souper, Jeanne fut distraite. N'écoutant pas les propos qui s'échangeaient autour d'elle, elle subissait l'attraction de celui qu'elle ne cherchait plus à fuir. Soudain, elle avait hâte de s'éclipser avec lui, hâte de le respirer, de le toucher. Pendant qu'il parlait avec Lison, elle l'observait. Contrairement aux autres hommes, il n'éveillait pas sa méfiance et cette découverte l'aida à lui proposer d'entrer dans sa chambre. Puis, le dos contre la porte refermée, elle le laissa s'emparer de sa bouche, chercher sa langue et, sous la précision de son baiser, elle oublia toute réalité. Il le sentit et, sans hâte, déboutonna la robe, repoussa le corset pour prendre dans ses mains les seins qu'il avait contemplés lorsqu'elle posait pour ceux dont il était déjà jaloux. Enfin l'amour et le désir se rejoignaient, du moins pour Raphaël, car personne n'ayant jamais exprimé à Jeanne de sentiments, comment aurait-elle capté la nuance… Il l'emporta vers le lit et, à la lueur de la lampe, la contempla. Ses cheveux avaient glissé le long de son épaule, sur sa gorge; il les repoussa puis ses lèvres errèrent sur les chairs douces, jusqu'au pli de l'aine où elles s'attardèrent. Avant de la prendre, il chercha son regard puis, lisant dans ses yeux qu'elle partageait son vertige, il se perdit en elle. Reins creusés, elle répondit alors à chacune de ses incitations et, malgré son peu d'expérience, sut davantage le bouleverser qu'une partenaire avertie. Lorsque, plus tard, dans le silence de la nuit, il entendit son souffle léger, la tendresse l'envahit. Ainsi, après tant de mois d'incertitude, elle était devenue sienne! Sur son passé, il ne voulait poser aucune question. Un autre ou d'autres l'avaient précédé. L'avait-elle ou les avait-elle aimés? Cela demeurerait son secret tant qu'elle le souhaiterait. Les yeux ouverts sur l'obscurité, il s'habituait à leur intimité. Une connivence de tout leur être qui, au fil des jours, s'intensifia car, soir après soir, ils se rejoignaient et, dans cette pièce devenue le centre d'eux-mêmes, ils échangèrent leurs confidences.

– Comment vais-je supporter d'être loin de toi, avoua Raphaël la veille de leur départ.

Jeanne se blottit contre sa poitrine. Il lui manquerait à elle aussi. Fermant les yeux, elle se remémorait certains gestes troublants, certains mots qui, prononcés avec son accent, donnaient à sa conversation un charme particulier.

– Jeanne, disait-il à son oreille, Jeanne, ma belle, ma douce, tu m'as ensorcelé.

Sur un ton plus grave, il ajouta :

– Je t'aime. C'est au centre de moi-même et de ma vie. C'est doux et fort... c'est aussi si nouveau...

Par bribes, il lui avait dévoilé n'avoir connu ses parents que par des portraits. Puis il avait évoqué son attrait pour les destinations lointaines, ses déambulations sur le port, là où les bateaux en partance avivaient son espoir de quitter une île où aucune réelle affection ne lui avait été prodiguée. Comme elle, il avait connu la solitude et, comme elle, il l'avait adoucie avec les rêves et la lecture. Sans être identiques, leurs trajectoires se ressemblaient. Mais, aujourd'hui, que pouvait-elle lui promettre? D'attendre ses retours de Nice puis de Bordeaux? Et où iraient-ils ainsi? Elle ne voulait pas s'engager avant de savoir si l'émoi qu'il lui inspirait résisterait à l'épreuve du temps et de la séparation. Elle savait aussi qu'elle n'était pas prête à donner, encore moins à recevoir... Comment l'aurait-elle été, alors qu'elle découvrait seulement le langage du cœur, le vrai, celui où les rapports de force n'avaient ni lieu ni raison d'exister.

1880

41.

Jeanne et Raphaël ne restèrent ensemble que trois journées à Paris. Dès qu'elle avait terminé son travail, elle courait chez son amant et, dans le décor qu'il s'était choisi, trouvait mille raisons d'être heureuse. Les lumières étaient douces, les couleurs chaudes. Allongée sur un sofa, elle imaginait la nuit glaciale, les rafales de vent et, tout en se grisant d'harmonie et de quiétude, se pelotonnait dans le châle de cachemire qu'il lui avait offert. Souvent, elle imaginait le chemin qu'avait parcouru Raphaël pour parvenir à ce qu'il était devenu. La solitude, comme les luttes qu'il avait dû mener, auraient pu le durcir. Il n'en était rien, et elle l'enviait d'avoir réussi mieux et plus vite qu'elle à trouver un équilibre intérieur. Malgré sa volonté de s'abandonner aux événements, elle se demandait cependant ce qu'il adviendrait de leur relation. Si Raphaël semblait certain de ses sentiments, elle percevait l'effort qu'il faisait pour ne pas la brusquer.

– Il faut que je m'habitue à l'idée de ne plus être seule, s'excusa-t-elle alors qu'il bouclait son bagage.

Avec un sourire désarmant, elle ajouta :

– D'autres agiraient plus simplement mais je suis, hélas, ainsi faite.

Sans répondre, il rangea quelques papiers dans son portefeuille puis, après avoir consulté la pendule, remarqua :

– Il est temps que je parte.

– Je t'accompagne.
– Certainement pas.
– Mais pourquoi?
– Je déteste les adieux.

S'approchant, il murmura en baisant la paume de sa main :

– Il n'y a rien de plus triste que de se retrouver seul sur le quai d'une gare. Alors, poursuivit-il en l'empêchant de l'interrompre, tu vas me laisser m'en aller et, quand tu en auras envie, tu quitteras cet appartement dont je te laisse la clé. Personne ne t'y dérangera.

– Je n'oserai jamais!
– Libre à toi, mais tu as tort.

Une dernière fois il la prit dans ses bras.

– Prends soin de toi, murmura-t-il avant de gagner le vestibule et de refermer la porte.

Le regard de Jeanne se posa sur une veste qu'avait l'habitude de porter son amant. Spontanément, elle s'en empara, la toucha, la respira. Le tissu sentait l'ambre et le tabac blond. Jeanne songea qu'il était encore en bas, dans la rue, qu'elle pouvait courir, le rattraper. Elle fut sur le point de le faire, puis se ravisa. A quoi cela servirait-il? Jusqu'à l'heure où partait le train de Raphaël, elle demeura chez lui, dans cet endroit qui portait son empreinte. Puis elle regagna son atelier où Lison eut le bon goût de ne poser aucune question. Des essayages l'attendaient et elle y consacra une grande attention, une manière d'exorciser son chagrin.

– Jamais, je n'aurais pensé qu'il tenait une telle place dans ma vie, confia-t-elle à Antoinette.

– Je te l'avais pourtant prédit! Et, maintenant, qu'allez-vous décider?

– Rien.
– Comment rien! Tu ne vas pas l'épouser!
– Non.
– Il ne te l'a pas proposé?
– Là n'est pas la question.

Antoinette eut beau prévenir Jeanne contre les risques qu'elle encourait, celle-ci ne changea pas d'avis. Non seulement sa liberté lui plaisait mais elle voulait relever, sans l'aide de quiconque, le défi qu'elle s'était fixé : réussir dans la carrière qu'elle avait choisie et qui constituait jusqu'à présent son bien le plus précieux. Elle voulait lui consacrer toute son énergie et, même si Raphaël comprenait l'importance de l'enjeu, elle savait que la vie commune aurait tôt fait de la rendre moins combative. Combien de fois lui avait-il affirmé que les choix se faisaient d'eux-mêmes au moment opportun! Alors, l'heure présente étant à l'ambition et au travail, elle redoubla d'idées. Curieusement, plus rien ne lui paraissait insurmontable. Se jouant des tissus, des biais et des plissés, elle se sentait guidée par une grâce inconnue jusqu'à ce jour. La première à en bénéficier fut Hortense Duplessis qui, avec un réel bonheur, étrenna ses nouveaux vêtements dans les manifestations auxquelles, fidèle à sa promesse, elle prenait régulièrement part. A plusieurs reprises, Edmond Surtel lui avait proposé de l'y accompagner. Était-il devenu sociable?

– J'ai plutôt l'impression que votre cousine lui a tourné la tête, déclara Berthe Morisot à Gabrielle.

– Sans doute avez-vous raison... mais la réciproque ne me paraît guère envisageable.

Elle l'était en tout cas pour le banquier qui ne manquait pas une occasion de démontrer son efficacité et sa bonne volonté. Ayant appris qu'Hortense souhaitait agrandir l'orphelinat dont elle s'occupait à Bougival, il ajouta une somme importante à l'argent qu'elle destinait à ce projet.

– Au nom des enfants, je vous remercie, lui dit-elle avec un sourire qui l'aurait poussé à se ruiner.

– Je suis heureux de vous avoir aidée et... j'espère que ce ne sera pas la dernière fois.

Il hésita mais finit par ajouter :

– Sachez que vous pouvez tout me demander.

Sans relever la dernière phrase, Hortense accompagna Edmond Surtel jusqu'au vestibule où le majordome lui tendit manteau et chapeau. Elle sentit ensuite ses lèvres s'attarder sur ses doigts, un contact qu'elle n'aimait pas et qu'il réitérait chaque fois qu'il prenait congé. Avant de descendre les marches du perron, il se retourna :

– Ah... j'oubliais le principal! Il me serait très agréable d'organiser un souper en votre honneur.

Découvrant son manque d'enthousiasme, il souligna :

– Les invités seraient, bien sûr, ceux que vous auriez choisis.

Le projet ne séduisait pas Hortense car l'accepter donnerait de faux espoirs au banquier. Mais, réflexion faite, elle balaya ses scrupules et décida de l'utiliser pour éveiller la jalousie de Julien. Il lui fallait un rival et Edmond Surtel allait endosser ce rôle.

Les invitations étaient lancées lorsqu'elle rencontra Julien en compagnie d'une inconnue. Ils sortaient de la porte à tambour d'un salon de thé où elle-même allait s'engouffrer.

– Hortense, s'exclama-t-il!

Après une imperceptible hésitation, il ajouta :

– Mme Mery Laurent... une amie : Mme Duplessis.

Au cours du banal échange de civilités qui s'ensuivit, les deux femmes s'estimèrent. Mery Laurent correspondait bien à l'idée que s'en était faite Hortense. Rose, lumineuse, elle inspirait une sympathie immédiate. Plutôt un genre de personne avec qui on avait envie de s'asseoir et de converser, se disait Hortense en s'attardant sur les prunelles pailletées, les traits enjoués et le sourire qui aurait vaincu les plus irréductibles. Mal à l'aise, Julien ne songeait qu'à écourter le face à face, aussi s'empressa-t-il de prendre congé en assurant Hortense de sa présence chez Edmond Surtel.

Jusqu'au jour de la réception, Hortense s'obligea à oublier la rencontre. Pari difficile mais l'écriture l'y aida. Passé la première heure, son esprit échauffé bâtissait intrigue et dialogues. Alors, comme par magie, tout ce qui ne s'apparentait pas à son texte s'évanouissait. Indifférente au monde extérieur, elle n'appartenait plus qu'aux créatures qui, surgies de son imagination, la tenaient en leur pouvoir. De cette empoignade, elle sortait étourdie mais heureuse, prête à se consacrer à ceux qui réclamaient ses soins. Consciente de ses privilèges, elle avait, en effet, décidé d'aider les enfants que le destin avait privés de parents et de subsides. Parallèlement à l'orphelinat de Bougival, elle se rendait chaque après-midi dans un foyer où elle se consacrait à des fillettes qui avaient l'âge d'Élisa. A s'occuper d'autrui, elle mettait ses soucis à leur juste place et surtout parvenait petit à petit à se détacher d'un passé qui ne pouvait plus lui fournir les réponses qu'elle cherchait. La vie l'avait rattrapée, elle emplissait son cœur et lui donnait la force de soulever des montagnes.

Emmanuel était le seul à ne pas apprécier cette attitude. Il aurait voulu que sa mère ne se consacre qu'à lui. A combien de fausses maladies n'avait-il eu recours pour rester rue La Bruyère et, dans sa chambre calfeutrée, bénéficier d'une tendresse exclusive? A son chevet, Hortense caressait son front, lui donnait à boire de la fleur d'oranger et l'appelait par les surnoms qu'il aimait. Mais à cet enfant la jalousie donnait de la fièvre. Le soir où Hortense se préparait pour aller chez Edmond Surtel, la gouvernante vint l'avertir que le petit était brûlant.

– Il faut toujours qu'il se fasse remarquer, bougonna Élisa alors qu'elle suivait les gestes de la femme de chambre qui, au petit fer, bouclait les cheveux de sa mère.

Cette tâche terminée, Hortense se leva et le laçage du corset commença.

– Encore, ordonnait-elle le souffle court.

– Mais, madame, les lacets vont craquer!

Le miroir la rassura. Dans sa robe de faille ivoire, elle avait une taille de guêpe. D'un coffret, elle sortit un collier de diamants et de rubis qui illuminait son teint. Des bracelets furent fixés à ses poignets puis Élisa s'approcha pour humecter sa peau d'un parfum de tubéreuse.

Dès qu'elle fut prête, elle monta chez son fils.

– Que se passe-t-il?

– J'ai mal au ventre.

S'adressant à la gouvernante, Hortense déclara :

– Commandez un bouillon à la cuisine et veillez à ce qu'il ne prenne pas froid. S'il ne se sent pas mieux demain matin, nous appellerons le médecin.

– Mais vous sortez tout de même? s'insurgea Emmanuel en se redressant sur ses oreillers. Et si je mourais pendant que vous n'êtes pas là...

– Tu ne mourras certainement pas, et moi je ne peux faire défaut à M. Surtel qui a organisé cette soirée en mon honneur.

– Alors... vous lui accordez plus d'importance qu'à moi!

– Mais non, soupira Hortense, et tu le sais bien. Simplement il y a des règles de savoir-vivre qui doivent être respectées...

Sans répondre, l'enfant rabattit son drap sur sa tête puis se tourna vers le mur.

– Allons, ne sois pas de mauvaise humeur...

– Si... et j'espère que vous passerez un très mauvais moment chez cet affreux monsieur qui se croit tout permis.

Dans un sanglot mal réprimé, il ajouta :

– Je le déteste.

Hortense n'allait pas se lancer dans des explications ou des justifications qui, de toutes les façons, n'apaiseraient pas son fils. Ignorant son recul, elle caressa ses cheveux puis, accompagnée de ses pleurs, gagna les escaliers.

42.

Au détour du parc Monceau, Hortense découvrit la façade illuminée de l'hôtel particulier que venait d'acheter Edmond Surtel. Dans un piaffement de chevaux, son attelage se rangea devant la marquise de la demeure et, encadrée par des valets en livrée, elle pénétra dans le vestibule où le banquier accueillait ses invités. Sans attendre que son nom fût annoncé, il vint à sa rencontre et, dans son regard, elle comprit qu'il l'avait élue pour la vie. Réfrénant un frisson, elle se laissa guider à travers les salons où l'attendaient ses amis, le couple Charpentier, Mary Cassatt et Degas, ou encore Antonin Proust dont elle appréciait la bonté. Sous un lustre en cristal de Bohême, un orchestre jouait la musique légère qu'avait lancée la cour de Vienne mais tout, ce soir-là, était placé sous le signe de l'Empire austro-hongrois. Une surprise bien gardée qui enthousiasma Hortense.

– Quelle merveilleuse idée, s'écria-t-elle quand elle découvrit au milieu du jardin la taverne qui, demain, n'existerait plus.

– A plusieurs reprises, vous m'aviez parlé du Danube, alors j'ai pensé que cette reconstitution vous amuserait.

Telle une enfant, Hortense découvrait le grand poêle de faïence, les guirlandes de roses rouges qui couraient le long des murs où l'on avait accroché des trophées de chasse, les tables et les bancs de bois brut entre lesquels se faufilaient des serveuses en costumes folkloriques... Désertant les somptuosités de la demeure, la plupart des invités s'y était rassemblés et, pour quelques heures, voyageaient. Étienne, qui détestait les mondanités, ne regrettait pas d'avoir accepté d'accompagner Gabrielle. Grisé de lumières et de senteurs, il buvait à petites gorgées un vin que l'on tirait du tonneau. Un bien-être l'envahissait et lorsqu'une formation composée de deux violons, d'un accordéon et d'une guitare s'approcha, il se sentit transporté dans ces lointaines guinguettes où, au fil des saisons, on chantait comme on respirait. Il se leva pour rejoindre Hortense. Les musiciens l'entouraient et, avec une gaieté contagieuse, l'accompagnaient dans ses salutations.

– Mais que fêtons-nous, demanda Nina de Callias en l'embrassant.

– Rien de particulier!

– Ah, voilà qui me rassure!

On ne pouvait reprocher à Nina de s'assagir avec les années. Bariolée de couleurs, elle ressemblait à un perroquet. Une curieuse image tropicale au milieu de l'hiver et de ces traditions d'Europe centrale mais la contradiction était ce qui caractérisait celle qui continuait d'enchanter les poètes. Rejoignant Étienne, elle se mit à battre des mains la mesure, un exemple qui fut bientôt suivi par des femmes habituellement plus réservées.

Surpris par le succès de sa réception, Edmond Surtel assistait en spectateur à ce débordement d'entrain. S'il ne s'ennuyait pas, il s'amusait peu. Mais pour séduire Hortense, il aurait utilisé tous les subterfuges! Son regard se fixa sur Julien Coblence qui venait vers lui. Beau, brillant et désinvolte, il semblait se jouer des événements. Rien ne lui résistait, ni les cœurs ni les affaires. Ils échangèrent quelques civilités avant que la musique, en s'amplifiant, ne les contraigne au silence. Julien se dirigea alors vers Hortense, très sollicitée.

– Julien, s'écria-t-elle en découvrant sa présence, venez, nous allons vous trouver une place!

– Non, non, ne vous dérangez pas... Je vais rejoindre Carlier qui me fait de grands signes.

En même temps qu'il serrait des mains, Julien avait la sensation de rêver. Comment aurait-il imaginé trouver pareille atmosphère chez un homme qu'il n'avait jamais vu ciller, encore moins sourire? Saisissant le verre que lui tendait Étienne, il en but d'un trait le contenu puis il se tourna vers Mary Cassatt qui dans une robe de satin rose cyclamen s'approchait.

– Je me plaignais justement, avant-hier, de vous voir trop peu.

– Le chemin de mon atelier n'est pourtant pas difficile à trouver, répondit-elle avec un accent qu'elle ne cherchait pas à corriger.

– Vous avez raison mais Carlier a monopolisé une grande partie de mon temps, rétorqua Julien en riant.

Il avait, en effet, consacré de longues après-midi à son ami et lui avait acheté des toiles qu'il jugeait magnifiques.

– Je ne les revendrai pas, avait-il murmuré en les emportant.

Le soir même, il était resté chez lui et n'avait sorti de son emballage qu'un seul tableau : une loge emplie de fleurs où on discernait la silhouette cassée d'une habilleuse qui un costume dans les bras attendait tandis que, face à un miroir, une comédienne lisait dans son propre regard le défi et la peur. Connaissance de l'humain, facture rapide et précise, rien de ce travail n'avait échappé à l'artiste qui avec une rare maîtrise avait su concilier le fond et la forme. Longtemps, Julien s'était laissé absorber par cette vision, sa manière à lui de vivre la peinture...

Profitant du répit que s'accordaient les musiciens, il interrogea Mary Cassatt sur ses compatriotes. Les Américains s'ouvraient-ils davantage à l'art contemporain?

– Je n'y suis pas allé depuis bientôt quatre ans, conclut-il, mais j'y avais bien vendu les toiles de Carlier.

– Ils s'apprivoisent lentement.

– Je ne désespère pourtant pas de les convaincre du talent de certains...

– Tu as l'intention de retourner là-bas, s'étonna Étienne.

– J'aimerais, mais j'ai l'impression que notre hôte ne va pas tarder à me renvoyer en Cochinchine.

– Encore!

– Eh oui... Il a dans la tête d'y bâtir un empire.

Fascinée par les pâtisseries que l'on apportait sur de

grands plateaux d'argent, Mary Cassatt ne participait plus à la conversation.

– Eh bien, ma chère, vous voilà prise en flagrant délit de gourmandise, lui déclara Degas alors qu'elle goûtait à la Sachertorte.

Sans que les convives s'en soient aperçus, des tsiganes s'étaient glissés dans la taverne et, sur un rythme endiablé, eurent tôt fait d'imposer leur univers de feu, de vent et de neige. Aux violons et à la balalaïka se mêla la voix d'une femme aux yeux de braise, une femme sans âge qui, allant des uns aux autres, captait l'attention de chacun et réveillait les ardeurs. Gabrielle elle-même se laissait emporter. Des couleurs emplissaient sa tête : la terre brûlée, le rouge passion mais aussi des ors et des jaunes, des orangés, le vert des forêts ou celui des fleuves grossis par les crues... Sans comprendre les paroles, elle devinait qu'il s'agissait d'errance, d'amour et de fatalité... d'espoir et d'abandon... Un courant dut s'établir avec la chanteuse car, fouillant son regard, celle-ci ne s'adressa plus qu'à elle jusqu'à ce que les violons, reprenant leur ascendant, annoncent dans un tourbillon de gaieté l'arrivée de trois danseuses. Les cheveux dénoués, les jupes battant la cheville, elles avancèrent pieds nus jusqu'au centre de la pièce et, immobiles, reins cambrés, jaugèrent leur public. Puis leurs bras s'arrondirent et, dans un cliquetis de bracelets, elles commencèrent à se mouvoir sous l'impulsion de la musique. L'une d'entre elles s'approcha à le toucher d'Edmond Surtel et, non sans amusement, le vit rougir. L'abandonnant aussitôt, elle se tourna vers Degas qui d'un regard aigu suivait chacun de ses gestes. Était-ce un simple intérêt d'artiste? Personne n'aurait su le dire tant demeurait secrète sa vie privée. Assis à ses côtés, Diego Martelli ne cachait pas son enthousiasme pour ces créatures bouillonnantes et sauvages. Originaire de Florence, il s'était, ces deux dernières années, installé à Paris afin de partager les habitudes de ces impressionnistes qu'il avait, dès leurs débuts, défendus. Correspondant pour *Il Risorgimento* et la *Gazetta del popolo*, il ne manquait pas dans ses chroniques de rappeler à ses compatriotes que « n'importe quel sujet devenait plus beau si l'impression lumineuse était plus juste ». Il y avait peu de temps que

Gabrielle l'avait présenté à Hortense mais celle-ci l'avait d'emblée adopté. Elle aimait son intelligence et son désir de faire circuler la pensée à travers les frontières. Elle-même recevait de plus en plus fréquemment des artistes étrangers, une manière de s'ouvrir à un monde en mutation, de l'écouter et de le servir... Captivée par les tsiganes, elle n'avait pas remarqué que Julien s'était éclipsé pour se promener dans les salons déserts de la demeure : une succession de pièces lambrissées où le banquier avait rassemblé ses trésors... meubles en marqueterie du XVIIIe siècle, tapisseries d'Aubusson, bustes romains, rien ne manquait qui fût susceptible de souligner une respectable réussite. Fallait-il être naïf pour se laisser piéger par ce décor de commande! Julien commençait à s'ennuyer quand il croisa Victor Chocquet qui, comme lui, visitait le sanctuaire. Si Edmond Surtel avait longtemps jalousé la collection de l'ancien inspecteur des douanes, une fascination malsaine avait fini chez lui par prendre le pas sur le ressentiment et il ne manquait pas une occasion d'inviter son rival à contempler des toiles qui lui avaient échappé. Cézanne restait leur enjeu principal.

– Dieu sait que nous ne sommes pas nombreux à nous battre pour lui, ironisa Chocquet. Et, de plus, comment aurais-je imaginé que Surtel pût constituer un danger!

– Le croyez-vous capable de comprendre sa peinture?

– Oui. Il y a une rigueur chez Cézanne qui certainement le séduit.

– Alors... Il devrait aussi apprécier le travail de Carlier!

– Carlier possède trop de facettes... Il ne se trouve jamais là où l'on pense le découvrir... Un sacré bonhomme mais trop compliqué pour notre ami...

Tout en devisant, les deux hommes parvinrent à un boudoir. Manet, Pissarro y étaient à l'honneur ainsi que De Nittis et Stevens. Julien y découvrit même une toile de Gabrielle où Hortense, à l'ombre d'un velum, rédigait son courrier. Une sourde colère l'envahit face à cette provocation car il n'existait aucun autre mot pour qualifier ce que tout le monde pouvait prendre pour une déclaration d'amour. Hortense livrée chaque jour au regard de cet individu qui de plus en plus s'octroyait des droits...

– Ah, entendit-il dans son dos... Je me demandais qui était arrivé jusqu'ici.

– Excusez-nous, répliqua Victor Chocquet, mais nous n'avons pas résisté à venir contempler vos tableaux.

Sans pénétrer dans la pièce, Edmond Surtel se tut, signifiant par son silence que personne n'avait à s'y attarder.

Le souper terminé, les salons s'étaient remplis et notamment celui dont on venait d'ouvrir les portes et qui rappelait les cafés viennois. Sur un grand comptoir de bois attendaient des mokas, des cafés turcs, au rhum ou à la crème fouettée. Des garçons les emportaient sur des plateaux et les distribuaient aux invités qui luttaient contre les premiers effets de la fatigue.

– Il doit être très tard, s'inquiéta Mary Cassatt qui savait qu'après une nuit blanche elle risquait de mal travailler.

Étienne en était lui aussi conscient mais il avait besoin de cette récréation. Un intermède qui lui démontrait combien il s'était enfermé, privé, puni, combien il avait vécu à l'écart de la vie... A quelques pas, Gabrielle discutait avec Nina de Callias et il l'observa. Treize années s'étaient écoulées depuis leur première rencontre! Était-ce possible? Spontanément, il la rejoignit et, dans un geste de tendresse, lui ôta de la main son éventail puis la porta à ses lèvres. Un geste qui fut surpris par Georges Charpentier alors que celui-ci déposait sur un guéridon une tasse vide.

– Eh bien, ma chère, s'exclama-t-il, quelle jolie preuve d'attachement! Mais vous la méritez!

En s'approchant, il ajouta :

– N'ayant, hélas, pas le droit d'en faire autant, il ne me reste qu'à me distinguer d'une autre manière...

– Laquelle? demanda Gabrielle en riant.

– Accepteriez-vous d'exposer pour *La Vie moderne*, à la fin du printemps prochain?

– Pour *La Vie moderne*? répéta Gabrielle abasourdie.

– Si l'on en croit votre ami Renoir, vous n'aurez pas à le regretter.

– Je le sais bien... seulement je n'arrive pas à y croire! Une exposition consacrée à mes seuls tableaux. C'est magnifique!

Elle se tourna vers Étienne qui n'avait pas prononcé un mot et elle vit que toute gaieté s'était effacée de ses traits. Un frisson glacé la parcourut et elle fut sur le point d'expliquer à Charpentier qu'il se trompait d'artiste..., qu'Étienne avait davantage de talent... La raison, cependant, lui souffla de se taire et surtout de repousser à plus tard cette conversation. Nina, qui avait perçu son désarroi, tenta une diversion mais le mal était fait. Gabrielle le savait, tout comme elle savait que, ne pouvant se permettre de refuser une telle offre, elle se préparait à affronter une nouvelle crise dans son couple. Aurait-elle encore la force de subir sans broncher le désaveu et même le rejet ? N'avoir jamais cédé l'aiderait à croire qu'elle avait raison, du moins l'espérait-elle...

Dès qu'il en eut l'occasion, Étienne s'éloigna vers le billard.

– Ne te laisse pas démoraliser, conseilla Nina à son amie.

– Tu as raison !

Hortense les avait précédées devant une table garnie de dentelles où, dans des coupes de cristal, étaient servis des sorbets. Épuisée par cette fête dont elle était la reine, elle n'aspirait plus qu'à retrouver le calme de sa chambre. Il lui fallait néanmoins échanger quelques propos polis avec son hôte et surtout le remercier. Pourquoi ne pouvait-elle lui rendre une part des sentiments qu'il lui portait ? Pourquoi ne supportait-elle pas sa présence et encore moins les regards dont il l'enveloppait ? Oubliant ses réticences, elle se lança à sa recherche dans cette maison qui représentait tout ce qu'elle n'aimait pas.

– Vous m'avez comblée, lui dit-elle, et je ne sais comment vous remercier.

– En ne le faisant pas.

– Vous ne me simplifiez pas la tâche.

– Ne pensez-vous pas que vous inversez les rôles ?

Antonin Proust et Edgard Degas s'en allant, l'entretien fut interrompu mais il avait suffisamment duré pour que Julien Coblence l'entende. Exaspéré par cette réception qu'il jugeait de mauvais goût, furieux contre Hortense qui se prêtait à cette mascarade et à laquelle il n'avait pas adressé la parole, il s'inclina devant elle, salua le banquier et, sans se retourner, se dirigea vers le vestiaire.

Il était tard mais il avait promis à Mery Laurent de passer. Il la trouva dans sa chambre où elle se préparait pour la nuit.

– Te voilà, s'écria-t-elle joyeusement. Je commençais à douter de ta venue.

– Écoute, Mery, personne ne m'a jamais demandé de comptes.

– Mais je ne t'en demande pas!

– Alors, j'ai dû mal comprendre. Pardonne-moi, je suis fatigué.

Fatigué et triste, jugea Mery qui, pour donner le change, parla avec volubilité du spectacle qu'elle venait de voir aux Variétés.

– Et figure-toi qu'il y avait dans la loge voisine ce pauvre Goncourt. Décidément ce type me déplaît. Il déteste les femmes. On a l'impression sous son regard de se transformer en fille à soldats.

Julien ne l'écoutait pas...

– Que se passe-t-il? demanda-t-elle. Une contrariété?

– Non. Non.

Après avoir d'un signe discret congédié la domestique, Mery reprit :

– Tu n'as effectivement pas de comptes à me rendre, mais ne sommes-nous pas avant tout des amis... Si quelque chose te préoccupe, tu peux m'en parler.

– Mery, je te répète que je suis seulement fatigué. Et d'ailleurs, ajouta-t-il en quittant son siège, il serait préférable que je rentre chez moi.

– Sans doute, murmura Mery en resserrant sur sa poitrine les pans de son peignoir.

Avec un sourire qu'elle voulait serein, elle l'accompagna jusqu'à l'escalier et attendit que la porte se soit refermée sur ce qu'elle jugeait la fin de leur aventure car, même s'il cherchait à la poursuivre, elle venait quant à elle de décider d'y mettre un terme et ainsi de protéger leur relation future de toute médiocrité ou faux-semblant.

43.

Dans les jours qui suivirent cette pénible soirée, Julien eut beau être fort occupé, son malaise persista. Sur un coup de tête, il décida alors de partir pour Honfleur et de se réfugier à l'Hôtel de la Lieutenance. Avec le début du printemps, le bassin retrouvait son animation. On réparait les bateaux, les repeignait et, à intervalles réguliers, des vapeurs venus de Deauville ou du Havre débarquaient leurs lots de promeneurs. Levé de bonne heure, il partait se promener le long de la grève, de longues marches où accompagné par les mouettes il respirait l'air du large, ne pensait qu'à l'instant présent et contemplait les rayons du soleil sur les flaques laissées par la marée. Après un déjeuner dans une auberge, il continuait sa course et, au crépuscule, regagnait sa chambre où, de son lit, il regardait le phare balayer de son faisceau l'obscurité. Quand il eut atteint la paix qui lui permettait de réfléchir avec objectivité, il commença à faire le point sur son existence et jugea qu'elle ressemblait à un puzzle dont il ne parvenait pas à recoller les morceaux. A force de toucher à tout, il n'accomplissait rien en profondeur. Mais que cherchait-il au juste? Après avoir parcouru le monde pendant de si nombreuses années, l'art demeurait sa seule préoccupation... Partout où l'avaient mené ses pas, celui-ci ne l'avait jamais trahi. A une époque où l'on glorifiait l'industrie et la machine, c'était à des gens comme lui de défendre ce que l'être possédait de plus précieux, de plus sacré, de plus universel. N'existait-il pas en Belgique et en Allemagne des peintres ou des sculpteurs dont la recherche approchait celle de ses amis les impressionnistes? D'ailleurs, l'Europe entière subissait ce phénomène dont l'Angleterre, avec Constable et Turner, avait été la première à édifier les principes. Sa décision était prise. Il terminerait le travail entamé en Extrême-Orient, en profiterait pour découvrir les temples d'Angkor puis, comme Émile Guimet, mettrait sa connaissance et les œuvres qu'il possédait à la disposition de ceux qui s'y intéresseraient. Ce serait un adieu au négoce... et le soulagement de servir une cause qui dépassait le pouvoir, la politique ou le chauvinisme. Parallèlement, il reprendrait l'écriture qu'il avait, par faute de temps, abandonnée. Des retrouvailles qu'il attendait avec une impatience qui parfois le rendait fou. « On ne touche pas impunément aux mots », l'avait prévenu Constant Delteil. Une prédiction qui, jour après jour, s'avérait juste car, tel un alcoolique ou un drogué, il en subissait le manque.

Son séjour touchait à sa fin quand il décida de visiter la maison que lui avait léguée sa mère. Dès qu'il y entra, il comprit et admit que sa retraite à Honfleur ne relevait pas du hasard. Au fond de lui-même, le choix était depuis longtemps arrêté, et Hortense y tenait une part importante. Comme il l'avait fait lors de son dernier passage, il repoussa les volets. Le soleil brillait sur la mer où, au large, croisait un grand voilier. De la villa voisine, il entendit chanter une petite fille, puis vint l'appel d'un autre enfant. Ce contraste entre un horizon dénué de tout repère et l'intimité des lieux lui plaisait car il conciliait l'abstraction et la réalité dont il avait de plus en plus besoin. Déjà, il imaginait la grande table où il relaterait ses périples lointains, il vit le fauteuil où jusqu'à la tombée de la nuit il réfléchirait aux projets à venir, il vit encore mille autres détails qui le rendirent presque heureux.

Alors il put reprendre le chemin de Paris.

– Où avais-tu filé, lui demanda Carlier.

– Chez des amis, près d'Orléans, mentit Julien.

Ils s'étaient donné rendez-vous aux Tuileries où bourgeonnaient les marronniers. Malgré la température clémente, Étienne avait noué autour de son cou une écharpe et relevé le col de son épais paletot. Ses yeux étaient cernés, son teint brouillé, il semblait nerveux.

– Ils n'ont pas voulu de mes toiles au Salon, avoua-t-il.

Julien se tut. Qu'aurait-il pu rétorquer à un homme qui, ayant refusé d'exposer avec les Indépendants, voyait se refermer toutes les portes?

– Je n'arriverai décidément jamais à sortir de cette merde dans laquelle je piétine. J'en ai marre, Julien, tu comprends, marre de la peinture..

– Que voudrais-tu faire?

– Si je le savais!

Il y eut un silence avant qu'Étienne ne reprît :

– J'aimerais sans doute ne pas être malheureux.

Un souhait condamné à ne pas être exaucé car Étienne ne pouvait exister sans la peinture et celle-ci ne lui apportait que du tourment. Quant au reste... l'amour, l'amitié, il ne savait plus quoi penser! Gabrielle se préparait à exposer au Salon et chez les Charpentier. Une consécration qui la rendait moins attentive à leur relation. Quant à l'entourage, chacun travaillait maintenant selon ses idées et ses intérêts. Restaient donc la solitude et le doute.

Au fil des jours puis des semaines, ses mauvais génies revinrent le hanter : l'alcool jusqu'à l'abrutissement, un sommeil peuplé de cauchemars et cette angoisse qui l'empêchait de se lever...

– Tu ne vas pas nous remettre ça, souligna Chevigny qui avec désolation songeait à la crise que son ami avait traversée huit ans plus tôt.

N'osant en parler à Gabrielle, il rendit visite à Julien Coblence.

– Personne ne peut l'aider, répliqua celui-ci et nous ne devons pas chercher à le faire. La réponse est en lui.

– Mais... il se détruit!

– Non. Il se débarrasse de ses dernières peurs et de ses dernières entraves.

Un avis que partageait Gabrielle, et qui lui donnait le courage de se tenir à distance.

En n'assistant pas à l'inauguration du Salon, Étienne ne la surprit pas, mais, lorsqu'il arriva en titubant au vernissage de son exposition chez Charpentier, elle décida qu'elle devait se protéger.

Dès le lendemain, elle frappait à l'atelier.

– Ah, c'est toi? s'étonna-t-il.

Sans s'appesantir sur les bouteilles vides qui traînaient au pied de son lit, elle alla droit au but.

– Jusqu'à présent, j'ai toujours essayé de te comprendre... mais...

– De me comprendre, ironisa-t-il. Ainsi, tu as daigné te mettre à mon niveau!

– Mais je ne tolérerai pas que tu me fasses du tort.

– Tu as honte de moi?

– Tel que je t'ai vu hier... certainement.

– Eh bien, sois tranquille, je ne t'importunerai plus.

– S'il te plaît, ne déforme pas tout.

– Que vas-tu encore me reprocher?

– D'être égoïste et inconséquent.

Stupéfait par la rapidité de la réponse, il chercha son regard et il y lut un tel désenchantement qu'il en fut ébranlé.

– Si tu l'affirmes...

– Oui, je l'affirme haut et clair... tout comme j'affirme que tu ne me tortureras plus.

Malgré la promesse qu'elle s'était faite, la colère la gagnait. En martelant ses mots, elle lui annonça que dorénavant il devrait compter sans sa patience.

– Inutile d'insister... Tu viens de m'en donner la preuve, s'insurgea-t-il.

L'un et l'autre avaient conscience de jouer avec le feu mais la colère était la plus forte. Pour la première fois, Gabrielle n'avait pas à étouffer une tendresse qu'elle avait longtemps crue inépuisable. Machinalement, elle regarda autour d'elle. Le désordre régnait. Des vêtements roulés en boule et de vieux journaux jonchaient le sol. Une cuvette contenait encore de l'eau sale et, dans une casserole, séchait une nourriture indéfinissable. Cette pièce à l'abandon ne la concernait pas. Elle la refusait tout comme elle refusait d'entrer dans le jeu d'un homme dont le seul problème était d'avoir trop de talent et de devancer son temps. Se détournant, elle se dirigea vers la porte et, sans une hésitation, sans un regret, sortit.

Attirée par le bruit qui provenait d'un marché voisin, elle s'y rendit puis erra entre les étals où, dans un ruissellement de couleurs, fleurs et fruits attendaient les acheteurs. Captivée par ce tourbillon de vie, elle respirait l'odeur des melons ou de la menthe, écoutait le maraîcher vanter les mérites de ses tomates, plongeait les doigts dans de grands sacs contenant des amandes ou des lentilles. Pour Eugène, elle acheta des biscuits et un ourson en pain d'épice. Ce soir, comme chaque soir, il lui demanderait quand viendrait son père... et cette pensée qui traversait l'esprit de Gabrielle lui indiqua qu'avant toute chose elle reprochait à Étienne de ne pas suffisamment se préoccuper de leur enfant. La vraie blessure était là.

Le long des allées, des femmes mendiaient, certaines tenaient dans leurs bras des nourrissons au regard atone. Face à cette détresse, à cette misère, de quoi elle, Gabrielle, pouvait-elle se plaindre? D'être née dans un milieu privilégié? D'avoir un petit garçon bien portant? D'accomplir chaque jour un travail qu'elle aimait et que le public commençait d'apprécier? Sans s'attarder sur ses derniers succès ou le plaisir qu'elle éprouvait à dispenser l'oubli, le rêve ou la consolation, elle comprenait que si l'art et la vie étaient indissociables, celle-ci devait néanmoins prendre le pas sur la création.

Se tourner vers les autres, les écouter, les aider, mais d'une manière concrète, devint dès lors l'une de ses priorités. A Bougival où, selon son habitude, elle s'installa pour l'été, elle enseigna le dessin dans une salle de la mairie à ceux qui souhaitaient se familiariser avec cette discipline. Deux fois par semaine, enfants et adolescents se présentaient. Les débuts d'après-midi étaient réservés à la théorie puis, chargés de leur matériel et des paniers contenant le goûter qu'elle avait préparé, ils partaient à la recherche d'un point de vue où ils s'installaient. Justin, le fils d'Évangéline et d'Henri, faisait partie des élèves les plus assidus. Assis à côté de Gabrielle, il écoutait l'histoire qu'elle leur contait puis, laissant vagabonder son imagination, l'illustrait. Un courant de sympathie s'était peu à peu instauré entre eux, d'autant plus fort chez Justin qu'il n'avait personne à qui se confier.

– Je ne resterai pas dans ce trou, disait-il. Et, surtout, je ne ressemblerai pas, plus tard, à mon grand-père...

– Et alors, que voudrais-tu faire ?

– Conduire une locomotive.

En attendant, il devait gagner de l'argent et, les fins de semaine, il se rendait au restaurant Fournaise. Pour les clients qui voulaient se risquer sur le fleuve, il mettait à l'eau barques et yoles.

– Il y en a du monde ! Et presque tous des Parisiens, confia-t-il à la jeune femme alors qu'il lui apportait en cadeau les goujons qu'il venait de pêcher.

Sur sa mère, il ne disait mot et Gabrielle ne cherchait pas à rompre le silence. Lui en voulait-il de ne pas lui rendre visite ? Soupçonnait-il ses activités ? Il y avait suffisamment de ragots dans le village pour que l'information lui soit parvenue.

Auprès de Constant, Gabrielle apprenait à donner aux événements leur juste valeur. Ils se rencontraient quotidiennement, chez lui de préférence, parlaient, riaient, mais au-delà de cette apparente légèreté, il lui transmettait son expérience des êtres et des choses. Sa vue avait encore baissé, il marchait avec difficulté et, pourtant, ne montrait aucun signe de révolte ou de découragement. Un séminariste venait régulièrement lui faire la lecture ou écrire sous sa dictée. Cette tâche terminée, Constant se rendait dans son jardin. Les pelouses et les plates-bandes venaient d'être arrosées et une joie chaque fois plus intense l'envahissait à respirer l'âcreté de la terre mouillée, le parfum des pensées et des tubéreuses, du jasmin et de l'iris.

– Aimez la nature, disait-il à Gabrielle. Aimez-la passionnément. Écoutez-la, accueillez-la... Elle contient toutes les réponses.

Constant lui apprenait aussi à oublier la culpabilité, la peur de faire souffrir ou même de décevoir. Une allégresse l'envahissait à entreprendre et à oser davantage dans un art qu'elle n'avait plus à apprivoiser. Assujettis à sa volonté, crayons et pinceaux traçaient sur le calepin ou la toile les visions qu'avait mémorisées son esprit. Peu à peu, elle s'approchait du geste sûr, juste, du geste parfait, celui vers lequel elle avait toujours tendu. Cet état de grâce gommait tous les chagrins !

44.

Avec l'arrivée prochaine d'Hortense et de ses enfants, le Berceau sortit de sa torpeur. Valets et femmes de chambre s'activèrent autour de l'argenterie et du linge. On nettoya les vitres, battit les tapis; des coussins et des bancs de bois furent installés sur la terrasse. Pour accueillir sa cousine, Gabrielle composa des bouquets qu'elle disposa à travers la maison puis, remettant ses activités coutumières au lendemain, elle attendit les voyageurs en lisant un roman.

Hortense lui parut agitée. Elle parlait avec volubilité, son rire était forcé, certaines phrases demeuraient en suspens. Quel désarroi cachait-elle? Les confidences ne vinrent que plus tard et Gabrielle ne fut pas étonnée que Julien en fût la cause.

– Je suis fatiguée du jeu que j'ai établi, avoua Hortense.

Elle avait, en effet, depuis plusieurs mois, décidé de tenir tête à celui qui ne prenait aucun risque ni aucune décision. Employant les grands moyens, elle s'était montrée en compagnie d'Edmond Surtel et d'autres cavaliers dans les endroits où elle était susceptible de le rencontrer. A son grand désespoir, Julien était resté de marbre.

– Oh, il y a bien des visites de temps en temps, mais on peut les mettre sur le compte de l'amitié qui le liait à Louis. Par respect pour le défunt, il se sent obligé de prendre des nouvelles de la veuve!

– Je ne crois pas que ce soit la bonne explication, l'interrompit Gabrielle.

– Les faits pourtant le confirment... et moi, maintenant, j'ai décidé de ne m'en tenir qu'à eux!

Était-elle sincère? Gabrielle doutait qu'Hortense ne continuât pas d'espérer. Même dans cette retraite où elle avait choisi de se retirer!

– Ici, au moins, je suis certaine de ne pas le croiser au détour d'une rue ou à la sortie d'un théâtre.

Après un silence, elle ajouta :

– Je souffrais moins quand il était à l'autre bout du monde car, à ce moment-là, je n'étais pas obligée de composer.

– Qui t'y oblige?

– Le temps! Nous sommes lui et moi à un tournant de notre vie et de notre relation. Après, il sera trop tard... Je le sais!

Rien n'aurait ôté à Hortense la certitude que certaines situations ne devaient pas être prolongées. L'attente était un poison qui rongeait les plus beaux élans, les plus grands sentiments...

– Que ce soit en ma faveur ou en ma défaveur, il doit prendre conscience que je suis libre et qu'il ne tient qu'à lui de sortir d'une réserve qui devient malsaine.

Julien attendit deux semaines pour se manifester. Selon son habitude, il rendit visite à Constant puis se présenta au Berceau.

– Madame est à Louveciennes, le prévint le valet de chambre. Elle ne rentrera qu'après le souper.

– Et Mme Carlier? Pensez-vous que je la trouverai chez elle?

– Non Monsieur. Mme Carlier est en promenade mais elle ne devrait pas tarder à revenir.

– Doit-elle passer par ici?

– Oui puisqu'elle doit reconduire son cheval aux écuries.

A la terrasse ensoleillée, Julien préféra la fraîcheur du salon. Assis dans un fauteuil, il regardait le décor qui lui parlait d'Hortense et se superposait à celui que lui avait offert Elsie. Son adolescence et sa vie d'adulte se mêlaient. Il se remémorait ces jours bénis où, sortant de pension, il accourait chez la cantatrice. Elle l'attendait avec son rire, sa fantaisie, ses histoires. Sans doute, en racontant ses tournées, lui avait-elle donné le désir de courir le monde. Ensemble ils feuilletaient les programmes de ses concerts, lisaient les articles où l'on parlait d'elle et, bercé par une voix qui n'en finirait pas de le hanter, il découvrait que la beauté et la perfection pouvaient provoquer le frisson.

– Ne lutte pas contre l'émotion, disait-elle. Laisse-la t'envahir, laisse-la t'habiter.

Après tant d'années, il se souvenait des bienfaits que lui avaient procuré ces mots. Aujourd'hui encore, il ne cherchait pas à lutter contre certaines évocations. Il n'était pas entré dans cette maison depuis la mort de Louis et, dans un enchevêtrement d'images, leur amitié défilait. Julien se leva alors et parcourut les pièces où s'était ébauché leur avenir. Conversations, discussions, parties de cartes ou de billard, leur formation s'était accomplie sous la protection bienveillante de celle qui ne les avait jamais trahis. Ses pas le menèrent jusqu'au portrait d'Elsie et, une nouvelle fois, la ressemblance avec Hortense le troubla. La logique était là, implacable, et ni lui ni son ami n'avaient échappé à l'engrenage d'une certaine séduction.

De longs moments s'écoulèrent avant qu'il ne retourne dans le salon où avec étonnement il découvrit que sa pensée s'était éclaircie. Il avait compris qu'il devait momentanément arracher Hortense à cette maison. Pourquoi ne l'inviterait-il pas ainsi que Gabrielle à l'accompagner en Bavière où des amis lui laissaient la jouissance de leur propriété pendant qu'ils parcouraient l'Espagne.

Gabrielle, qui n'aspirait qu'à rompre avec ses habitudes, accepta cette idée avec enthousiasme.

– Quand partirions-nous, demanda-t-elle.

– Aussi vite que vous le souhaiterez.

La nuit était tombée mais rien n'annonçait l'arrivée d'Hortense. Une nouvelle fois, Julien voulut prendre congé mais Gabrielle l'en empêcha.

– Restez... sinon elle va m'en vouloir de n'avoir pas su vous retenir.

Partagé entre son désir de revoir Hortense, l'exaspération d'attendre et une jalousie grandissante, Julien écoutait sonner la pendule. Onze heures! Il se sentait ridicule, humilié.

– Constant va bientôt se coucher, expliqua-t-il, et je ne voudrais pas le réveiller en rentrant trop tard.

Dans la chambre où son vieil ami l'avait si souvent hébergé, il dormit mal. A l'aube, malgré sa fatigue, il s'habilla, but une tasse de café puis, respirant l'air encore froid, emprunta un chemin qui, à travers le sous-bois, menait vers de vastes champs où la brume commençait de se lever. Sans but défini, il marcha. Autour de lui, ce n'était que froissement d'ailes et chants d'oiseaux. Une activité débordante qui, avec la naissance du jour, s'étendait aux quatre points cardinaux. Guidé par l'intensité de la lumière, il regagna Bougival alors que les fidèles sortaient de la messe basse. Quand il pénétra dans l'église, le sacristain éteignait les cierges qui brûlaient sur l'autel. Une odeur d'humidité, de cire et d'encens l'accueillit. Il se revit en robe de soie rouge, chasuble de dentelle, en train de sonner la clochette ou de présenter les burettes au curé qui lui reprochait de ne pas assez souvent se confesser. Une femme à l'allure de souris se glissa derrière l'harmonium, ouvrit une partition et commença de répéter ce qu'elle jouerait sans doute pour la prochaine Fête-Dieu. Avec étonnement, Julien reconnut son ancien professeur de catéchisme. Rien n'avait donc changé pendant sa course à travers le monde!

Ce fut Élisa qui lui ouvrit la porte du Berceau.

– Julien! De si bonne heure, s'étonna-t-elle pendant qu'il l'embrassait. Que vous arrive-t-il?

– Je voudrais voir ta maman.

Parvenant difficilement à réprimer un sourire de triomphe, Hortense le reçut dans son boudoir.

– J'ai su par Gabrielle que vous m'aviez attendue hier soir. J'en suis désolée.

– Ne mentez pas, Hortense! Vous en êtes, au contraire, ravie. Je le lis dans vos yeux.

– Eh bien... puisque nous en sommes à ne plus nous mentir, vous avez raison.

– Voulez-vous m'accompagner en Bavière?

– En Bavière!

– Oui... ou ailleurs... J'ai envie de vous emmener loin d'ici.

– La Bavière me convient, murmura Hortense en cherchant le regard de Julien.

Combien de temps demeurèrent-ils ainsi, immobiles, à s'avouer en silence ce qu'ils ne pouvaient plus se cacher? L'une après l'autre, leurs défenses tombèrent et Hortense prit alors conscience du mal qu'elle s'était fait en instaurant entre eux un rapport de force. Ils étaient là, face à face, sans ébaucher le moindre geste, dans cette maison qui contenait tout d'eux-mêmes, ils étaient là, à écouter battre leur cœur, étourdis et heureux.

Dans la semaine qui suivit et pendant laquelle Hortense se prépara pour le voyage, elle ne revit pas Julien. Dès qu'il avait obtenu son assentiment, il était reparti pour Paris où l'attendaient des affaires à régler. Lorsqu'elle avait l'impression d'avoir rêvé, elle se dirigeait vers la lingerie où sa femme de chambre préparait les vêtements qu'elle emporterait.

Élisa donnait son avis.

– Julien aime le bleu pervenche, affirmait-elle.

– Qu'importe ce qu'il aime, répliquait Hortense avec mauvaise foi.

Emmanuel, lui, ne faisait aucun commentaire. Pis, il n'adressait plus la parole à sa mère depuis qu'il avait appris son projet.

– Ne te préoccupe pas de ses humeurs, conseilla Gabrielle à sa cousine.

– Mais je me sens tellement coupable de le laisser!

– C'est exactement ce qu'il souhaite... Alors, cache-le-lui!

Avec Eugène, Gabrielle n'avait pas ce problème. Le petit irait avec sa gouvernante à Trouville dans la propriété de ses grands-parents. Équilibré, confiant, il ne doutait pas un seul instant de l'affection que lui vouait sa mère, encore moins de son retour.

– Tu n'oublieras pas de me rapporter une boîte à musique, gazouillait-il.

– Ni la boîte à musique ni la canne de montagnard, s'exclamait-elle en le faisant tournoyer dans ses bras.

Dans une brève missive, elle avertit Étienne de son départ. La nouvelle le stupéfia. Alors qu'il se morfondait, elle ne songeait qu'à organiser ses distractions ! Une rage l'envahit et aussi le besoin de détruire un peu plus leur relation. Incapable de travailler, il dépensa ses derniers sous dans les beuglants ou les tavernes. Une descente aux enfers qu'il connaissait bien et qui donna lieu à de médiocres aventures. En début de journée, quand il n'était pas trop mal, il rendait visite à Degas dans « l'enceinte fortifiée » où, inlassablement, celui-ci travaillait.

– Un tableau est une chose qui exige autant de rouerie, de malice et de vice que la préparation d'un crime. On fait faux puis on ajoute un accent de nature, avouait Degas en gommant ses études croquées sur le vif pour les arranger à sa manière.

Après un modeste repas, ils partaient à la recherche de filles légères que Degas observait à leur toilette.

– Je veux les peindre à l'état de bêtes qui se nettoient.

Des propos qui convenaient à l'état d'esprit d'Étienne et au mépris qu'il portait alors aux femmes. Les danseuses n'avaient pas davantage grâce à ses yeux. A l'Opéra où Degas avait obtenu qu'il assiste aux cours, il ne prêtait aucune attention à leur grâce mais ne voyait que les visages crispés par l'effort, les bras trop grêles, les poitrines trop plates, les mollets aux muscles saillants. Sans se donner la peine de sortir un calepin de sa poche, il regardait les corps s'étirer, se ployer, se délier et, dans cette répétition des gestes, s'écoulaient les minutes qui l'amèneraient à la tombée de la nuit, aux plaisirs faciles...

45.

Avec l'été, Paris devint désert et Étienne avait beau traîner dans les cafés, il ne rencontrait personne avec qui parler.

– Rejoins-moi à Chatou dimanche prochain, lui proposa Renoir. Nous y serons toute une bande.

Provoqué par une réflexion d'Émile Zola qui avait reproché aux impressionnistes de manquer d'ambition, Renoir avait mis en chantier une toile de la taille de son « Moulin de la Galette ». Le restaurant Fournaise qui, sur la Seine, faisait concurrence à la Grenouillère l'avait séduit par sa situation et son décor, d'autant plus séduit qu'il appartenait à la famille d'Aline Charigot, sa dernière conquête.

– La jolie blonde qui faisait ses courses à la crèmerie, confia-t-il à Jeanne. Tu te souviens?

– Comment l'aurais-je oubliée. Tu as eu la tête dévissée pendant la moitié de notre déjeuner!

Sur un ton presque penaud Renoir avoua :

– Cette fois-ci, je suis pincé!

– Eh bien, c'est une excellente maladie!

En rencontrant Jeanne, place Clichy, il lui avait demandé de poser pour son sujet.

– Il y aura Jeanne Samary, Caillebotte, mon ami Ephrussi.

– Tu es gentil, mais je ne peux pas.

– Fais un effort.

– J'ai trop de travail. Par contre, je viendrai vous encourager.

Une promenade qui égayerait la fin de sa semaine car, soudain, tout lui pesait, y compris les costumes que lui avait commandés un théâtre pour un spectacle de la rentrée. Elle se sentait fatiguée et, à force de bâtir, de coudre, elle n'éprouvait plus rien, sinon la sensation d'être devenue une machine. S'il avait été là, Raphaël lui aurait sans doute donné des forces nouvelles, mais elle ne l'avait vu que deux fois depuis leur escapade à Fontainebleau. Deux visites où ils n'avaient pu que se réchauffer l'un à l'autre et s'avouer que leur séparation les avait malmenés. « Tous ces sacrifices, se disait Jeanne en ne sachant quand elle le reverrait, et ma jeunesse qui s'envole. »

Le soleil brillait lorsqu'un inconnu l'aida à descendre du train en gare de Chatou.

– Où allez-vous? demanda-t-il.

– Rejoindre des amis... des amis très jaloux, précisa-t-elle en riant.

A mesure qu'elle approchait du restaurant, Jeanne sentait disparaître sa morosité. L'air était léger, tout comme les cœurs des citadins et des villageois qui, chargés de cannes à pêche et de paniers remplis de victuailles, allaient vers leurs distractions favorites.

Chez Fournaise, on avait commencé à servir le déjeuner. Matelotes d'anguilles, fritures de goujons et autres spécialités arrivaient sur les tables où, déjà, s'accumulaient les bouteilles vides.

– Renoir... le peintre... On le trouve à l'étage, indiqua une servante à Jeanne.

Il s'était installé sur la terrasse de l'établissement et, à l'ombre d'un store rayé, partageait avec ses proches les plaisirs d'un savoureux repas.

– Ah, s'écria-t-il en découvrant la jeune fille... Tu as tenu ta promesse... Et tu ne vas pas le regretter! ajouta-t-il en plaçant dans sa main un verre de vin blanc.

Jeanne prit place à côté de la fameuse Aline. Blonde, mousseuse, elle avait un visage de poupée. Yeux félins, nez retroussé, lèvres gourmandes, elle éclatait de couleurs et de santé! Son rire était contagieux, ses gestes gracieux et manifestement elle savait tenir tête à « son artiste » qui, fait surprenant, se sentait presque dépassé par la joie de vivre de sa compagne.

Caillebotte, assis à califourchon sur une chaise paillée, suivait avec amusement leur jeu. Il aimait cette atmosphère qui précédait l'élaboration d'un tableau, cette liberté où chacun, s'abandonnant à ses penchants, n'en serait que plus authentique lorsqu'il se confronterait à son travail.

– On ne te voit plus, déclara Angèle à Jeanne.

Elles avaient débuté ensemble comme modèles. Depuis, Angèle avait fait son chemin dans un métier où la concurrence ne manquait pas. Jeanne s'en était toujours méfiée. Égoïste et âpre au gain, elle aurait piétiné père et mère pour conserver les faveurs de ceux qui savaient rétribuer ses services.

– Ce sera l'un de mes plus célèbres tableaux, criait Renoir à qui voulait l'entendre.

Penché sur Aline, il ajouta :

– Le monde entier te connaîtra, mon trésor, et m'enviera de t'avoir connue et plu, conclut-il en déposant un baiser au coin de sa bouche.

Au fur et à mesure que se déroulait le repas, le brouhaha s'intensifiait. Dans un cliquetis de couverts, on se mit à chanter et à chahuter. Jeanne, qui n'avait pas l'habitude de boire, sentait sa tête tourner, une euphorie contre laquelle elle n'avait pas envie de lutter la gagnait. Reprenant les refrains que lançaient les convives du rez-de-chaussée, elle se laissait aller à l'insouciance. Lorsqu'elle aperçut Étienne Carlier, elle se crut d'abord victime d'une hallucination. Il avait d'ailleurs l'allure d'un fantôme. Pâle, les traits tirés, il se tenait à quelques pas et, d'une tape amicale, faisait rouler par terre le canotier d'un garçon qui, les yeux clos, fumait un cigare. Rêvait-elle toujours ou eut-il de la peine à demeurer impassible quand il la découvrit ? Sans s'approcher, il la salua, puis choisit de s'installer à l'autre bout de la table. Jusqu'à la fin du déjeuner, ils s'ignorèrent, mais Jeanne ressentait comme un poids la présence de celui qui l'avait fait douter d'elle, des autres et de la vie. Un poison s'infiltrait dans son sang. Soudain, elle eut chaud et, avec honte, reconnut qu'elle agissait différemment depuis son arrivée. Dans une brume, elle entendit Renoir affirmer en enlaçant Aline :

– Cette fille va me porter bonheur! J'en suis certain!

Au bout de la table Étienne contemplait le fleuve où la navigation s'était ralentie. Tel qu'il se présentait, Jeanne voyait son profil, le front où retombaient les mèches brunes et bouclées, le nez à peine busqué et, sans qu'elle puisse s'en défendre, l'ancienne attirance resurgit. Que possédait cet homme pour conserver sur elle une telle emprise?

– Je ferais bien une sieste, s'exclama Ephrussi en s'épongeant le front.

– Il n'en est pas question, s'insurgea Renoir. Vous êtes ici pour m'aider à travailler.

– Mais toi aussi tu as besoin de te reposer!

– Oh moi, si je m'écoutais, je me reposerais tout le temps.

Aline s'était baissée pour prendre un petit chien qui jappait à ses pieds. Le posant sur ses genoux, elle se mit à lui parler et à embrasser son museau. Renoir suivit la scène puis s'exclama :

– Je veux cet animal sur ma toile. Je le veux ainsi... dans cette position.

– Oh non... Il va froisser ma robe!

Sans se soucier de cette objection, le peintre alla chercher son chevalet puis, l'ayant installé, tira quelques bouffées d'une cigarette et prépara sa palette.

– Allons, les enfants, prenez vos places.

Jeanne en profita pour s'éclipser. En descendant l'escalier, elle se rendit compte qu'elle titubait. Ignorant les invitations de gaillards en mal d'aventures, elle gagna le ponton où un jeune garçon louait des barques. Une promenade à l'ombre des aulnes lui ferait du bien, pourtant, après une hésitation, elle décida de s'y rendre à pied. Sur son chemin, des enfants jouaient à saute-mouton. Ils étaient les seuls à ne pas céder à la torpeur générale car, dans l'herbe, leurs parents ou leurs aînés se laissaient bercer par le chant des oiseaux. Jeanne s'enfonça dans un sentier qui lui parut désert et bientôt elle trouva un bras de fleuve que d'épais bosquets protégeaient des regards. Allongée sous un arbre, elle goûtait le calme de l'endroit et, surtout, tentait de rassembler ses idées quand le glissement d'un pas attira son attention. Étienne était là. Avant même qu'elle ne se relève et mette de l'ordre dans ses vêtements, il l'avait prise dans ses bras et, la serrant à l'étouffer, cherchait sa bouche. Surprise, humiliée, Jeanne commença de se débattre. Il resserra son étreinte et bientôt s'allongea sur elle. Torse contre poitrine, ventre contre ventre, sexe contre sexe, il lui imposait sa loi et, lorsqu'elle croisa son regard, elle comprit qu'il ne la laisserait pas échapper. Avec impatience, il repoussa sa robe; elle sentit ses doigts courir sur sa peau, ses lèvres sur ses seins et, avec des larmes de rage, découvrit qu'elle éprouvait un réel plaisir à être ainsi malmenée. Dans ce corps à corps sans nul sentiment, elle désirait soudain en finir avec une histoire qui n'avait jamais rien valu, même si, l'espace d'un moment et par naïveté, elle l'avait assimilée à l'idée qu'elle se faisait de la passion. Quand tout fut fini et qu'il glissa à son côté, elle se détourna et découvrit dans un bateau qui s'éloignait le garçon qu'elle avait croisé sur le ponton. Il se retourna et la dévisagea. Qu'avait-il vu? Elle n'osait y penser.

– Tu m'avais donc suivie, demanda-t-elle à Étienne qui s'étirait.

– Oui.

– Pourquoi?

– Parce que tu m'as plu quand je t'ai vue, là-haut, sur la terrasse.

C'était donc aussi simple que de croquer un bonbon! Consciente de ses cheveux défaits, de sa mise négligée, Jeanne s'éloigna afin de se rendre présentable. Étienne, par contre, ne bougea pas. Fatigué, il accueillait le silence. Sa journée ressemblait à la précédente et à celle qui suivrait. Non seulement rien ne s'y inscrivait qui puisse le rendre heureux mais il avait la sensation de perdre définitivement pied. Une barque où bavardait un couple passa avant de se perdre dans les ajoncs, et cette vision lui rappela sa rencontre avec Gabrielle à la Grenouillère. Était-il victime de la fatalité pour s'être ainsi détruit? La peinture l'avait trahi, perdu... Il la haïssait et se haïssait d'avoir été aussi crédule, aussi naïf. En ce moment même, Renoir, le pinceau à la main, le rire aux lèvres, devait se jouer de la lumière et de ses « créatures ». Comme il l'enviait de posséder foi et confiance! Jeanne l'avait quitté sans un mot et il lui en fut gré. A quelle lubie avait-il obéi en la relançant? L'idée qu'elle l'avait aimé autrefois n'était sans doute pas étrangère à sa démarche. Un rayon de soleil perça les feuillages et l'éblouit. Il recula vers l'ombre et, après avoir transformé sa veste en coussin, s'installa confortablement sur le dos. Un oiseau s'approcha. Il le regarda sautiller puis s'élancer vers le ciel où s'effilochaient quelques nuages. Ne pardonnant pas à la nature de lui offrir encore des instants de perfection, il ferma les yeux et rechercha le sommeil.

Jeanne ne retourna pas tout de suite au restaurant. Elle marcha le long de la rive, tout d'abord étourdie et honteuse, mais, à mesure que s'écoulait le temps, elle se sentit délivrée. Étienne ne serait plus jamais pour elle une déchirure ou une histoire dont elle ne connaissait pas la fin. La boucle était bouclée, l'attirance exorcisée! Il n'y aurait plus de regrets. Maintenant, elle comprenait que son incapacité à s'engager avec Raphaël provenait d'une nostalgie qui, sans être précise, n'était pas étrangère à Étienne. Pour parvenir au restaurant et prendre congé de Renoir, elle ne put éviter de passer devant le ponton.

– Jeanne, Jeanne, s'écria une voix enjouée.

Elle se retourna et découvrit une jeune Montmartroise qui faisait partie de sa clientèle.

– Jeanne, approche-toi, lui criait celle-ci de son canot.

En cachant sa contrariété, Jeanne obéit. Le batelier, qui tendait des rames, suspendit son geste et l'observa avec attention. Sous son regard, Jeanne se sentit rougir. Ce fut avec gêne qu'elle salua son amie.

– Il faut que je passe te voir, disait-elle. J'ai besoin d'une robe pour aller à un mariage. Tu es très occupée, en ce moment?

– Oui, mais nous nous arrangerons.

– Et tu as reçu de nouveaux tissus?

Allait-elle la laisser en paix? Il y eut heureusement une bousculade suivie d'applaudissements. Sur la terrasse de l'établissement, on s'agita. Caillebotte voulait rejoindre les baigneurs. Angèle, aussi, mais pour des raisons qui n'avaient rien à voir avec la natation. De guerre lasse,

Renoir leur accorda une pause. Après avoir bu un grand verre d'eau, il s'approcha d'Aline, qui sous son chapeau orné de coquelicots ressemblait à un beau fruit, et respira sa peau chauffée par le soleil.

– Pince-moi et dis-moi que je ne rêve pas, murmura-t-il en contemplant sa toile. Oui, dis-moi qu'un jour, peut-être, des inconnus comprendront que nous étions heureux!

46.

L'allée était détrempée par la pluie lorsque Julien, Hortense et Gabrielle s'engagèrent dans le parc qui, en pente douce, menait au chalet qu'ils allaient habiter. A mesure qu'ils s'en approchaient, Hortense renouait avec ses rêves d'enfant. Rien ne manquait, ni le vent dans les sapins, ni les fleurs sur les balcons... Un domestique s'empara de ses bagages pour les monter dans une chambre qui sentait bon le bois et la cire. Dès qu'elle fut seule, Hortense s'approcha de la fenêtre pour en repousser le rideau. Au creux de la vallée, elle aperçut le bulbe d'un clocher et un paisible village. Des montagnes l'encerclaient, certains sommets étaient enneigés. Elle demeura un long moment à contempler le décor dans lequel Julien avait choisi de l'emmener.

Gabrielle avait déjà parcouru les bois et les prairies quand elle la retrouva sur le ponton. Le lac s'assombrissait avec la venue du crépuscule. Pas un bateau ne ridait la surface de l'eau, seules les cloches des vaches qui rentraient à l'étable rompaient le silence.

– J'ai l'impression d'avoir quitté ma maison depuis déjà des semaines, avoua Gabrielle en s'étirant. Tout est loin...

Hortense s'assit à côté de sa cousine et ramena son châle sur ses épaules. L'air était frais, mais elle-même se sentait glacée. La peur revenait, cette fameuse peur dont elle avait décidé de se libérer, et qui ne cessa de grandir jusqu'à l'arrivée de Julien.

– J'ai marché tout l'après-midi et j'ai très faim, avoua-t-il en entraînant ses compagnes vers la salle à manger qui, comme chacune des pièces de la maison, était d'une grande intimité.

Sur des murs blanchis à la chaux, des tableaux représentant des natures mortes voisinaient avec des trophées de chasse. Le mobilier était en bois blond, la vaisselle en faïence et dans les verres colorés coulait un vin léger qui très vite égaya la conversation. Gabrielle voulut tout savoir sur leurs hôtes.

– J'ai rencontré Heinrich Grüber à New York, expliqua Julien. Comme moi, il s'intéresse à la peinture et aux artistes contemporains. Quand nous sommes rentrés en Europe, il m'a rendu visite et je lui ai présenté des peintres dont Étienne. Sa femme est pianiste...

Hortense prêtait peu d'attention à ces propos. Elle regardait l'homme qu'elle avait suivi jusqu'en ce lieu retiré, elle regardait celui dont elle savait tout et si peu, cet être avec lequel elle avait tant partagé et qui, ce soir, lui apparaissait comme un étranger.

Le repas terminé, Gabrielle se plaignit d'être fatiguée et se retira. Des lampes avaient été allumées dans le salon. Hortense, sans savoir si elle souhaitait ou non s'y attarder, maudissait sa timidité. Julien lui servit du punch puis attira un fauteuil près de celui où elle s'était installée et lui demanda, un peu inquiet :

– Ne regrettez-vous pas de m'avoir suivi jusqu'ici?

Sans la laisser répondre, il ajouta :

– Qui aurait imaginé que je prendrais une telle décision?

En même temps qu'il parlait, il avait saisi la main d'Hortense.

– En réalité, ce n'était pas un choix... car j'ai toujours eu l'impression que, quoique je fisse pour m'éloigner, je vous revenais.

– Dieu sait pourtant comme vous êtes parti...

– Si je ne l'avais pas fait, nous n'aurions peut-être plus rien à nous dire aujourd'hui.

– Vous avez décidément réponse à tout, répliqua-t-elle en riant.

Plus forte que l'appréhension, l'ancienne connivence était revenue et, avec elle, la confiance... le plus beau cadeau que l'on pouvait offrir à l'autre et le plus difficile, celui qui demandait d'oublier l'orgueil, les préjugés et les anciennes rancunes. Hortense n'étant plus une jeune fille, cette démarche réclamait de sa part d'autant plus de foi et d'abandon. Julien avait raison de souligner qu'il y avait des moments plus opportuns que d'autres. Aurait-elle été capable auparavant de le comprendre et de l'accepter, aurait-elle su aller au-devant de lui avec le seul désir de donner et non de prendre? Elle se souvenait de l'après-midi à Bougival où elle lui avait avoué les sentiments qui l'étouffaient. Six années s'étaient écoulées depuis lors...

Dans un geste spontané, elle posa son front sur l'épaule de Julien. Elle sentit ses doigts dans ses cheveux, sur sa nuque, puis elle se leva et, comme une somnambule, monta à l'étage. En refermant derrière eux la porte de la chambre, Julien décida d'oublier que cette femme était son idéal et en quelque sorte son destin. Il décida de ne penser qu'à ces instants où elle attendait qu'il la prenne comme il l'avait fait avec tant d'autres. Sous ses caresses, les cheveux d'Hortense s'étaient répandus et, malgré le faible halo lumineux, il en discernait les reflets mordorés, tout comme il voyait la veine qui battait à son cou. Son souffle sur sa bouche, elle s'abandonnait mais, pour la première fois de son existence, il n'éprouvait aucune hâte à découvrir le corps qu'il sentait trembler sous ses doigts. Hortense avait noué ses bras autour de son cou et sa chaleur le pénétrait. Des images défilaient, elle, lui, un coin de peau volé, des rires et cet amour que rien n'avait étouffé. Dans un bruissement de soie, il l'emporta vers le lit et, peu à peu, les gestes qu'ils avaient accomplis pour d'autres, avec d'autres, s'ébauchèrent. Il n'y avait ni prédateur ni proie, seulement un homme et une femme qui avec surprise découvraient la force de leur attachement. Dans cette nuit semblable à nulle autre, ils apprenaient un nouveau langage et surtout à ne pas tricher. Dans les yeux d'Hortense, Julien lisait son trouble, la timidité qu'il lui inspirait et la volonté de surmonter ce qui pouvait encore l'effrayer. Il la serra plus étroitement contre lui et ils restèrent ainsi, immobiles, à se respirer, se toucher. Ce fut lorsqu'il sentit qu'elle avait perdu mémoire et lucidité qu'il scella leur fusion. Ils se laissèrent alors emporter par les tourbillons d'un plaisir qui, en les reliant à des ondes de lumière et d'infinie liberté, les combla au-delà de tout ce qu'ils avaient imaginé. Comme si leur étreinte ne pouvait s'inscrire dans le temps, Julien avait l'impression d'être à la fois un tout jeune homme et de n'avoir plus d'âge. L'esprit et le corps réconciliés, il découvrait l'harmonie qu'il avait toujours crue inaccessible. Ne trouvant pas les mots qui auraient exprimé ce qu'il ressentait, il préféra se taire. Dans la pénombre, il discernait le profil de sa maîtresse. Une mèche avait glissé sur sa joue. Il la repoussa. Elle ouvrit les yeux et lui sourit, un sourire d'appartenance.

Quand, plus tard, elle se leva, il se redressa légèrement sur ses oreillers puis contempla les objets qui lui appartenaient. Sur la coiffeuse, il apercevait des flacons en cristal, des brosses à manche d'ivoire. Un éventail avait été oublié sur un fauteuil ainsi qu'une paire de gants. Des bijoux scintillaient à l'intérieur d'un coffret mal refermé. Dans le boudoir attenant, il entendait Hortense aller et venir et une vague de tendresse l'envahissait pour celle qui pendant tant d'années avait su l'étonner.

– Je veux rester avec vous cette nuit et toutes les autres, la prévint-il lorsqu'elle le rejoignit.

Sans répondre, elle se dirigea vers la fenêtre, l'ouvrit en grand puis, avant de se glisser à son côté, souffla la lampe. L'obscurité les enveloppa. Ses lèvres sur sa tempe, il écoutait le bruit lointain d'un torrent. Rien ne pouvait leur arriver.

– Je vous aime, chuchota-t-il.

Délivré du mutisme qu'il s'était, au fil de leur relation, imposé, il prononçait enfin les paroles qu'il n'avait jusqu'alors pas voulu avouer.

– Je vous aime, pour ce que vous étiez quand je vous ai rencontrée et pour ce que vous êtes devenue. Jamais vous ne m'avez déçu.

– Même quand je me suis jetée à votre tête?

Et, sans le laisser répondre, elle ajouta :

– C'est étrange mais vous aviez beau m'affirmer que je devais vous considérer comme un ami et rien de plus... moi, je savais qu'un jour vous reviendriez sur ce conseil. De quelle façon ? J'aurais été incapable de le dire mais j'avais la certitude qu'immanquablement nous serions réunis. Il existe des courants contre lesquels on ne peut aller !

– Mais, alors, pourquoi vous ai-je rencontrée trop tard ?

– Ou trop tôt !

Julien soupira. Si tout relevait d'une grande logique comme il avait tendance à le croire, pourquoi Hortense n'était-elle pas libre quand il l'avait connue et pourquoi avaient-ils l'un et l'autre été si près de trahir celui qui leur était cher ? Elle se lova plus étroitement contre lui et, alors qu'il sentait ses doigts effleurer son torse, glisser vers son ventre, le désir l'envahit à nouveau, plus violent, plus brutal. Il l'attira sur lui puis, dans cette obscurité où elle n'avait plus de visage, plus d'identité, il la prit et se laissa prendre avec la liberté qu'auraient éprouvée des inconnus.

Les jours suivants, Julien apprit à vivre dans l'attente de l'autre, dans son souhait ou son plaisir. Il entourait Hortense d'une attention constante. Une attitude qu'elle adopta, elle aussi, et qui donna à ses actes leur véritable signification. Aucun amour ne se ressemblait, elle en faisait l'expérience et ce qu'elle donnait à Julien n'était pas une redite. Il était l'homme du présent, celui qui l'avait choisie, qu'elle avait choisi et, sous son regard, elle devenait une femme nouvelle. La vie les avait pris pour les emporter loin de ce qu'ils avaient connu. Dans une totale confiance, ils continuaient de s'avouer ce qui leur tenait le plus à cœur, leurs aspirations, leurs rêves et, seuls face à eux-mêmes, ils passaient des heures délicieuses à escalader les montagnes, à se baigner dans le lac, sommeiller à l'ombre des mélèzes.

– Que souhaiter d'autre, remarqua Hortense à la fin de leur séjour.

– Est-ce la vérité ? Rien ne vous manque ?

– Rien et je n'ai aucune honte à le dire !

« Même pas les enfants, » fut-elle sur le point de

préciser, mais comment aurait-elle expliqué la sensation qu'elle éprouvait d'être redevenue une adolescente. L'aurait-il compris si elle lui avait avoué qu'elle n'avait plus de passé, de famille, plus de maison et que le temps s'était arrêté depuis qu'elle vivait à son côté? Qu'existait-il qui pût rivaliser avec ce qu'ils partageaient là, avec ces instants si forts où le silence avait plus de signification que la parole, où le rire pouvait très vite s'effacer devant l'émotion?

47.

Il fallut tout de même songer à rentrer, une perspective qui, si elle satisfaisait peu Hortense et Julien, contrariait Gabrielle. Au cours de ces trois dernières semaines elle avait, elle aussi, vécu comme en dehors de tout. Sans que cette attitude lui demande d'effort, Étienne était demeuré loin de sa pensée. Aucun poids, aucun souci ne l'avait oppressée. Levée avec le soleil, elle partait chaque matin pour des marches qui pouvaient s'avérer difficiles, mais elle aimait cet effort physique qui lui faisait oublier la peinture et le reste. De grosses chaussures aux pieds, elle se lançait à l'assaut des cimes. Jusqu'à ce qu'une trop forte chaleur et la soif l'obligent à s'arrêter, elle avançait. Fourbue, elle se laissait alors tomber dans l'herbe, buvait de l'eau d'un bidon, mangeait du pain et du fromage puis, allongée sur le dos, écoutait les échos lointains de la vallée.

Quand elle regagna Bougival, elle décida de prolonger de quelques jours son farniente. Son chevalet rangé, ses pinceaux dans leurs pots, elle continua de musarder mais, cette fois-ci, le long du fleuve; une oisiveté qui, elle s'en rendait compte, lui donnait un œil neuf.

– Justin, cria-t-elle en découvrant le garçon qui s'éloignait dans sa barque, Justin!

La reconnaissant, il fit demi-tour.

– Vous êtes rentrée? s'étonna-t-il sans cacher son contentement.

– Oui et je t'ai rapporté un petit cadeau.

– Un cadeau! Pour moi?

Il attacha son embarcation puis, ôtant de sa tête un chapeau à la couleur indéfinissable, il la salua.

– Tiens, le voilà, lui dit-elle en tendant le paquet.

Avec presque de la timidité, il déballa son présent... une pendulette en bois peint d'où sortait, pour marquer les heures, un oiseau bariolé. Voyant qu'il était ému, elle s'empressa de prendre des nouvelles de ses petits élèves du village et bientôt la conversation s'instaura. Il avait pêché, biné des potagers et reçu la visite de sa mère.

– Et le restaurant Fournaise? Y travailles-tu toujours?

– Oui, répondit-il d'un air gêné.

– Cela ne semble plus te plaire.

– Si... mais...

– Mais quoi?

– Il y a quelque chose qui m'ennuie.

– Le patron n'est pas gentil?

– Ce n'est pas ça.

Il hésita et, si elle ne l'avait pas encouragé, se serait probablement tu.

– Je ne voulais pas en parler mais ma mère m'a dit que je devais... Votre mari, je ne l'aime pas!

– C'est ton droit mais tu le connais peu.

– Assez pour savoir qu'il se conduit mal avec vous.

– Là... tu te trompes!

– Je ne me trompe pas du tout, se défendit Justin vexé. Il a pris une fille dans ses bras... Je l'ai vu... et il l'a embrassée et... et... je ne vous raconterai pas le reste.

Un vacarme emplit soudain la tête de Gabrielle. La gorge sèche, les oreilles bourdonnantes, elle tentait de comprendre ce que Justin continuait de raconter.

– Je ne mens pas. J'étais dans mon bateau et, eux, ils étaient couchés dans l'herbe.

– La fille? Tu la connaissais?

– Non mais devant moi, près du ponton où je loue les yoles, quelqu'un l'a appelée, après, par son petit nom. Jeanne! Et elle fait de la couture...

– En es-tu certain? sursauta Gabrielle.

– Oui. On lui a même commandé une robe!

– Étaient-ils seuls?

– Non, ils faisaient partie d'une bande. Il y avait un peintre qui faisait un grand tableau... Oh oui... un tableau bien plus grand que les vôtres...

La voyant livide, il s'interrompit.

– Je vous fais de la peine, hein, mais ma mère, elle m'a dit que, si je me taisais, je serais un lâche.

– Oui, Justin, j'ai de la peine et je vais te laisser. J'ai besoin d'être seule.

– Vous êtes fâchée contre moi?

– Sois tranquille! lui dit-elle en tapotant sa joue.

S'emparant de ses doigts, il les embrassa.

– Vous êtes bien plus jolie qu'elle, s'écria-t-il alors qu'elle avait déjà tourné les talons.

N'obéissant qu'à son désir de s'enfermer, de se cacher, Gabrielle regagna d'un pas rapide sa maison puis elle monta dans sa chambre. Une douleur labourait son ventre, comprimait sa poitrine. Le front collé au carreau de la fenêtre, elle ne discernait rien du parc qui s'étendait devant elle. Étienne et Jeanne! Avait-elle rêvé? Justin avait-il tout inventé? Il y avait tant d'adolescents qui racontaient des histoires à dormir debout... Mais celui-ci n'en faisait pas partie... Elle en avait la certitude tout comme elle savait qu'il n'avait pas pris Étienne pour un autre. D'une façon malsaine, des images s'imposaient et Gabrielle eut la nausée. Se précipitant vers le cabinet de toilette, elle vomit jusqu'à l'épuisement sa tristesse et l'horreur d'avoir été doublement trahie. Qu'Étienne puisse avoir des aventures ne la surprenait pas, encore moins depuis qu'ils s'étaient expliqués... mais qu'il eût choisi Jeanne et que celle-ci lui eût cédé l'anéantissait. Jeanne! Des souvenirs affluaient. Elle la revoyait en train d'apprendre à écrire et, avec fierté, montrer ses premières lignes. Elle la revoyait encore tourner la clé de son magasin et toucher, comme si elle n'osait y croire, les tissus empilés sur son comptoir. A qui en voulait-elle le plus? Elle n'aurait su le dire. Et qu'allait-elle faire? Elle échafauda plusieurs plans mais n'en retint aucun car trop d'éléments lui manquaient. Un instant, elle eut la tentation de parler à Hortense puis elle se ravisa. Personne ne devait influencer son comportement à venir.

En frappant à sa porte, Eugène l'obligea à se reprendre.

– Tu es toute décoiffée, répétait-il en découvrant avec étonnement l'état de sa mère.

– J'ai essayé une nouvelle lotion, expliqua-t-elle.

Jusqu'au dîner du petit, ils devisèrent, un effort que Gabrielle crut ne pouvoir soutenir jusqu'au bout. Il avait apporté un livre d'images qu'il connaissait par cœur, et posa des questions dont il connaissait aussi le mot à mot des réponses. C'était un rite mais, ce soir, sa mère se trompa et il dut, plusieurs fois, la reprendre.

Seule à nouveau, elle attendit la nuit qui n'en finissait pas de monter. Mêlée à la fatigue, sa peine continuait d'enfler, une peine que rien ne pouvait apaiser et qui s'accompagnait d'une immense sensation d'abandon. Non sans amertume, elle songeait à Évangéline qui, décidément et par des voies détournées, continuait de la tourmenter. Comme elle avait dû jubiler quand son fils lui avait dévoilé ce qu'il avait surpris... Et comme elle avait dû jubiler à colporter la nouvelle! Avec des gestes d'automate, elle se déshabilla puis, nue, se contempla sans indulgence dans le miroir. A trente-deux ans, pouvait-elle encore plaire? La prenant au dépourvu, le corps de Jeanne se superposa au sien. Jeanne et son éclat, Jeanne et sa fraîcheur... Quel homme y aurait résisté? Elle se glissa dans son lit et les sanglots contenus jusque-là éclatèrent. Elle pleurait sur ses illusions perdues, sur la promesse qu'elle s'était faite de vivre en dehors de toute médiocrité, elle pleurait sur son aveuglement, sa naïveté et sur un amour qui lui échappait. Un amour dont la brûlait le souvenir. Elle, Étienne, leur première rencontre, leur relation passionnée, houleuse et si forte. Qu'existait-il qu'ils n'avaient partagé? Le sommeil la délivra en partie de cette nostalgie mais aussi des reproches qu'elle s'adressait. S'était-elle montrée trop dure, trop intransigeante? Les cauchemars se succédèrent jusqu'à l'aube où elle prit la décision de se rendre à Paris afin de vérifier la véracité des propos de Justin.

Sa première visite fut pour l'atelier de Renoir qu'elle trouva vide. Jeanne Samary n'habitant pas loin, elle s'obligea à frapper à sa porte.

– Gabrielle! s'étonna celle-ci.

– Je cherche Renoir.

– Il s'est absenté pour quelques jours... mais entre...

En s'effaçant devant sa visiteuse, la comédienne releva ses cheveux et les retint avec un peigne d'écaille. Elles s'assirent dans une pièce dont le désordre indiquait que l'on avait dû y veiller tard, et un dialogue chaotique s'installa jusqu'à ce que Gabrielle demande à son interlocutrice si elle avait quitté Paris, ces derniers temps. Avec plus de détails qu'elle ne l'aurait espéré, elle eut la confirmation que Renoir avait entamé une toile à Chatou et qu'en posant, Jeanne Samary avait, avec d'autres, collaboré à cette création.

– Étienne m'en a, en effet, parlé, mentit Gabrielle.

D'autres noms furent ensuite évoqués dont celui de Jeanne Dorval.

– Elle est venue en spectatrice. Une fille charmante... Mais, raconte-moi ce que tu deviens. J'ai appris par Chevigny que tu étais partie en voyage...

– Oui, en Bavière, répliqua Gabrielle qui n'éprouvait plus que le désir d'affronter Étienne.

Ce qu'elle fit dès qu'elle put prendre congé. Ignorant la chaleur, elle courut jusqu'à ce qu'elle trouve un fiacre. En proie à une colère de plus en plus forte, elle parvint là où vivait Étienne. La porte était restée entrebâillée. Il lui tournait le dos et elle demeura immobile en attendant qu'il s'aperçoive de sa présence.

– Tiens, tu es là, remarqua-t-il d'un ton maussade.

Puis, avec ironie, il ajouta :

– Qu'est-ce qui me vaut ta visite?

Face à son silence, il souligna :

– Tu avais envie de savoir si tu avais bel et bien épousé un minable?

– Peut-être.

– Alors, ma jolie, la réponse est là...

Dans un geste de dérision, il montra des toiles blanches puis d'autres où ce qu'il avait peint était souillé, éventré... un grand saccage mais qui ne retint pas l'attention de Gabrielle. Le problème était ailleurs et elle alla droit au but.

– On ne peut, en effet, courir tous les lièvres à la fois.

Et comme il la fixait avec étonnement, elle précisa :

– Il paraît que le gibier ne manquait pas chez Fournaise.

– Je ne comprends rien à ce que tu racontes.

– Et si je te parle de Jeanne, tu ne comprends toujours pas?

Elle le vit blêmir.

– Jeanne? Quelle Jeanne?

– Jeanne Dorval! Tu ne vas tout de même pas avoir l'aplomb de me demander qui elle est!

– Je ne comprends toujours pas.

– Elle n'était pas à Chatou avec Renoir et la bande?

– Si, peut-être.

– Et tu ne t'es pas vautré dans l'herbe avec elle?

– Mais tu es folle!

– Ou je suis folle... ou tu es amnésique!

Elle tenta de capter son regard mais il s'était mis à arpenter la pièce et elle le connaissait suffisamment pour savoir qu'il agissait ainsi quand il ne se sentait pas en position de force.

– Tu te trompes et sur toute la ligne, finit-il par déclarer.

– Ah oui... Jure-le-moi.

– Je le jure.

Mon Dieu, comment en étaient-ils arrivés là. Luttant contre la rage qui l'envahissait et lui donnait le désir de le gifler puis de casser tout ce qui se trouvait à sa portée, Gabrielle dévisagea l'homme auquel elle avait accordé sa confiance. L'amour pouvait-il devenir une telle source de douleur, car le constat était là... au lieu de s'aider, de se réconforter ou de se stimuler, ils ne parvenaient plus qu'à se déchirer. Étaient-ils au bout du chemin qu'ils avaient décidé de parcourir ensemble? Un mur se dressait entre eux et elle n'avait plus d'énergie pour le franchir ou le contourner.

– Je sais que tu me mens, finit-elle par murmurer, et cette lâcheté est encore plus grave que le reste. Je ne pourrai jamais l'oublier, encore moins la pardonner.

– Je m'en fiche, s'écria-t-il avec fureur. Moi aussi, j'en ai assez de tes airs de supériorité! Qui es-tu donc pour te permettre de me juger? Une sainte doublée d'une martyre?

La gifle qu'elle retenait le surprit au milieu de son discours. Affolée par son geste, Gabrielle avait reculé de quelques pas mais, la rattrapant, Étienne l'empoigna et, sans contrôler sa rudesse, la précipita vers le palier. Projetée contre la rampe, elle entendit la porte claquer et l'écho se propagea dans chaque fibre de son corps.

Le reste de la journée, elle erra dans les rues. Sans même s'en rendre compte ses pas la menèrent devant la maison où elle avait grandi et, là seulement, elle prit conscience de sa solitude. La vraie solitude et non celle que l'on pouvait délibérément choisir. Quelle couleur allait prendre son existence? L'ampleur du gouffre qu'elle devrait affronter s'imposa. Se laisserait-elle aspirer? Une tentation qui la troubla quelques instants... Il serait si simple de se laisser glisser. Elle reprit néanmoins sa marche. Il était trop tard pour regagner Bougival mais trop tôt pour s'enfermer dans son appartement de la rue des Dames. Les boulevards, leur chatoiement, leur cacophonie lui donneraient peut-être un peu d'énergie. Ce fut un mauvais calcul car, dès qu'elle se mêla à cette foule qui ne songeait qu'à se distraire, à ces couples enlacés, elle prit conscience de son dénuement. Plus rien ne lui appartenait!

48.

Depuis la scène qui l'avait opposé à Gabrielle, Étienne n'avait pas quitté son atelier. Chaque soir, il donnait de l'argent à son voisin afin que celui-ci lui rapporte quelques bouteilles d'un mauvais vin qui, en l'abrutissant, l'empêchait de s'appesantir sur une existence qu'il ne contrôlait plus. A qui, à quoi pouvait-il se raccrocher? Sa femme, sa famille, son art lui échappaient, et par sa faute! Mais comment étouffer l'angoisse qui le rongeait et l'aurait presque poussé à se jeter par la fenêtre. La visite de Julien Coblence le surprit au moment, où traînant la savate, il cherchait au milieu d'un indescriptible capharnaüm sa blague à tabac.

– Tu tombes mal, lui dit-il sans s'effacer pour le laisser entrer.

Indifférent à cette mise en garde, Julien insista et, bientôt, pénétra dans le repaire de son ami.

– C'est Gabrielle qui t'envoie?

– Elle ne sait pas que je suis ici.

– Mais alors... pourquoi?

– Parce que je n'aime pas te voir creuser ta tombe.

– Cette affaire ne concerne que moi.

– Elle fait pourtant beaucoup de dégâts autour de toi.

Ne trouvant rien à rétorquer, Étienne se tut. De quoi se mêlait Julien et quel exemple avait-il à lui offrir?

– J'imagine que tout le monde est au courant, finit par murmurer le peintre.

– Oui... mais pas par Gabrielle.

– Ce n'est tout de même pas Jeanne qui...

– Évangéline, l'interrompit Julien. Son fils vous a vus.

Ébranlé par cette révélation, Étienne murmura :

– On ne peut pas décidément patauger dans plus grande merde...

Julien, qui était demeuré près de la porte, en profita pour lui proposer d'aller se promener.

– Non, non, je ne suis pas...

Sans avoir pu finir sa phrase, Étienne se retrouva dans les escaliers puis dans la rue où le soleil l'éblouit. Ils marchèrent à pas lents mais longtemps et gardèrent le silence jusqu'à ce que Julien propose de s'asseoir à une terrasse de café. Étourdi par l'animation qui régnait autour d'eux, Étienne ferma les yeux. La ville grondait, cette ville qu'il avait parcourue en tous sens et dont il se sentait aujourd'hui banni.

– Qu'as-tu l'intention de faire? demanda Julien.

– Rien.

– J'ai suffisamment formulé cette réponse dans le passé pour savoir qu'elle ne suffit pas.

– Je suis fini, grillé et, surtout, je suis fatigué. J'aimerais tellement m'endormir en sachant qu'il n'y aura pas de réveil. J'aimerais tellement que la providence fasse ce que je n'ai pas le courage d'accomplir.

– N'oublie pas que tu m'as tenu ce discours il y a quelques années et que, depuis, tu nous as donné des tableaux qui réconcilieraient avec la vie les plus désespérés.

– La source est tarie, mon vieux et, crois-moi, je ne cherche pas à ce que tu me rassures en m'expliquant le contraire. Elle est tarie parce que je n'ai plus de désirs, plus de souhaits...

– Pourquoi ne t'éloignerais-tu pas?

– M'éloigner! Quelle idée! Et dans quelle direction?

– Vers le sud... Demande à Cézanne de t'héberger quand il retournera chez lui.

– Ma présence à Paris est-elle devenue si dérangeante?

– Tu déformes tout!

Étienne haussa les épaules. Qu'était-il capable d'écouter? Sans éprouver le moindre sentiment, il apprit que Julien allait bientôt repartir pour la Cochinchine.

– Je dois y régler encore quelques affaires mais, après, je reprendrai les activités qui nous ont liés et, si tu le souhaites, je m'occuperai à nouveau de ton travail. Réfléchis bien à cette proposition, Étienne, mais surtout réfléchis à ce qu'un orgueil absurde te fait saccager.

Réfléchir! Étienne s'y refusa pendant les semaines qui suivirent. Pire... il chercha par tous les moyens à gommer de sa mémoire l'entretien avec Julien. Une dérive où le jour et la nuit n'eurent bientôt plus de frontières... mais c'était mieux ainsi car, dans ce brouillard, tout s'estompait, y compris les visages de Gabrielle et d'Eugène. Séjournaient-ils toujours à Bougival, avaient-ils regagné Paris? Qu'importait puisqu'il ne s'accordait plus le droit de se soucier d'eux.

Gabrielle ne l'y aurait d'ailleurs pas autorisé. Elle avait pris cette décision sans en parler à quiconque. Un choix qui s'était imposé quand sa colère était tombée. Comprenant alors qu'elle ne devait plus s'accrocher aux rêves anciens, à ce qu'ils avaient manqué par leur faute ou celle des événements, elle donna un grand coup de pied pour remonter à la surface de l'océan de nostalgie et de désillusions où elle risquait de se noyer. Tournant le dos à ces jours affreux, au cours desquels elle s'était répété à satiété qu'elle avait perdu jeunesse et séduction, elle se pencha sur le don et les privilèges qui lui avaient été accordés et qu'elle devait préserver. Peu à peu, le sommeil revint et elle n'eut plus ce mauvais goût dans la bouche, cette torsion au ventre quand, s'éveillant, elle imaginait sa vie à venir comme un corridor sans lumière et sans fin. Accompagnée d'Eugène qui tenait à porter sa boîte de couleurs, elle recommença à peindre. Rien de fameux à ses yeux mais lentement les paysages recommencèrent à la solliciter. Relevant le défi, elle travailla avec davantage de concentration. Dans le silence, elle se préparait à accomplir le geste juste, celui qui retranscrirait la réalité et ce que lui soufflait sa sensibilité. Cette bataille qu'elle livrait contenait-elle une vengeance? A plusieurs reprises, elle se posa la question pour conclure qu'elle n'obéissait, en fait, qu'au désir de prouver qu'en un certain domaine on ne la devancerait pas et que ces années douloureuses de sa vie amoureuse servaient sa création. Cette création qui lui rendait au centuple le temps et l'énergie qu'elle lui consacrait, cette création où personne ne pouvait l'atteindre...

Dès qu'il venait au Berceau, Julien lui rendait visite et, avec les mots qu'elle aimait, l'aidait.

– Et Étienne ? lui demanda-t-elle au début de l'automne, que devient-il ?

– Pas grand-chose, mais je continue à ne pas m'inquiéter.

– J'ai peur que vous vous trompiez.

– Ayez confiance en mon jugement, Gabrielle, il n'est pas loin de se reprendre mais, c'est vrai, un détonateur est nécessaire... Quelque chose qui, en le cinglant, le sortirait de sa torpeur.

Raphaël fut ce détonateur. Son chantier en province terminé, il rentra à Paris et s'enquit des uns et des autres. Il ne tarda pas à apprendre par Chevigny ce qui avait alimenté la conversation de leurs amis.

– Étienne et Gabrielle se sont séparés, répétait-il incrédule. Mais que s'est-il passé ?

A mesure qu'il parlait, Chevigny trouvait à l'architecte une curieuse expression, mais comment aurait-il deviné ce que celui-ci et Jeanne avaient tenu secret.

– Une histoire stupide, conclut-il, et qui ne valait pas tant de remous.

Lorsqu'il rejoignit Jeanne et que, fidèle à son habitude, elle se réfugia dans ses bras, Raphaël aurait voulu n'avoir rien entendu. A son retour, cinq jours plus tôt, elle lui avait avoué :

– Tu m'as manqué.

Des paroles qu'il n'avait pas un instant mises en doute. Et le reste... Cet élan qui la jetait vers lui, les caresses qu'elle réclamait et prodiguait... devait-il les oublier ?

Tout au long du chemin qui les menait chez lui, il tenta de cacher son tourment. Alors qu'ils atteignaient son immeuble, une bouquetière les arrêta. Tendant des anémones, elle lança :

– Des fleurs pour la demoiselle ! Ça lui portera chance !

Jeanne emplissait d'eau un vase quand elle surprit le regard de Raphaël.

– Qu'y a-t-il ? Tu sembles si distant ?

Comme il demeurait silencieux, elle avança vers lui et murmura :

– Je crois savoir.

Puis, se forçant pour avouer ce qu'elle n'avait encore jamais formulé, elle poursuivit :

– Si je te dis que ce qui s'est produit m'a ouvert les yeux et m'a fait t'aimer davantage, tu ne me croiras sans doute pas... pourtant...

Sur un ton voilé, elle raconta l'histoire qui depuis des années l'avait étouffée, elle dévoila ses espoirs, ses doutes et ses remords.

– Il est arrivé dans mon existence quand je commençais à sortir de ma misère. Je l'ai trouvé séduisant, inaccessible et, sur lui, j'ai bâti le roman que j'avais envie de vivre. Un mauvais feuilleton qui ne reposait que sur ma bêtise.

Avec un rire amer, Jeanne précisa :

– Il a fallu l'épisode de Chatou pour que je ne veuille plus y ajouter un mot.

– Je ne comptais donc pas assez, s'insurgea Raphaël.

– Si, mais je n'étais pas délivrée. Il était encore là... comme une plaie mal refermée...

La pénombre empêchait Jeanne de discerner le visage de son amant. Qu'éprouvait-il ? Allait-il la rejeter ? Cette éventualité lui serrait la gorge et lui indiquait la profondeur de son attachement.

– Raphaël, dis-moi quelque chose, je t'en supplie.

– Que pourrais-je te dire, répondit-il d'une voix altérée... Que j'ai très froid...

Qu'aurait-il pu ajouter d'autre ? Le monde qu'il s'était construit et sur lequel avait régné Jeanne venait de s'écrouler. Un chaos qui l'obligeait à penser que tout sentiment partagé lui était interdit. Qui, depuis sa naissance, s'était préoccupé de son sort ? Personne. En le recueillant, ses oncle et tante n'avaient agi que par devoir. Les événements se répétaient-ils ou les répétait-on ? Il vit soudain plus clair. Qui l'empêchait de sortir de cet engrenage sinon lui-même ? Jeanne affirmait l'aimer, alors pourquoi refuser ce qu'elle lui offrait.

– Jeanne, souffla-t-il, je crois qu'avec un peu de temps, je pourrai comprendre.

– Je vais te laisser, répondit-elle en s'emparant du châle qu'elle avait abandonné sur un siège.

– Le souhaites-tu ?

– Non... mais...

– Alors, reste près de moi.

Plus tard, allongé sur son lit, il sentit qu'elle ne trouvait pas le sommeil.

– Cesse de remuer dans ta tête des choses qui te font du mal et endors-toi, lui dit-il avec douceur.

Était-ce parce qu'ils avaient connu les mêmes difficultés, les mêmes privations, était-ce parce qu'ils avaient l'un et l'autre décidé de ne pas être des otages de la fatalité, qu'ils avaient appris que le présent devait prendre le pas sur le reste, était-ce pour toutes ces raisons qui leur étaient révélées au moment opportun qu'ils choisirent d'affronter ensemble la vie ?

– Tu avais raison, lança Jeanne à Antoinette quand elle lui rendit visite la semaine suivante.

Et comme son amie la regardait sans comprendre, elle ajouta :

– « Il ne faut jamais dire : « Fontaine, je ne boirai pas de ton eau »... Tu te souviens ?

– Non.

– Eh bien... Raphaël et moi, nous avons décidé de nous marier.

En même temps qu'Antoinette la congratulait, Jeanne songea à Gabrielle et à la joie que lui aurait donnée cette nouvelle si leur relation n'avait été interrompue. Elle ne pouvait se pardonner le mal qu'elle lui avait causé. Ne plus la croiser, ne plus lui parler demeurerait sa punition, son regret, et le prix à payer pour son inconséquence.

– Que dois-je faire ? avait-elle demandé à Renoir dès que le scandale s'était répandu.

– Rien. Ce n'est plus à toi d'en décider.

– Tu me juges mal, n'est-ce pas ?

– Oh moi, ma douce, je ne juge personne et je vais même t'avouer que les donneurs de leçons, les redresseurs de torts et les inspecteurs des travaux finis ont droit à mon plus grand mépris. Carlier t'a tapé dans l'œil... on peut le concevoir... mais, hélas, tu étais l'amie de sa femme... Une situation qu'il est difficile d'applaudir. Cela dit, il ne l'a pas quittée pour toi ni pour celles, excuse-moi d'être direct, qui t'ont précédée ou succédé. Il a quitté Gabrielle parce qu'elle a plus de succès que lui... Voilà la vérité!

– Est-ce donc si compliqué à supporter?

– Là encore, je ne veux pas juger... mais ce ne doit pas être simple. Prenons mon exemple : depuis quelque temps, je ne suis pas content de mon travail. Pour gagner de l'argent, j'ai trop portraituré le mondain. Imagine que je sois marié à Berthe, Gabrielle ou Mary... Je me vengerais sur elles, oui... certainement.

Quelques jours plus tard, lorsque Renoir aperçut Étienne dans une rue proche de son atelier, il lui dit :

– Tiens Carlier! Durand-Ruel m'a justement demandé de tes nouvelles hier.

– Tu me payes un verre? se contenta de répondre Carlier.

Renoir hésita. A La Nouvelle Athènes, il y aurait les amis des bons et des mauvais jours. Était-il souhaitable qu'Étienne les affronte. Il renonça à s'interroger et, bientôt, ils franchirent le seuil de ce café qui pour eux tous s'apparentait à une deuxième maison. Il y avait encore peu de monde, quelques marchands qui cherchaient l'aubaine et, seul à une table, Degas en train de feuilleter un journal.

– Tiens, un revenant, souligna celui-ci avant de continuer sa lecture.

Renoir commanda deux absinthes, bourra sa pipe et tenta d'engager la conversation.

– J'ai pris ma décision, dit-il. Je m'en vais.

– Ah oui. Où ça?

– En Algérie. J'en ai assez de ce ciel gris, de ces couleurs ternes. Tu pourrais m'accompagner!

– Avec quel argent?

– Durand-Ruel a des idées d'emprunt. Il va nous acheter des toiles.

– Je n'ai rien à vendre et le ciel gris me convient.

A mesure qu'avançait la soirée, la salle se remplissait. Inquiet de l'état de son ami qui, à un rythme soutenu, enchaînait les verres d'alcool, Renoir songeait à le ramener chez lui quand, mêlés à un groupe de modèles qui entrait, il aperçut Jean Chevigny et Raphaël Bolzano. Avant qu'il pût agir, les filles les avait entourés.

– Depuis que Renoir a son Aline, on est bonnes pour les cochons, se plaignit à la cantonade l'une d'entre elles.

Se tournant vers Étienne, elle poursuivit :

– Et toi, tu n'as pas besoin de moi?

– Je serais donc le cochon! répliqua celui-ci.

Et avec une agressivité qu'il ne cherchait pas à maîtriser, il ajouta :

– Est-ce que tu t'es regardée toi et ta bande de tortille-fesses? Qui aurait envie de gâcher de la peinture à vous reproduire? Et, pour le reste, l'amusement, je préfère les vraies putains!

Sans qu'il l'ait vu arriver, le poing de Raphaël le frappa en plein visage. Étourdi par le choc, il vacilla mais, se reprenant, il se rua sur son adversaire. Il y eut des cris, des chaises et des tables renversées. On essaya de séparer les deux hommes, ce fut peine perdue. Au bar, les garçons avaient interrompu leur travail. Quant aux habitués, Degas en tête, ils ne perdaient rien d'une bagarre dont ils ne savaient qui l'emporterait. Si Raphaël était agile et rapide, Étienne puisait dans sa rage l'énergie de relancer le combat. Ils roulèrent sur le sol et, couverts de sciure, continuèrent de s'empoigner. Étendu sur le dos, Raphaël tentait de se relever mais son adversaire pesait sur lui de tout son poids. Dans un effort désespéré, il réussit cependant à le faire basculer puis, sentant que le peintre s'essoufflait et que ses attaques devenaient imprécises, il le laissa se fatiguer. Quand Étienne ne fut plus capable d'esquiver les coups, Raphaël se releva, essuya du revers de la main son nez qui saignait, puis, sans un mot pour quiconque, sortit.

49.

Furieux, vexé, Étienne s'enferma à nouveau mais, en dépit de ce qu'il avait déclaré à Renoir, l'approche de l'hiver, un ciel bas et la sensation d'avoir perdu ses amis l'incitèrent peu à peu à s'en aller. Il partirait sans destination définie et son peu de ressources l'obligerait à s'arrêter en chemin pour gagner de quoi subsister. Il le savait et s'en désespérait, tout comme il se désespérait de tenir encore à la vie. Une découverte qu'il devait à cette bagarre et à la pitié qu'il avait lue dans les regards de ceux qui y avaient assisté. Cette insoutenable pitié lui avait, en effet, prouvé que ce monde dont il se croyait détaché ne le laissait pas indifférent et qu'il conservait encore un certain désir d'y reprendre sa place. Sans rien dire à personne, il vendit son maigre mobilier, trouva par son voisin un sous-locataire pour son atelier, puis quitta Paris.

Gabrielle fut informée de cette décision par Nina de Callias qui, étonnée par le silence du peintre, frappa un jour à sa porte.

– Il t'en avait parlé? demanda-t-elle.

– Non.

Gabrielle soupira. Quels mots auraient exprimé le mélange d'inquiétude et de soulagement qu'elle éprouvait? Depuis son retour à Paris, elle n'avait pas eu le courage d'affronter ce qui la rattachait au passé. A Bougival, elle s'était sentie préservée de la curiosité générale mais, maintenant, comment affronter le réconfort des uns et des autres, pire, leur silence gêné.

– Il va refaire surface, disait Nina. J'en suis certaine.

– Je le pense, moi aussi... en tout cas, je le lui souhaite de tout mon cœur.

– Et il te reviendra.

– Ce n'est pas si simple, Nina. Nous ne sommes plus les mêmes. Il a changé et moi aussi.

– Mais que voudrais-tu?

– La paix, sans doute.

– Allons, tu t'ennuierais!

Gabrielle sourit. Allant d'une passion à une autre, Nina ne s'assagirait jamais. Elle n'aimait que les empoignades et les tourmentes, un régime qui portait ses fruits car, malgré les années, elle avait toujours autant d'adorateurs. Un instant, Gabrielle s'imagina une vie légère. Serait-elle heureuse avec des amants successifs, des amants auxquels elle n'offrirait que ce qu'elle aurait décidé, des amants qu'elle tiendrait à distance mais à sa disposition? La réalité revenant au galop, elle se persuada qu'aucun homme ne pourrait succomber à ses charmes, aussi fut-elle surprise par l'attitude de certains quand, peu à peu, elle renoua avec ses anciennes connaissances. Dans les yeux de Renoir, de Chevigny ou même de Charpentier, elle n'était plus la possession d'Étienne Carlier mais une personne qui, même si elle avait le tort de faire un métier similaire au leur, ne manquait pas de séduction; même Manet lui parlait différemment.

– Il a toujours loué ton talent, lui confia Berthe Morisot, mais il pensait que tu n'avais pas de temps à lui consacrer.

– C'est faux et tu le sais bien, s'insurgea Gabrielle. J'étais moi-même intimidée.

De fait, ce malentendu se transforma en une amitié dont l'un et l'autre n'eurent qu'à se féliciter. Gabrielle rendait visite une à deux fois par semaine au maître. Ils bavardaient, plaisantaient et, au fil de ces entretiens, elle recueillait des conseils qui la faisaient progresser. Antonin Proust, Mallarmé et Berthe Morisot étaient souvent là. Tous savaient que, malgré une récente cure d'hydrothérapie à Bellevue, la santé de Manet s'altérait.

– Les médecins sont pessimistes, confia Berthe à Gabrielle.

– Il a pourtant tellement de projets!

– C'est, sans doute, sa façon de conjurer le sort!

– Mon Dieu... que c'est injuste!

Était-ce de l'injustice ou le prix à payer lorsqu'on avait reçu des dons? Gabrielle se posait la question car, d'une manière ou d'une autre, ils étaient chacun à leur tour malmenés. Puis elle se raisonna. Il existait de bien plus grandes injustices, il existait l'inadmissible, l'inacceptable... des situations privées de tout espoir!

Ce sujet revint dans la conversation qu'elle eut quelques jours plus tard avec Hortense qui, elle aussi, cherchait une signification à certains événements passés ou présents.

– J'ai la sensation qu'une malédiction pèse sur mes attachements, déclara celle-ci à sa cousine. Mon père, ma mère m'ont très vite été repris... et plus tard Louis...

– Mais non, voyons, les choses changent! Il y a maintenant les enfants et Julien.

– Oh, là encore, rien n'est simple! Emmanuel déteste Julien. Il est odieux avec lui.

– Emmanuel déteste tous les hommes qui t'approchent... même Constant...

– Ne minimise pas le problème, Gabrielle. Il a des crises qui frisent l'hystérie, il me menace de s'enfuir.

– Tu ne vas tout de même pas être contrariée par ce genre de chantage! Si Julien te demande en mariage, tu...

– Julien ne m'a pas demandée en mariage, l'interrompit avec brusquerie Hortense, et il n'a certainement pas l'intention de le faire.

Depuis leur retour de Bavière, Julien et Hortense s'étaient appliqués à cacher leur liaison. Un accord tacite qui, s'il ne dupait pas l'entourage proche, les préservait de tout commentaire. Lorsqu'ils se rencontraient en public, rien dans leur attitude ne laissait supposer que, réfugiés chez Julien, ils partageaient des heures d'intense connivence.

Malgré la pudeur qu'avait son amant à dévoiler ses

sentiments, Hortense savait qu'il était troublé par la profondeur de leurs liens. Pour la première fois, il découvrait l'attente, l'impatience et l'inquiétude. Jamais auparavant il n'avait guetté de l'embrasure de sa fenêtre l'arrivée d'une femme, jamais il n'avait maudit les minutes qui, en s'envolant, les forceraient à bientôt se séparer. Et quand Edmond Surtel l'obligea à repartir, il sentit que s'éloigner d'Hortense serait un arrachement.

– Je retourne à Saïgon pour terminer ce que je me suis engagé à accomplir mais vous devrez, ensuite, me trouver un successeur, dit-il au banquier.

– Enfin, Coblence, je ne comprends pas! Nos affaires sont florissantes!

– C'est exact mais je n'ai pas l'intention de faire, là-bas, une carrière. J'ai joué au poker, j'ai gagné et je me tourne vers d'autres défis.

– Peut-on savoir lesquels?

– Ceux qui m'ont toujours intéressé et qui se rapportent à l'art ou à l'écriture. Grâce à nos placements, j'aurai suffisamment d'argent pour me transformer, selon les jours, en mécène ou en marchand et continuer tant bien que mal à rédiger ce qui me tient à cœur.

Edmond Surtel parvenait difficilement à rester calme. Comment agir sur Julien Coblence? Face à ce rival que ni le pouvoir ni la célébrité ne fascinaient, il se sentait démuni. Parviendrait-il, pendant son absence, à faire fléchir Hortense Duplessis? Rien n'était moins sûr. Depuis quelque temps, elle le remerciait par de brèves et laconiques missives de ses envois de fleurs et se dérobait à toutes ses invitations. Hortense ne lui prêtait pas plus d'attention qu'à une vague connaissance et cela l'anéantissait. Malheureux, jaloux, il ne baissait pourtant pas les bras. Julien Coblence qui, jusqu'alors avait bénéficié d'une légendaire réputation de séducteur, pourrait peut-être se lasser d'une relation exclusive. Comme un noyé, il se raccrochait à cette idée.

Lorsqu'ils étaient ensemble, Hortense et Julien évitaient d'évoquer leur prochaine séparation. Elle n'en demandait pas la date et il attendit l'ultime moment pour la lui apprendre.

– Accompagnez-moi en Normandie, proposa-t-il au début du mois de décembre. Vous et moi... seuls...

– En Normandie! Quelle curieuse idée!

Quand elle sut qu'ils iraient à Honfleur, elle comprit. Ce fut sans surprise qu'elle entra dans la maison où tout avait été préparé pour leur arrivée. Sans un mot et comme elle l'avait fait au cours de sa précédente visite, elle se dirigea vers la fenêtre. Des nuages obscurcissaient le ciel, la mer était agitée, aucun bateau n'apparaissait à l'horizon. Julien s'approcha à son tour et ils restèrent ainsi un long moment à contempler l'horizon.

– Vous ne vous en doutiez pas, s'amusa Julien quand, après s'être retournée, elle détailla le salon.

– On se croirait en Angleterre!

Sur les murs jaune pâle figuraient des scènes de villégiature dans d'élégantes stations balnéaires. Hortense reconnut la facture d'Eugène Boudin ou de James Tissot. Le parquet disparaissait sous des kilims. Quant au mobilier, il était fait de sièges confortables, de tables légères et mobiles. Rien d'ostentatoire mais un extrême raffinement dans le choix des couleurs.

– Il doit être impossible d'être triste dans un tel endroit, murmura Hortense.

En même temps qu'elle marchait le long des vagues, son bras glissé sous celui de son amant, Hortense avait conscience de vivre un bonheur absolu mais inquiétant puisqu'elle le savait éphémère. Les mains protégées par les gants de Julien, la tête enveloppée d'une grande écharpe, elle se sentait aussi libre que les mouettes qui les accompagnaient. Le vent embuait ses yeux de larmes, ses joues se coloraient, elle avait envie de rire, de chanter et de figer d'un coup de baguette magique cette ivresse du cœur, de la préserver... Une démarche qu'elle avait commencé d'accomplir en écrivant leur histoire et qu'elle avoua au héros alors qu'allongés sous un plaid ils regardaient s'illuminer Le Havre.

– Notre histoire? sursauta Julien, mais elle ne concerne que vous et moi!

– Je ne l'ai rédigée que pour, un jour, vous l'offrir.

– Quand, demanda-t-il sans cacher son impatience.

– Rien ne presse.

– Vous êtes un monstre, lui dit-il en la serrant plus étroitement contre lui.

Et, en riant, il ajouta :

– Et toutes nos scènes scabreuses... les avez-vous racontées ?

– Bien sûr !

– Je ne vous crois pas.

– Voulez-vous parier ?

– L'aurai-je avant de partir, demanda-t-il sur un ton plus grave... car je pars, ma chérie, à la fin de la semaine prochaine.

– Non.

– Pourquoi ?

– Parce que je ne connais pas encore la fin.

Sans cacher sa nervosité, Julien se redressa.

– Hortense, commença-t-il, je sais que je devrais être plus explicite quant à mes intentions mais...

– Vous l'ai-je demandé ?

– Non.

Il s'était levé et, tout en arpentant la pièce, poursuivit :

– Il serait normal que nous nous mariions... Vous êtes libre, je le suis, pourtant cette éventualité m'effraie. Vous avez une existence établie, respectable, respectée, et des enfants dont un fils qui, s'il le pouvait, me tirerait une balle dans la tête. J'ai trop souffert dans mon enfance de la tutelle d'un beau-père pour infliger cette situation à quelqu'un d'autre.

A son tour, Hortense se leva.

– Arrêtez de me mentir et de vous mentir. Depuis que nous nous connaissons, vous vous êtes toujours retranché derrière des excuses. Vous étiez le meilleur ami de mon époux... Cela je ne le conteste pas... Il y a eu ensuite le poids du passé, de l'absent... et, maintenant, vous me parlez d'Emmanuel. Avouez plutôt que vous avez peur de vous attacher !

– Qui vous dit que j'en ai peur ?

– Tout dans votre comportement le prouve. Vous vous êtes toujours arrangé pour ne pas tomber amoureux.

– Je vous aime et cela, je ne vous permettrai pas de le remettre en cause.

– Oui, vous m'aimez, je le crois, mais je suis une perturbation dans votre existence...

Sans le laisser l'interrompre, elle ajouta :

– Vous vous méfiez de moi comme vous vous méfiez de toutes les femmes, car vous avez peur d'être trahi et abandonné. Vous avez peur, qu'un jour, je me comporte avec vous aussi mal que votre mère. Voilà la vérité et il est malhonnête de chercher à la déguiser.

– Je ne me méfiais pas d'Elsie.

– Parce que vous ne lui étiez redevable de rien ou, contrairement à votre rapport avec moi, vous pensiez ne pas l'être.

Julien semblait troublé. Aussi en profita-t-elle pour se libérer de ce qu'elle avait jusqu'à présent réprimé :

– Je n'attends rien de vous, Julien. Vous évoquiez tout à l'heure ma vie respectable et respectée... Eh bien, croyez-moi, je n'ai pas besoin que vous m'épousiez.

– Mais des hommes souhaiteraient vous donner leur nom et je ne voudrais pas que mon indécision vous empêche...

– Libre à moi d'accepter ou de refuser.

D'une voix plus basse, elle ajouta :

– Soyez gentil, n'en parlons plus.

– Puisque vous y tenez... Vous m'avez cependant dit certaines choses qui m'aideront à réfléchir. Il est vrai que j'ai toujours eu du mal à accorder ma confiance, il est vrai que j'ai toujours craint d'être déçu...

Tel un enfant qui réclamait la lune, il murmura :

– Et, pourtant, je voudrais tellement qu'il en soit autrement.

– Personne, hormis vous-même, ne pourra résoudre ce problème.

Aucune de ses maîtresses ne lui avait parlé de la sorte et il en était dérouté. Il observa Hortense pendant qu'elle allumait une lampe. Ses gestes étaient sûrs, tranquilles. Elle se tourna, lui sourit, puis revint vers le sofa pour remettre de l'ordre dans les coussins. Il la rejoignit et, posant la main sur son épaule, lui dit :

– Puis-je encore vous réclamer d'être patiente ? Tout est si nouveau ! Il s'agit presque d'un apprentissage...

Avait-il conscience en parlant ainsi de rompre l'engrenage qui l'avait tenu à l'écart d'une véritable union? Hortense préféra ne pas s'appesantir sur cette question. Dans cette maison où rien ne risquait de les atteindre, elle ne voulait penser qu'au bonheur de l'instant présent.

1881

50.

Pour la première fois de son existence, Julien regretta d'avoir à préparer ses bagages. Lui qui avait toujours privilégié les périples lointains aurait, s'il l'avait pu, cédé sa place avec un intense soulagement. Il n'avait, en effet, plus rien à fuir, plus rien à se prouver et cette certitude s'intensifia jusqu'au moment où il dut faire ses adieux à celle que le destin et la chance lui avaient accordée.

Un immense sapin trônait au milieu du vestibule et, perchée sur un escabeau, Élisa accrochait à ses branches des rubans et des guirlandes. Sans descendre, elle salua Julien avec chaleur puis, d'une voix plus basse, ajouta :

– Maman essaie de le cacher mais, moi, je sais qu'elle est triste.

Assise devant son secrétaire, Hortense refermait un épais carnet quand Julien la rejoignit.

– Je n'aurais pas dû la relire, remarqua-t-elle en riant car, maintenant, je n'ose plus vous la donner.

– La fameuse histoire?

– Prenez-la vite avant que je ne change d'avis.

– Elle a donc une fin!

– Il n'y a jamais de fin... Et ce n'est pas à vous, n'est-ce pas, que je vais l'apprendre.

Évitant les sujets dangereux, ils parlèrent de tout et de rien mais ils avaient conscience l'un et l'autre de comprendre en deça des mots.

– Dans six mois, j'en aurai terminé avec Surtel, déclara

Julien et ce sera un bienfait. Si vous saviez, Hortense, combien je suis fatigué de voyager!

Une fatigue qui, après quelques jours de traversée, s'estompa. Sur le pont du paquebot, Julien demeurait de longs moments à contempler la mer. Non seulement cette vision l'apaisait mais elle privilégiait le face à face avec lui-même. Il découvrit alors que la vraie liberté ne se résumait pas à des allées et venues; elle correspondait à une attitude intérieure et, contrairement à ce qu'il avait toujours pensé, elle ne s'apparentait pas nécessairement à la solitude. Hortense lui manquait, dans son cœur et dans sa chair. A plusieurs reprises, il se demanda comment elle vivait leur séparation. Il l'imagina dans des coulées de lumière, des bruissements de soie; il l'imagina entourée, courtisée, mais, au lieu de céder à la jalousie, il décida de miser sur la confiance dont elle lui avait parlé. Dans son isolement, il apprit aussi que l'on ne pouvait aller vers l'autre sans être en totale harmonie avec soi-même. Il avait fallu qu'il parvienne à la moitié de sa vie, qu'il accumule errances et mauvais choix pour savoir ce qu'il ne voulait plus. Sans le renier, il se détachait de son passé. Avoir touché à tout le tenait à l'écart des illusions et des tentations. Pacifié, il allait pouvoir se consacrer à ses rêves... servir sa création et celle des autres. Un cadeau que lui offrait le destin et qu'il partagerait avec l'être qui lui avait appris à s'accepter. Hortense, son miroir et sa conscience, son amour et cette lumière qui soudain donnait un sens à ce qui avait ressemblé à une initiation.

A mesure qu'on s'approchait de contrées plus chaudes, les voyageurs changeaient. Il aimait ce grand brassage des races et des langues. Tard le soir, il restait dans la salle à manger à écouter des conversations dont le sens lui échappait. Une dernière fois, avant de gagner sa cabine, il remontait sur le pont, s'installait sur une chaise longue et se laissait pénétrer par la magie de la nuit. Alors, l'univers tout entier lui appartenait. Fondu dans l'espace et dans le temps, il dérivait, avec la sensation nouvelle d'être accompagné partout où il allait. Hortense l'aimait et à des milliers de lieues le lui faisait savoir.

Cette énergie qui circulait, cette pensée qui communiquait, Hortense la ressentait elle aussi. Repliée sur son secret, elle faussait souvent compagnie à son entourage et Edmond Surtel, qui depuis le départ de Julien l'assaillait d'attentions et de visites, en éprouvait un agacement grandissant.

– Excusez-moi, lui dit-elle alors qu'il réitérait une question à laquelle elle n'avait pas répondu.

– Vous ne prêtez guère d'attention à mes propos.

L'espace d'un instant, elle hésita entre dire la vérité ou mentir, puis décida d'ôter tout espoir à cet homme qui, par son assiduité, la mettait mal à l'aise.

– J'étais distraite, en effet.

– Vous l'êtes de plus en plus fréquemment.

– Serait-ce un reproche ?

– Non, mais cette situation m'attriste.

– J'en suis navrée.

– Il ne tient pourtant qu'à vous...

– Écoutez, Edmond, je vais sans doute vous décevoir mais je ne peux et ne pourrai pas répondre à votre attente.

– Qu'en savez-vous ? Jamais vous ne m'avez permis de prendre soin de vous !

– Cela aurait été malhonnête.

– Mais pourquoi ? Vous avez besoin d'un soutien, d'un compagnon...

– S'il vous plaît, ne m'obligez pas à en dire plus.

– C'est donc votre décision finale ?

– Oui.

Être aimée de quelqu'un qui la laissait indifférente s'apparentait presque à une offense, aussi n'essaya-t-elle pas de nuancer son refus. Edmond Surtel pouvait aller au diable, lui, sa banque et son adoration. Plus il serait loin, mieux elle se porterait ! Le visage fermé, il s'inclina pour prendre congé puis, d'un pas rapide, gagna le vestibule. En même temps qu'il passait la porte, elle eut la sensation de venger ceux et celles qu'il avait, dans l'exercice de ses fonctions ou de sa vie privée, humiliés.

– Ce malheureux n'a beau vouloir que mon bien, confia-t-elle à Gabrielle, je n'éprouve aucun remords à lui avoir ôté ses illusions !

Certaines fins de semaine, Gabrielle venait avec Eugène s'installer chez sa cousine. Allongées sur de confortables sofas, elles parlaient parfois jusqu'au milieu de la nuit.

– Toute l'année dernière, j'ai pu subvenir à mes besoins sans toucher à ma dot, déclara un soir Gabrielle, et j'en suis très fière.

– Si j'en crois les échos, ce n'est qu'un début.

– Peut-être mais je dois faire attention à ne pas me tromper. Durand-Ruel s'intéresse à mon travail. Il y a aussi Georges Petit et Julien.

– Même si j'en avais envie, ce n'est pas moi qui t'influencerais, répliqua Hortense en riant.

En attendant de choisir son marchand, Gabrielle continuait de peindre. Les heures s'écoulaient sans qu'elle y prenne garde. Elle avait enfin l'impression de posséder la technique à laquelle elle aspirait depuis longtemps. Se jouant des difficultés, elle travaillait les transparences, les dilutions et, ainsi, faisait naître la douceur des êtres et des choses qu'elle était l'une des seules à savoir restituer. Accompagné de sa gouvernante, Eugène lui rendait quotidiennement visite dans son atelier et, muni de crayons et de feuilles de papier, s'amusait à dessiner. Gabrielle trouvait qu'il n'était pas dépourvu de dons.

– Je ne sais pas si je dois en éprouver de la joie ou de l'inquiétude, dit-elle à Caillebotte alors qu'ils échangeaient quelques propos pendant l'entracte d'une pièce à succès.

– Dans mon actuel état d'esprit, je pencherais pour l'inquiétude, rétorqua son interlocuteur.

– Que se passe-t-il, insista Gabrielle en se doutant qu'il devait y avoir encore des remous autour de la prochaine exposition indépendante.

– Je suis définitivement brouillé avec Degas, avoua Caillebotte, et sur ce sujet j'ai envoyé une lettre à Pissarro où je ne mâche pas mes mots et lui annonce que je ne m'occuperai pas de notre habituel projet.

– Mais vous vous êtes toujours battu pour cette manifestation !

– Eh bien justement, je n'ai pas envie d'aider un despote fou à la massacrer en continuant d'y faire participer n'importe qui.

Pour Gabrielle, le problème ne se posait pas. Elle était

sûre d'être acceptée au Salon officiel, d'autant que, pour la première fois, celui-ci ne dépendrait pas de l'État mais serait confié à une association d'artistes. Élus par ceux qui avaient déjà exposé, le jury risquait d'être plus libéral et, au fond d'elle-même, elle regrettait l'absence d'Étienne car, selon ces nouvelles normes, ses chances d'être sélectionné auraient été multipliées. Personne ne savait où il se trouvait. En France? Ailleurs? Pas une journée ne se passait sans qu'elle se posât la question et, à son corps défendant, elle se surprenait à guetter le courrier. Ce fut Chevigny qui, seulement après l'Ascension, reçut une lettre en provenance de Barcelone.

– On aurait dû s'en douter! clama-t-il à la cantonade. Carlier a toujours gardé la nostalgie de l'Espagne.

En quittant Paris, Étienne s'était dirigé vers la Méditerranée. La neige l'avait arrêté dans le massif du Morvan où, pour subsister, il s'était fait engager chez un menuisier dont l'apprenti venait de se casser un bras. Dans le ronronnement de la scie et couvert de copeaux, il taillait, équarissait jusqu'à l'heure du souper où, fourbu, il mangeait une soupe. Avant de grimper dans sa mansarde et de se jeter tout habillé sur son lit, il faisait un tour au café. L'esprit vide, il y commandait du vin et, peu à peu, sentait se détendre son corps courbatu. Dès que le temps s'améliora, il reprit la route et, au gré de différents transports, gagna Lyon, Avignon puis Aix-en-Provence où il décida de séjourner. Là il travailla pour un rempailleur de chaises. Non seulement il aimait cet ouvrage qui ne réclamait aucune initiative mais il y trouvait un apaisement. Refusant toute compagnie, il lui arrivait de ne pas parler pendant des journées entières. Une solitude qu'il cultivait le dimanche lorsqu'il partait pour de longues courses à travers la campagne où fleurissaient les genêts. « Cézanne a eu bien de la chance de grandir par ici », se disait-il en contemplant les collines qui entouraient la montagne Sainte-Victoire. La douceur du climat, une végétation luxuriante et la gentillesse de la population eurent néanmoins raison de son mal de vivre. L'étau qui lui nouait la gorge se desserra, il ne détourna plus les yeux lorsqu'on lui souriait et, sans engager la conversation, il évita désormais de répondre par monosyllabes. Dépendant de l'alcool qui lui occasionnait maux de tête et de foie, il songea à arrêter de boire. Pour avoir déjà accompli cette démarche, huit ans plus tôt, il en connaissait la difficulté. S'éloignant des tentations de la ville, il alla vers la mer. En dépit du manque et de nombreux malaises, il persista. Avec l'argent qu'il avait gagné, il loua une chambre dans un village près de Narbonne. Son propriétaire, un pêcheur, le regarda d'abord avec méfiance puis, ne trouvant rien d'anormal à son comportement, lui proposa de l'accompagner à bord de son bateau. Le soleil, le vent et l'impression de se libérer de tout ce qu'il avait accumulé de nuisible finirent par le délivrer. La nervosité, les vertiges s'estompèrent, il retrouva une part d'entrain et, bientôt, on le vit tirer les filets le long de la grève et plaisanter avec les gens du pays.

– Qu'est-ce que tu fais dans notre patelin, lui demanda, un jour, son hôte. Tu te caches?

– Non.

– Mais alors... Un homme comme toi... instruit...

– Ne cherche pas d'explications.

Quand il se rendit compte que des liens amicaux risquaient de se tisser, Étienne reprit son paquetage. Il ne voulait rien de personne, ni compréhension, ni commisération, encore moins des conseils. La frontière espagnole n'était pas loin. Il la franchit au début du mois de mai puis, heureux d'être arrivé dans un pays dont il aimait la langue et les traditions, il descendit la côte jusqu'à Barcelone.

Il prit l'habitude de se promener sur le port puis dans la ville où il respirait avec délices les odeurs du cambouis, des fleurs, des parfums trop forts et de l'anis. A la tombée du jour, lorsque commençait « le paseo », il s'asseyait sur un banc et observait les jeunes filles. En se tenant par le bras, elles avançaient par groupes et, derrière leurs éventails, riaient des œillades qu'elles recevaient. Peu à peu, la foule envahissait places et avenues en un flot multicolore et bruyant. Poursuivis par les petits cireurs de chaussures, marins en bordée, commis et oisifs cherchaient l'aubaine aux terrasses des cafés. Carmen, Sagrario, Perfecta... Étienne se surprenait à les convoiter, lui aussi, lorsqu'il s'attardait dans les tavernes où, bras en corolle, reins cambrés et l'œillet à la bouche, elles dansaient pour un public qui, au fil des verres de sangria, devenait de plus en plus enthousiaste. Fidèle à sa promesse, le peintre ne touchait plus à l'alcool. La musique et les voix le comblaient. A travers les volutes de fumée, il contemplait les guitaristes, suivait la course de leurs doigts sur les cordes. L'envoûtement allait s'intensifiant quand, dans une longue plainte, chanteurs et chanteuses aspiraient à l'amour. De la séduction au désir ou à la trahison, toutes les phases en étaient célébrées et, bientôt, Étienne dut admettre qu'il n'était pas délivré de ce qu'il avait, ces derniers temps, ignoré sinon méprisé. Il chercha l'aventure, la trouva, et, auprès d'une fille aux yeux sombres et au tempérament volcanique, il renoua avec le plaisir. Pas un instant, pendant cette lente résurrection, il ne songea à peindre mais, fait nouveau, pas un instant il ne se sentit coupable de cette inactivité. Arriva cependant le jour où, manquant d'argent, il eut à prendre une décision. Rester et accomplir un travail manuel, aller davantage vers le sud et retrouver l'Andalousie de sa jeunesse, ou... rentrer? Son choix fut net et rapide. Malgré ces semaines délicieuses, il avait besoin de son monde. Paris s'imposait avec le grondement de ses boulevards, ses échotiers et ses bouquetières. Il songeait aux péniches qui remontaient la Seine, aux beuglants de Montmartre où la poussière le faisait tousser. Il avait besoin des animaux du Jardin des Plantes et de la Grande Galerie du Louvre. Quant au reste... pour ne pas dire le plus important? Il osait à peine y penser. Gabrielle et Étienne l'avaient-ils banni? Une boule obstruait sa gorge quand, par éclairs, il se penchait sur le gâchis dont il était responsable. L'immensité de sa bêtise et de sa lâcheté lui apparut... Comment réparer? N'entrevoyant aucune solution, il essaya de ne pas s'appesantir sur certains rêves et repoussa toute interprétation qui lui aurait donné de faux espoirs. C'était sa sauvegarde.

On moissonnait quand il revint en France. Il s'arrêta près de Limoges et proposa ses services. Le visage brûlé par le soleil, le corps en sueur, il chargea le foin à bord des charrettes. Son adolescence le rattrapait. Les rites n'avaient pas changé. Certaines chansons entonnées par les faneuses quand elles rentraient à la ferme étaient celles que lui avait apprises sa mère. A leurs voix, il ajoutait la sienne. Le ciel se voilait. L'étoile du berger apparaîtrait bientôt, suivie des autres, de toutes les autres, celles qu'il contemplait avec Gabrielle quand, à Bougival, ils s'endormaient sous leur protection.

51.

Repoussant à plus tard ses retrouvailles avec Paris, Étienne se présenta à Pontoise chez Pissarro.

– J'étais sûr que tu ne pourrais pas longtemps te passer de nous, s'exclama celui-ci en lui donnant une longue accolade. Mais rentre, mon vieux, poursuivit-il en s'écartant.

– Il y a de la place pour moi?

– La maison est pleine...

– Je peux aller chez Gachet.

– Non. On va te monter un matelas au grenier.

Étienne suivit son hôte jusqu'à la cuisine où, sous la houlette de leur mère, les enfants épluchaient des légumes.

– Il reste avec nous, expliqua Pissarro à sa femme.

A revoir cette famille chaleureuse et généreuse, Étienne ressentit une forte émotion. Depuis combien de temps ne lui avait-on manifesté de véritables sentiments? Après avoir goûté au clafoutis qui tiédissait, il regagna la cour pour se laver à la pompe. Pissarro l'avait suivi. Il s'enquit de son voyage puis le tint au courant des dernières aventures du groupe.

– On respire un peu plus grâce à Durand-Ruel. Il a sauvé ce pauvre Sisley qui ne savait plus à quel saint se vouer! Quant à moi, je ne me réveille plus la nuit en cherchant comment nourrir les miens!

– D'où tient-il cet argent?

– D'un banquier : Feder. Plaise au ciel que cette situation ne tourne pas trop vite court...

– Et Coblence? Il est rentré?

– Oui. On l'attend ici d'un jour à l'autre.

– Qui héberges-tu en ce moment?

– Cézanne et Gauguin.

– Tu ne manques pas de courage, plaisanta Étienne. Et... comment se passe la cohabitation?

– Mieux qu'on ne pourrait, à priori, l'imaginer. Cézanne se méfie toutefois depuis que Gauguin lui a demandé s'il avait trouvé « la formule » exacte pour faire une toile admise par tout le monde.

L'un après l'autre, ils arrivèrent pour le souper. Le chapeau enfoncé jusqu'aux sourcils, Cézanne était, selon son habitude, vêtu à la diable. Il salua Étienne d'un ton bougon puis alla ranger son matériel. Gauguin, qui à quelques minutes le suivait, se montra plus disert.

– Alors, quels projets, demanda-t-il.

– Rien de défini, répondit Étienne.

Toutefois, en les entendant évoquer plus tard leur travail, il songea qu'il devrait peut-être reprendre ses pinceaux. Avec inquiétude, il se demanda si sa technique ne l'avait pas abandonné. Pissarro semblait, ces temps-ci, conquis par le pastel et la détrempe, tandis que Cézanne restait fidèle à la peinture à l'huile. Ils s'étaient assis sous la tonnelle pour fumer une dernière pipe avant de monter se coucher. Dans l'obscurité, la voix de l'Aixois vibrait de passion contenue.

– La peinture est toujours inférieure à la nature, disait-il. Toute la volonté de l'artiste doit être de silence. Il doit faire taire en lui les voix des préjugés, oublier, oui oublier pour devenir un écho parfait. Alors, sur sa plaque sensible, le paysage s'inscrira. Pour le fixer sur la toile, l'extérioriser, le métier interviendra ensuite mais le métier respectueux qui, lui aussi, n'est prêt qu'à obéir, qu'à traduire inconsciemment, tant il sait bien sa langue, le texte qu'il déchiffre.

En écoutant ce discours qui ressemblait à une déclaration d'amour, Étienne s'émut car il correspondait à ses convictions les plus profondes. Cependant l'orgueil l'avait écarté du chemin qu'il aurait dû suivre, l'orgueil et tout ce qu'il comportait de méfiance et de rancune. A côté de lui, Pissarro se taisait. Qu'aurait-il dit que ses amis ne sachent déjà, cet homme dont l'art et la vie n'avaient jamais été en désaccord? Bénéfique et attentif, le patriarche du groupe répondait toujours à l'appel de ses proches et, selon les cas, communiquait sa force ou sa sagesse.

Étienne laissa passer trois jours avant de l'accompagner sur son lieu de travail, un potager où, entre des arbustes qui tremblaient sous la brise, il avait ébauché la silhouette d'un jardinier. Sans bouger, il demeura à écouter les abeilles bourdonner autour des fruits rouges, à respirer l'odeur des melons ou celle de la menthe... Un panier à la main, des jeunes filles les saluèrent avant de s'approcher des groseilliers. Par tous les pores de sa peau, Étienne vivait l'instant et se laissait pénétrer par la lumière, la douceur de l'air, la corolle des arbres, le chat qui sur un muret s'étirait. L'élan dont il avait été si longtemps privé s'emparait à nouveau de lui et cela devait se voir car Pissarro, après l'avoir observé, proposa sur le chemin du retour :

– Je vais à Rouen, demain. Accompagne-moi...

Étienne n'eut aucune difficulté à comprendre le message et, ses économies en poche, il entra le jour suivant chez le marchand de couleurs... pour en sortir une demi-heure plus tard chargé de paquets.

Dans le grenier qui lui servait de chambre, il déballa toiles et couleurs. Elles étaient là, à le défier et, timidement, il les toucha. Du rez-de-chaussée, Pissarro l'appela. Il le rejoignit et, presque à son insu, le miracle se produisit. Sur la toile apparut le pont aux trois arches de pierre qu'il avait choisi de représenter puis s'ajoutèrent les roseaux, le remous de l'eau... Le temps n'eut plus la même valeur et lorsque, le soir, il veilla avec ses compagnons, il avait perdu l'impression d'être un intrus.

– Des voyages, tonnait Cézanne. Ils ont tous la folie des voyages, de l'étranger... et toi, Carlier, tu fais partie du lot! Demande donc à Pissarro s'il a besoin de courir en Algérie pour trouver l'inspiration!

– Je n'ai jamais mis les pieds en Algérie, se défendit Étienne en riant.

– Non... mais Renoir en revient et ce qu'il a rapporté n'est guère fameux.

Le bruit des volets que l'on fermait interrompit Cézanne. D'une fenêtre, des enfants leur souhaitèrent une bonne nuit puis le calme revint.

– N'est pas Delacroix qui veut, reprit le peintre.

En s'abandonnant à sa passion pour *Les Femmes d'Alger* qu'il allait régulièrement contempler au Louvre, il ajouta :

– Quand je vous parle de la joie des couleurs pour les couleurs... en voilà un exemple parfait. Ces roses pâles, ces coussins bourrus, cette babouche, toute cette limpidité vous entre dans l'œil comme un verre de vin dans le gosier et on est tout de suite ivre. On ne sait comment mais on se sent plus léger. Les tons entrent les uns dans les autres comme des soies. Tout est cousu... Oui, mes amis, chez Delacroix, il y a une fièvre, une fièvre heureuse. Il a le sens de l'être humain, de la vie en mouvement, de la tiédeur... Tout bouge, tout chatoie ! Alors, convenez qu'après un tel chef-d'œuvre... les almées de Renoir...

Cézanne ne réglait pas ses comptes, il était simplement exigeant avec les autres comme il l'était avec lui-même. En le côtoyant, Étienne apprit à mieux connaître cet homme que la critique avait moins que personne épargné. Lui, par contre, n'avait pas renoncé. Sa rage l'avait même aidé à se hisser parmi les plus doués de sa génération. Novateur, il avançait en éclaireur et, depuis longtemps, avait dépassé l'impressionnisme.

– Toi et moi, on cherche dans la même direction, déclara-t-il à Étienne lorsqu'il découvrit ses derniers tableaux.

Cette constatation alla droit au cœur de l'intéressé qui, depuis son arrivée à Pontoise, écartait les pièges que lui tendait la facilité afin de peindre l'essentiel. Sûr de lui il prenait de plus en plus de risques. Dans une extrême simplicité, volumes et formes se structuraient, s'ordonnaient vers des visions belles et fortes. Même si de son vivant il devait demeurer incompris, il savait qu'il préparait l'avenir et cette certitude compensait toutes les humiliations qu'il risquait encore d'essuyer. Les jours s'écoulèrent sans heurts, sans drames, des jours heureux, bénis, où chacun, tout en s'appartenant pleinement, faisait acte d'amitié.

– Pissarro calmerait les plus vindicatifs, souligna Julien quand Étienne évoqua l'émulation qui régnait au sein de leur petit groupe.

Il était arrivé en début de matinée et les peintres, prévenus par un pli de sa visite, l'avaient attendu en flânant autour de la maison. Ne bougeant pas du banc où il s'était assis pour lire, Étienne se demandait si Julien viendrait vers lui avec naturel. C'était mal le connaître !

– Que craignais-tu ? murmura-t-il dès qu'ils furent seuls.

– Eh bien, commença maladroitement Étienne, je pensais que tu pouvais t'être rangé du côté de Gabrielle.

Quand avait-il prononcé pour la dernière fois ce prénom ? A son insu, les syllabes s'étaient formées puis unies.

– Je n'ai pas à prendre parti dans une situation qui ne me concerne pas, répliqua Julien avec fermeté.

– Comment va-t-elle ?

– En apparence, elle se porte bien.

– Et Eugène ?

– Tu te prives de beaucoup en ne le voyant pas.

– Oui, je le sais.

A pas lents, ils avaient rejoint leurs compagnons. Pissarro sortit du cellier des bouteilles de cidre, sa femme apporta une terrine et, en se rassasiant, ils écoutèrent les projets de Julien.

– N'en déplaise à Durand-Ruel et à Georges Petit, j'ouvre une galerie. J'ai trouvé un local dans une rue proche de la Madeleine : trois belles pièces en enfilade, des boiseries et le vœu d'exposer côte à côte des peintres anglais, allemands, belges ou russes. Contrairement à mes concurrents, j'ai en effet décidé d'abolir les frontières. Je reviens de Bruxelles où j'ai rencontré un garçon de grand talent : Ensor. Le mois prochain, j'irai à Munich où l'on m'a vanté les qualités de certains artistes.

– Mais le reste, vos affaires, vos voyages, s'enquit Pissarro qui n'avait connu Julien qu'en perpétuel mouvement.

– N'ayant plus de contrats à honorer en Extrême-

Orient, on ne me verra plus là-bas. Par contre, je conserverai mes bureaux à New York où j'ai l'intention de continuer à faire connaître ceux qui le souhaiteront.

Jamais Julien n'avait su avec autant de clarté ce qu'il souhaitait et jamais il ne s'était senti aussi libre. Edmond Surtel l'avait accueilli avec une froideur qui, au lieu de le troubler, l'avait soulagé. Ne trouvant rien à lui reprocher sur le travail accompli à Saïgon, il avait parlé de son manque d'ambition.

– Ce n'est pas faute de vous l'avoir répété, je déteste les empires, avait rétorqué Julien. Il me fallait de l'argent pour mettre sur pied ce qui me plaisait. C'est fait. Que m'importe d'en gagner davantage !

Contrairement à Durand-Ruel qui avait emprunté pour acheter des tableaux, Julien, pressentant que l'économie française risquait de connaître des difficultés dans les années à venir, ne voulait rien devoir à personne. D'autant qu'en achetant certaines toiles, il avait conscience d'investir à long terme. C'était le jeu et son bonheur ! C'était aussi sa manière de servir l'art et de le remercier des émotions qu'il lui avait, au fil de sa vie, dispensées.

Quand la chaleur devint plus forte, ils entrèrent dans l'atelier où les plus jeunes enfants de Pissarro découpaient un rideau pour le petit théâtre qu'ils étaient en train de construire.

Là, Julien put contempler le travail de Gauguin qui, à son avis, n'avait pas encore trouvé sa voie. Les toiles que Pissarro avaient peintes sur les marchés l'enthousiasmèrent mais, plus que tout, il apprécia celles de Cézanne et de Carlier. Il y trouvait une connaissance, une intelligence de la vie, de leur vie, qui le touchait en profondeur. Dans l'enfant qui caressait son chevreau, la vieille femme assise sur sa chaise paillée, les lavandières... l'humain était là avec ses espoirs, ses doutes, son incapacité à lucidement imaginer son avenir.

En retrait, Étienne observait son ami. Sans qu'aucun mot ne soit échangé, il savait qu'il avait acquis une nouvelle dimension.

– Par moments, je regrette de ne pas savoir faire autre chose que de peindre, confia-t-il à Julien quand, ensemble, ils allèrent jusqu'à la tonnelle... ou, plutôt, je regrette de ne pas savoir protéger de cette obsession ceux que j'aime.

Les mots trop longtemps contenus jaillissaient, hésitants.

– Je ne me le pardonnerai jamais, disait-il, et je n'oublierai pas, non plus. Aujourd'hui, je devrais être heureux. Tu m'as acheté toutes mes toiles et je sais que ce n'est qu'un début... pourtant... il y a en moi quelque chose de mort, de glacé, qui m'étouffe, m'empêche de respirer. Tu affirmes que ma peinture n'a jamais été aussi bonne... Soit... Mais ma vie, Julien, n'a jamais été aussi terne!

Avec un sourire triste, il ajouta :

– Qui a dit que l'art pouvait naître du bonheur?

– Pourquoi ne t'expliques-tu pas avec Gabrielle?

– Pourquoi?

Étienne demeura un instant silencieux puis avoua :

– Ce doit être encore de la lâcheté! Tant qu'elle ne m'aura pas redit qu'elle ne veut plus me voir, je pourrai encore espérer. Alors, je gagne du temps et me berce d'illusions. Oui... les illusions, c'est bête à dire, mais j'en ai besoin...

52.

Dès que ses activités le lui permettaient, Julien courait à Bougival où il passait de longues heures en compagnie d'Hortense.

– Vous ai-je beaucoup manqué, lui avait-elle demandé quand, après six mois d'absence, il l'avait serrée dans ses bras.

– Non.

Et comme elle le regardait avec étonnement, il ajouta :

– Cela va peut-être vous paraître étrange mais j'avais l'impression que vous étiez tout le temps avec moi.

Avec son arrivée, Le Berceau retrouva son entrain. Sans en être consciente, Hortense agissait à l'égard de Julien comme Elsie l'avait fait pour Shams, le père de celui-ci. On prépara des fêtes. Des parasols et des sièges aux coussins blancs furent dispersés sur les pelouses et les maîtres d'hôtel s'affairèrent sous les pergolas. Dans le théâtre de verdure on donna des récitals et des concerts. C'était un bel été. Des journées claires et vouées au plaisir. Pour sauvegarder les apparences, Julien continuait d'habiter chez Constant mais il parlait un nouveau langage.

– Nous ne pouvons éternellement nous cacher, dit-il un soir qu'elle le raccompagnait jusqu'au porche.

– Cette situation ne me déplaît pourtant pas, Julien. J'ai bien réfléchi et j'aime que vous vous sentiez lié à moi parce que vous le désirez et non par obligation.

Dans son regard, Julien lut qu'elle disait la vérité. Ainsi, pendant leur séparation, ils s'étaient, à leur insu, tellement fondus dans le souhait de l'autre qu'ils continuaient, en ayant inversé les rôles, à partager des points de vue différents.

Le sentant perplexe, Hortense insista :

– Pour bien vous connaître, je sais à quel point la liberté vous est chère... Je dirai même qu'elle compte plus que tout... Alors...

– Enfin, s'insurgea-t-il, vous n'êtes pas une prison !

– Je l'espère bien ! s'exclama-t-elle en riant.

Hortense était sûre de ne pas se tromper. Julien l'aimerait tant qu'il sentirait de part et d'autre que rien n'était acquis. Il l'aimerait au-delà de leurs failles et dans la légèreté. Il l'aimerait pour ce qu'elle deviendrait encore et encore... et ce qu'il lui donnerait serait plus précieux qu'une assistance obligatoire. Il lui donnerait le ciel, les nuages, la poésie, il lui donnerait le monde sur lequel il régnait, le monde des mots et des couleurs, il lui donnerait ce qu'aucune femme, hormis Elsie, n'avait jamais obtenu... ses enthousiasmes, sa confiance, le meilleur de lui-même, cette flamme que, jour après jour, la vie n'avait pas réussi à étouffer. Quant aux autres, ils pourraient parler, jalouser, critiquer, elle s'en moquait ! Restaient les enfants. L'esprit indépendant d'Élisa comprendrait en temps opportun ce choix. Quant à Emmanuel, il serait certainement le dernier à se plaindre que sa mère ne se remarie pas. Sans échanger de propos avec Julien, il ne quittait pourtant plus la pièce où celui-ci entrait. A l'écart, il l'observait avec, semblait-il, un début d'intérêt. Conscient de ce changement, Julien n'avait néanmoins rien changé à son attitude. Refusant toute complaisance, il continuait de traiter le garçon avec gentillesse mais neutralité.

– Il déteste les présences masculines et il en a pourtant diablement besoin, confia-t-il à Gabrielle.

En cette fin du mois d'août, la nuit tombait plus tôt et, de la terrasse où ils étaient installés, ils voyaient l'ombre envahir l'étang autour duquel se promenaient Hortense et ses invités. Les enfants les précédaient. Élisa tenait entre ses mains les fleurs qu'elle venait de cueillir et Emmanuel courait autour de son cousin Eugène en faisant rebondir son ballon sur le sable de l'allée. Avec un rire joyeux, le petit tentait de l'attraper. La scène était si belle que Gabrielle se félicita d'appartenir à une famille unie. Aurait-elle, dans un tête-à-tête avec son fils, su lui donner l'équilibre qu'il semblait avoir acquis au cours de ces vacances.

Par Julien, elle avait appris le retour d'Étienne et son installation chez Pissarro. Elle savait aussi qu'il avait renoué avec la peinture et qu'il était en passe de compter parmi les plus grands. Des nouvelles qui, tout en la rassurant, la perturbaient. De même que la perturbait la tendresse qui unissait Hortense et Julien ou celle qu'éprouvait Eugène Manet pour Berthe Morisot. Le couple s'était, en effet, installé pour l'été dans une maison voisine. Un rapprochement géographique qui permettait aux deux femmes de parcourir ensemble la campagne et d'y planter leurs chevalets. Le visage abrité sous des capelines de paille, elles demeuraient sans parler jusqu'au moment où elles déballaient sur une nappe à carreaux un cake et une gourde contenant du citron pressé et, ainsi, apaisaient la tension accumulée pendant leur effort de concentration. Sans se ressembler, leurs peintures n'étaient pas contradictoires. Berthe, depuis la naissance de Julie, privilégiait la maternité tandis que Gabrielle traitait des sujets moins intimes. Était-ce la crainte de trahir la nostalgie qu'elle éprouvait face aux couples ou aux familles qu'elle côtoyait ? Chaque après-midi, quand elle quittait Berthe et que celle-ci partait rejoindre son mari et sa fille, elle sentait le poids de sa solitude et, malgré les attentions qu'ils lui témoignaient, Hortense et Julien ne pouvaient pas l'aider. En les observant, elle revoyait son passé, la connivence qu'elle avait partagée avec Étienne et, semblables à un fer rouge, les souvenirs la torturaient. Sa rencontre avec Raphaël Bolzano, avant de quitter Paris, avait elle aussi été une épreuve. Elle l'avait croisé en sortant des magasins du Bon Marché et, le voyant hésiter à la saluer, elle s'était dirigée vers lui.

– Comment allez-vous ? lui avait-elle demandé en souriant.

– Bien, Gabrielle. Merci.

Malgré le ton enjoué qu'ils avaient choisi d'adopter, aucun d'entre eux n'était parvenu à masquer sa gêne.

– Et Jeanne? s'était forcée à prononcer Gabrielle qui savait que l'architecte l'avait épousée quelques mois plus tôt.

– Elle est un peu fatiguée. Le médecin lui a ordonné de ne plus travailler jusqu'à l'accouchement.

– Ah, j'ignorais qu'elle attendait un bébé. Eh bien... je suis très contente pour vous deux.

Lorsqu'elle revoyait la scène, elle se félicitait de son attitude. Mais en voulait-elle encore à Jeanne? Force lui était d'admettre que, dans le conflit qui l'opposait à Étienne, la jeune femme n'avait plus sa part. Ce constat, en la soulageant, lui avait donné la force de se libérer d'autres entraves. Justin, par exemple, qu'elle avait évité depuis qu'il avait « parlé »... A plusieurs reprises, elle l'avait aperçu qui, des yeux, suivait son passage. Sans doute était-il malheureux du peu d'intérêt qu'elle lui témoignait et sans doute s'en voulait-il d'avoir été trop franc.

Elle le trouva, un matin, à sa place habituelle, assis dans sa barque.

– Ça mord?

– Pas trop!

– On ne te voit plus à la mairie pour les cours de dessin...

– Oui... C'est vrai.

– Pourtant... Tu étais doué!

Avec une moue dubitative, il haussa les épaules.

– J'aimerais t'y revoir, insista-t-elle.

– Ah oui... vraiment?

– Vraiment.

– Eh bien... Peut-être...

Consciente que ce « peut-être » signifiait « sûrement », elle se rendit d'un cœur plus léger chez Constant. A l'ombre d'un tilleul, il l'attendait en laissant vagabonder ses pensées. Ne lui cachant rien, elle ne tarda pas à lui faire part de son entretien avec le fils d'Henri.

– Pendant longtemps, je lui en ai voulu de ne pas m'avoir laissée dans l'ignorance ou, plutôt, à travers lui, j'en ai voulu à sa mère... Et puis j'ai compris qu'en agissant ainsi, j'entrais dans le jeu qu'elle avait organisé... Je n'allais pas lui offrir ce plaisir!

Sans répondre, Constant sourit.

– Vous devez juger bien ridicules toutes ces querelles!

– Mais non puisqu'elles vous aident à guérir.

– Guérir!

– On guérit de tout, Gabrielle.

– Vous voulez sans doute dire qu'on finit par tout oublier.

– Non... car l'oubli peut être seulement temporaire. Et lorsque les souvenirs ressurgissent, ils apportent la rancune et la souffrance.

– Vous croyez donc qu'un jour je serai détachée de toute cette misère?

– Vous le serez quand vous aurez compris que tout est irréversible et que l'on ne doit pas courir ou soupirer après ce qui a existé. Étienne est devenu un homme différent de celui que vous avez connu. Il a vécu des événements que vous ignorez, il s'est modifié... et vous de même... Il n'y a donc plus lieu de se pencher sur ce qui a été ou aurait dû être fait.

– Vous voulez dire que l'on doit s'incliner devant le destin?

– Je veux dire que l'on doit chercher puis accepter la signification d'un conflit.

– Eh bien, je l'ai fait puisque nous nous sommes séparés.

– Sans doute, mon amie, sans doute.

Éviter les regrets, ce fut le but de Gabrielle et, très vite, elle apprécia à leur pleine mesure les joies de l'amitié partagée. Il ne s'écoulait pas une journée sans que ne se produisent des rencontres agréables. Répondant aux invitations d'Hortense, les peintres accouraient... mais par clans, puisque Caillebotte et Degas ne se parlaient plus. Autour de Julien, les hommes discutaient tandis que leurs épouses, entraînées par Hortense et Gabrielle, s'exerçaient au volant ou au croquet. A l'heure du goûter, elles revenaient vers le cèdre où sur des nappes immaculées les attendaient brioches, meringues ou tartes aux fruits.

Un après-midi, alors que personne n'espérait plus sa visite, Édouard Manet se joignit aux convives. Son état de santé s'étant aggravé, il avait, pour les mois de grande chaleur, loué une maison à Versailles où il s'ennuyait à périr.

– L'endroit est pourtant charmant, déclarait sa femme à la cantonade.

Sans cacher son agacement, Berthe Morisot murmura à Marguerite Charpentier :

– Ce n'est pas la peine d'avoir aussi longtemps partagé l'intimité d'un homme pour ne toujours pas comprendre ce qu'il est incapable de supporter.

Le peintre s'installa à côté de Constant qui, dans un fauteuil, un plaid sur les genoux, participait peu à la conversation mais écoutait avec une joie visible les propos des uns et des autres.

– Mais vos concurrents sont là! lança Édouard Manet à Julien en apercevant Durand-Ruel qui sortait de la véranda.

– Concurrent... Pas ennemi, précisa Julien en riant.

Du regard, il parcourut le cercle de ses amis ou plutôt de sa famille, celle des choix et des affinités... Georges Charpentier avait rejoint Caillebotte qui au bord de l'étang réparait le petit voilier d'Eugène. A quelques pas, Mary Cassatt nourrissait des carpes. Au détour d'un bosquet, il aperçut une tâche écarlate... l'ombrelle de Gabrielle qui avec Nina de Callias revenait du kiosque chinois où elles avaient bu un thé au jasmin. Un groupe d'enfants les encercla et, malgré leur réticence, elles durent se laisser bander les yeux puis se transformer en chasseresses. Avec des hurlements de joie, Élisa les frôlait et, dans un envol de dentelles et de rubans, leur échappait. Julie Manet, que son père avait installée dans l'herbe, sur une couverture de piqué, suivait le spectacle avec ravissement.

– On se croirait presque redevenus jeunes, soupira Suzanne Manet.

Étonnée par la tristesse que contenaient ces propos, Hortense l'observa avec attention. Elle semblait fatiguée. Était-ce d'affronter les humeurs d'Édouard qui, jour après jour, prenait conscience de son affaiblissement ou bien était-elle victime de l'effort qu'elle accomplissait pour se cacher, leur cacher la vérité?

– Venez, lui dit-elle en la prenant par le bras et en

l'entraînant vers un banc où une jeune fille accordait sa guitare.

Avertis par les enfants, tous se rapprochèrent et, bientôt, s'éleva un chant andalou très ancien. Paupières closes, Constant écoutait cette voix dont chacune des nuances trouvait un écho dans son cœur. Le cycle se poursuivait. Elsie avait veillé à ce qu'il en soit ainsi... Effleurant sa main, il sentit celle d'Hortense, l'héritière spirituelle de ce lieu préservé, l'ange gardien de tous ceux qui avaient pour but de glorifier la beauté. La vie chassait les ombres et, comme si elle avait deviné ses pensées, Hortense regarda Élisa. Allongée à plat ventre sur la pelouse, l'adolescente découvrait à son tour l'émotion liée à ces instants de grâce.

53.

Gabrielle déposait son chevalet dans le vestibule quand, du premier étage, la gouvernante d'Eugène l'appela.

– Il se plaint d'avoir mal à la tête, expliqua-t-elle avant qu'elles ne pénètrent dans la chambre où l'on avait fermé les volets.

Allongé sur son lit, le petit ouvrit à l'arrivée de sa mère des yeux trop brillants.

– Tu ne te sens pas bien?

– Non.

– N'as-tu mal qu'à la tête?

Pour toute réponse, Eugène haussa les épaules.

– Allez chercher le docteur, ordonna Gabrielle avant de se diriger vers le cabinet de toilette et d'y mouiller une serviette afin d'humecter le front de son fils.

– Qu'as-tu fait cet après-midi?

– J'ai joué avec le sable.

Le médecin n'arriva qu'au crépuscule et, après un rapide examen, conclut que son patient souffrait d'un refroidissement.

– Rien d'inquiétant, conclut-il en refermant sa trousse. Veillez seulement à ce qu'il boive avec régularité.

« Rien d'inquiétant » : deux mots qui, toute la nuit, martelèrent la tête de Gabrielle. Il devait être une heure quand la fièvre grimpa. Le corps brûlant, Eugène gémissait mais ne parvenait pas à exprimer ce qu'il ressentait.

Lorsque, avant l'aube, il commença de vomir, elle alla réveiller la gouvernante.

– Êtes-vous certaine qu'il n'a rien mangé de mauvais... des baies ou autre chose...

– Je ne l'ai pas quitté de la journée.

Rappelé, le praticien palpa avec davantage de soin le malade. Puis il lui ordonna d'ouvrir la bouche. L'état de sa gorge lui déplut.

– C'est une angine, dit-il.

Il promit d'apporter un sirop au milieu de la journée.

Dès lors, Gabrielle demeura au chevet de son enfant. Attentive à ce que la fièvre n'augmente pas, elle le rafraîchissait avec des linges mouillés et, à la cuillère, l'obligeait à boire une eau bouillie et sucrée qu'il rejetait aussitôt. Elle vacillait de fatigue quand l'éruption apparut à la base du cou, des taches rouge vif qui gagnèrent les aisselles puis le buste. L'accumulation des symptômes ne pouvait plus différer le diagnostic. Il s'agissait de la scarlatine.

– La scarlatine, répéta Gabrielle qui connaissait la gravité de la maladie.

Anéantie, elle s'assit sur un fauteuil.

– Mais comment l'a-t-il attrapée?

– Êtes-vous récemment sortie avec lui?

– Oui, nous sommes allés à la kermesse de Saint-Germain-en-Laye.

Dans un brouillard, elle entendit ensuite les conseils du médecin. Il y eut aussi d'autres questions auxquelles elle répondit comme un automate.

– Cette maladie étant très contagieuse, votre fils ne devra recevoir aucune visite. A quand remonte sa dernière entrevue avec ses cousins?

– Mme Duplessis a regagné Paris il y a plus de quinze jours.

Que ne l'avait-elle imité! Au fil des heures qui s'écoulèrent elle ne cessa de se maudire d'avoir prolongé son séjour à Bougival. Et maintenant, comment réparer cette erreur? Impuissante, elle assistait au naufrage de celui qu'elle avait toujours imaginé protéger. Dans la pièce aux rideaux tirés, elle avait installé un lit de sangles. Malgré la fatigue, elle décida de demeurer aussi longtemps qu'il le faudrait auprès de son fils.

– Mais, Madame, vous ne pourrez pas tenir, se lamenta la servante quand elle lui présenta, sur un plateau, un repas auquel elle toucha à peine. Et puis la contagion, elle existe pour vous aussi!

– Je n'aurai rien. Vous verrez...

– Dieu vous entende!

Seule face à cet enfant que la fièvre faisait délirer, Gabrielle songeait au combat qu'elle avait mené, dix ans plus tôt, pour sauver Étienne. Dans chaque parcelle de sa chair, elle en gardait le souvenir et puisqu'elle avait réussi, cette fois-là, à repousser la menace, elle recommencerait et remporterait une nouvelle victoire. Comme une noyée, elle s'accrochait à cette idée quand l'état d'Eugène empira. Le corps cramoisi, il touchait ses membres en gémissant.

– Des douleurs articulaires, je n'aime pas cela, déclara le docteur qui venait matin et soir.

Gabrielle écoutait le souffle de l'enfant et, tenant sa main dans la sienne, lui communiquait son amour et son énergie. D'une voix douce, elle répétait les mots familiers, ceux qui depuis sa naissance les liaient l'un à l'autre. Rien dans son expression ne laissait supposer qu'il les entendait. Il était ailleurs, loin d'elle et de la vie qu'elle tentait de ranimer en lui. Lorsqu'il semblait dormir, elle allait brièvement donner des instructions pour la bonne marche de la maison et ce fut ainsi qu'elle découvrit Constant dans le salon.

– Mon ami, je ne savais pas que vous étiez là, s'excusa-t-elle d'une voix tremblante.

– J'ai insisté pour qu'on ne vous dérange pas.

– M'attendiez-vous depuis longtemps?

– Deux heures, peut-être. Dès que j'ai appris, je suis venu...

Le lendemain, il se présenta à nouveau et, avec la même discrétion, demeura au rez-de-chaussée... Sa façon à lui de pallier la solitude de Gabrielle qui, face à une fièvre persistante, commençait à douter.

– Il rejette toute l'eau que je parviens à lui faire boire!

Non seulement le médecin ne cacha pas son désarroi mais il commença à préparer Gabrielle à l'irrémédiable.

– Non, je refuse de vous croire, répétait-elle en se retenant pour ne pas le mettre dehors.

En même temps qu'elle intensifiait les soins, elle découvrit que sa propre existence ne représentait rien face à l'être qu'elle avait enfanté et qu'elle se serait immolée pour qu'il soit sauvé. Contre sa guérison, elle était prête à endosser tous les maux. Dans la pénombre, elle guettait le moindre battement de cils, fût-il imperceptible, et, suspendue à un souffle qui parfois ressemblait à un râle, elle touchait le fond du désespoir. Son fils risquait de mourir! Des images défilaient : Eugène, une semaine plus tôt, en train de caresser le chat ou tapant sur les touches du piano. Le passé l'envahissait... Eugène agitant son hochet dans le landau, à califourchon sur les ânes du jardin public ou courant derrière un cerceau. Dans une longue caresse, elle toucha les boucles collées par la transpiration. On frappa plusieurs fois à la porte avant qu'elle n'en prenne conscience.

– Madame, disait la gouvernante... Monsieur est en bas...

– Monsieur! Quel Monsieur?

– Mais M. Carlier!

Quand Étienne la vit descendre les escaliers, il eut l'impression de se trouver face à un fantôme. Livide, les cheveux défaits, amaigrie, Gabrielle semblait à peine tenir debout. Spontanément, il s'avança pour la soutenir mais elle ignora son geste.

– Qui t'a prévenu? murmura-t-elle.

– Constant... mais pourquoi ne m'as-tu pas tout de suite appelé?

Sans répondre, Gabrielle le précéda dans le salon. Comment lui aurait-elle avoué qu'elle n'y avait pas songé? Cela faisait si longtemps qu'elle avait pris l'habitude de tout affronter seule!

– Laisse-moi te remplacer auprès de lui, proposa-t-il dans un murmure.

– Il n'en est pas question!

Stupéfait par la violence de ce refus, il tressaillit.

– Gabrielle, oublions momentanément nos griefs, je t'en supplie.

– Tu ne m'as pas comprise, l'interrompit-elle avec davantage de calme. Je crois encore pouvoir le sauver mais je ne dois pas être troublée.

Sans le regarder, elle ajouta :

– Si tu veux m'aider, ne cherche pas à m'éloigner de cette obsession. J'ai besoin de me concentrer, de me rassembler et rien ne doit entraver cette tentative.

– Me permets-tu, au moins de rester ici?

Il perçut son hésitation et l'effort qu'elle accomplissait pour accepter sa proposition. Son désarroi s'accrut alors. Étaient-ils devenus de tels étrangers qu'il se sentait intrus dans la maison où son enfant luttait contre la mort?

Jusqu'au lendemain, il demeura seul à parcourir de long en large le salon où il s'était installé. La gorge serrée par l'angoisse, il haïssait cette nuit silencieuse. Prenant conscience de son égoïsme et de son irresponsabilité, il mesurait l'étendue de sa faute. Sa punition était là, dans cette attente insupportable. Parfois, il entendait grincer le parquet au-dessus de sa tête. Mon Dieu, l'appellerait-elle si l'état d'Eugène empirait! De toute la force de sa pensée, il accompagnait les gestes de Gabrielle. Jamais il ne l'avait vue faiblir ou abandonner une bataille, et ce fut sans doute la confiance qu'elle lui inspirait qui l'empêcha de lui désobéir en la rejoignant.

Droite sur sa chaise, Gabrielle veillait. Eugène semblait plus calme. Elle le toucha. Sa température avait légèrement baissé. Elle vit qu'il ne vomissait plus l'eau qu'elle lui faisait boire.

– On dirait qu'il va un peu mieux, déclara-t-elle au médecin quand il arriva.

Réservant son diagnostic, il l'encouragea à poursuivre ses soins.

– Vous êtes épuisée, je le sais, néanmoins ne relâchez pas votre vigilance.

Malgré ses yeux qui la piquaient, ses membres endoloris, elle ne s'accorda pas un instant de répit et ce qui paraissait impossible finit par se produire; peu à peu, la fièvre tomba, une lueur de conscience traversa le regard d'Eugène. Il la reconnaissait et le lui signifiait en cherchant à la toucher.

– Mon petit, répétait-elle... Mon petit...

Le cauchemar s'était-il vraiment dissipé? Voyant qu'Eugène somnolait, elle quitta la pièce sur la pointe des pieds. Dans le salon, Étienne buvait un café. Il tressaillit en l'entendant approcher.

– Le docteur m'a dit qu'il allait mieux, murmura-t-il.

Pour toute réponse, elle hocha la tête. Alors, il approcha la tasse de ses lèvres et lui ordonna :

– Bois.

Sans discuter, elle lui obéit. Pouvait-elle se douter qu'il ne l'avait jamais autant aimée. Telle qu'il la découvrait : pâle, meurtrie et porteuse cependant d'une lumière qui le dépassait, il se sentait bouleversé. L'obligeant à s'asseoir sur le sofa, il recouvrit ses épaules d'une couverture et quand elle commença à trembler et à claquer des dents, il réitéra sans le savoir les gestes qu'elle avait eus pour leur fils. Puis, renouant avec leur rite, il posa spontanément sa main sur son ventre, au centre de sa vie, et l'apaisement vint... Elle ferma les paupières pour ne s'éveiller qu'au milieu de l'après-midi.

– Mon Dieu, s'écria-t-elle, combien de temps ai-je dormi?

Puis s'asseyant, elle s'inquiéta.

– Et Eugène?

– Ne t'inquiète pas, lui répondit son mari. Je lui ai tenu compagnie.

– Mais, Étienne, il reste encore contagieux!

– Pas plus pour moi que pour toi.

Avec un faible sourire, elle se leva. Le miroir lui renvoya alors son image et, avec gêne, elle murmura :

– Je dois aller me changer.

Dans la chambre, l'enfant dormait. Elle s'approcha. Son visage portait les traces de la lutte qu'il avait menée mais son souffle était redevenu régulier. Le danger était écarté.

Ivre de fatigue mais soulagée, elle se rendit jusqu'à la salle à manger où l'attendait un souper. Debout devant sa chaise, Étienne l'attendait. A ce moment-là seulement, elle prit conscience de sa présence. Il n'était plus le père inquiet d'Eugène mais l'homme auquel elle avait donné sa jeunesse, son amour et sa confiance. La conversation s'installa, maladroite tout d'abord. Aucun d'entre eux n'osant se mettre en avant, ils évoquèrent les prémices de la maladie, ses éventuelles causes... Nerveuse, Gabrielle touchait à peine à la nourriture.

– Mange, insista Étienne.

– Je ne le peux pas.

Il y eut un silence avant qu'il ne dise :

– Serais-tu mieux si je m'en allais ?

– Oui. Je le pense.

Après avoir reposé sa serviette sur la table, il quitta son siège.

– Il est malvenu, je le sais, d'évoquer certains sujets mais je te demande pardon pour tout le mal que je t'ai fait.

Pendant qu'il marchait de long en large, elle remarqua qu'il s'était voûté. L'expression de son visage révélait lassitude et tristesse... lui aussi avait été malmené mais qu'y pouvait-elle ? Avec étonnement, elle découvrait qu'elle ne trouvait rien à lui dire qui fût de nature à le réconforter. Le temps avait accompli son œuvre. Ils ne partageaient plus le même univers. Une évidence qu'elle n'avait pas la force de nier. La vie était-elle ainsi faite ? On se croisait, s'aimait puis se déchirait... à moins qu'elle ne connût rien des véritables sentiments et de la compassion.

– Oui, il est malvenu d'avouer, ce soir, ce genre de choses mais je suis malheureux loin de toi, loin de vous, et, si tu le voulais, je...

Faisant appel à toute sa volonté, elle retint les paroles qui montaient à ses lèvres. Il vivait mal loin d'elle maintenant mais n'avait-il pas autrefois recherché le contraire et, revendiquant la solitude de l'atelier, ne s'était-il pas préoccupé que de son art ? Qu'importait alors qu'elle se débatte avec son désarroi ! Sans douter de sa sincérité, elle connaissait trop ses changements d'humeur...

– Étienne, finit-elle par dire, je commençais à respirer sans toi, à me réveiller sans avoir envie de pleurer, à ne plus chercher ta chaleur dans les draps ou ta silhouette au coin de la rue, à ne plus trembler en entendant prononcer ton nom. Oui, je commençais à guérir et je dois me protéger... tu comprends... Et puis, je ne crois plus aux belles paroles, encore moins aux promesses. Seuls les actes comptent à mes yeux et...

– Ils ne parlent pas en ma faveur, l'interrompit-il d'une voix blanche.

Face au silence qui s'installait, il ne lui restait plus qu'à partir.

– Attends demain matin, proposa-t-elle. Ce sera plus simple...

– Oui... sans doute.

Chaque mot les éloignait l'un de l'autre et si Étienne perdait pied, Gabrielle s'étonnait de continuer à marcher, à parler. En fait, anesthésiée à force de recevoir des coups, elle était devenue de bois. Ébranlé par sa résistance, Étienne s'approcha d'une fenêtre. Le parc s'était enfoncé dans la nuit. Il entendit le bruissement d'une robe, une porte se referma. Elle l'avait quitté sans drame et sans heurt, avec simplicité et fermeté.

Lorsque Gabrielle descendit le lendemain, il n'était plus là.

– J'ai trouvé les couvertures pliées, expliqua la servante.

La carapace de Gabrielle commença alors de s'effriter. S'assurant qu'Eugène poursuivait sa convalescence, elle sortit de la maison dont, depuis près d'une semaine, elle était devenue la prisonnière. Indifférente au chemin qu'elle empruntait, elle marcha à grands pas, elle marcha à perdre haleine puis, loin des regards, sanglota. Des pleurs déchirants qui contenaient la tension accumulée des derniers jours, la joie d'avoir sauvé son fils, sa détresse devant le choix que lui avait dicté sa raison. Comme un enfant, elle pleurait sur ses prières exaucées et ses espoirs déçus, elle pleurait sur la vie qui donnait, reprenait, sur les amours qui marquaient au fer rouge, elle pleurait son épuisement et sa sensation d'être devenue une coquille vide. Un point de côté l'obligea à s'asseoir à la lisière d'une prairie. La tête dans ses coudes repliés, elle continua de se libérer du poids de ses efforts. Puis, se laissant glisser sur le dos, elle s'allongea dans l'herbe. Une torpeur l'envahit et, tandis que sa respiration redevenait régulière, elle ferma les yeux. Des nuages obscurcissaient le ciel lorsqu'elle se réveilla. Sans doute allait-il pleuvoir. Engourdie, elle demeura étendue. Un chien aboya au loin. Il y eut ensuite un roulement de charrette. Tout était à sa place, le ciel, le vent, les saisons et, semblable à une plume, elle s'abandonna à leur pouvoir. Bientôt l'énergie reprendrait ses droits et peut-être celle-ci l'aiderait-elle à oublier les rancunes et les craintes pour perpétuer une histoire à laquelle, malgré les apparences et ce qu'elle avait affirmé à Étienne, elle se sentait incapable de mettre un point final.

ÉPILOGUE

Il faisait chaud aux Folies-Bergère et Édouard Manet s'épongea le front. Bousculé par la foule, il tenta, mais en vain, d'approcher le comptoir, où une jeune fille servait des consommations aux spectateurs qui avaient applaudi à tout rompre la revue. Fatigué, il s'appuya contre un mur et contempla ses contemporains, ce kaléidoscope qu'il avait, au fil de son existence, observé puis retranscrit. Amis ou anonymes, ils le défiaient une nouvelle fois dans leurs vêtements, leurs habitudes, et une toile s'imposa peu à peu à son esprit. Dans un ruissellement de lumière et le dos tourné à un grand miroir où se refléteraient les clients, la serveuse officierait. Son regard révélerait un désenchantement semblable à celui qu'il éprouvait face au monde qu'il avait passionnément aimé, honnêtement servi et qu'il allait, inutile de se leurrer, bientôt quitter. Pour ne pas peiner son entourage, il faisait semblant de croire en une prochaine guérison mais il savait que la fin était proche. Devait-il mourir quand il accédait aux honneurs? Sa vie défilait, dominée par l'exigence de la création. Avoir beaucoup reçu réclamait sans doute, en dédommagement, une forte rançon. Face à l'échéance, il se demandait si son travail lui survivrait et, dans ce souhait, l'orgueil n'était pas seul en cause. Témoin d'une époque où s'était plus que jamais imposée la modernité, il lui semblait important que subsistent des traces de ce grand bouleversement. Avec son éclairage électrique, ce bar illustrait fidèlement la fin du siècle. Sans avoir la certitude de mener à terme cet ambitieux projet, Manet en enregistrait pourtant tous les détails, les bouteilles de champagne, de liqueurs, le compotier débordant d'oranges et, dans un halo de fumée, il observait son inspiratrice. Vêtue d'une robe bleu foncé, des roses à la pointe de son décolleté, elle régnait sur un univers de plaisirs mais l'expression éteinte de ses traits contrastait étrangement avec la légèreté ambiante. Son absence d'illusions la lui rendait proche, ainsi que l'isolement dans lequel elle semblait volontairement se tenir car... la vérité était bien là... malgré les preuves d'admiration ou d'amitié, Manet s'était toujours senti seul face à ses visions et au besoin qu'il avait éprouvé de se différencier. Grand bourgeois, républicain sous l'Empire, éternel révolté, il s'était joué de toutes les règles pour n'écouter que son intuition d'artiste. A l'heure des bilans, il ne pouvait que s'en féliciter car, en dépit des critiques, peindre n'avait cessé pour lui d'être un bonheur et la liberté. Combien étaient-ils à avoir découvert cette alchimie secrète où, étroitement unis, l'esprit et les sens se soumettaient à la toute-puissance de l'âme? Oui... combien étaient-ils, selon leurs désirs et les jours, à avoir touché au paradis et aux enfers? Il songeait à Renoir, Monet, Degas ou Sisley. Même s'il n'avait pas toujours partagé leurs opinions, il respectait leur démarche. Quant à Cézanne ou Carlier dont il ne connaîtrait probablement pas l'évolution, il les jugeait déjà loin du mouvement impressionniste. Entraînés par leurs rêves intimes et leurs inspirations passagères, ils annonçaient l'avenir.

Lorsque la cohue se dispersa, Manet s'approcha et, profitant d'une pause de la serveuse, lui demanda si elle accepterait de poser dans son atelier car il avait pris la décision de ne pas travailler sur les lieux. Surprise, elle le fixa puis, après une hésitation, accepta. Dégagé de ce souci, Manet put alors donner un visage à certains qui, en contrefond et accoudés à la rampe de leurs loges, feraient partie des spectateurs. Tous ne seraient pas reconnaissables mais lui saurait qu'il leur aurait secrètement rendu hommage. Parmi les femmes, Berthe Morisot fut la première à s'imposer. Pour l'avoir aimée plus que nulle autre, il mesurait l'étendue du sacrifice qu'ils s'étaient tous les deux imposé en refusant, douze ans plus tôt, le scandale qu'aurait provoqué une liaison. Les sentiments avaient duré et, loin de toute équivoque, ils étaient aujourd'hui ce qu'il possédait de plus précieux. Comment en aurait-il été autrement quand on respectait la création de l'autre? Tout naturellement, il songea à Gabrielle et à Étienne Carlier. Seraient-ils capables de se pardonner mutuellement leur trop grand talent? En dépit de leur éventuelle réaction, Manet décida de les peindre côte à côte. Il y avait des êtres qui, quoi qu'ils affirment, demeuraient inséparables. Julien Coblence et Hortense Duplessis en faisaient partie eux aussi... Êtres d'exception, ils avançaient sur une route escarpée mais, concentrés sur leur silence intérieur, ils n'en discernaient pas les difficultés.

Manet se retourna pour regagner sa place. Une lorgnette devant les yeux, Mery Laurent scrutait la salle. L'apercevant, elle lui adressa un sourire joyeux et lui fit signe de la rejoindre. Elle aussi figurerait dans le témoignage qu'il laisserait d'une époque où le bonheur ne lui avait pas été refusé. Alors que l'orchestre jouait les premières mesures et qu'il se dirigeait vers son siège, il se surprit à fredonner. Si le destin lui accordait de mener à bien ce dernier projet, il pourrait se considérer comme le plus chanceux des hommes...

Impression réalisée sur CAMERON par
BRODARD ET TAUPIN
La Flèche en mars 1993

Imprimé en France
Dépôt légal : mars 1993
N° d'édition : 93075 – N° d'impression : 1252H-5